다른 세상 3

지구의 심장

다른 세상 3: 지구의 심장

펴낸날 | 2011년 9월 30일 초판 1쇄

지은이 | 막심 샤탕
옮긴이 | 이원복
펴낸이 | 이태권
펴낸곳 | (주)태일소담
　　　　 서울시 성북구 성북동 178-2 (우)136-020
　　　　 전화 | 745-8566~7 팩스 | 747-3238
　　　　 e-mail | sodam@dreamsodam.co.kr
　　　　 등록번호 | 제2-42호(1979년 11월 14일)
　　　　 홈페이지 | www.dreamsodam.co.kr

ISBN 978-89-7381-698-9 04860
　　　 978-89-7381-695-8 (세트)

● 책값은 뒤표지에 있습니다.
● 잘못된 책은 구입하신 곳에서 교환해드립니다.

AUTRE MONDE MAXIME CHATTAM

다른 세상·3

지구의 심장

막심 샤탕 지음 | 이원복 옮김

소담출판사

차례

제1부. 실낙원

1
에덴 평의회

도시를 에워싼 밀밭에서 해가 뉘엿뉘엿 지고 있었다.

맷 카터와 앙브르 칼데로는 소문 속 에덴의 존재를 믿으면서도, 한편으로는 그 도시가 기껏해야 몰락한 작은 마을에 지나지 않거나 최악의 경우 팬들 사이에 떠도는 전설일 뿐인 건 아닐지 걱정스러웠다.

그런 그들 앞에 곧 웅장하고 화려한 에덴이 나타났다.

끝을 뾰족하게 자른 통나무 울타리가 작은 언덕에 자리한 실낙원을 두르고 있었다.

맷은 밀밭에서 살랑대는 바람 소리를 음미하면서, 따뜻한 빵을 연상케 하며 뭉게뭉게 피어오르는 연기를 부러운 눈길로 살폈다.

에덴 남문에서 가죽 흉갑 위로 팔짱을 낀 채 보초를 서던 건장한 두 소년이 새로운 팬들을 데리고 돌아오는 전령의 적갈색 망토를 발견하고 길을 비켜주었다. 피로로 녹초가 된 누르니아와 존은 주뼛거리며 맷과 앙브르를 뒤따랐다. 퉁퉁 부은 무수한 상처와 대충 기운 누더기가 구사일생으로 살아남은 사흘 전의 비행선 추락 사건을 떠오르게 했다.

머리를 땋은 소녀가 플로이드를 불렀다.

"전령! 목마르지? 방랑자 숙소로 안내해줄까?"

플로이드는 손짓으로 고마움을 표시하고, 커다란 개의 등에 축 늘어진 사람 형체를 가리켰다.

"일행 중에 중상을 입은 아이가 있어. 이름은 미아야. 치료를 해야 해."

"우리한테 맡겨!"

소녀가 휘파람을 불자, 곧 세 명의 소년이 달려와 플륌의 등에서 미아를 내렸다. 그들은 조심스럽게 미아를 옮기면서 불안한 눈빛으로 개를 바라보았다. 그렇게 큰 개를 본 적이 없었던 것이다.

플로이드는 전령의 망토를 벗어 어깨에 걸치면서 동행한 네 명의 팬에게 말했다.

"방랑자 숙소로 데려다 줄게. 평의회에 면담을 요청하는 동안 푹 쉬어."

맷은 매우 긴 밤색 머리카락을 뒤로 넘기면서 또 한 번 재촉했다.

"여유 부릴 시간 없어!"

앙브르는 맷을 달래기 위해 그의 어깨에 손을 얹었다.

"진정해. 평의회는 우리를 만나줄 거야. 그보다 네가 걱정이야. 몸을 떨 만큼 예민하잖아!"

맷은 앙브르의 귀에 대고 나직이 대꾸했다.

"전쟁이 시작됐는데 팬들은 그 사실을 모르고 있어! 어떻게 침착할 수 있겠어?"

앙브르는 입을 다물었다. 그들은 플로이드를 따라 팬들 최초의 도시를 가로질렀다.

목재 가옥, 몇 채의 석조 건물, 폭우에도 젖지 않고 걸을 수 있도록 판자를 깐 인도. 겨우 몇 달 만에 에덴은 아주 짜임새 있게 건설된 듯했다. 대부분의 집 사이에 설치된 대형 천막은 비바람을 막아주는 통행로 역할을 했다.

잠시 후, 그들은 중심가에 도착했다. 가지에 노란색, 빨간색 과일이 주렁주렁 매달린, 키가 50미터가 넘는 사과나무 아래에 큰 광장이 있었다. 플로이드는 성당처럼 생긴 건물을 가리켰다. 방랑자 숙소였다. 그들은 안으로 들어갔다. 플로이드는 넓은 현관 옷걸이에 망토를 걸고 홀로 이동했다. 전령이 되기를 열망하는 앙브르는 기쁨을 감추지 못하고 진한 말 냄새가 풍겨오는 부속 건물과 연결된 문으로 다가갔다. 말을 길들이기 위한 끈, 고삐, 안장 등 온갖 승마도구가 갈고리에 걸려 있었다. 맞은편에는 수십 개의 마구간이 있었고, 마부와 전령 들이 긴 트랙을 돌고 있었다.

플로이드가 대형 홀로 들어가자 앙브르도 자신의 무리와 합류했다.

전령 대여섯 명이 나무 탁자에 앉아 음식이 가득 담긴 접시 앞에서 정보를 교환하며 잡담을 나누고 있었다. 모든 시선이 플로이드와 그의 두 동료에게 집중되었다. 그때 검은 머리, 초록색 눈, 네모진 턱을 가진 소년이 일어났다.

앙브르가 외쳤다.

"벤!"

벤은 그들에게 다가와 미소 지으며 인사했다. 맷은 카마이클 섬에서 만났던 이 전령을 기억했다. 앙브르가 배우처럼 잘생긴 그에게 반했다고 생각했었다.

벤은 무척 기뻐했다.

"여기서 너희를 만나다니 정말 기쁘다!"

맷은 속으로 투덜거렸다.

'게다가 벤은 친절하기까지 하지!'

하지만 생각했던 것만큼 질투를 느끼지는 않았다. 괴로움도, 불편함도 없었다. 짜증이 좀 날 뿐이었다.

'내가 왜 질투를 해야 하지? 그러려면 앙브르에게 어떤 감정을 느

껴야 해. 앙브르는 친구일 뿐이야. 앙브르가 누구와 사귀든, 내겐 간섭할 권리가 없어……'

아무튼 맷은 팬들의 생존 문제에 집중해야 했다. 시니크와의 전쟁이 임박하지 않았는가. 팬들의 운명이 달린 전략을 고심하는 와중에 조금이라도 사적인 일에 신경 쓸 여유가 있다면, 그것은 토비아스를 구출하는 일이어야 할 것이다.

로페로덴에게 덥석 붙잡혀 암흑 속으로 사라진 죽마고우.

☣

매주 새로운 팬들이 에덴으로 몰려왔다. 때로는 서너 명의 작은 무리가 도착했고, 가끔은 그랜드 팬이 수십 명의 어린이와 청소년을 데리고 왔다. 에덴은 몰려드는 팬들을 수용하기 위해 끊임없이 도시를 확장하고 조직을 정비했다. 팬들은 더 많은 지식을 쌓고 더 강한 힘을 기르기 위해 사과나무 아래에 모여 식견을 나눴다.

새로 도착한 공동체는 규모에 상관없이 대표를 선출해야 했다. 대표로 뽑힌 사람은 에덴 평의회에 합류했다. 평의회는 중요한 사항을 결정하고 분쟁을 해결하며 총괄적인 정책을 내놓았다.

평의회 회의실의 문이 열리자 플로이드와 벤이 전령 자격으로 맷과 앙브르를 안내하기 위해 초롱의 부드러운 불빛을 받으며 앞장섰다.

회의실은 원형경기장 같았다. 판자로 된 연단을 계단식 좌석이 둥글게 두르고 있었고, 창문은 없었으며, 경사진 천장을 지탱하기 위한 붉은색 지주들이 보였다. 30여 명의 평의회 위원들은 맷과 앙브르의 얼굴을 훑어보며 소곤거렸다.

맷도 위원들의 얼굴을 살폈다. 평균 나이는 열다섯이나 열여섯이었다. 이내 조용해진 위원들은 앙브르와 맷이 얼마나 중대한 문제를 전해줄지 기대하며 귀를 기울였다.

다소 흥분한 맷은 목소리를 가다듬은 후 한 걸음 나아가 입을 열었다.

"우리는 말롱스 여왕의 왕국인 시니크의 나라에서 돌아오는 길입니다. 불길한 소식을 전하게 되어 유감입니다."

가장 어린 팬이 의심과 경탄이 깃든 표정으로 물었다.

"정말 시니크의 나라에 갔습니까?"

다른 팬이 질문을 막았다.

"먼저 얘기를 들어봅시다!"

맷이 말을 이었다.

"시니크들은 전쟁을 위해 부대를 편성하고 있습니다."

어두운 맨 위쪽 계단에서 질문이 나왔다.

"전쟁이라고요? 대체 누구와 전쟁을 한단 거죠? 시니크들 말고 다른 어른이 있습니까?"

"적어도 우리가 아는 바로는 없습니다. 시니크들은 바로 우리에게 선전포고를 할 겁니다! 지금부터 한 달 후, 시니크 군대는 이곳을 공격해 우리를 죽이거나 생포할 생각입니다."

회의실은 일순간 공포의 도가니로 변했다. 두 소년이 일어나 팔을 흔들자 다시 조용해졌다. 한 소년이 맷에게 물었다.

"확실한 정보입니까? 어디서 입수했습니까?"

"말롱스 여왕의 군대에게 생포됐을 때, 여왕이 장군들에게 보내는 명령서를 가로챘습니다. 불행 중 다행인 것은 그들의 작전과 전략을 알고 있단 사실입니다. 서두른다면 대처할 수 있습니다."

한 소녀가 반박했다.

"무엇에 대처한다는 말이죠? 1개 여단에 맞서자고요? 승산이 전혀 없습니다!"

맷이 정정했다.

"말롱스 여왕의 군대는 1개 여단이 아니라 5개 여단입니다."

두려움에 찬 전율이 회의장을 휩쓸고 지나갔다.

맷은 위원들이 공황에 빠지기 전에 계속했다.

"하지만 우리에게는 아주 유리한 장점이 있습니다. 시니크 군대가 지나갈 곳과 그들의 교란작전을 알고 있단 겁니다. 전세는 바뀔수 있습니다!"

소녀가 다시 한 번 반박했다.

"너는 여기 상황을 몰라! 에덴 주민이 전부 무장한다 해도 4천이 넘지 않아! 그래도 중무장한 5개 여단에 맞설 수 있을까?"

앙브르가 발언권을 얻었다.

"모든 전령을 팬 공동체에 파견해 모두 에덴으로 집결하라고 전해야 합니다. 우리도 부대를 편성해야 하고요."

한 소년이 말했다.

"기껏해야 3~4천 명 늘어나겠지."

앙브르가 반박했다.

"기습 작전을 쓰면 상황이 달라질 수 있습니다."

누군가 의견을 내놓았다.

"평화조약을 제안하면 어떨까요? 폭력을 피하기 위해 대적하지 말고 항복합시다. 세상은 서로 해를 끼치지 않고 살 수 있을 만큼 충분히 넓습니다!"

표정이 어두워진 맷이 심각한 목소리로 천천히 대답했다.

"시니크들이 생포한 팬들에게 무슨 짓을 했는지 봤습니다. 여러분은 그런 불행을 원치 않을 겁니다! 시니크들은 팬들의 배꼽에 괴상한 고리를 심었습니다. 이 배꼽 고리는 모든 자유의지를 말살합니다. 배꼽 고리를 단 팬은 좀비처럼 반응하는 노예가 됩니다. 의식은 잃지 않지만, 생기 있는 삶이 사라지고 순종하지 않을 수 없으며, 사고도 하지 못합니다. 끔찍한 일이었습니다!"

누군가 외쳤다.

"정말 잔인하군! 시니크들이 노예 조직을 구축하기 위해 팬들을 납치한다는 말이네?"

앙브르가 대답했다.

"그것 때문만은 아닙니다. 팬들을 납치하는 건 '피부 수색 작전'을 위한 것이기도 합니다. 그것은 말롱스 여왕의 강박관념입니다. 시니크들은 여왕의 예언을 믿고 있습니다. 말롱스 여왕은 그들이 '바위 성경'이라고 부르는, 그림이 그려진 탁자 위에서 깨어났습니다. 그들은 어떤 어린이의 몸에 모반으로 된 지도가 있으며, 그 지도를 돌 탁자의 그림과 맞추면 구원의 길이 열린다고 생각합니다."

첫 번째 줄에 앉은 한 소년이 물었다.

"구원이란 건 뭐죠?"

"시니크들은 폭풍설이 자신들의 죄악 때문에 일어났고, 그것이 하느님의 징벌이라고 확신합니다. 어린이와 어른이 서로 다르고 폭풍설로 인해 헤어진 것이 우리가 그들 죄악의 증거이기 때문이라는 겁니다. 시니크들은 하느님께 모든 것을 드릴 준비가 되어 있습니다. 자신들에게 용서받을 자격이 있음을 입증하기 위해 자식을 제물로 바칠 겁니다. 그들은 우리를 노예로 만들기 위해 사냥하고 있습니다. 그것이 우리를 부인하는 방법이며, 또한 그들이 '그랜드 플랜'이라고 부르는 지도를 지닌 어린이를 찾는 방법입니다."

갑자기 모두 한꺼번에 떠들어댔다.

"광신이야! 그들은 미쳤어!"

"새로울 게 없어!"

"만일 그들이 옳다면?"

"멍청한 소리 집어치워! 하느님께서 어린이들을 제물로 요구하실 리 없다고!"

"아니, 하느님은 이미 그렇게 하셨어, 아브라함의 신앙심을 시험하기 위해. 하느님은 그에게 아들을 제물로 바치라고 요구하셨잖아!"

"하지만 결국엔 죽이지 말라고 하셨지!"

"성경은 책일 뿐이야. 함부로 얘기하지 마! 그건 사실이 아니야!"

"나는 하느님을 믿어!"

"나도!"

"그럼 너희는 시니크야!"

"절대 그렇지 않아!"

여러 팬들이 손을 들어 동료들을 진정시키려 했다. 저마다 극도의 긴장을 해소하기 위해 입을 열었다.

"놀라울 건 없어. 인간은 한계에 부딪치면 두려움에서 벗어나기 위해 종교에 의지하지!"

"다시 말해 그럴싸한 핑계를 둘러댄단 거야!"

"정확히 말하자면……."

맷이 고함을 질렀다.

"조용히 하세요!"

바로 모두가 침묵했다. 맷은 날카롭고 어두운 시선으로 평의회 위원들을 바라보았다. 맷은 1년 동안 예기치 못한 일련의 시련을 겪었다. 수많은 위기에 직면했고, 여러 번 죽을 고비를 넘겼다. 그의 두 눈에는 폭풍설 이전엔 없었던 활력과 자신감이 흘러넘쳤다. 토비아스는 그것을 '지도력'이라고 정의했다.

30여 명의 위원들이 맷을 주시하며 말을 기다렸다.

"정규전으로는 말롱스 여왕의 5개 여단을 물리칠 수 없을 겁니다. 이 점에 대해서는 이견이 없겠죠. 하지만 부대를 편성해 그들과 맞설 시간을 번다면 이 전쟁을 막을 수 있을 겁니다!"

가장 나이 많은 팬이 반론했다.

"여왕에게 제안할 만한 게 전혀 없어. 시니크는 첫 교전만 벌이고 물러날 종족이 아니라고!"

맷은 고개를 끄덕이며 설명했다.

"우리는 그랜드 플랜과 바위 성경이 정확히 무엇인지 모릅니다. 하지만 바위 성경의 위치는 알고 있습니다. 바위 성경, 즉 돌 탁자는 말롱스 여왕의 성에 있습니다. 그 성은 왕국의 중심인 위드론데이스에 있고요."

한 소녀가 물었다.

"그럼 그랜드 플랜은? 그랜드 플랜을 지닌 사람이 누군진 알아?"

앙브르가 한 발짝 내디디며 고백했다.

"바로 접니다."

벤이 매우 당황하며 어깨가 축 처진 앙브르를 바라보았다.

"너라고?"

맷이 말했다.

"앙브르를 시니크의 손에 넘길 수는 없습니다. 하지만 그녀의 모반 지도와 바위 성경의 지도를 비교할 수 있다면, 말롱스에게 거래를 제안할 수 있을 겁니다."

"시니크들보다 먼저 그 비밀을 찾아낼 수 있을까?"

"뭐가 됐든 시니크들보다 먼저 알아내야 합니다!"

다른 소년이 일어났다. 각진 얼굴에 키가 크고 날씬하며 머리카락이 거의 없었다. 소년이 동료들을 둘러보자 모두 예의를 갖췄다. 그는 가장 영향력이 큰 위원이었다.

소년은 침착하고 매력적인 목소리로 말했다.

"나는 다른 제안을 하겠습니다. 당장 앙브르와 평화를 맞바꿉시다. 말롱스가 간절히 원하는 것을 선물하면 전쟁을 중단하리라고 확신합니다!"

맷의 얼굴이 굳어졌다. 어떻게 감히 저런 얘기를 할 수 있을까?

위원들은 모두 몸을 떨었고, 속삭이는 소리는 점점 커졌다.

앙브르의 운명이 결정된 것이다.

2
투표와 전략

뜻밖의 결정에 당황한 앙브르는 천천히 뒷걸음질 쳤다. 팬들에게 배신당하다니!

맷은 계단식 좌석과 마주한 연단 가장자리로 달려가, 분노 가득한 목소리로 외쳤다.

"미쳤습니까? 시니크들처럼 이성을 잃은 건가요? 어떻게 평화를 얻기 위해 우리 일원을 팔아먹을 생각을 할 수 있죠?"

누군가가 맷 앞에 선 카리스마가 넘치는 키 큰 젊은이에게 나직이 말했다.

"말해, 닐!"

닐이 설명했다.

"나는 이성적으로 판단해 이 교환을 제안한 거야! 계산은 아주 단순해. 우리가 이긴다는 보장 없이 시니크들과 싸운다면 결국 수천 명의 팬이 죽을 테고, 앙브르를 넘겨주면 우리 중 한 명만 잃을 뿐이야. 잠시만 말롱스 여왕과 동맹을 맺는 거지! 이보다 간단한 해결책은 없어!"

"영혼을 적에게 팔아넘기자고? 네 제안이 그거야? 그랜드 플랜이 뭔지 알아보지도 않고? 만일 그게 비밀 무기라면? 말롱스 여왕이 얼마나 기다렸다가 우릴 죽일 것 같은데? 아무튼 나는 앙브르를 절대 넘겨주지 않을 거야! 절대로!"

닐은 고집을 꺾지 않았다.

"너는 객관적이지 않아! 앙브르는 네 친구야! 널 빼고 투표하겠어. 분명 우리 공동체를 위해 현명한 결정을 내리지 못할 테니!"

두 무리가 닐의 제안에 찬성한다는 의미로 자리에서 일어섰다. 두 명의 전령과 맷 사이에 선 앙브르는 너무 놀라 얼굴이 하얘졌다.

맷은 웅성거림이 뚝 멈출 정도로 퉁명스럽게 외쳤다.

"앙브르를 시니크에게 넘겨주고 싶다면 내 몸을 밟고 지나가야 할 겁니다!"

닐은 영향력을 잃지 않기 위해 서둘러 큰 소리로 말했다.

"평의회는 투표를 실시해야 합니다! 생존이 걸린 문제입니다! 전쟁을 원치 않는 사람은 손을 들어주세요!"

맷은 눈앞에서 벌어지는 광경에 분노했다. 닐은 자기 방식대로 토론을 이끌어 투표를 유도했다. 그는 일어나 팔을 든 채 동향을 살폈다. 팬들 대부분이 망설이고 있었다. 그는 위원들을 향해 연설했다.

"여러분은 목숨을 걸고 전쟁을 하겠습니까? 아니면 이 소녀를 제물로 삼겠습니까?"

갈색 머리의 두 소녀가 일어났다. 둘 다 우아하고 아름다웠다.

키가 큰 소녀가 말했다.

"맷 카터가 옳아. 닐 매켄지, 너는 틀렸어! 단 몇 달간의 평온을 위해 동료를 적에게 넘겨준다면 우리 꼴은 뭐가 되지?"

키가 작은 소녀는 닐에게 대답할 여유도 주지 않고 말을 이었다.

"앙브르의 몸에 지도가 있다면 이 행운을 이용해야 해! 적에게 앙브르를 넘겨선 안 돼!"

닐은 극소수의 팬만이 자신을 지지한다는 사실을 깨닫고는 거칠게 팔을 휘둘렀다. 그리고 험상궂은 눈길로 맷을 쏘아보며 계단 위로 뛰어오르더니 연단을 가로지르며 내뱉었다.

"이 평의회는 너무 나약해! 이렇게 약해빠진 사람들뿐이니 우리 공동체는 살아남지 못할 거야! 내 말을 듣고 싶은 사람은 없는 것 같으니 내가 자리를 피해주지!"

닐이 떠나자 그에게 대항했던 두 자매가 자신들을 소개했다.

키가 큰 소녀가 말했다.

"내 이름은 젤리야."

"나는 마일리스. 에덴에 온 걸 환영해."

벤이 앙브르의 귀에 대고 속삭였다.

"저 아이들은 닐 못지않게 가장 활동적이고 현명한 위원들이야."

젤리가 말을 이었다.

"시니크에 대해 자세히 아는 것 같던데. 우리에게 알려줄 게 많지?"

맷이 설명했다.

"시니크들은 기억을 잃었습니다. 자신들이 누구인지, 어디에서 왔는지 전혀 모릅니다. 그래서 말롱스 여왕을 추종하는 거예요. 여왕은 그들을 안심시키고 있습니다. 그녀는 모든 걸 알고 있는 것 같습니다."

마일리스가 물었다.

"여왕은 어디서 지식을 얻었지?"

"폭풍설 직후, 여왕은 그림이 새겨진 탁자 위에서 깨어났습니다. 시니크들은 그 탁자를 바위 성경이라고 부릅니다. 여왕은 생존자들을 불러 모으기 위해 거대한 불을 피웠습니다. 그리고 자신의 교리로 그들을 세뇌시켰죠."

조금 떨어진 자리에 있던 소년이 말했다.

"여왕이 그 탁자에서 깨어났다면 하느님께서 그녀를 선택하신 거야! 그녀가 옳지 않을까?"

이번에는 앙브르가 연단 가장자리로 올라갔다.

"그렇지 않습니다. 문제는 두 가지입니다. 길을 잃은 어른들은 두려움에서 벗어날 필요가 있습니다. 그들은 아무것도 모르기 때문에 두려워합니다. 폭풍설이 일으킨 공포는 그들이 유일하게 안심할 수 있는 종교 쪽으로 그들을 이끌었습니다."

"그럼 여왕이 바위 성경과 네 모반이 형성한 지도로 뭘 해야 하는지 아는 건 어떻게 설명하지? 설마 여왕이 꾸며냈단 거야?"

"폭풍설 때문입니다. 이 나라를 덮친 폭풍설은 식물과 일부 동물의 유전자를 변형시켰습니다. 물론 우리 유전자도 바꿨습니다. 이 폭풍설은 진화 사슬에서 경이로운 도약이었습니다. 폭풍설이 몰아치는 동안 우리의 정신은 작동을 멈추지 않았습니다. 꿈을 꿀 때 무의식이 전속력으로 회전하는 것처럼 말입니다. 그 결과, 어떤 사람은 다양한 신호를 포착할 수 있게 되었습니다. 말롱스 여왕이 이 경우에 해당됩니다. 여왕은 탁자 위에서 깨어났고, 그녀의 무의식은 폭풍설이 보내는 신호를 포착했습니다. 나는 그 탁자를 만든 게 폭풍설, 즉 바람, 번개, 비라고 확신합니다! 어떻게 만들어졌는지는 중요하지 않습니다. 아무튼 그것은 자연의 활동입니다. 또한 모반은 유전자의 일부입니다. 모반의 배치는 우리가 지금까지 몰랐던 일종의 언어, 즉 우리와 자연 사이의 언어입니다."

젤리가 추측했다.

"그럼 그림이 새겨진 그 탁자와 너의 모반을 맞춰보면 폭풍설과 관련된 뭔가의 위치를 알아낼 수 있단 뜻이야?"

"내 생각은 그렇습니다. 뭔가 중요한 걸 알려줄 겁니다. 시니크들의 손에 넘어가서는 안 됩니다. 그들은 너무 과격합니다. 공포를 행동 원리로 삼는 사람은 절대 긍정적인 일을 해낼 수 없습니다."

위원들은 삼삼오오 무리를 지어 밀담을 나누었다. 젤리와 마일리스는 그들을 조용히 시켰다. 젤리가 앙브르와 맷에게 말했다.

"매우 중요한 시기인 만큼 모두 함께 결정을 내려야 해. 자, 이쪽으로 와. 너희의 정보는 아주 귀중해. 우리 공동체의 미래가 달려 있으니까."

맷과 앙브르가 계단식 좌석에 앉으려는 순간, 벨벳 장막 뒤에서 익숙한 얼굴이 불쑥 나타났다. 곧 그를 알아본 맷은 친구의 품으로 뛰어들었다.

"더그! 어떻게 된 거야? 카마이클 섬의 팬이 다 같이 온 거야?"

"아니. 에덴에 대해 알아보고 우리 섬과의 교류를 확대하려고 왔어. 회의에 개입하지 않는다는 조건으로 평의회 참석 허가를 받았지. 너희가 회의장에 들어오는 걸 보고 얼마나 놀랐는지 몰라!"

앙브르가 물었다.

"레지도 같이 왔니?"

"아니. 동생은 나를 대신해 카마이클 섬을 이끌고 있어."

"그럼 조만간 돌아가겠네."

디그는 세 번째 친구의 부재를 알아챘다.

"토비아스는 어딨지?"

앙브르와 맷의 기쁨이 바로 사라졌다. 맷이 한마디도 하지 못하자 앙브르가 대답했다.

"토비아스는 사라졌어."

"사라졌다고? 그럴 리가! 설마……."

맷은 간신히 울음을 참고 말했다.

"토비아스는 포로가 되었어."

더그가 물었다.

"누구한테? 말롱스 여왕에게 붙잡힌 거야?"

"아니야. 설명하자면 복잡해."

"그를 찾으러 가야 해! 나는 너희와 동행할 각오가 돼 있어. 우리가 함께 노력하면……."

"더그, 아니야. 지금은 아무것도 할 수 없어."

맷은 계단식 좌석을 가리키면서 대화를 중단시켰다.

☣

평의회가 에덴의 군사력을 보고했다.

"한 달이면 충분한 창과 화살을 만들어 주민 모두를 무장시킬 수 있습니다."

다른 소년이 덧붙였다.

"훈련을 시켜야 합니다! 밀턴 사노비치는 수년 동안 클럽에서 활을 쏘았습니다. 사냥꾼들의 대장이죠. 이 임무를 맡을 수 있을 겁니다!"

한 소녀가 말했다.

"타냐도 있어요! 그녀는 단연 최고의 명궁수예요!"

다른 소년이 말했다.

"우리는 쇠를 벼릴 줄 모릅니다. 검을 제작하는 법을 배워야 합니다!"

"시간이 없어요. 철광도 없고요!"

"그것만으로는 충분치 않습니다. 더 많은 군대가 필요해요. 에덴 주민만으로는 시니크들의 5개 여단을 막을 수 없어요!"

젤리가 일어나 발언권을 요청하자 모두 경청했다.

"각 팬 공동체에 대사를 파견해 상황을 설명합시다. 만일 에덴이 함락된다면 조직이 제대로 되어 있지 않은 다른 공동체들도 무너질 겁니다. 하지만 모두 집결하면 뜻밖의 효과를 낼 수도 있어요."

마일리스가 제안했다.

"전령들이 이 임무를 수행할 수 있을 거예요."

한 소녀가 지적했다.

"전령이 부족해요."

"지원자를 모집하면 됩니다."

홀 구석에 있던 더그가 말했다.

"제가 지원하겠습니다! 회의에 끼어들어서 죄송합니다. 참관만 하기로 약속했지만 지금은 좀 특별한 상황이지 않습니까? 서쪽에 있는 공동체를 규합하러 가겠습니다. 몇몇 공동체를 알고 있어요. 저는 카마이클 섬 공동체의 그랜드 팬입니다."

마일리스가 적극적으로 지지했다.

"어떤 도움이든 환영이야."

젤리가 말했다.

"맷, 말롱스 여왕의 침공 계획을 자세히 설명해줄 수 있니?"

맷은 모든 사람이 들을 수 있도록 일어났다.

"평의회 위원들은 모두 신뢰할 만한 사람들입니까? 우리는 배신을 당한 적이 있습니다. 배신자는 가장 나이 많은 팬 중에 있었죠."

"사활이 걸린 많은 문제를 이곳에서 결정했지만, 심각할 만한 배신은 없었어. 안심하고 말해도 좋아."

맷은 마치 그들의 신의를 파악하려는 듯, 각 팬의 얼굴을 한참 동안 훑어보았다. 이윽고 그는 입을 열었다.

"'늑대의 협로'는 말롱스 전략의 핵심입니다. 그곳은 시니크의 영토와 에덴 사이에 위치한 금단의 숲을 통과할 수 있는 유일한 통로입니다."

"금단의 숲에 관한 소문이 사실이야? 정말 횡단할 수 없어?"

앙브르가 대답했다.

"그렇습니다! 숲에서 겨우 며칠밖에 견디지 못했어요. 1개 여단이 숲에 진입한다 해도 다 죽고 말 겁니다."

경탄의 속삭임이 터져 나왔다.

"저들이 금단의 숲에 있었대!"

"믿기지가 않아! 남쪽으로 내려갔다니!"

맷이 말을 이었다.

"늘대의 협로는 금단의 숲에 있는 하나뿐인 통로입니다. 시니크들이 이 길을 통제하고 있죠. 이 통로를 지키기 위해 요새까지 세웠습니다. 그들은 경계심을 불러일으키지 않도록 제1여단이 완전히 우리 땅에 들어올 때까지 소규모 부대로 이동할 겁니다. 그들은 에덴을 우회해 북쪽으로 가서, 나중에 다른 여단과 합류할 계획입니다. 그사이 제3여단이 우리 땅에 침입해 닥치는 대로 약탈하며 서쪽으로 진격합니다. 말롱스 여왕의 군대 중 가장 규모가 작은 제3여단의 임무는 간단합니다. 우리를 서쪽으로 유인하기 위해 고립된 팬 공동체들과 경작지에 최대한 피해를 주는 겁니다. 그러는 동안 제2여단이 늘대의 협로를 지나 바로 비어 있는 에덴을 습격합니다. 북쪽 제1여단은 서쪽 제3여단과 싸우는 데 여념이 없을 우리의 배후를 공격할 거고요."

마일리스가 물었다.

"그럼 제4여단과 제5여단은?"

"마지막으로 도착해 에덴을 공략하는 두 여단을 지원합니다."

한 소년이 한숨을 내쉬었다.

"우리가 살아남을 가능성은 전혀 없어. 모든 팬 공동체를 규합하더라도 7천이나 8천밖에 안 될 거야! 그렇게 잘 무장한 어른들의 군대에 맞서 싸운다면 며칠밖에 못 버틸걸."

젤리가 말했다.

"선제공격을 하면 가능성 있어!"

"어떻게?"

"제1여단이 소규모 부대로 움직인다면 그들을 차례대로 저지할 수 있을 거야. 그런 다음 늘대의 협로를 통해 요새에 침투하는 거지! 약간의 계략을 쓰면 가능한 일이야! 요새를 장악하면 시니크들이 북쪽으로 이동하는 걸 막을 수 있지."

"전쟁을 부추기고 싶은 거야? 배짱 한번 좋다!"

마일리스가 자신 있게 말했다.

"적이 그렇게 막강하다면, 우리는 소규모 특공대를 편성해 놈들이 볼 수 없는 곳에 잠입하면 돼!"

소년이 웃음을 터뜨렸다.

"하하! 도를란도 자매의 심술궂은 장난은 인정할 만해!"

다른 소녀가 찬성했다.

"좋은 작전이야! 맷과 앙브르가 시니크들과 늑대의 협로에 대해 상세히 알고 있잖아. 우리를 안내해줄 수 있지?"

맷은 고개를 저었다.

"우리는 늑대의 협로를 통과하지 않았습니다. 늑대의 협로에 대해서는 전령들이 나보다 더 잘 압니다."

벤이 맷을 바라보면서 발언권을 신청했다.

"나는 맷을 잘 압니다. 카마이클 섬에서 함께 시니크들과 싸웠죠. 그는 탁월한 전사예요. 전사의 귀감을 보여줄 겁니다."

젤리가 맷에게 말했다.

"널 장군으로 임명할게."

"날? 하지만 나는…… 전략에 대해 아는 게 없어. 그리고……."

젤리가 말을 끊었다.

"우리에게는 신뢰할 만하고 유능한 장군이 필요해. 너를 믿어."

위원들이 군대를 지휘할 장군을 얻게 되어 기뻐하는 틈에 앙브르가 맷에게 몸을 숙이고 말했다.

"그런 표정 하지 마. 너는 장군감이야."

맷이 대답했다.

"너무 서두르는 거 아닐까?"

"선택의 여지가 없잖아. 조만간 전쟁이 이 도시를 뒤흔들 거야."

맷은 10초 정도 말없이 앙브르를 바라보았다. 이런저런 생각이 교차했다. 그는 이곳에 머무를 수 없다는 사실을 알고 있었다. 에덴 주민들이 그를 의지해서는 안 되었다.

맷은 토비아스를 잃고 시간이 흘러감에 따라 자신이 여기서 오래 있을 수 없음을 느꼈다.

직감적으로.

3
결심

푸른 하늘 아래의 에덴은 평온해 보였다. 부드러운 햇살 덕분에 무척 상쾌한 오후였다. 이 도시는 안전한 피난처 같았다.

전쟁이 임박했다는 사실은 믿기 힘들었다.

맷과 앙브르는 의무실에서 미아의 병세에 대해 들었다. 미아는 고열에 시달리고 있었다. 그녀를 보살피는 팬들은 낙관적이지 않았다. 앙브르는 그들이 초능력을 발휘하는 광경을 보고 깜짝 놀랐다.

한 어린 소녀가 넓적다리의 부어오른 상처에 두 손을 얹고 정신을 집중하자, 곧 노란 고름이 가느다란 연기를 내며 빠져나왔다. 의무실을 감독하는 키 큰 소년이 설명했다.

"플로라는 상처를 치료하는 능력이 있어. 아주 어릴 적부터 부상당한 동물들을 집으로 데려와 보살펴줬거든. 그래서 탁월한 치료 또는 치유 능력을 발전시켰지. 치료 초능력이라고 불러도 좋아."

앙브르가 놀란 모습으로 물었다.

"너희도 '초능력'이란 단어를 사용하니?"

"응. '특별한 능력'보다 더 매력적인 표현이잖아. 이 말은 동쪽에서 왔어. 팬들이 자신의 능력을 자유자재로 활용할 줄 아는 섬에서."

앙브르는 만면에 미소를 지었다. 맷은 앙브르가 초능력을 최초로 발견한 팬이라는 사실을 깨달았다. 카마이클 섬에서 '초능력'이라는 단어를 찾아내고 훈련을 주도한 사람은 바로 앙브르였다. 긍지를 느낄 만한 일이었다.

키 큰 소년이 말을 이었다.

"미아는 감염과 싸우고 있어. 체력이 좋으면 병을 이겨내겠지만 그렇지 않다면……."

앙브르는 환자의 이마를 쓰다듬어주었다. 달리 그녀를 도와줄 방법이 없었다.

오후가 끝날 무렵, 앙브르와 맷은 감탄에 찬 눈길로 조직화된 에덴 주민들을 바라보며 사과나무 쪽으로 대로를 거슬러 올라갔다. 생필품을 운송하는 사람들, 양동이를 직접 옮기거나 당나귀 등에 실어 식수를 배급하는 사람들, 따뜻한 빵을 배달하는 사람들, 거리를 순찰하는 민병대, 경작지나 사냥터에서 돌아오는 사람들, 시냇가에서 세탁하는 사람들, 식물성섬유로 옷감을 제조하는 길고 좁은 건물로 들어가는 청년 한 쌍이 보였다.

팬들은 화폐유통이 없고 분업화된 사회를 만들었다. 모두의 생존이 달린 문제였기 때문에 트집을 잡는 사람은 없었다. 곳곳에서 들려오는 배치에 대한 불평이나 투덜거림도 대부분 일시적이었다. 몇 주만 참으면 더 쾌적한 자리로 옮길 수 있었다.

앙브르와 맷은 집과 집 사이에 설치된 따뜻한 천막 밑으로 들어갔다. 천막은 악천후로부터 길의 일부를 보호해주었다. 옥수수나 고기 조각을 굽는 수많은 화로에서 구수한 냄새가 풍겼다. 두 소년이 음식 맛을 보면서 대화를 나누고 있었다. 맷은 손가락 끝으로 앙브르의 목을 만졌다. 말롱스 여왕의 신앙 담당 고문관이 앙브르를 볼모로 붙잡았을 때 칼에 베인 흉터가 보였다.

"이젠 괜찮아?"

앙브르는 어깨를 으쓱하고는 다 먹어치운 옥수수 이삭을 던졌다.

"아직도 가끔 악몽을 꿔."

"그 비열한 인간은 대가를 톡톡히 치렀어. 다시는 널 괴롭히지 못할 거야."

"그런 사람은 많아. 시니크들과 부딪치면 언제든 일어날 수 있는 일이지. 광신의 문제라고. 시니크 군인들은 모두 광신적이야. 광신은 무지에서 생기지. 우리가 무지를 깨우쳐주지 않는 한, 그들은 변하지 않을 거야."

"시니크들을 가르쳐야 해. 필요하다면 한 명씩 붙들고서라도 더는 우리를 싫어하지 않는 법을 가르쳐야 해."

"그들과 전쟁을 하면서?"

맷은 난처한 표정으로 고개를 저었다.

"우리를 공격하는 건 그들인걸."

앙브르는 쓸쓸하게 결론을 내렸다.

"방어하기 위해서는 대응하지 않을 수 없지."

맷은 낙관적인 대답을 해주고 싶었지만, 이치에 맞고 공정해 보이는 설명을 찾을 수 없었다. 그들은 침묵을 지킨 채 조용히 산책을 계속했다.

맷은 마구간 옆에서 플룸을 다시 만났다. 누군가 솔질을 잘해주었는지, 털이 반짝반짝하고 뽀송뽀송했다. 개는 맷을 혀로 핥으며 맞아주었고, 남은 저녁 시간 내내 주인을 놓아주지 않았다.

맷과 앙브르는 방랑자 숙소에서 전령인 플로이드와 벤, 시니크의 도시 에녹에서 구조된 존, 누르니아와 함께 저녁 식사를 했다. 존과 누르니아는 배꼽 고리로 학대받은 이후 조금씩 삶의 의욕을 되찾아갔다. 하지만 가끔 어렴풋한 기억이 노예 생활을 떠오르게 하는 듯, 한참 동안 멍하니 허공을 바라보았다.

평의회가 금언령을 내렸기 때문에 누구도 전쟁에 대해 언급하지 않았다. 평의회는 여전히 어떤 결정도 내리지 못한 채, 다음 날 다시 논의하기로 했다. 맷은 저녁 식사를 끝낸 후 플립과 함께 바람을 쐬러 나갔다.

잠시 후 앙브르가 달려왔다. 그녀는 맷 옆에 앉아 부드럽게 말했다.

"별이 많네."

"토비아스가 봤다면 좋아했을 텐데."

앙브르는 친구의 어깨에 머리를 기댔다.

"우리가 할 수 있는 일은 없었어. 모든 게 순식간이었잖아. 자책하지 마."

맷은 천천히 고개를 끄덕였다. 그는 입에 올리기도 두렵다는 듯 조심스럽게 말했다.

"토비는 죽지 않았어."

앙브르는 몸을 일으켰다.

"맷, 자학하는구나. 토비는 죽었어. 잔인하고 견디기 힘든 일이지만 사실이야."

플립은 마치 두 사람의 고통을 함께하듯 두 다리 사이에 머리를 놓고 한숨을 지었다.

맷은 인정하지 않았다.

"나는 알아. 토비는 죽지 않았어. 그에게 일어난 일을 곰곰이 생각해봤어. 로페로덴이 토비를 삼켰어. 흡입한 거야."

"놈이 토비를 잡아먹은 거지."

"아니야. 내가 설명했던 꿈을 기억해봐. 로페로덴이 내 무의식을 탐색하면 나는 그의 존재를 느껴. 저번에 그는 존재의 문을 닫지 않았고, 나는 그의 몸속으로 들어갔었지. 로페로덴이 무엇으로 이루어졌는지 봤어. 그의 정신은 감옥이야. 그는 이 감옥에 살아 있는 사람들을 가둬놓았어. 포로들을 괴롭히다가 천천히 잡아먹지. 하지만 생존자들이 있었어."

"불가능한 일이야. 나도 로페로덴을 봤어. 그 괴물은 구름보다 조금 더 견고할 뿐이야!"

"로페로덴의 육신은 문에 불과해! 멀리 떨어진 그의 땅으로 가는 통로일 뿐이라고. 그는 먹이를 붙잡아두고 조금씩 잡아먹어. 나는 이 모든 걸 찾아냈어. 토비아스는 분명 거기 있어. 구출할 수 있을 거야. 어떻게 해야 할진 모르겠지만 하여간 그를 위해 뭐든 할 거야."

앙브르는 걱정스레 맷을 바라보았다.

"우리는 이미 로페로덴과 맞서 싸웠어. 그는 천하무적이야. 너도 잘 알다시피 에샤시에들이 접근을 막고 있잖아."

"나는 할 수 있어."

"맷! 그건 자살행위야!"

맷은 체념하고 받아들였다.

"나도 알아……."

앙브르는 두 팔로 맷을 포옹했다.

"내 말 들어. 나도 너만큼 슬퍼. 하지만 네가 늑대의 아가리로 뛰어든다 해도 토비를 구할 순 없어."

그때, 뒤쪽에서 실루엣 하나가 나타났다.

벤이 다가오면서 말했다.

"오늘 밤은 고요하네."

앙브르는 고개를 끄덕였다.

"에덴은 성공적인 도시야. 시니크들에게 멋진 교훈이 되겠지."

벤이 무심코 말했다.

"부모님이 보면 뭐라고 할까? 아, 미안. 바보 같은 소리였어……."

먼 곳에 있는 건물에서 즐거운 음악이 들려왔다. 현악기와 타악기의 합주였다. 그리 조화롭진 않았지만, 리듬은 매우 역동적이었다.

벤이 설명했다.

"에덴의 오케스트라야. 저녁마다 '추억의 살롱'에 활기를 불어넣지."

앙브르가 물었다.

"추억의 살롱에선 뭘 해?"

"꿀이 주성분인 음료를 마시면서 카드놀이도 하고, 얘기도 나눠. 유쾌한 곳이지."

"그렇게 들리네."

선율과 뒤섞인 웃음소리가 거리까지 들려왔다.

앙브르가 물었다.

"평의회가 어떤 결정을 내릴까?"

"더 의논할 것도 없어. 선택의 여지가 없잖아. 살아남으려면 선제공격을 감행해야 해. 최대한 많은 팬들을 모으고 적이 예상하지 못한 곳에서, 즉 시니크들의 땅에서 과감하게 맞서 싸워야지. 늑대의 협로 출구에서 소규모 부대를 저지할 수 있다면 손쉽게 제1여단을 무력화할 수 있을 거야. 나머지 부대는……."

"너는 다른 팬 공동체에 동원령을 알리러 떠날 거야?"

"아마도……. 너희는?"

"어떻게 해야 좋을지 모르겠어. 오래전부터 전령이 되고 싶었지만 아직 열여섯 살이 안 됐어. 평의회가 특별한 상황임을 감안해 내가 공동체를 위해 전령 자격으로 일할 수 있도록 허락해줄까?"

"평의회는 거절하지 않을 거야."

맷이 대화에 끼어들었다.

"앙브르는 여기 남아서 팬들의 초능력 계발을 도와주는 게 훨씬 유익할 텐데."

"아직은 아니야. 나는……."

"너는 재능이 풍부해! 늘 우리를 지도하고 가장 훌륭한 초능력을 발굴했어. 초능력은 너의 전문 분야야!"

"이젠 지긋지긋해. 나는 팀의 일원으로 현장을 탐험하고 싶어."

"이미 팀의 일원이잖아, 삼총사……."

문득 맷은 삼총사가 더 이상 존재하지 않음을 깨닫고는 입을 다물었다. 토비아스가 없으면 그들 팀은 존재 이유가 없었다.

맷은 벌떡 일어났다.

앙브르가 물었다.

"어디 가?"

"쉬어야겠어. 체력을 회복해야지. 지금 막 결심했어. 토비를 구출할 거야. 컨디션이 돌아오는 대로 남쪽으로 떠나 로페로덴과 맞서 싸우겠어."

4
딜레마

맷은 오전 내내 시내를 돌며 앙브르를 찾아보았지만 헛수고였다. 그녀를 본 사람은 아무도 없었다. 정오가 되자 궁금증은 걱정으로 변했다.

맷이 접시에 손을 대려는 찰나, 앙브르가 방랑자 숙소로 들어왔다.

"어딨었어? 널 찾으려고 온 시내를 뒤졌어!"

앙브르는 친구의 공격적인 태도에 깜짝 놀라 잠시 멍하니 있었다.

"에덴 근처 들판에. 생각을 정리할 시간이 필요했거든. 오늘부터 훈련을 시작했어."

"훈련이라니?"

"전령 훈련. 모든 정보와 지식이 에덴에 축적돼 있어. 전령 훈련은 식물원과 동물원에서 실시돼. 생존 훈련과 전투 훈련도 있고."

"결심이 섰단 뜻이야?"

"그래. 어찌 됐든 너는 여길 떠날 거지?"

고개를 숙인 맷은 식사 시간 내내 입을 열지 않았다.

오후, 앙브르는 훈련을 받으러 갔고, 맷은 쉬기 위해 방랑자 숙소 2층에 있는 방으로 올라갔다. 한 달 반 동안 금단의 숲과 시니크들의 땅을 지났기 때문에 여전히 쇠약한 상태였다. 그는 체력을 100퍼센트 되찾고 싶었다. 적을 물리치려면 완전히 무장하고 팬들을 모으러 떠나야 했다.

하지만 맷은 로페로덴에 대한 상념을 떨쳐버릴 수 없었다. 더구나 앙브르와 헤어진다는 사실에 마음이 혼란스러웠다. 앙브르와 함께 있으면 그는 더 강해지는 느낌이었다. 다시는 그녀를 만나지 못하거나 오랫동안 보지 못할 거라고 생각하니 가슴이 저렸다.

말롱스 여왕도 떠올랐다. 지금까지 온갖 고난을 겪었지만 여왕이 자신을 찾는 이유는 알아내지 못했다. 왜 시니크들의 도시 곳곳에 그의 초상화가 그려진 현상 수배 벽보가 붙어 있을까? 여왕은 어떻게 그의 얼굴을 알았을까? 시니크들 사이에서 그를 그렇게 유명하게 만든 게 여왕의 이상한 꿈이었을까? 그와 그랜드 플랜 사이에는 어떤 관계가 있을까? 만일 그런 거라면 앙브르와 그가 떨어져 있어서는 안 되었다.

'토비를 포기할 순 없어! 그는 분명 죽지 않았어. 토비는 '그'에게 붙잡혀 있어! 오직 나만이 토비를 구할 수 있어. 오직 나만이 에샤시에들에게 붙잡히지 않고 로페로덴에게 접근할 수 있어.'

맷은 그 존재의 이름을 발음하고 싶지 않았다. 생각하는 것조차 싫었다. 그것은 유령의 형체를 가진 그에게 더욱 확고한 실체를 부여하는 것 아닌가.

맷은 두 가지 임무 사이에서 갈등했다. 모든 방법을 동원해 친구를 구할 것인가, 아니면 말롱스 여왕의 비밀을 밝히러 떠날 것인가.

그는 두 손으로 머리를 받치고 목재 천장을 응시했다.

해가 질 무렵, 평의회는 다시 회의를 소집했다. 앙브르와 맷은 회의에 초청받았다.

마일리스와 젤리가 먼저 발언권을 신청했다. 닐은 증오에 찬 시선으로 두 소녀를 바라보았다.

젤리가 말했다.

"어제 우리는 군사적 대응에 대해 논의했습니다. 우리가 할 수 있는 모든 방법을 검토해보는 게 좋겠습니다."

마일리스가 말을 이었다.

"첫 번째 대응이 폭력이 돼서는 안 됩니다."

멜키오트가 제안했다.

"도망치는 게 어떨까요? 귀중한 걸 모두 챙겨 북쪽으로 떠납시다!"

마일리스가 경고했다.

"북쪽은 날씨가 훨씬 까다롭습니다. 전령들은 이제 북쪽을 탐험하지 않습니다. 하늘은 언제나 먹구름으로 뒤덮여 있고요. 북쪽에는 팬 공동체가 없습니다. 북쪽으로 떠나는 건 죽음을 유예할 뿐입니다."

피부가 담갈색인 소녀가 물었다.

"여행자들에게 물어볼 게 있습니다. 임신한 여성을 본 적 있습니까? 시니크 무리에 어린이들이 있었나요?"

앙브르가 대답했다.

"없습니다. 임신한 여성은 한 사람도 없습니다. 어린이들은 생포되어 노예가 된 팬들뿐입니다."

"그럼 그들에게 인정을 기대할 순 없겠네요……."

닐이 일어났다.

"여러분은 한 소녀를 위해 희생할 준비가 되어 있다고 했습니다. 나는 그 소녀에 대해 조금 더 알고 싶습니다. 앙브르, 너는 누구지? 왜 그랜드 플랜이 다른 사람이 아닌 네 몸에 있는 거야?"

앙브르는 말을 더듬었다.

"나…… 나도 몰라. 내가 선택한 게 아니야."

맷이 끼어들었다.

"그걸 안들 무슨 소용이지? 그녀는 그랜드 플랜이야. 이유는 중요하지 않아. 너는 네 눈이 밤색인 이유를 설명할 수 있어?"

"우리 부모님의 눈이 밤색이기 때문이지. 나는 꼭 알고 싶은 게 있어. 앙브르는 어디서 왔지?"

맷이 설명했다.

"왜 앙브르가 그랜드 플랜이냐고요? 앙브르가 잉태되는 순간 자연이 그녀를 선택했기 때문입니다. 자연은 오래전부터 그녀의 부모님이 결합하기를 기다렸습니다. 앙브르는 중요한 것으로 짐작되는 뭔가를 알려주는 지도입니다. 그녀는 이 지도를 잘 간직해야 하고, 우리는 그녀가 무사할 수 있도록 도와줘야 합니다."

닐이 뭔가를 말하려 했지만 젤리는 틈을 주지 않았다. 그녀는 완전한 정숙을 요구하기 위해 큰 소리로 말했다.

"평의회 위원 여러분! 우리는 결정을 내려야 합니다. 공포를 진정시킬 수 있는 계획 없이 에덴 주민들에게 전쟁이 임박했음을 알릴 수는 없습니다! 또한 우리의 미래를 결정하는 투표도 해야 합니다."

맷은 대중 앞에서 자유롭게 연설하는 젤리의 모습에 감탄했다. 폭풍설 이후 팬들은 새로운 생활에 적응했다. 그는 모든 부족의 지도자들이 웅변술에 정성을 쏟는다는 사실에 주목했다. 젤리도 예외는 아니었다. 맷이 보기에 그녀는 어른 못지않게 자신의 생각을 잘 표현했다.

마일리스는 언니만큼 유창하게 말을 이었다.

"현실을 직시합시다. 만일 시니크들이 공격을 결심했다면 무턱대고 도망칠 수만은 없습니다."

회중에서 누군가가 말했다.

"투표가 왜 필요하죠? 선제공격 외에 다른 선택은 없습니다!"

닐이 외쳤다.

"앙브르를 시니크들에게 내줍시다!"

마일리스는 고개를 저었다.

"그건 말도 안 됩니다! 야만적인 짓입니다!"

닐이 조롱했다.

"언제부터 네가 평의회 의장 노릇을 했지? 투표로 결정……."

젤리가 말을 잘랐다.

"너는 어제 이미 투표를 주도했어. 군사적 대응에 찬성하는 사람
은 손을 드세요."

10여 명이 손을 들었고, 이어 다른 10여 명도 천천히 거수했다.

마일리스는 닐에게 돌아서서 말했다.

"과반수가 넘었어."

젤리가 강조했다.

"우리는 조직을 편성해야 합니다. 여유가 없습니다. 에덴으로 복
귀한 전령들은 여러 지역으로 떠나, 전쟁이 가까워졌으며 팬들이
결집해야 한다는 사실을 알려야 합니다. 전령들은 지원자들과 함께
가기로 합시다. 그동안 에덴에서는 무기를 제작할 겁니다. 우리는
공격 작전을 세워야 합니다. 제1여단을 차례대로 무찌를 작전과 말
롱스 군대와 맞서 싸우게 될지 모를 늑대의 협로에 있는 요새를 공
략하는 작전 말입니다."

맷이 덧붙였다.

"그것만으로는 부족합니다. 기습 작전을 추가해야 합니다. 4개
여단과 전면전을 치른다면 승산이 없습니다!"

"그럼 어떻게 해야 하지?"

"말롱스 여왕의 작전을 무너뜨려야 합니다! 먼저 제1여단을 쳐부
수고 요새를 정복한 다음, 제3여단이 늑대의 협로로 진입하도록 내
버려둡시다. 그 후에 북쪽과 남쪽에서 협공하면 됩니다."

"좋은 생각이야. 평의회가 너를 총사령관으로 임명하는 데 찬성
한다면, 네가 작전을 지휘하는 게 좋겠어."

대부분의 팬들은 이 제안에 찬성했다. 하지만 맷은 두 손을 내저
었다.

"아닙니다. 그 제안은 받아들일 수 없습니다. 나는 여기 남지 않을 겁니다."

"네가 필요해! 너는 떠나면 안 돼. 아무튼 지금은 아니야!"

닐이 의기양양해했다.

"그가 겁쟁이일 줄 알았어!"

"나는 조만간 다시 남쪽으로 떠나야 합니다. 개인적으로 해결할 일이 있습니다. 미안합니다."

실망한 위원들은 짜증 난 몸짓과 분노의 시선으로 웅성거렸다.

맷이 덧붙였다.

"나는 늑대의 협로를 지나 요새를 우회할 예정입니다. 특공대를 편성해 현지를 정찰하고, 이 전략적 요새를 점령하기 위한 작전을 세워야 하니 요새까지 특공대와 동행할 순 있습니다."

젤리가 팔짱을 꼈다.

"네게는 지휘 능력이 있는 것 같아. 우리의 생존을 돕는 것보다 더 중요한 일이 뭐야?"

맷은 고개를 숙이고 적당한 말을 찾아보았다. 하지만 토비아스의 실종과 로페로덴의 존재를 설명할 수는 없었다.

앙브르가 말했다.

"나는 맷과 동행하겠습니다. 우리는 남쪽에 있는 말롱스 여왕의 성으로 떠납니다. 내가 정말 그랜드 플랜이라면 그 비밀이 무엇인지 알아보는 게 좋을 겁니다. 어쩌면 시니크들을 무찌를 유일한 방법일지도 모릅니다."

맷은 입을 크게 벌린 채 앙브르를 노려보았다.

닐이 말했다.

"잘됐어! 우리의 유일한 조공이 스스로 적의 품에 뛰어든다니, 이제 구경만 하면 돼."

멜키오트가 나무랐다.

"앙브르는 조공이 아니라 사람이야!"

"순진한 바보로군! 우리 모두 이 소녀 때문에 죽게 될지도 몰라!"

"그럼 네 생각은 뭐지? 앙브르를 감옥에 가두는 것?"

"그것도 좋지. 전세가 악화되면 언제든 내줄 수 있도록!"

젤리는 계단을 오르면서 닐에게 삿대질을 했다.

"이제 그만해! 그 공격적인 태도, 한결같은 염세주의는 지긋지긋해! 말롱스 여왕이 그렇게나 앙브르를 손에 넣고 싶어 하는 데는 그만한 이유가 있을 거야. 나는 여왕을 이길 수 있는 일이라면 뭐든 찬성이야. 따라서 앙브르가 위드론데이스로 가는 데 동의해."

마일리스가 덧붙였다.

"너희와 동행할 특공대를 조직할게. 특공대의 일부는 늑대의 협로와 요새의 위치를 파악한 후 에덴으로 복귀할 거야."

닐은 험상궂은 표정으로 벽 밑의 그늘진 곳에 앉았다.

맷은 대화가 이어지는 틈을 타 앙브르에게 조용히 말했다.

"전령 자격으로 떠나고 싶은 거야?"

"전령 훈련을 시작했다고 말했잖아. 바깥에서 생활하는 데 도움을 얻고, 식용식물과 독버섯을 알아두기 위해서야! 맷, 너는 나와 함께 가야 해. 네가 없으면 나는 자신이 없어."

"그럼 토비아스는?"

앙브르는 고통스럽게 침을 삼키고는 고개를 저었다.

"맷, 어떻게 말해야 할지 모르겠어……."

"토비가 살아 있다고 생각하지 않는구나?"

앙브르는 난처하다는 듯 입술을 깨물었다.

맷은 심호흡을 하고 방금 제안된 안건을 처리하는 투표를 지켜보았다. 그는 솔직하게 말했다.

"생각할 시간이 필요해. 시간을 좀 줘."

한 시간이 넘도록 정처 없이 걷던 맷은 도끼로 장작을 패고 있는 두 소년을 보았다. 그들은 땀을 뻘뻘 흘리며 헐떡거리고 있었다. 패야 할 통나무 더미를 바라보는 그들의 표정은 낙심한 듯 보였다.

맷이 다가가 도움을 제안했다.

기분을 전환할 필요가 있었다.

그는 굵은 그루터기 위에 장작을 세워놓고 도끼를 들었다. 그리고 모든 근육을 수축시킨 다음, 도끼를 내리쳤다.

통나무는 두 조각으로 잘린 채 날아갔고, 도끼는 그루터기에 손잡이까지 박혔다.

경악한 두 소년이 맷의 얼굴을 훑어보았다.

첫 번째 소년이 외쳤다.

"와! 이렇게 멋진 솜씨는 처음 봐!"

맷은 도끼를 잡아당기고 다른 통나무를 세웠다.

이번에는 날이 그루터기에 박히지 않도록 힘을 조절했다. 그는 순식간에 작업을 끝냈다.

맷은 존경의 눈빛으로 지켜보던 두 소년에게 도끼를 돌려주었다. 매우 뜨거워진 날이 진동하고 있었다.

몸은 지쳤고, 생각은 그다지 맑지 못했다. 목욕이 필요했다.

'이제 결정을 내려야 해. 앙브르와 토비아스 중 한 명을 택해야 해.'

생각조차 하기 싫은 문제였다. 그는 모든 것이 멈추기를 바랐다. 뉴욕에 있는 자신의 방으로 돌아가 컴퓨터 앞에서 메신저로 친구들과 대화를 나누고 싶었다. 걱정거리라고는 다음 날 내야 할 숙제뿐이었는데…….

'그건 사실이 아냐. 아빠와 엄마는…….'

맷은 다시 부모님의 이혼에 대해 고민했다. 부모님의 양육권 분쟁, 누구 집에서 주말을 보낼 것인지에 대한 걱정, 어떤 말보다도 상처를 주는 공격적인 시선. 부모님은 서로 사랑해서 자신을 낳았는데, 왜 미워하게 되었을까?

맷은 부모님께게 삶과 상황이 어떠하든 다른 방법은 없었는지 자문했다. 산다는 건 문제에 의연히 대처하고 딜레마를 해결하는 것 아닌가. 인생은 일종의 투쟁 아닌가.

두 달 전, 크라켄 성의 낡은 도서관에서 삼총사가 모여 속마음을 털어놓았던 일이 떠올랐다. 금단의 숲에 들어가기 전 호수 폭포 아래에서 잔인한 무리와 함께 즐겼던 물놀이, 웃음, 태평함도 생각났다. 즐거운 일도 많았다. 잊어서는 안 될 추억이었다.

벤이 다가오면서 물었다.

"괜찮아? 괴로워 보이는 얼굴인데."

맷은 걱정하지 말라는 손짓을 했다.

"괜찮아. 조금 피곤할 뿐이야."

"할 말이 있어. 나는 평의회로부터 너희와 동행해도 좋다는 허락을 받았어. 우리 셋이 위드론데이스에 잠입할 수 있을 거야."

벤의 말을 들은 맷은 이상하게도 안심이 되지 않았다. 이렇게 건장한 소년이 앙브르와 동행한다면 마음이 놓여야 하는 게 당연했다. 앙브르가 벤과 함께 위드론데이스에 가게 되면, 자신은 토비아스에게 집중할 수 있다는 사실에 만족해야 했다. 하지만 어쩐지 기분이 개운치 않았다.

맷은 마지못해 대답했다.

"희소식이네."

"플로이드가 늑대의 협로까지 우리와 동행할 특공대를 조직할 거야. 작전을 짜기 위한 현지답사가 끝나면 에덴으로 복귀할 거고. 그 사이 우리는 요새를 우회해 남쪽으로 내려가는 거야."

"정말 잘됐어. 출발은 언제지?"

"한시가 급하긴 하지만 준비 없이 늑대 소굴로 뛰어들 순 없어. 일단 남쪽에서 돌아오는 전령들을 기다려야 해. 그들이 현 상황과 지리를 자세히 설명해줄 테니. 그동안 생필품을 모으고 여행을 준비할 거야. 일주일 후엔 출발할 수 있겠지. 네 친구 누르니아와 존도 특공대에 참여하겠다고 했어. 그들을 잘 알지?"

"웅. 누르니아와 존은 배꼽 고리를 건너냈어. 그들의 삶은 마치 신체 일부를 잃은 것처럼 전과 같지 않았지. 이 여행은 그들에게 복수의 기회, 아니면 새로운 인생을 느끼는 방법일 거야. 아무튼 나는 그들을 위해 시니크들과 맞서 싸웠고, 그들은 결코 도망치지 않았어."

"네 개도 함께 가니?"

"플륌은 절대 내 곁을 떠나지 않아."

"카마이클 섬에 있을 때보다 더 큰 것 같아."

"폭풍설 이후로 끊임없이 성장했어. 내 수호천사야."

벤이 그에게 인사하고 방랑자 숙소로 떠나자 맷은 안도감을 느꼈다. 벤은 건장하고 듬직했다. 그는 가장 뛰어난 전령 중 한 명이었다. 하지만 그와 동행하는 것이 마냥 기쁘지만은 않았다.

앙브르의 다정한 얼굴이 떠올랐다. 주근깨, 반짝반짝 빛나는 눈, 적갈색을 띤 금발. 그는 앙브르가 웃는 모습, 약간 올라간 왼쪽 입꼬리, 살짝 옆으로 숙인 머리를 좋아했다.

갑자기 앙브르를 포옹하고 싶은 강렬한 욕망을 느꼈다.

벤에게 느낀 불편함은 앙브르와 관계된 것이었다.

맷은 벤과 앙브르가 함께 있도록 내버려둘 수 없었다.

질투 때문이 아니었다. 그는 앙브르에게 매력 이상의 것을 느끼고 있었다.

그는 언제나 앙브르를 보고 싶었다. 그녀가 옆에 있으면 더욱 힘이 솟구쳤다.

앙브르가 옳았다. 함께 있으면 모든 일이 더 쉬워 보였다.

그러니 앙브르와 함께 말롱스 여왕에게 가야 했다.

맷은 조금씩 어두워지는 하늘을 바라보았다. 별들이 반짝이기 시작했다. 달은 이미 굴뚝 위에 있었다.

그는 눈물을 글썽이며 중얼거렸다.

"토비, 용서해줘."

5
굶주린 먹보

바람이 음산한 비명을 지르며 동굴로 들이쳤다.

어둠은 검은 내벽에 총총히 박힌 발광성 석고의 작은 불빛에 살짝 밀려났다.

토비아스는 뒤로 물러나 움푹한 곳에 등을 기댔다. 팔다리가 사시나무처럼 떨렸다.

뼈까지 얼어붙었다. 추위가 아닌 공포 때문에.

이곳에 있는 모든 사람처럼, 토비아스 역시 '먹보'의 복귀가 두려웠다. 10여 명의 실루엣이 그와 함께 동굴 구석에 웅크리고 있었다.

도망치는 것은 불가능했다. 포로들의 체력은 바닥이었다.

로페로덴에게 흡입된 순간부터 에너지가 부족했다. 토비아스는 서 있기도 힘든 지경이었다. 온몸에 힘이 없었고, 생각조차 제대로 정리할 수 없었다.

모든 일이 순식간에 일어났다.

토비아스는 로페로덴의 검은 베일 속으로 빨려 들었다. 축축하고 차가운 몸속으로 미끄러져, 물기 밴 천으로 만들어진 한없이 긴 창자를 지나 어두운 동굴 속 돌 위까지 굴러떨어졌다. 징그러운 물체가 그를 만지작거렸다. 정체는 보이지 않고, 팔다리가 바닥에 부딪치는 소리와 타액으로 가득한 입천장에 엄청난 혀가 부딪치듯 뭔가를 삼키는 소리만 들릴 뿐이었다. 놈은 그를 여기까지 떨어뜨려놓고 사라졌다.

그 후 놈은 하루에 두 번씩 찾아왔다.

놈이 올 때면, 동굴의 내벽조차 그를 두려워하는 듯 발광 석고의 불빛이 꺼졌다. 문이 열리고, 놈은 바닥을 쿵쿵 밟으며 동굴 안으로 들어왔다. 무수한 다리가 바닥을 뒤덮은 뼈를 짓밟았다.

포로들을 더듬기 위해 놈이 육중한 더듬이를 움직였다. 공포에 질린 포로들은 흐느낌을 억눌렀다. 마침내 마음에 드는 먹이를 발견한 놈은 동굴 중앙으로 끌고 가 잡아먹기 시작했다. 식사는 한 시간 넘게 계속되었다.

토비아스는 놈에게 '먹보'라는 별명을 붙여주었다.

먹보가 떠난 자리에는 미지근한 뼈만 남았다.

이 끔찍한 광경을 목격한 토비아스는 바로 도주를 시도했다. 하지만 끈적끈적한 문이 출구를 막고 있었다. 창살은 끈끈한 물질로 덮여 있었다. 토비아스는 손을 떼어내느라 몹시 고생했다.

그때부터 토비아스는 먹보가 돌아오는 소리가 날 때마다 혼비백산이 되어 움푹 파인 곳으로 피신했다.

토비아스는 이곳에 대해 아는 게 없었다. 로페로덴의 고향인 걸까? 지구에서 멀리 떨어진 곳일까?

토비아스는 자신이 아직 죽지 않았다는 사실을 알고 있었다. 숨을 쉬면서 추위와 공포를 느끼지 않는가! 하지만 무슨 일이 일어났는지는 이해할 수 없었다.

다른 포로들은 더 자세히 알고 있을까?

지금 확실한 것은 하나뿐이었다. 시간이 그에게 불리하게 작용하고 있었다.

머지않아 먹보는 그를 선택할 것이다. 토비아스는 친구들에게 희망을 걸었다.

앙브르와 맷.

그는 차갑고 어두운 동굴 속에서 전력을 다해 두 친구를 불렀다.

그들은 그의 유일한 희망이었다.

6
고통, 희망, 증오

맷은 식당 한가운데 혼자 앉아 뜨거운 빵에 민달팽이 잼을 발라 먹고 있는 앙브르를 발견했다.

방금 떠오른 금빛 아침 햇살이 창문을 통해 들어오고 있었다.

맷이 말했다.

"결정했어. 바위 성경까지 너와 함께 갈 거야."

잼을 바른 빵 조각을 내려놓은 앙브르는 천천히 고개를 끄덕이고는 나직이 대답했다.

"고마워. 얼마나 힘들었을지 알아."

"우리가 협력하면 더욱 강해지니까. 떨어져 있으면 둘 다 실패할 거야. 그렇다고 토비아스의 구출을 포기한 건 아니야. 위드론데이스에서 임무가 끝나면 곧바로 토비를 찾으러 갈 거야."

앙브르는 말없이 고개를 끄덕였다. 그녀는 맷이 품고 있는 희망을 존중했다. 토비아스가 실종된 것만으로도 맷에게는 너무 힘든 일이었다.

맷은 앙브르 옆에 앉아 아침을 먹었다. 앙브르가 다시 빵에 민달팽이 잼을 바르자 맷은 인상을 찌푸리면서 말했다.

"어떻게 그걸 먹어?"

"정말 맛있어. 할머니께서 주시던 쓴 오렌지 마멀레이드 같아. 플
룸이랑 같이 있었니?"

맷은 난처한 표정으로 대답했다.

"아니. 플룸은 밖에서 밤을 보냈어. 어제저녁부터 에덴 남서쪽 숲
을 바라보면서 움직이려 하지 않아."

"위협을 느낀 걸까?"

"모르겠어. 으르렁대지는 않고, 앉아서 지평선만 응시했어."

벤이 들어왔다. 그는 앙브르가 짠 오렌지 주스를 마시고 같은 식
탁에 앉았다.

앙브르가 물었다.

"에덴 남서쪽에는 어떤 숲이 있어?"

"'풍요의 숲'. 과일나무, 식용 장과, 사냥감이 넘쳐나. 식량 대부
분이 그곳에서 나오지. 그래서 여기에 에덴을 세운 거야. 근처에
밭, 풍부한 과일과 고기를 얻을 수 있는 들판, 물고기를 잡을 수 있
는 강이 있으니까."

맷이 물었다.

"위험하진 않아?"

"다른 곳과 비슷해. 그래도 글루통은 없어. 그것만 해도 어디야!
아주 드넓은 숲이거든."

앙브르와 맷은 서로를 바라보았다. 플룸은 대체 무엇을 노리고
있을까?

앙브르가 물었다.

"이 지역에 글루통이 많아?"

"점점 줄고 있어. 얼마 전까지만 해도 전령들은 글루통과 자주 마
주쳤어. 글루통은 주된 위험 요소야. 하지만 나타나는 건 드물어.
특히 한두 달 전부터는."

맷이 추측했다.

"글루통들은 새로운 세상에서 살아남지 못할 거야. 조직력이 약하고 별로 영리하지도 않으니까. 적응하지 못한 그들이 사라지는 건 시간문제야."

앙브르는 고개를 숙였다. 그들은 글루통의 죽음이 부모님의 죽음을 의미한다는 사실을 알고 있었다. 모든 글루통이 예전에는 어른이었다.

앙브르가 큰 소리로 말했다.

"대체 무엇이 어른들 일부는 시니크로, 나머지는 글루통으로 만들었는지 궁금해."

맷이 덧붙였다.

"왜 일부 사람들은 증발했을까?"

벤이 대답했다.

"시니크들이 글루통을 어떻게 생각하는지 알아? 그들은 글루통이 죄를 가장 많이 지은 사람, 가장 인색한 사람, 가장 식탐이 많은 사람, 또 가장 게으른 사람의 후손이라고 주장해."

앙브르는 시니크들의 터무니없는 광신에 격분했다.

"그리고 증발된 사람들은 하느님을 믿지 않았다고 하겠지?"

"맞아!"

맷이 말했다.

"시니크들은 되는대로 지껄이지! 앙브르, 너는 언제나 네 나름의 논리가 있었잖아. 이번엔 어떻게 생각해?"

앙브르는 난처한 표정을 지었다.

"없어. 그저 단순한 우연 아닐까."

"나는 우연을 좋아하지 않아!"

"왜? 우연이 어떤 가능성도 남기지 않기 때문에?"

맷은 어깨를 으쓱했다.

"글쎄. 어쨌든 우연은 싫어."

맷은 마지막 빵 조각을 먹은 후 플림을 찾으러 간다는 핑계를 대고 나갔다.

벤이 물었다.

"괜찮을까?"

"우리는 토비아스를 잃었어. 인정하기 힘든 일이야. 부모님이 어떻게 됐는지도 걱정하고 있고."

"우리도 마찬가지잖아."

"나는 아니야. 지금이 훨씬 나아."

앙브르는 폭풍설 이후 시간이 지남에 따라, 자신이 생각했던 것보다 훨씬 더 어머니를 원망했다는 사실을 깨달았다. 행복한 환경을 마련해주지 않은 것에 대해, 난폭한 주정뱅이 계부를 버리지 못한 것에 대해, 친아버지 이야기를 해주지 않은 것에 대해…….

그때, 플로이드가 다가와 앞에 앉았다. 앙브르는 회상에서 빠져 나왔다.

플로이드는 다소 흥분하며 말했다.

"중요한 날이야."

벤이 설명했다.

"평의회가 우리가 아는 모든 걸 주민들에게 알렸어. 곧 얼굴에서 미소가 사라지고, 몇 달 전부터 나타나기 시작한 희망도 공포로 바뀌겠지."

앙브르는 한숨을 짓고 말했다.

"긴 하루가 되겠네."

플로이드가 말했다.

"그래도 준비는 차질 없이 진행될 거야. 더 이상 기다릴 수 없어. 도망치는 건 상상도 할 수 없고. 이제 놈들과 맞서 싸울 때야!"

앙브르는 플로이드에게 돌아섰다.

"어린이들을 전쟁터로 내보내는 일이야! 수개월 전부터 훈련을 받고 중무장한, 훨씬 강한 어른들과 대적하는 거라고!"

"우리는 맨손으로 에덴을 세웠어. 누구도 에덴을 빼앗지 못해!"

"한 지역을 지키기 위한 게 아니야. 자유를 수호하기 위한 전쟁이지!"

"이 전쟁은 여기, 이 실낙원 성벽에서 시작될 거야."

에덴의 팬들은 무슨 일이 일어날지 정말로 알고 있는 걸까?

피비린내 나는 전쟁에서 극소수만이 살아남을 것이다.

야만적인 전쟁.

인간에게 남은 가장 원초적인 본능이었다.

☣

맷은 에덴의 남쪽 성문 앞에 펼쳐진 바둑판 모양의 밭을 둘러보고 있었다.

플륌은 어디에도 없었다. 어젯밤에 돌아오긴 했을까?

'아니야. 돌아왔다면 방랑자 숙소에서 봤어야 해. 녀석은 길을 알아. 돌아왔다면 마구간 꼴에서 잤거나 내 방문을 긁었겠지.'

맷은 플륌의 부재에 당황했다. 이유 없이 종적을 감출 녀석이 아니었다. 혹 불행한 일이라도 생긴 걸까?

맷은 보초를 서던 두 소년 중 한 명을 불렀다.

"여기서 밤을 새웠니?"

"아니. 새벽 직전에 교대했어."

"혹시 아주 큰 개 못 봤어? 진짜 엄청 커, 말처럼."

"네 개 말이야? 그래. 새벽에 도착했을 때 네 개가 있었어. 아침 해가 뜨자 제자리에서 맴돌더니, 두 귀를 쫑긋 세우고 풍요의 숲 쪽으로 달려갔어."

좋은 징조가 아니었다. 그런 행동은 한 번도 한 적이 없었다. 만일 특별한 본능이 플륌을 골탕 먹이고 있다면? 폭풍설이 유전자에 영향을 끼친 걸까?

"내 개를 다시 보면 바로 알려줄래? 부탁할게."

앙브르가 전령 훈련을 받는 동안 맷은 플륌을 찾기 위해 배낭과 검을 챙겨 숲을 탐험하기로 했다. 그는 산나물을 캐러 같은 방향으로 가던 한 무리의 사람들과 합류했다. 그들은 농작물을 수확한 밭을 가로질러 푸른 언덕 쪽으로 전진했다.

여러 팬들이 옥수수와 밀의 첫 수확이 얼마나 풍성했는지 자랑했지만, 맷은 건성으로 들었다.

울창한 나뭇잎 그늘 아래 도착한 맷은 팬들과 헤어져, 나무줄기 사이를 갈지자로 돌아다니며 플륌의 발자국이나 나뭇가지에 걸린 털을 찾기 시작했다. 하지만 눈에 띄는 것은 멧돼지 발자국을 닮은 것뿐이었다.

맷은 맹수를 불러들일 위험을 무릅쓰고 일정한 간격으로 플륌의 이름을 외쳤다.

오후 중간 무렵, 녹초가 된 그는 자신이 까마득히 펼쳐진 숲에서 겨우 몇 평방킬로미터만을 살펴보았을 뿐이라는 사실을 깨달았다.

맷은 몹시 낙심한 채 체념하고 시내로 돌아가지 않을 수 없었다. 그는 가는 내내 뒤를 돌아보았다.

맷이 통나무 성벽을 지났을 때, 에덴의 모든 주민이 중앙 광장 쪽으로 몰려가는 것이 보였다.

평의회가 공지 사항을 알리기로 결정한 것이다.

맷은 이 우울한 광경을 보고 싶지 않았다. 그는 방랑자 숙소에 있는 자기 방에 소지품을 내려놓고, 강가에 이를 때까지 골목길을 거닐었다. 목을 축인 그는 의무실로 갔다.

미아는 여전히 의식을 회복하지 못했고, 열이 있었다.

맷은 미아의 손을 잡고 저녁까지 간호했다. 그러는 동안 에덴의 주민들은 전쟁이 닥쳤음을 알게 되었다.

그날 저녁, 거리에서는 환호성이 사라졌고, 추억의 살롱에서도 음악이 들려오지 않았다. 맷은 유리창으로 건물 안을 들여다보았다. 귀신처럼 창백한 얼굴, 묵묵히 유리잔 바닥에서 대답을 찾는 사람들뿐이었다.

열다섯 살가량의 소년이 현관에 앉아 검은 담배를 말고 있었다.

맷이 다가가자 소년이 물었다.

"한 개비 말아줄까?"

"됐어. 담배는 어른들을 생각나게 해."

소년은 개의치 않는다는 듯 어깨를 으쓱하고는 담배에 불을 붙이며 말했다.

"내 이름은 호러스야."

그는 고약한 냄새가 나는 푸르스름한 연기를 내뿜었다.

"나는 맷."

"네가 누군지 알아. 커다란 개를 데리고 와서 눈에 띄지 않을 수 없었지. 그런데 지금은……."

"지금은?"

"쳇, 너도 잘 알잖아. 전쟁 말이야."

"그래서? 나는 전쟁과 아무 상관도 없어. 내가 선전포고를 한 게 아니라고!"

"신경질 내지 마. 내가 지어낸 말이 아니야. 아무튼 너와 네 친구들은 시니크들의 나라에서 돌아왔어. 평의회가 설명해줬지. 너희는 영웅이지만, 동시에 나쁜 소식도 가져왔어."

"그 정보 덕에 팬들은 궁지에서 벗어날 수 있을 거야!"

호러스는 다시 담배를 한 모금 빨았고, 허파로 들어간 연기 탓에 인상을 찌푸렸다.

그는 담뱃잎을 뱉으면서 말했다.

"우리가 정말 살아남을 수 있을 거라고 생각해?"

"그렇게 생각하지 않으면 모든 걸 포기하는 거나 마찬가지야."

맷은 비관한 에덴의 팬들이 전투준비를 하지 않을까 봐 걱정되기 시작했다.

호러스는 담배를 들면서 말했다.

"이게 마지막이야. 내일부터는 훈련에 전념할 거야. 때가 되면 싸워야 하니까."

맷은 기뻐했다.

"희망을 버리지 않았네."

"꼭 그런 건 아니야. 하지만 싸워야 하잖아. 희망은 필요하지 않아. 분노를 품기만 하면 돼."

"분노? 어른들에 대한 분노 말이야? 너는 어른들을 원망하니?"

"나는 글루통들이 친구의 머리를 박살 내는 걸 봤어. 게다가 시니크 정찰대가 소년, 소녀 들을 납치하는 것도 목격했지. 무자비하게 팬들을 때리면서 강제로 큰 수레에 실었어. 이 전쟁에서 승리하리라고 믿어서가 아니야. 희망을 품고 있는 것도 아니고. 그저 몇몇 장면만 떠올리면 싸울 준비는 끝나지."

맷은 그의 눈에서 단호한 결심을 읽었다. 호러스는 무서운 전사가 될 것이다. 그는 두려워하지 않을 것이다. 오히려 어른들에게 두려움을 불러일으킬 수 있는, 보기 드문 소년이었다.

맷은 속마음을 털어놓았다.

"우리는 너 같은 사람이 필요해. 네가 훈련에 매진하겠다니 정말 잘된 일이야. 아무튼 너를 알게 돼서 기쁘다."

"너와 네 여자 친구에 대한 소문이 사실이야? 정말 말롱스 여왕의 비밀 무기를 훔치러 시니크들의 나라로 내려갈 거야?"

호러스는 흥분하지 않기 위해 억누른 목소리로 물었다. 하지만 맷은 단어 하나하나에 담긴 긴장을 간파했다. 단순한 질문이 아니었다. 두려움에서 벗어나고 싶은 것일까?

맷은 인상을 찌푸렸다. 그 말은 긍정할 수 없었다. 사실 위드론데 이스에서 무엇을 할지, 전혀 예측조차 할 수 없었다.

하지만 그는 진실을 말할 용기가 나지 않았다. 호러스는 그의 대답을 간절히 기다리는 듯했다.

"거의 비슷해."

호러스는 오랫동안 호흡을 참았던 것처럼 짙은 연기를 내뿜었다. 그는 반쯤 피운 담배를 짓밟으며 말했다.

"그렇다면 희망은 있어."

☣

집과 집 사이에 펼쳐놓은 천막 아래에서 화로가 붉은 불빛을 발산했다. 팬들이 삼삼오오 모여 나지막이 이야기를 나누고 있었다. 맷이 지나가는 곳마다 '전쟁'이라는 단어가 들렸다.

별들이 에덴을 굽어보고 있었다. 맷은 토비아스가 별을 봤다면 이렇게 말할 거라고 생각했다. "별들은 너무 멀리 떨어져 있어서, 별빛은 수년 후에야 우리에게 닿아!"

저 별들은 어쩌면 이미 빛을 잃었고, 우주 역시 폭풍설 후의 암흑에 지나지 않을지 모른다.

'우리 머리 위에 있는 저 별들은 외양만 살아 있어. 우리도 마찬가지라면? 시니크들이 우리를 몰살시킬 준비를 마쳤다면?'

한 소년이 맷을 불렀다.

"맷? 널 찾으려고 사방팔방 돌아다녔어. 네가 흥미를 가질 만한 일이 있어."

맷은 어둠 때문에 잠시 후에야 소년을 알아볼 수 있었다. 오늘 아침 남쪽 성문에서 만났던 초병이었다.

"내 개를 찾았니?"

"아니. 하지만 네 개에 관한 거야. 자, 서둘러."

초병은 남쪽 성문을 향해 달리기 시작했다.

7
풍요의 숲

맷은 움직이는 물체를 분별할 수 있을 거라 생각하고 어두운 지평선을 유심히 살폈다. 하지만 들판이 너무 캄캄해 언덕의 경사만을 가까스로 구분해냈을 뿐이었다.

어린 초병이 외쳤다.

"들어봐!"

먼 숲에서 구슬프게 짖는 소리가 들렸다. 반복적으로 짖던 소리는 이내 단속적인 울음으로 변했다.

"개가 짖는 소리지?"

맷이 고개를 끄덕였다.

"플륌이야."

"누군가를 부르는 것 같아."

맷은 두 주먹을 불끈 쥐었다.

"함정에 빠졌나 본데! 가봐야겠어!"

초병이 그의 팔을 붙잡았다.

"낮에 가는 건 괜찮지만 밤에는 들어가면 안 돼! 온갖 포식자들이 사냥을 나온다고!"

"플륌이 구조를 요청하는 데 가만있을 순 없어."

검은 머리와 갈색 피부에 키는 작지만 근육이 발달한 다른 초병이 끼어들었다.

"나도 같이 갈게. 내 이름은 후안이야. 네 소지품을 챙겨 와. 나는 글뤼앙에게 동행을 부탁할게."

맷은 자신의 숙소로 달려가 무장했다. 그 앞에 불쑥 나타난 앙브르가 물었다.

"웬 소란이야? 어딜 가는데?"

"플륌을 찾으러 숲에 가. 조금 전부터 짖고 있어."

"나도 갈게."

후안은 수척하고 호리호리한 열네 살의 소년과 함께 기다리고 있었다. 틀림없는 아시아계 소년이었다.

"글뤼앙을 소개할게."

앙브르가 놀라며 물었다.

"글뤼앙? 그게 네 이름이니?"

"아니. 내 이름은 첸이야."

후안이 설명했다.

"손 때문에 글뤼앙Gluant('끈적끈적한'을 뜻하는 프랑스어—옮긴이)이라고 부르는 거야. 취미가 나무 타기야. 아주 어렸을 때부터 나무를 탔지. 보이는 대로 기어올라!"

"덕분에 초능력이 향상됐어. 내 손과 발은 끈적끈적한 물질을 분비해. 특히 기어오르기 전 정신을 집중할 때."

앙브르는 마치 초능력에 대해 처음 듣는 것처럼 소년의 능력에 감탄했다.

후안은 원통으로 유리를 가린 폭풍용 램프를 건네며 말했다.

"자, 발만 비추는 이 전등을 들어. 멀리서도 안 보여. 불빛은 많은 야수들을 불러들이기 때문에 이런 램프를 사용해."

아래쪽으로만 뻗어 나오는 황갈색 불빛이 길과 신발 끝을 비추었다. 맷, 앙브르, 후안 그리고 첸은 남쪽 언덕을 향해 밭으로 난 고불고불한 길을 거슬러 올라가기 시작했다.

한 시간이 안 되어 풍요의 숲 주변부에 도착한 그들은 끊임없이 짖는 소리를 따라 더욱 어둡고 위험한 숲 속으로 들어갔다.

부엉이의 노란 눈은 초롱이 발산하는 희미한 불빛을 포착했다. 부엉이는 일정한 간격으로 알쏭달쏭한 울음소리를 내며 관리인처럼 그들을 지켜보았다.

앙브르가 걱정스레 물었다.

"여긴 어떤 동물들이 있지?"

후안이 대답했다.

"투명한 사마귀가 있어. 길이가 3~4미터 정도 되는 호리호리한 곤충이야. 매우 공격적이고, 단번에 먹이를 낚아채. 육식하는 나무 딸기도 쉽게 볼 수 있어. 낮에는 조금만 주의하면 피해 다닐 수 있지만 밤에는 아주 조심해야 해. 가시가 잔뜩 달린 줄기가 발목을 휘감으면 바로 대처해야 하고."

첸이 덧붙였다.

"대형 멧돼지를 닮은 상글리에도 있어. 부상만 없으면 마주쳐도 전혀 위험하지 않아. 녀석들을 유인하는 건 피 냄새거든."

앙브르가 놀라며 물었다.

"그게 다야?"

"물론 가장 무서운 건 밤에 어슬렁거리는 로되르녹튀른이지."

맷은 몸을 떨었다. 이미 그 괴물을 본 적이 있었다. 플륌이 나타나지 않았다면 토비아스와 그는 이 세상 사람이 아니었을 것이다.

"제일 무시무시한 포식자들이지?"

후안은 고개를 크게 끄덕였다.

"맞아! 놈들과 마주쳐 살아남은 전령은 매우 드물어! 로되르녹튀른은 인간을 닮았어. 일부는 이 괴물이 폭풍설 이전에 사람이었다고 생각해."

맷이 반박했다.

"그럴 리 없어! 나는 놈을 봤어. 분명 인간이 아닌 괴물 같았어!"

"하지만 에덴에서는 그렇게 얘기해. 예전 세상에서 연쇄살인범이나 양심 없는 사람들, 살인 기계 같은 가장 흉악한 범죄자들이 제일 무시무시한 괴물이 됐단 거야."

앙브르가 물었다.

"이 지역에 있어?"

"로되르녹튀른은 떠돌이야. 그러니 당연히 여기도 있을 수 있어. 놈들은 밤에만 사냥하고, 우리는 안전한 에덴에 살아서 정확히 파악하긴 어려워."

맷이 말했다.

"놈들의 울음소리를 알아볼 수 있어."

"먹이를 발견하면 사냥을 알리기 위해 내지르는 소리 말이야? 에덴 주민들은 그 소리를 들은 사람은 이미 죽은 목숨이라고 생각해."

앙브르가 나직이 말했다.

"끔찍해."

그들은 개가 짖는 소리에 소스라치게 놀랐다.

앙브르가 물었다.

"정말 플룸일까?"

"나는 확신해."

"고통을 알리려 한다기보다는 누군가를 부르는 것 같은데."

"맞아. 플룸이 다른 맹수에게 붙잡혔거나 나쁜 상황에 처한 게 아니길 바랄 뿐이야. 빨리 찾을수록 좋을 거야."

플룸이 부르는 소리는 한 시간 넘게 지속되었다. 녀석은 분명 이동하고 있었다.

앙브르가 말했다.

"플륌은 다치지 않았어! 뭔가를 찾는 것 같아."

"대체 뭘 추적하는 거지? 여긴 지나간 적이 없는데."

"예전 생활과 관련 있는 건가?"

"어쨌든 플륌이 필요로 한다면 돕고 싶어. 이곳이 우리에게 위험하다면 플륌에게도 마찬가지야."

그들은 한참 동안 플륌의 위치를 파악하는 데 집중한 뒤 접근하기 시작했다. 맷은 위험을 무릅쓰고 플륌을 불렀다.

아무 대답도 없었다. 플륌은 추적에 몰두한 나머지 주인의 목소리를 듣지 못한 것 같았다.

맷이 일행을 안내하는 와중에 커다란 도마뱀이 고사리밭에서 불쑥 나타나 그를 꿀꺽 삼키려 했다.

검이 공기를 가르며 도마뱀의 두개골에 깊은 상처를 냈다. 도마뱀은 바로 물러나 암흑 속으로 사라졌다.

첸은 가장 가까운 나무줄기로 껑충 뛰더니 마치 계단이라도 있는 것처럼 손쉽게 기어오르기 시작했다. 그는 꼭대기에서 한참 동안 머물다가 내려왔다.

"특별한 건 안 보여. 도마뱀을 조심해야 해. 무리를 지어 사냥하거든. 이번엔 한 마리뿐이었지만 꾸물대지 않는 게 좋겠어. 어떤 일이 일어날지 몰라."

후안이 말했다.

"네 개는 우리가 쫓아오는 걸 원치 않나 봐. 더는 목숨 걸지 말자."

맷이 말했다.

"평소에는 이런 적이 없었어. 조금만 더 따라가고 싶어……."

앙브르가 그의 말을 끊었다.

"후안이 옳아. 이만 돌아가자. 플륌이 우리 도움을 원했다면 이미 돌아왔을 거야. 고집부리지 마."

"하지만……."

앙브르는 목소리를 높이지 않고 엄하게 말했다.

"맷! 클로로팬펄 둥지에서 겪은 일을 잊었어? 내 말을 듣겠다고 약속했었지."

한숨을 내쉰 맷은 마지못해 수긍했다.

그들은 발길을 돌려 불길한 소리를 내는 숲을 서둘러 떠났다.

언덕 꼭대기에 도착한 앙브르는 에덴 뒤쪽 먼 곳에서 붉은 불빛과 푸른 불빛을 발견했다.

"너희도 봤니? 첸, 나무에 올라가 저게 뭔지 확인해줄 수 있어?"

"그럴 필요 없어. 뭔지 알거든. 풍뎅이들이야."

"언제부터지?"

"오래전부터. 수백만 마리야! 풍뎅이들은 남쪽으로 가고 있어. 더 멀리 있는 풍뎅이들은 북쪽으로 가고 있지."

앙브르가 솔직하게 말했다.

"풍뎅이들이 어떤 존재인지 꼭 알고 싶어."

첸이 제안했다.

"원한다면 내일 그곳으로 안내해줄게. 하지만 조심해야 해."

"뭘?"

"초능력 말이야. 풍뎅이들과 함께 있으면 초능력에 혼란이 생겨서, 때로는 통제가 불가능해. 그런 팬은 풍뎅이들에게 접근하면 안 돼. 심각한 사고를 당한 적이 있거든."

앙브르는 깜짝 놀란 얼굴로 경청했다.

그들이 전속력으로 비탈을 내려가는 동안 맷은 풀룁을 붙들고 있는 숲을 마지막으로 바라보았다.

풀룁은 언제쯤 돌아올까?

8
풍뎅이 에너지

다음 날 정오, 첸이 식물 수업을 마친 앙브르를 찾아왔다. 맷은 강에서 멀지 않은 곳에서 두 사람과 합류했다.

팬들이 두 개의 커다란 통나무를 세우고 밧줄로 판자를 엮어 만든 다리 위에서 낚시꾼 한 무리가 낚싯대로 물고기를 잡고 있었다. 몇몇 팬들이 파닥이는 물고기로 가득한 양동이를 재빠르게 부엌으로 옮겼다.

플룀은 여전히 돌아오지 않았다. 맷은 배가 아플 만큼 불안했다. 새벽에 다시 숲으로 가서 개를 찾아볼까 고민했지만, 이내 쓸데없는 짓이라고 판단했다. 어젯밤 플룀은 그들의 접근을 원치 않는 듯, 그들이 다가갈수록 조심스럽게 멀어졌다.

세 사람은 건너편 제방에서 꼴, 마구간, 사료로 가득한 대형 창고들 사이를 지나갔다.

앙브르가 물었다.

"젖소는 어디서 찾았어?"

"여기저기서. 정처 없이 떠돌고 있었어. 젖소들을 모아 울타리를 치고 농부의 아들에게 맡겼지. 그가 많은 걸 알려줬어. 이제 우리는 모든 주민에게 공급할 수 있는 우유를 생산해."

맷이 보충했다.

"고기와 가죽도 얻을 수 있지!"

"그 문제는 토론 중이야. 고기를 얻기 위해 젖소를 도살하는 것이 당연하다는 측과 반대하는 측으로 나뉘었어. 우선은 금지한 상태야."

그들은 북문을 통해 시내를 빠져나와 젖소들이 조용히 풀을 뜯고 있는 초원을 횡단한 다음, 높은 언덕의 비탈을 오르기 시작했다. 언덕 꼭대기에 도착한 그들은 몸을 돌려 에덴이 세워진 분지를 내려다보았다. 강은 황금빛 보석 상자를 장식하는 푸른 리본 같았다.

두 시간을 더 걸은 그들은 곧 우글거리는 물체를 감지했다. 돌연 이상한 광경이 펼쳐졌다.

초목 사이의 아스팔트 고속도로는 끝없는 발광 풍뎅이 행렬로 뒤덮여 있었다. 지구의 전 주민보다 많은 풍뎅이들이 전속력으로 걷고 있었다. 복부에서 파란 불빛을 발산하는 풍뎅이는 오른쪽 고속도로에서, 빨간 불빛을 발산하는 풍뎅이는 왼쪽 고속도로에서 기어갔다. 모든 풍뎅이가 찌르륵하는 소리를 내며 남쪽으로 전진했다.

앙브르가 물었다.

"어제 북쪽으로 가는 다른 풍뎅이들이 있다고 했지?"

"그래. 여기서 10킬로 떨어진 곳이야. 절대 방향을 바꾸지 않아. 고속도로는 낮이나 밤이나 풍뎅이들로 가득해. 수십억 마리가 이미 이곳을 지나갔어. 풍뎅이 행렬은 결코 끝나지 않을 것 같아."

"분명 이유가 있을 거야."

맷이 물었다.

"풍뎅이들이 공격적이진 않아?"

"전혀! 풍뎅이를 붙잡았다가 먼 곳에 놓아주면, 잠시 방황하다가 동료들을 찾아가. 가장 재미있는 사실은 파란 불빛의 풍뎅이를 붙잡아 빨간 불빛을 발산하는 무리에 놓으면 바로 불빛을 바꿔 눈에 띄지 않는단 거야."

앙브르가 다시 물었다.

"풍뎅이들이 초능력에 영향을 미친다고 했지?"

"그래. 하지만 조심해야 해."

앙브르는 몇 미터 떨어진 곳에서 바위 무더기를 발견했다. 가장 작은 것은 2킬로를 넘지 않았고, 가장 큰 바위는 0.5톤쯤 되어 보였다. 앙브르는 손을 내밀고 가장 작은 바위를 향해 정신을 집중했다.

그런데 아무런 일도 일어나지 않았다.

'너무 멀리 떨어져 있기 때문일 거야. 조금만 더 다가가면······.'

갑자기 작은 바위가 날아가더니 큰 바위에 부딪쳐 박살났다. 무수한 파편과 먼지가 떨어졌다.

경악한 맷이 탄성을 내뱉었다.

"이야, 굉장해!"

첸이 외쳤다.

"내가 경고했지!"

앙브르가 결론지었다.

"풍뎅이들 덕분이야! 녀석들은 초능력에 필요한 에너지를 발산하고 있어. 더 잘할 수도 있을 거야. 손에 약간 힘을 줬을 뿐인데."

첸이 애원했다.

"제발 조심해! 풍뎅이들은 많은 사고를 일으켰어!"

앙브르는 중간 크기의 바위에 정신을 집중했다. 작은 의자만 한 수십 킬로의 바위였다. 그녀는 곧장 바위를 옮기려고 애쓰지는 않았다. 먼저 생각으로 바위 모양을 파악하는 데 집중했다. 준비가 끝나자 마음을 비우고 에너지를 축적했다. 저런 바위를 움직이려면 많은 에너지가 필요했다.

앙브르는 팽팽해진 새총의 고무줄을 놓듯이 모든 정신력을 바위에 발사했다.

바위는 수천 개의 조각으로 폭발했다. 어어 옆 바위가 흙덩어리에서 뽑히더니 수 미터를 날아가 포플러에 부딪쳤다. 나무는 충격으로 완전히 부러졌다.

맷과 첸은 입은 크게 벌린 채 발치의 구덩이를 바라보았다.

탈진한 앙브르는 주저앉았다.

맷이 서둘러 앙브르를 붙잡았다. 그녀는 눈을 깜박거렸다. 입꼬리에 야릇한 미소가 떠올랐다.

그녀는 기절하기 전 속삭였다.

"이 풍뎅이들, 무지 근사하다."

☣

앙브르는 잠깐 실신했다가 의식을 찾았다. 에덴에서 자유롭게 사용할 수 있는 홀 하나를 얻은 그녀는 맷과 함께 몇 차례 고속도로로 가서 여러 개의 유리병에 풍뎅이를 가득 채웠다.

오후가 끝날 무렵, 마일리스와 젤리가 홀 안으로 들어왔다. 앙브르는 의자들을 옆으로, 좀 긴 의자들은 구석으로 밀어붙였다. 그리고 칠판 하나와 발광 곤충이 가득 담긴 여섯 개가량의 표본병이 눈에 잘 띄도록 연단을 배치했다.

앙브르는 흥분한 목소리로 외쳤다.

"초능력 아카데미를 소개합니다!"

젤리가 물었다.

"여기서 뭘 할 건데?"

"초능력 연구 센터야. 열심히 연구해서 초능력을 계발할 거야. 풍뎅이들이 발산하는 에너지를 모아서 활용해야 해."

마일리스가 물었다.

"이 일을 이끌어갈 준비가 됐어?"

"오전에는 전령 교육을 받고, 오후에는 에덴을 떠나기 전까지 매일 여기 있을 거야. 출발 전에 나를 대신할 사람을 찾아야지."

앙브르는 슬쩍 맷을 바라보았다.

맷은 앙브르가 과감하게 이 일에 뛰어든 것에 놀랐다. 앙브르는 늘 초능력 문제를 해결해왔다. 그녀는 적절한 단어를 찾아냈고, 다른 팬들보다 수월하게 초능력의 구조를 이해했다.

젤리가 말했다.

"늑대의 협로에 있는 요새까지 너희와 동행할 특공대를 조직 중이야."

"앙브르와 나는 남쪽으로 갈 거야. 벤은 우리와 함께하길 원해."

"응, 벤이 그 뜻을 알렸어. 좋은 생각인 것 같아."

맷이 부탁했다.

"우리는 도움이 필요해. 아주 긴 여행이 될 거야. 규모는 눈에 띄지 않게끔 작아야 하고, 구성원은 어떤 상황에든 대응할 수 있을 만큼 다부져야 해."

"원한다면 지원자를 추가해도 돼."

"직접 선발하고 싶어. 나는 첸을 생각 중이야."

"첸이 동의한다면 평의회는 반대하지 않을 거야."

"몇 사람 더 뽑을 거야."

"위드론데이스는 아주 멀지? 가는 데 며칠쯤 예상해?"

"전혀 몰라. 분명 몇 주는 걸릴 거야. 상황에 따라 적절하게 대처해야지."

"우리가 가진 가장 소중한 걸 제공할게. 바로 말이야."

앙브르가 고개를 저었다.

"제일 시급한 일은 모든 팬 공동체에 전쟁을 알리는 거야. 말은 우리보다 전령에게 더 필요할 거야. 그들에게 제공해야 해."

마일리스가 설명했다.

"너희의 여행이 너무 길어지면 아무 도움도 안 될 거야. 너희가 석 달 후에야 돌아왔는데 그사이 전쟁이 끝나버렸다면 무슨 소용이 겠어? 최대한 빨리 원하는 물건을 찾아서 우리에게 알려야 해!"

당황한 앙브르는 고개를 숙였다.

"아직은 뭘 찾아야 하는지도 모르는데."

"말롱스 여왕이 그토록 많은 병사들을 보내 팬들을 생포하는 건 그 물건이 매우 중요하기 때문이겠지! 말롱스는 세상의 평화를 위해 그 물건을 찾을 사람이 아니야! 여왕이 원하는 건 분명 엄청 중요한 걸 거야. 말롱스 여왕보다 먼저 그 물건을 찾아야 해!"

앙브르는 고개를 끄덕이고 말했다.

"최선을 다할게."

앙브르가 초능력 계발을 위해 추진할 계획을 설명하는 동안 누구도 창문으로 홀 안을 염탐하는 실루엣을 보지 못했다.

바로 닐이었다.

9
초능력 아카데미

초능력 아카데미에 대해 알아보려는 팬들이 사방에서 몰려왔다.

해가 서쪽으로 기울자, 등불이 구경거리를 좋아하는 사람들의 길을 비춰주었다. 등록하러 온 팬도 더러 있었지만, 대개는 단순한 구경꾼이라 앙브르의 업무는 더욱 가중되었다. 에덴 평의회 위원인 멜키오트는 팬들의 열정이 부족함을 확인하고 작은 의자 위로 껑충 올라가 군중을 향해 외쳤다.

"어제 들은 소식을 벌써 잊었습니까? 우리는 전쟁 중입니다!"

한 소녀가 외쳤다.

"바로 그거예요! 우리는 남은 인생을 즐기고 싶어요! 공부는 싫어요!"

"우리를 죽게 만드는 건 여러분의 그런 의지 결핍입니다!"

한 소년이 지적했다.

"우리가 시니크들을 물리칠 가능성이 있나요?"

"이렇게 아무것도 하지 않는다면 전혀 가능성이 없겠죠. 하지만 대비를 한다면 물리칠 수 있습니다!"

"단 한 달 만에 전투하는 법을 배울 순 없을 거야!"

의자에 앉아 있던 소년이 방금 말한 소년을 가리키며 말했다.

"저 소년의 말을 들으세요! 그가 옳아요! 평범한 전투로는 시니크들의 상대가 안 될 거예요! 하지만 우리에게도 힘은 있어요! 초능력 말입니다! 모두 단결하면 초능력으로 그들을 쓰러뜨릴 수 있을지 몰라요!"

다른 소녀가 반대했다.

"우리 대부분은 초능력을 활용할 줄 몰라!"

앙브르는 홀에서 나와 손을 들어 정숙을 요구했다. 그녀는 모든 팬들이 들을 수 있도록 크게 말했다.

"그래서 아카데미가 있는 겁니다! 여러분에게 중대한 발견을 보여드리겠습니다!"

앙브르는 군중에게 그녀와 한 건물 사이의 길이 비도록 물러서라는 손짓을 했다. 그것은 지붕이 붕괴된 곡물 창고였다. 그녀는 표본병을 덮은 천을 들어 올렸다. 풍뎅이들이 빨간 불빛과 파란 불빛을 발산하고 있었다.

앙브르는 뚜껑을 열고 정신을 집중했다.

선명한 후광이 회전 경보등처럼 앙브르 위에서 너울거렸다.

앙브르는 곡물 창고를 향해 손을 뻗었다.

여러 팬들이 비웃었다.

앙브르는 마치 멀리 떨어진 곳에서 금이 간 벽을 만지려는 듯 손가락을 쥐락펴락했다.

앙브르는 엄청난 위험을 감수하고 있었다. 연습은 충분치 않았고, 풍뎅이가 발산하는 에너지에 대해서도 아는 게 없었다.

이윽고 앙브르는 준비가 되었다고 느꼈다. 그녀는 10미터쯤 떨어져 있는 물체부터 이동시키기 시작했다.

목재가 삐걱거리고 골조가 비틀리며 판자벽이 움직이기 시작하더니, 갑자기 지붕이 들렸다. 마룻대 아래에서 먼지와 톱밥 구름을 일으키며 들보가 하나씩 모였고, 이내 지붕이 복구되었다.

경악한 군중은 말을 잃었다. 앙브르는 긴장을 푼 다음 비틀거리지 않기 위해 첸에게 몸을 기댔다. 갑자기 머리가 빙빙 돌며 기운이 빠졌다.

멜키오트가 의자 위에 서서 외쳤다.

"초능력으로 어떤 일을 할 수 있는지 잘 봤습니까?"

군중 속에서 한 소년이 반박했다.

"저 소녀 말고는 누구도 저런 굉장한 일을 할 수 없어!"

앙브르는 정신을 되찾았다. 그녀는 심호흡을 하며 약간의 기운을 회복했다.

"내 초능력을 증대시키는 건 풍뎅이입니다. 초능력 아카데미에 오세요. 여러분은 머지않아 이보다 훨씬 멋진 쾌거를 달성할 수 있습니다!"

이번에는 활발한 토론이 진행되었다. 이미 풍뎅이와 관련된 초능력 사고에 대해 들어 알고 있었던 그들이지만 그 원인은 아무도 몰랐다. 그들이 방금 목격한 광경은 가장 회의적인 팬의 입을 다물게 할 만큼 설득력 있었다.

긴 금발 소녀가 다가와 물었다.

"앙브르, 정말 초능력 계발을 도와줄 거야?"

"풍뎅이의 힘을 빌리면 우리 모두가 시니크 군대를 공포에 떨게 할 수 있을 거야. 나를 믿어."

"그럼 할래."

한 소년이 외쳤다.

"나도! 나도 하고 싶어!"

"나도 관심 있어!"

"나도!"

다른 소년이 외쳤다.

"나도 등록할게! 나는 늘 초능력을 믿었다고!"

몇 초 만에 군중 절반이 아카데미 문에서 서로를 떼밀었다. 앙브르는 그들을 물러나게 한 다음 차례대로 등록을 받기 시작했다.

팬 공동체에 전사는 부족하지만, 초능력 면에서는 어떤 문제도 없을 것이다.

이것만이라도 어딘가!

☣

맷은 통나무 성벽을 따라 도시를 한 바퀴 돌면서 지평선을 탐색했다. 그는 여전히 플룀의 귀환을 기다리고 있었다. 어둠이 내리는 것을 보고 체념한 맷은 미아의 소식을 들으러 갔다.

미아의 병세는 호전 기미가 보이지 않았다. 상처, 특히 넓적다리에서 고름이 나왔다. 그녀는 몸을 떨며 많은 땀을 흘렸다.

맷은 오랫동안 머리맡을 지켰다.

두 사람은 서로에 대해 잘 알지 못했다. 하지만 맷은 그녀를 가깝게 느꼈다. 그는 미아의 배꼽 고리를 벗겨주었고, 함께 에녹에서 시니크, 망주옹브르 들을 피했으며, 추락한 뷔뵈르의 비행선에서도 살아남았다. 이런 수많은 모험이 두 사람을 가깝게 만들어주었다.

맷은 미아의 배꼽을 살폈다. 붉게 부어오른 부위에서 체액이 스며 나왔다. 배꼽 고리는 시니크들이 저지른 가장 악랄한 짓이었다.

이윽고 맷은 플로이드나 존, 누르니아를 만날 수 있으리라는 희망을 품고 방랑자 숙소로 향했다. 오늘 저녁에는 혼자 있고 싶지 않았다. 앙브르는 아카데미 업무로 너무 바빴다.

거리를 거슬러 올라가던 맷은 추억의 살롱의 환한 유리창을 보고 들어가기로 결심했다.

에덴 주민들은 대부분의 건물을 회수한 건축자재로 지었다. 특히 추억의 살롱은 예전 생활을 떠오르게 하는 가장 슬픈 곳이었다. 마치 서부극에 나오는 술집 같았다. 내장재, 아주 긴 카운터, 둥근 식탁, 관현악단을 위한 무대. 벽에는 수십 장의 가족사진이 붙어 있었다. 부부와 어린이들 사진, 조부모와 개를 포함한 가족 단체사진, 남동생 사진, 누나 사진, 학급 사진……

한 사진에서 마일리스와 젤리를 알아본 맷은 이 사진들이 폭풍설 이전의 에덴 주민들, 팬들, 그들의 가족임을 알았다.

맷은 문득 부모님을 기념할 만한 물건이 하나도 없다는 사실을 깨달았다. 그는 지갑에 사진을 보관한 적이 없었다. 아파트를 떠날 때, 언젠가는 부모님을 만나리라 확신하고 사진을 챙기지 않았다.

맷은 엄마와 아빠에게 작별 인사를 할 기회조차 없었다. 지금은 부모님과 함께 보냈던 모든 순간들이 그리웠다. 부모님께 사랑한다고 말한 적이 없었다.

"안녕."

맷은 몽상에서 벗어나기 위해 눈을 깜박거렸다. 호러스가 카운터에 앉아 있었다.

호러스가 물었다.

"여기 있으면 의기소침해져. 안 그래?"

맷은 묵묵히 동의했다. 그는 가장 가까이에 있던 높은 의자를 잡아당겨 검은 머리 소년에게 다가갔다. 호러스는 묘한 얼굴을 지니고 있었다. 약간 통통한 코, 무성한 눈썹, 너무 튀어나온 턱. 매력적이진 않지만 안심이 되는 인상이었다.

"냄새가 고약한 담배는 끊기로 결심한 거야?"

호러스는 샐쭉해졌다.

"완전히 끊지는 못했어. 하지만 운동을 다시 시작했어. 담배를 끊는 건 생각보다 어려운 것 같아."

"어른들이 쓸데없이 만든 모든 게 끊기 어렵지. 이 멍청한 발명품들은 오래가지 못할 거야. 담배, 술, 마약……. 손을 대기 전에 이

75

사실을 알아야 해!"

"민병대는 전쟁을 준비하기 위해 군사훈련 계획을 짜고 있어. 모든 팬들이 배치를 받았어. 나는 보병이라 창술을 익혀야 해. 새총이나 활을 좋아하긴 하지만 솜씨는 형편없어! 기병이 되려면 말을 탈 줄 알아야 하는데, 승마를 하는 팬은 많지 않을 거야……."

"너는 말을 탈 줄 모르니?"

"몰라! 전혀! 나는 시카고에서 자랐어! 지하철 운전 게임과 스케이트보드에 능하지. 하지만 이 전쟁을 이기는 데에는 아무 도움도 안 될 거야."

"시카고라고? 아주 멀리서 왔네."

호러스는 생각에 잠긴 표정으로 고개를 끄덕였다.

"벽에 부모님 사진을 붙였니?"

호러스가 대답했다.

"아니. 집을 떠날 때 사진 챙길 생각을 못했어. 공황 상태였거든. 끔찍한 폭풍설이 불었고 추웠지. 들개들이 거리를 돌아다녔고, 동물원 동물들이 탈출했어. 글루통들은 근처를 지나가는 사람을 닥치는 대로 공격했고. 나는 두 친구를 만나 황급히 도망쳤어."

"뉴욕도 비슷했어. 도시는 텅 비었고, 을씨년스러웠지."

"시카고에서 나오면서 다행히 다른 팬들을 만나 스포츠센터에 자리를 잡았어. 거기서 다섯 달을 머무르다가 한 전령을 만났지. 그가 많은 생존자들이 나라 중심에 모여 도시를 세우고 있다고 알려 줬어. 우리는 그의 지시를 따라 에덴에 도착한 거야. 그때부터 북쪽 하늘은 온통 검은 구름으로 뒤덮여 있었어. 시카고가 검은 구름 아래에 있다는 게 믿기지가 않아."

"남쪽 말롱스 여왕의 왕국 하늘은 온통 붉어. 그곳 지평선을 봤어. 우리는 검은 하늘과 붉은 하늘 사이에 놓여 있어."

"휴……. 이 모든 일이 어디서 끝날지 궁금해. 저녁은 먹었어?"

호러스는 2인분의 식사와 두 잔의 꿀물을 주문하고는 여기서는 모든 것이 무료라고 설명했다. 모두가 자신과 공동체를 위해 일하고 있었다. 차례로 임무를 교대하기 때문에 모두에게 득이 되었다.

두 소년은 저녁 내내 잡담을 나누었다. 맷은 시니크들의 나라에서 일어난 모험을 얘기해주었다. 호러스는 에덴으로 이동하는 도중 친구들을 공격했던 말롱스 여왕의 병사들에 대해 증오를 드러냈다. 그는 혼자만 궁지에서 벗어났다. 그가 식수를 찾기 위해 숲으로 들어갔다가 돌아왔을 때, 시니크들이 친구들을 공격해 곰 수레 새장에 가두고 있었다.

"그래서 나는 전쟁이 두렵지 않아. 당한 그대로 보복할 생각이야. 민병대에서 내게 맞는 자리를 찾아야 해. 솔직히 말해서 보병은 너무 질서 정연하고 순종적이야. 적성에 안 맞아!"

"왜 초능력 아카데미에 등록하지 않았어?"

호러스가 킥킥 웃었다.

"내 초능력으로는 전쟁에서 이길 수 없을 테니까!"

"왜지?"

호러스는 맷의 목소리를 재현했다.

"왜지?"

맷은 잔을 입에 대다가 멈췄다.

"내 목소리랑 똑같잖아! 어떻게 그럴 수 있지?"

"이게 내 초능력이야. 목소리를 모방하는 것. 전쟁에 도움이 된다고 생각해?"

"듣는 목소리마다 그렇게 할 수 있어?"

"조금만 노력하면. 이것뿐만이 아니야. 잘 봐!"

호러스의 이마가 경련을 일으켰다. 이어 눈썹이 느슨해지면서 길어지는가 싶더니, 광대뼈가 튀어나오고 입술이 작아졌다. 몇 초 뒤, 호러스는 알아볼 수 없게 변했다. 그는 자신의 목소리와 다른 굵고 낮은 목소리로 말했다.

"얼굴도 자유자재로 변형시킬 수 있어!"

"그럼 특정인과 똑같은 얼굴을 만들 수도 있어?"

"그 정도는 아니야. 나를 알아보지 못하게 할 정도로 바꿀 순 있어. 이걸로 시니크들을 공포에 떨게 할 수 있을까?"

"근사한 재주야! 자신을 과소평가하지 마. 어떻게 그런 능력을 얻었지?"

"나는 친구들 중에서도 약간 광대 같은 사람이었어. 너도 그런 부류를 알지? 항상 이런저런 목소리를 내고 얼굴을 찡그리며 다른 사람들을 흉내 내는 광대 말이야. 이제는 목소리를 모방할 뿐 아니라 음색까지 완벽히 재현할 수 있어."

"굉장한 능력이야."

"분명 청중을 즐겁게 해줄 순 있겠지만, 이 세상에서 생존하는 데는 별 도움이 안 돼."

맷은 한참 동안 침묵을 지킨 채 생각에 잠긴 호러스를 유심히 살폈다.

"네 친구들에게 일어난 불행한 일 때문에 너는 더……."

맷은 적절한 단어를 찾고 있었다.

호러스는 얼굴을 찡그리며 말했다.

"냉소적인 사람이 됐느냐고? 아마 그럴 거야."

맷은 그에게 손을 내밀었다.

"아무튼 덕분에 멋진 저녁이었어."

☣

맷은 자고 있었다.

꿈의 기억이 전혀 남지 않는 깊은 잠.

그는 매일 밤 침대에 누우면서 로페로덴이 꿈속에 나타나기를 바랐다. 언젠가 그들이 서로 대면해 탐색하게 되면, 맷은 그에게 모든 문을 열어주고 자신을 살피도록 내버려둘 것이다. 그동안 맷은 괴물의 내부를 수색해 토비아스를 찾아낼 것이다.

하지만 로페로덴은 나타나지 않았다.

로페로덴은 아직도 맷을 찾고 있을까? 분명 그럴 것이다. 하지만 둘 사이의 거리가 너무 멀어, 로페로덴은 꿈을 통해 맷의 위치를 파악할 수 없었다. 그는 조만간 다시 모습을 드러낼 것이다.

누군가 문을 두드리자 맷은 잠시 로페로덴이라고 생각했다.

하지만 민병대 초병이었다.

"맷, 네가 직접 봐야 할 게 있어!"

"뭐지? 무슨 일이야? 폭풍우야? 멀리서 폭풍우가 불어? 손처럼 생긴 섬광이 사방에 있니?"

초병은 미치광이라도 보는 것처럼 호기심 어린 눈으로 그를 바라보았다.

"그게 아니야. 네 개야."

잠의 마지막 여운이 순식간에 달아났다. 완전히 잠에서 깬 그는 벌떡 일어났다.

"플룸? 개를 찾았어?"

"글쎄……. 네 개인지는 정확히 몰라."

"무슨 말이지? 플룸이 있는 거야, 없는 거야?"

"직접 봐야 해."

맷은 검은 외투를 챙기고 서둘러 복도로 나갔다.

10
뜻밖의 지원군

맷이 도착했을 때, 세 명의 초병은 창을 움켜쥐고 있었다.

가장 작은 초병이 말했다.

"주민들에게 즉시 문을 닫고 경보를 울려야 한다고 말할게!"

"호들갑 떨지 마! 전혀 두려워할 거 없어! 이 일로 모든 사람을 깨울 순 없다고!"

맷이 외쳤다.

"무슨 일이야? 플림은 어딨지?"

"우리가 묻고 싶은 말이야!"

초병들이 물러났다. 맷은 들판의 어둠을 주시했다. 낮은 구름이 달을 가려 아무것도 보이지 않았다.

그림자들. 실루엣들.

어둠 속에 앉아 있는 실루엣들이 반짝이는 눈으로 에덴 성벽을 관찰하고 있었다.

달이 나타나자 들판은 암흑에서 벗어났다.

실루엣은 수백 개였다.

엉덩이를 땅에 붙이고 앉은 말만큼 큰 실루엣들이 어떤 신호를 기다리고 있었다.

개들이었다. 헝클어진 털, 육중한 몸집, 처든 주둥이. 맷의 표정이 굳어졌다. 곰 인형처럼 귀여운 녀석들일지, 야수처럼 무서운 놈들일지 알 수 없었다.

한 형체가 어둠에서 벗어나 맷에게 다가왔다. 플륌이었다.

맷이 한 걸음 다가가자 개는 젊은 주인을 향해 짖었다.

맷은 상황을 파악했다.

"동료들을 데려오기 위해 떠났다고 말하고 싶은 거지? 네가 숲에서 꾸민 일이 이거니? 동료들을 보고 찾으러 떠났던 거야?"

플륌이 어찌나 세게 몸을 비볐는지 맷은 넘어질 뻔했다.

뒤에 있는 초병이 말했다.

"온순한 녀석들이야!"

"하지만 녀석들과 무슨 일을 하지? 너무 많은데!"

맷이 말했다.

"특수 기병대. 우리를 도와주러 온 거야."

"글쎄……. 체구가 크긴 하지만 개는 개일 뿐이야. 아무것도 할 수 없어!"

"플륌은 보통 개가 아니야. 이 개는 많은 걸 이해해. 동료들을 찾으러 간 건 그럴 만한 이유가 있기 때문이야. 나를 믿어. 이 개들이 뭘 하러 왔는지 아주 잘 아니까. 녀석들은 그냥 온 게 아니야."

초병 한 명이 창을 놓고 살금살금 개들에게 다가갔다. 한 마리가 그에게 다가와 다정하게 머리를 들이댔다.

그가 외쳤다.

"이 개는 순한 것 같아! 쓰다듬어주길 원하는 것 같은데."

맷이 추측했다.

"이 개들에게도 폭풍설 이전엔 가족이 있었을 거야. 녀석들도 외로웠겠지. 밤을 보낼 만한 곳을 찾아주고 내일 에덴 주민들에게 소개하자."

맷은 플룁의 부드러운 털을 붙잡고 꼭 안아주었다.

일출은 성탄절 아침 같았다.

엄청난 몸집의 개들을 발견한 팬들은 환호성을 지르고 두 팔로 안아주며 장난을 쳤다. 개들도 무척 즐거워했다.

앙브르와 맷은 때때로 우스꽝스러운 장면을 보았다. 가장 어린 팬들은 새로운 친구들과 떨어질 줄 몰랐다.

앙브르가 말했다.

"개들이 어디서 왔는지 궁금해."

"이 녀석들은 무리를 형성하고 있었을 거야. 플룁이 이틀 만에 모으기엔 너무 많아. 녀석들은 우리처럼 무리를 지었겠지."

"녀석들이 사람들을 다시 만나기 위해 여행했을까?"

"저렇게 행복해하는 걸 보면 그런 것 같은데! 폭풍설은 녀석들의 체격을 변화시켰지만 기억을 지우진 않았을 거야. 최근 몇 달 동안 몹시 외로웠을걸."

"아침 식사 때 네가 특수 기병대를 만들자고 제안하는 걸 들었어. 다치거나 죽을 수도 있는데."

"시니크들이 전쟁에서 승리하면 이 개들의 운명이 불행해질지 몰라. 플룁을 봤잖아. 녀석은 위험에 직면했을 때 결코 망설이지 않아. 마치 개가 자신의 가족을 지키듯 우리를 지키지. 녀석은 최선을 다할 줄 알아. 다른 녀석들도 똑같이 행동할 거야. 녀석들과 함께 여행하는 건 득만 될 거야."

"우리와 함께 말룽스 여왕의 나라까지 동행할 사람의 명단을 평의회에 알려줘야 해. 그들과 친해지고 훈련할 시간도 필요하고."

"동행자는 셋이야. 벤, 첸 그리고 호러스."

"호러스? 모르는 사람인데. 지원자야?"

"그는 아직 몰라."

"맷, 강요할 수는 없어. 죽을 수도 있다고."

"내가 부탁하면 참여할 거야. 우리는 호러스 같은 소년이 필요해. 우리 다섯 명은 말롱스 여왕을 만날 수 있을 거야. 초능력 아카데미와 풍뎅이들은 어떻게 할 거야?"

"여행하는 동안 대신할 사람을 찾아야지. 우리가 풍뎅이 에너지를 활용할 수 있을까?"

"물론이지. 에덴은 군대를 조직하기 시작했어."

앙브르가 미소를 지었다.

"처음엔 별로 믿지 않았지만 지금은…… 우린 운이 좋은 것 같아."

맷은 팔짱을 낀 채 그들보다 두 배나 큰 소리로 개들과 놀고 있는 아이들을 바라보았다.

앙브르가 거듭 물었다.

"너는 안 그래?"

맷은 무덤덤하게 대답했다.

"나도 그래."

그 또한 승리를 믿기 시작하긴 했지만 많은 목숨이 대가를 치러야 하리라는 사실 역시 알고 있었다. 폭력이 그들의 언어가 되리라.

에덴은 곧 피의 늪에 잠길 것이다.

11
원정 준비

앙브르는 닷새 동안 오전에는 전령 훈련을 받고, 오후에는 초능력 아카데미를 운영했다. 그녀는 눈코 뜰 새 없이 바빴다.

앙브르는 아카데미에서 초능력을 조절하는 법을 가르치면서 가장 뛰어난 팬에게만 풍뎅이 에너지를 활용하게 했다. 성과는 놀라웠고, 기대 이상이었다. 아카데미 건물에서는 자주 섬광이 솟아올랐다. 거리를 지나가는 팬들은 더 이상 섬광을 두려워하지 않았다. 사람들은 아카데미가 수많은 신기한 체험을 하는 곳임을 알게 되었다.

평의회 위원인 멜키오트는 가장 훌륭한 학생이었다. 그는 신중하고 사려 깊으며 적극적이었다. 또한 경청할 줄 알았고, 교육자 자질도 뛰어났다. 그의 초능력은 불이었다. 폭풍설 이후 등불과 벽난로에 불을 붙이는 일을 맡아온 그는 손가락 끝에서 강한 열기를 발산하는 능력을 발휘했다. 풍뎅이 에너지를 빌리면 열기는 불꽃으로 변했다. 강도 높은 훈련으로 초능력을 숙달해야 했다.

팬들이 풍뎅이 에너지를 활용하면 할수록 초능력은 더 강해졌다. 하지만 훈련을 끝낸 그들은 탈진해버렸다. 엄청난 에너지를 방출했기 때문에 그 자리에서 쓰러져 하루나 이틀 후에야 깨어났다. 앙브르와 멜키오트는 정해진 수준 이상의 에너지를 소모하지 못하게 했다. 최고의 역량을 발휘할 수 없을 것 같으면 저녁이 될 때까지 조용히 기다렸다.

한편, 맷은 에덴에 올 때 생긴 반상출혈과 찰과상을 치료했다. 그는 도시를 한 바퀴 돌면서 전쟁 준비를 살폈다. 공방에서는 대량의 활과 화살을 제작했고, 궁수들은 표적을 점점 더 멀리 옮기면서 훈련했다. 보병들은 부대별로 이동하는 법과 명령에 따르는 법을 배우고 있었다. 모두 날마다 대여섯 시간씩 근접 전투훈련을 했다. 기병대는 없었다. 마지막 말들이 전령과 지원자들에게 배분되었다.

대신 600마리 이상의 거대한 개들이 팬들을 등에 태우고 꾸준히 군사훈련을 받았다. 개들은 아주 진지하게 역할을 수행했고, 불평 없이 훈련에 참여했다.

이 리듬으로 훈련을 지속한다면 에덴 주민들은 곧 군대다운 군대를 가지게 될 것이다.

어느덧 전령과 지원자를 파견해 팬들을 집결시킬 때가 왔다.

지원자들은 빠르게 구성되었다. 대부분 출발 시간이 다가옴에 따라 혼자 모험을 해야 한다는 생각에 매우 두려워했다.

맷과 앙브르는 더그를 만나러 갔다.

맷이 말했다.

"몸 건강해. 늘 조심하고, 위험은 피해. 네 사명은 무사히 돌아오는 거야!"

"응! 다음에 만날 땐 카마이클 섬의 친구들 그리고 레지와 함께 있을게."

"에덴에 알리겠다고 약속했던 팬 공동체가 있어. 이름은 '잔인한 무리'고, 카마이클 섬과 금단의 숲 사이 남동쪽에 있어. 용감한 팬들이야. 전투에 큰 도움이 될 거야."

"그래, 찾아볼게."

앙브르는 그의 어깨를 다정하게 두드렸다.

"여행 잘해."

에덴은 나쁜 소식을 지닌 전령들이 사방으로 흩어지는 것을 바라보았다. 하지만 곧 그들은 지원군을 데리고 돌아와 희망을 선사할 것이다.

☣

다섯 번째 날 저녁, 맷이 울타리에 앉아 땅바닥에서 뒹굴며 장난치면서 즐겁게 짖어대는 개들을 바라보고 있을 때, 누군가 그림자를 드리웠다.

"안녕, 맷."

"미아?"

소녀는 목발을 짚고 있었고, 한쪽 팔을 감은 붕대가 어깨에 매여 있었다. 안색은 창백했고, 숨을 헐떡거렸다.

"네가 자주 간호해줬다고 들었어. 고맙단 말을 하고 싶어서."

"언제 외출한 거야?"

"오늘 아침에. 위험한 고비는 넘긴 것 같아. 보다시피 건강하진 않지만 곧 나아질 거야."

"걱정 많이 했어! 네가 서 있는 걸 보니 기쁘다."

"우리를 위해 해준 모든 것에 대해 고마워. 도망칠 때는 감사 인사를 할 기회가 없었어."

맷은 어깨를 으쓱했다.

"당연한 일을 했을 뿐인걸."

미아는 고개를 숙이고 금발 머리를 젖히더니 맷의 볼에 뽀뽀를 해주었다.

☣

다음 날, 아카데미는 화재로 큰 피해를 입었다.

멜키오트가 풍뎅이가 있는 곳에서 지나치게 초능력을 사용한 것이다. 그는 손가락에서 불길을 내뿜은 후 쓰러지며 의식을 잃었다. 아무도 다치지 않은 것은 기적이었다. 앙브르는 건물이 불길에 휩싸이기 전에 멜키오트를 빼냈다.

안전을 위해 주거 시설에서 멀리 떨어진 에덴 북쪽 끝으로 아카데미를 옮겼다. 축사와 곡물 창고 뒤편에 있는, 농기구를 보관하는 돌집이었다.

앙브르와 맷은 오후가 시작될 무렵 강가에서 만났다.

앙브르가 말했다.

"이제 출발해야 할 거 같아. 더는 기다릴 수 없어."

"평의회는 남쪽에서 돌아올 전령들에게 늑대의 협로에 관한 최근 소식을 듣고 나서 특공대를 파견하길 원해. 현명한 판단이야. 상황을 모르면서 무턱대고 달려들면 안 돼."

"만일 전령들이 돌아오지 않는다면? 만일 그들이······."

"전령이 되길 원하는 네가 그들을 신뢰하지 못하다니!"

"훈련을 받다 보니 전령들이 겪을 수 있는 위험에 대해 확실히 알게 됐을 뿐이야."

"조금 더 기다려보자."

"사흘 뒤에도 그들이 돌아오지 않는다면 떠나야 해. 어쩔 수 없어. 말롱스 여왕의 군대는 전쟁을 준비할 여유를 주지 않을 거야."

맷은 맑은 강물로 손을 씻고 여행과 싸움으로 망가진 손가락을 바라보았다. 그의 몸은 1년 만에 완전히 바뀌었다. 근육은 불거졌으며, 유년기의 볼은 사라졌다.

앙브르가 말했다.

"미아가 걷는 걸 봤어."

"그래, 어제부터."

"너희 둘은 사이가 좋지?"

맷은 앙브르의 억양에서 뭔가 잘못되었음을 느꼈다.

"왜 그런 걸 물어?"

"어제저녁에 너희를 봤거든. 아주 가까이 있던데."

맷은 어깨를 으쓱했다.

"미아가 다가온 거야……."

"변명할 필요는 없어. 내가 알고 있다는 사실을 말해주고 싶었을 뿐이야. 우리가 거북해지지 않도록 말이야."

"왜 그렇게 생각하는데?"

앙브르는 입술을 가볍게 깨물었다.

"그만두자. 내가 바보야."

"아니야. 말해봐."

"아무것도 아니야. 생각 없이 내뱉은 말이야. 아카데미 일 때문에 너무 피곤해. 완전히 파김치가 됐어!"

앙브르는 억지로 활짝 웃었다.

맷은 앙브르가 하고 싶은 말을 알 것 같았다. 하지만 그는 표현에 서툴렀다. 그녀는 질투하는 것 같았다.

'내가 벤을 질투한 것처럼?'

맷은 바로 이 괴상망측한 생각을 내쫓았다. 그는 벤을 질투하지 않았다. 앙브르는 친구일 뿐이었고, 그녀는 원하는 대로 할 수 있었다.

앙브르는 일어나면서 말했다.

"아카데미로 돌아갈게. 할 일이 있어. 사흘만 더 기다리자. 그다음엔 무슨 일이 있어도 말롱스 여왕의 나라로 떠나는 거야. 위드론 데이스로."

호랑이도 제 말 하면 온다더니, 그날 저녁 남쪽으로 갔던 전령들
이 돌아왔다. 세 명이었는데, 한 명은 부상을 입은 상태였다. 팬들
이 부상당한 전령을 의무실로 데려가는 동안 두 전령은 방랑자 숙
소로 가서 짐을 풀었다. 한 전령의 짙은 녹색 망토는 찢어져 있었고,
옷에는 현장에서 대충 꿰맨 자리가 있었다. 심하게 고생했음을 짐
작할 수 있었다.

평의회는 저녁 식사 전 두 전령을 긴급히 소환했다. 두 젊은이는
지친 모습으로 들어왔다. 필립과 하워드는 신분, 여행 기간 그리고
임무를 밝혔다.

필립이 요약해 보고했다.

"우리는 3주 동안 이곳저곳을 다니면서 남쪽 정세에 대한 정보를
수집했고, 그곳에 어떤 팬 공동체도 없음을 확인했으며, 팬 공동체
두 곳을 방문해 최근 정보를 알려줬습니다."

젤리가 요구했다.

"먼저 시니크들의 정세에 대해 알려줘. 시니크 정찰대를 봤어?"

필립이 고개를 끄덕였다.

"여러 번 봤고, 그때마다 조심스럽게 피했습니다. 정찰대의 숫자
는 많았습니다."

하워드가 덧붙였다.

"더 놀라운 소식이 있습니다. 여러 무리의 글루통들이 남쪽으로
가고 있었습니다! 이틀 동안 한 무리를 추격한 끝에 그들이 다른 무
리와 합류하는 것을 볼 수 있었습니다. 글루통들이 집결하고 있습
니다. 아주 많습니다!"

필립이 덧붙였다.

"그래서 여기서는 글루통을 자주 보지 못한 겁니다."

마일리스가 물었다.

"글루통들이 집결하는 이유는 뭐지?"

하워드가 말을 이었다.

"금단의 숲 통로를 지나 시니크들의 나라로 들어가고 있었습니다. 그들은 중무장했습니다."

멜키오트가 추측했다.

"그 통로는 늑대의 협로일 거야. 전쟁을 하러 가는 건가?"

"그럴 가능성이 높습니다! 수천 명의 글루통이 이동 중입니다! 솔직히 말해, 들판에서 행진하는 그들의 규모에 두려움을 느꼈습니다! 그리고 얼마 안 있어 한 시니크 정찰대도 발견했습니다. 정찰대는 주의 깊게 글루통들을 피하고 있었습니다."

마일리스는 두 손을 비볐다.

"만일 글루통들이 말롱스 여왕의 땅에서 제2의 전선을 형성한다면 우리에게 도움이 될지 몰라!"

계단식 좌석에서 한 팬이 외쳤다.

"당장 그들을 이용해야 해!"

젤리가 반박했다.

"우리는 아직 준비가 안 됐고, 병력도 부족해! 글루통들이 시니크들을 공격하게 내버려두자. 만일 행운이 우리 편이라면 말롱스 여왕의 군대는 이 첫 공격으로 전력이 약해질 거야."

닐이 콧소리로 말했다.

"글루통들이 시니크들을 공격할 리 없어. 그들은 전멸할 거야!"

필립이 말했다.

"글루통들은 별로 영리하지 않습니다."

"맞아. 하지만 적응을 잘하지!"

머리가 화염처럼 오렌지색인 소녀가 일어났다.

"글루통들이 집결한다는 건 그들끼리 연락을 주고받는단 걸 의미

해. 남쪽 글루통들이 북쪽으로 가서 자신들이 공격을 받을 거라고 알려줬고, 결국 글루통들이 선제공격을 하기로 결심한 거 아닐까?"

닐이 반박했다.

"글루통들은 그렇게 똑똑하지 않아!"

젤리는 두 손을 들어 정숙을 요구했다.

"두 전령에게 묻겠습니다. 늑대의 협로에는 접근할 수 있나요?"

필립이 대답했다.

"금단의 숲에 난 통로 말인가요? 닷새 전까지만 해도 접근할 수 없었습니다. 하지만 글루통들이 이후 그곳을 지나갔을 겁니다. 지금쯤 시니크들의 나라 어딘가에서 대규모 교전이 벌어지고 있을 거예요. 늑대의 협로에서 아주 가까운 곳이겠죠. 시니크들은 바로 침략을 알아챘을 겁니다."

젤리와 마일리스는 서로 바라보았다.

마일리스가 결론을 지었다.

"그럼 특공대가 늑대의 협로로 들어갈 수 있겠네요. 맷, 특공대를 선발했니?"

맷이 일어나 대답했다.

"응, 다섯 명이야."

"거기에 다른 네 명이 늑대의 협로의 요새까지 동행해 현지를 파악하고 작전을 구상할 거야."

"누군데?"

"먼저 네가 이미 잘 아는 전령 플로이드가 돌아올 때 안내를 맡을 거야. 나머지는 우리 전략가인 루이즈, 명궁수 타냐 그리고 평의회의 한 위원이야."

"어떤 위원을 말하는 거야?"

마일리스는 갑자기 난처하단 표정이 되었다.

닐이 일어나면서 외쳤다.

"바로 나야!"

맷은 젤리와 마일리스를 차례대로 노려보았다. 닐은 평의회에서 가장 호전적일 뿐 아니라 앙브르를 싫어해 말롱스 여왕에게 팔아넘기자고 주장했었다. 그런데 어떻게 그를 특공대에 합류시킬 수 있단 말인가!

맷은 두 자매에게 상체를 숙이고 물었다.

"왜 하필 닐이지? 가장 나쁜 놈을 선택했잖아!"

젤리가 아주 나직이 말했다.

"투표를 실시했어. 닐이 느닷없이 투표를 강행한 거야. 친구들이 꽤 많아서 과반수를 획득했어."

맷은 조용히 투덜거렸다. 녀석을 엄중히 감시할 필요가 있었다. 조심하는 게 좋을 터였다.

마일리스는 다시 앙브르와 맷에게 말했다.

"내일 너희의 생필품을 준비해줄게."

젤리가 덧붙였다.

"너희는 이틀 후에 떠나야 해."

12
아홉 명의 특공대

에덴에서 열흘을 보낸 맷은 몸이 근질근질했다. 도시 외부에는 온갖 위험이 도사리고 있었지만 더는 얌전히 있을 수 없었다. 그는 말롱스 여왕의 궁을 샅샅이 뒤져 여왕의 비밀들을 파헤치고, 여왕이 자신을 찾는 이유와 바위 성경이 가리키는 것을 찾아내고 싶었다. 그러려면 먼저 위드론데이스에 도착해야 했다.

'임무가 끝나면 바로 토비를 찾으러 갈 거야.'

특공대의 출발 소식이 퍼지자 여러 팬들이 찾아와 작별 인사를 하며 축하와 격려를 해주었다. 단순한 구경꾼들도 있었다. 말롱스 여왕의 땅에 가는 것은 자살행위나 마찬가지였다.

하지만 맷은 이미 시니크들의 나라를 다녀왔고, 살아남았다. 다시 가지 말란 법은 없지 않은가.

'사실 우리 모두 그곳에 남을 뻔했지! 게다가 여왕의 영토엔 들어가지도 못했어!'

맷은 추억의 살롱의 한 의자에서 뒹굴고 있는 호러스를 발견했다. 그는 역겨운 담배 한 개비를 손에 쥔 채 멍하니 허공을 바라보고 있었다.

호러스는 맷을 발견하고 말했다.

"아, 영웅이 나타나셨군!"

맷은 대꾸하지 않았다. 그는 임무를 수행하러 왔을 뿐이다. 곧 에덴의 다른 모든 팬들도 자유를 수호하기 위해 자신이 맡은 바를 행하지 않을 수 없을 것이다.

맷이 물었다.

"보병대에서 네 자리를 찾았니?"

"글쎄……. 최전선 부대에 배치해달라고 요구했어. 통지를 기다리는 중이야. 내가 이 전쟁에서 쓰러져야 한다면 내 몫의 시니크들을 쓰러뜨리고 죽을 거야!"

"바로 그거야. 놈들에게 크게 한 방 먹이는 일을 제안하러 왔어. 최악의 상황이 오면 놈들을 공격할 거니까."

"설명해봐."

"너도 알다시피 앙브르와 나는 위드론데이스로 떠날 거야. 그리고 이 원정에서 살아남기 위해 가장 능력 있는 사람들이 필요하지. 함께 가지 않을래?"

호러스는 이를 활짝 드러내고 낄낄 웃었다.

"나 말이야? 말도 안 돼. 너도 알잖아. 나는 창을 다룰 줄도 몰라! 내 능력은 저녁마다 여기 친구들을 웃기는 거지, 여왕에게 도전하는 게 아니야!"

"단순 잠입일 뿐이야. 공격은 하지 않아. 그랬다간 살아남을 수 없을 테니까. 우리에게 필요한 건 믿을 수 있는 팀이야. 정신력이 강하고, 의욕이 넘치는 사람들. 너는 내가 찾는 그런 사람이야."

호러스는 천장을 바라보았다.

"하느님이 네 소원을 들어주길!"

"나는 하느님보다 널 믿고 싶어. 어떻게 할 거야?"

"일부러 마지막 날까지 기다렸다가 제안하는 거지?"

맷은 미소를 지었다.

"네게 생각할 시간을 줬다면 우리가 자살 특공대라는 걸 눈치챘을 테니까! 나는 진심으로 너와 함께 가고 싶어."

호러스는 천천히 고개를 끄덕였다.

"좋아. 내일까지 시간을 줘. 생각해볼게."

"출발은 내일 새벽이야."

호러스는 맷의 어깨에 손을 얹었다.

"내일 새벽 내가 나타나면 너는 친구 한 명을 더 얻는 거야."

☣

벤은 짙은 녹색 망토와 멜빵 달린 배낭을 걸치고, 허리에는 손도끼를 매달았다. 첸은 나무에 기어오를 때 눈에 띄지 않도록 녹색에 가까운 밤색의 낙낙한 옷을 입었다. 앙브르와 맷은 그들의 등산복을 다시 입었다. 맷은 견갑골 사이에 놓인 검의 든든한 무게를 느꼈다. 각각을 위한 커다란 개가 풀밭에 누워 있었다. 첫 햇살이 들판을 환하게 비추었다. 어제저녁, 그들은 개들과 친해지고 그중 한 마리와 특별한 친밀감을 느끼기 위해 세 시간 정도를 풀밭에서 보낸 끝에 각자 자신의 개를 발견했다.

조금 떨어진 곳에서 다른 특공대가 개에 장비를 달고 등에 배낭을 얹었다. 플로이드는 머리를 짧게 깎았다. 두개골에는 한 가닥의 부드럽고 검은 솜털만이 남아 있었다. 전령의 망토로 몸을 감싼 그는 자신의 팀을 돌보았다. 갈색 머리를 길게 땋아 늘어뜨린 훤칠한 타냐는 활을 등에 멘 채 왕방울 눈으로 모두를 유심히 살펴보고 있었다. 타냐 뒤에서는 멕시코 출신의 작은 소년이 가죽 장갑을 끼고 있었다. 몇 가닥의 터부룩한 머리카락만 남은 닐은 입에 풀을 물고 개에게 등을 기댄 채 출발 신호를 기다렸다.

젤리와 마일리스는 10여 명의 팬들과 함께 돌아다니면서 작별 인사를 나누었다.

호러스가 불쑥 나타나 맷에게 손을 내밀었다.

"대장님이 특공대를 모집한다는 소식을 들었습니다."

맷은 어깨를 가볍게 밀며 환영하고, 개들이 있는 풀밭을 가리켰다.

"빨리 가서 네발 달린 친구를 찾아봐."

호러스는 검은색과 밤색 털을 가진 개를 가리키면서 말했다. 털이 너무 길어 눈이 보일락 말락 했다.

"이미 결정했어. 나만큼 못생겨서 선택했지! 잘 통할 거야!"

젤리가 맷과 앙브르에게 다가왔다. 그녀는 앙브르에게 말했다.

"우리는 아카데미를 계속 운영할 거야. 멜키오트가 맡기로 했어. 몇 주 후면 일부 군대가 멋진 실력을 갖추게 될 거야."

앙브르가 부탁했다.

"풍뎅이들을 운반할 방법을 찾아야 해. 지금은 표본병 속에서 잘 견디고 있지만 실용적이지가 않아."

"물론이야. 필립과 하워드도 사흘 후 늑대의 협로를 정찰하기 위해 다시 남쪽으로 떠날 거야. 한 달 이내에 충분한 지원병을 모집해서 늑대의 협로로 출전할 수 있길 바랄 뿐이야."

맷이 안심시켰다.

"말롱스 여왕은 5개 여단을 동원할 거야. 그러려면 시간이 꽤 걸릴 테고. 1만5천 명은 많은 병력이지. 하지만 약점도 있어. 이동하는 데 많은 시간이 걸린단 거야."

벤이 대화에 끼어들었다.

"모든 일이 잘 풀린다면 열흘 후 플로이드의 특공대가 복귀할 거야. 너희에겐 작전을 구상할 시간이 있어. 우리 임무는 위드론데이스에서 발견하게 될 것에 달려 있어. 교전 전에 늑대의 협로에서 너희와 합류하기 위해 최선을 다할게. 그러지 못하면 우리는 적의 전선 뒤에 있게 될 거야."

맷이 당부했다.

"반드시 요새를 정복해야 해! 그렇지 않으면 모든 계획이 수포로 돌아가!"

"할 수 있을 거야."

젤리는 한 사람씩 악수를 나누었다.

맷은 자신의 차례가 오자 물었다.

"닐을 믿어도 될까?"

젤리는 슬쩍 닐을 훔쳐본 후 속삭였다.

"그는 과격해. 때론 위험하지만 아주 영리해서 아이디어가 풍부하기도 하지. 그를 감시해. 그의 말을 경청하는 것도 나쁘진 않을 거야."

"성년이 되면서 배신하는 팬을 많이 봤어. 어린이들과 함께 있는 것에 불편함을 느끼고 말롱스 여왕의 군대에 합류하기 위해 남쪽으로 갔지. 닐은 열일곱 살이잖아. 비난하기를 좋아하는 나이야."

젤리는 어두운 표정으로 동의했다.

"실은 우리도 그 사실을 눈치챘어. 그 현상은 열여덟 살 무렵에 일어나. 조심해, 어떤 일이 일어날지 모르니까."

벤이 젤리에게 머리를 숙이고 말했다.

"나는 열일곱 살이지만, 장담하건대 시니크들에게 전혀 끌리지 않아!"

"늘 돌아다니기 때문이야. 어쩌면 외로움이……."

앙브르가 그의 말을 끊었다.

"그건 숙명이 아니야. 성년이 된다고 해서 모두가 시니크의 진영에 합류할 운명을 타고난 건 아니라고! 그 얘기는 집어치워!"

앙브르가 화를 내자 분위기는 싸늘해졌다. 젤리는 다시 그들을 격려하고 작별 인사를 했다.

미아가 맷에게 다가왔다. 그녀는 여전히 목발에 의지한 채 고통
스럽게 걷고 있었다.

"중요한 날이네."

맷은 앙브르가 보고 있다는 생각에 불편했다.

"그래."

미아는 미소를 지으며 농담했다.

"네가 건강한 몸으로 빨리 돌아오리라고 믿어. 화살과 쇠막대는
피해. 맞으면 엄청 아프거든. 내가 잘 알아!"

"노력할게."

미아는 자리를 뜨기 위해 돌아서다가 비틀거렸다. 맷은 그녀를
붙잡았다. 소녀의 긴 금발 머리가 그의 두 어깨를 덮었다. 그녀는
몇 초 동안 그에게 매달려 있었다. 미아가 고개를 들었을 때 그녀의
볼이 맷의 볼을 스쳤다.

미아가 속삭였다.

"네가 그리울 거야."

맷은 갑자기 얼굴이 붉어지는 것을 느꼈다.

아홉 명의 여행자들이 출발할 무렵, 주민의 절반이 판자 인도에
모였다. 주민들은 여행자들에게 손을 흔들며 작별 인사를 했다. 그
들의 얼굴에 감탄과 슬픔이 역력히 드러났다.

주민들은 마치 다시는 그들을 만날 수 없을 것처럼 바라보았다.

맷은 사라질 운명에 처한 영웅이 된 것 같아 불쾌했다.

13
암흑 속 얼굴

가장 힘든 것은 취침이었다.

토비아스는 해골이 잔뜩 깔려 있는 동굴 한쪽 구석에 웅크리고 앉아, 미세한 소리에도 귀를 기울이며 다가오는 것이 먹보가 아니기를 기도했다. 취침은 무모한 짓이었다. 수면 중에는 공격을 받기 쉽기 때문에, 잔다는 것은 곧 몸과 영혼을 이 동굴과 먹보에게 내맡기는 것이나 마찬가지였다.

기진맥진한 토비아스는 간헐적으로 졸다가 소스라치게 놀라며 깨어나길 반복했다.

심장은 선잠의 느린 박동에서 두려움의 폭발적인 요동으로 바뀌었다. 가슴이 답답하고 입술이 말랐다. 망을 보는 데 집중하느라 조금도 쉴 수가 없었다. 그는 은신처인 구석에서 나오려 하지 않았다.

토비아스는 자신처럼 이 끔찍한 장소에 갇혀 있는 포로들의 모습에 관심을 가질 기운조차 없었다. 석고가 발하는 인광으로 태아 자세의 실루엣들을 분별할 수 있을 뿐이었다.

토비아스는 시간의 흐름을 알 수 없었다. 몇 시간이나 지났을까? 아니, 며칠이 지났을까? 토비아스는 생존 기간을 계산해보았다. 먹보는 몇 번이나 먹이를 찾아왔는가.

벌써 세 번이었다.

이곳에 몇 명이나 있을까? 많아야 10여 명이었다. 이 리듬이라면 조만간 그의 차례가 올 것이다. 먹보가 끈적끈적한 문을 통해 살며시 들어오면 석고의 불빛이 꺼질 것이다. 놈은 해골을 밟고 걸으면서 비열한 다리를 펼치고 마음에 드는 먹이를 선택할 때까지 포로들을 더듬을 것이다. 언젠가는 그가 선택될 것이고, 그러면 그의 인생은 끝날 것이다.

토비아스는 마비된 다리를 풀었다. 발뒤꿈치가 움푹 파인 물체와 부딪쳤다. 물체는 구르면서 포로들에게 가벼운 전율을 일으켰다.

토바이스는 동굴에 갇힌 이래 처음으로 두려움에서 벗어났다. 위안이 되는 생각이 떠오른 것이다.

발광 버섯.

토비아스는 바로 호주머니에 손을 넣어 버섯 조각을 꺼냈다. 창백한 불빛이 동굴의 일부를 비추었다.

바로 옆에서 가늘고 높은 목소리가 들렸다.

"그게 뭐지?"

다른 목소리가 외쳤다.

"집어넣어! 불빛이 놈을 끌어 들일 거야!"

온전한 해골이 토비아스 발치에 누워 있었다. 두개골은 뒤집어져 있었다.

상반되는 감정이 교차했다. 온갖 종류의 공포, 약간의 자신감, 실낱같은 희망. 그래서 절대로 불가능하다고 생각하던 일을 실행에 옮겼다. 즉, 은신처에서 벗어나 동굴 중앙으로 몇 걸음을 옮긴 것이다. 수백 개의 뼈가 바닥을 뒤덮고 있었다. 걸음을 뗄 때마다 흉골, 척추뼈, 혹은 넓적다리뼈가 밟혔다.

토비아스는 자신이 뭘 하는 건지 몰랐다. 하지만 움직이는 것은 생사가 걸린 문제였다. 그는 다소 안심이 되었다. 이 지옥에서 이렇게 조금이라도 움직인다는 것은 아직 살아 있다는 증거 아닌가.

토비아스는 동굴의 완만한 경사를 내려갔다. 천장은 별로 높지 않았다. 기껏해야 3미터였다. 반대로 바닥에는 끝을 알 수 없는 터널이 있었다.

누군가 속삭였다.

"네 자리로 돌아가! 우리 모두를 죽게 하고 싶은 거야?"

토비아스는 못 들은 척했다. 생명력이 되살아나고 있었다. 먹보가 갑자기 나타날 경우 어떻게 대처해야 할지는 알 수 없었다. 다만 공포를 물리치고, 몸과 조금씩 돌아오는 정신을 제어하는 데에만 주의를 기울였다.

마침내 토비아스는 자신이 로페로덴의 몸속 어딘가에 있다는 사실을 깨달았다. 바람에 펄럭이는 시트 속이 아니라 이 피조물의 세상 속에. 그는 다른 세상으로 건너온 것이다.

친구들이 접근할 수 없는 아주 먼 곳이었다.

토비아스는 자신에게 명령했다.

'우울해하지 말자. 생각을 마비시키는 불길한 감정은 쫓아내.'

토비아스는 추위 속에서 천천히 걸었다. 손발이 얼어붙었다는 것을 알았다. 불을 피운다면 기분이 좋아지겠지만, 환기가 되지 않는 동굴에서는 불가능한 일이었다. 어쨌든 불을 피울 만한 것도 없었다.

누군가 아주 가까이에서 중얼거렸다.

"나는…… 너를 알아."

토비아스는 걸음을 멈추고 목소리를 향해 버섯을 내밀었다.

찢어진 옷을 입은 소년은 두 바위 사이에 웅크리고 앉아 손으로 불빛을 가렸다.

토비아스는 비뚤어진 코와 긴 흉터를 보았다. 어딘가에서 본 얼굴이었다.

그는 나직이 외쳤다.

"프랭클린! 전령이구나!"

토비아스는 그를 똑똑히 기억하고 있었다. 프랭클린은 카마이클 섬에서 팬들을 위해 싸우지 않았는가.

토비아스는 그에게 바짝 다가가면서 말했다.

"반가운 얼굴을 보니 기뻐!"

"검은 유령이 너도 삼킨 거야?"

"로페로덴 말이야? 그래."

"그는 맷을 원해. 놈은 맷의 위치를 알아내기 위해 나를 고문했어. 놈이 간절히 원하는 건 맷이야."

"놈이 왜 맷을 찾는지 알아?"

"몰라. 놈은 악마, 괴물이야. 끔찍한 짓을 할 수 있어. 내가 아는 건 놈이 맷을 붙잡기 위해 지상에 있다는 사실이야. 맷이 절대로 붙잡히지 않길 바라."

"놈이 먼저 붙잡은 건 우리야. 너는 여기가 어딘지 알아?"

"놈의 식료품 저장실!"

"나는 여기 오는 놈을 먹보라고 불러. 먹보가 로페로덴의 실체야?"

"내가 어떻게 알겠어."

"언제부터 여기 있었어?"

"모르겠어. 몇 년이 지난 느낌이야. 가끔 내가 반쯤 미쳤다는 생각이 들어."

"먹지도 않고 마시지도 않아?"

"그래. 배가 고프고 갈증도 나지만. 그런데 이상하게도 약해지지 않았어. 이 동굴이 생명을 유지해주는 것 같아."

"먹보의 먹이니까!"

"먹보는 가장 두려워하는 사람들을 먹이로 선택해."

토비아스가 반문했다.

"가장 두려워하는 사람?"

"그래. 제일 공포에 떠는 먹이를 좋아하는 것 같아."

"장담하는데, 놈의 영혼은 우리의 공포를 먹고사는 거야!"

갑자기 여러 개의 두개골이 굴렀다. 토비아스는 먹보가 들어왔을까 두려워 버섯을 번쩍 들어 올렸다.

콜린이 해골 위에서 포복하고 있었다. 세련미가 없는 얼굴의 여드름 사이에서 눈물이 흘러내렸다.

그는 나직이 애원했다.

"도와줘. 너희가 원하는 건 뭐든 할게!"

프랭클린은 돌을 집으면서 외쳤다.

"카마이클 삼촌을 죽인 놈이잖아!"

토비아스가 만류했다.

"내버려둬. 불쌍한 놈이야. 겁쟁이에 거짓말쟁이지만 죽일 것까진 없어."

"이놈을 알아?"

토비아스는 한숨을 내쉬었다.

"내가 여기 있는 건 다 저 녀석 탓이야."

프랭클린이 격분했다.

"그런데도 저놈을 옹호하는 거야?"

토비아스는 어깨를 으쓱했다.

"녀석이 배신한 건 두려움과 어리석음 때문이야. 그저 녀석이 불쌍할 뿐이야."

콜린은 이제 아주 가까이 있었다. 그는 토비아스의 발을 붙잡고 간청했다.

"용서해줘! 내가 무슨 짓을 하는지 몰랐어! 이렇게 기괴한 괴물인지 몰랐어! 이 괴물이 날 돌봐줄 거라고 생각했어! 제발 용서해줘!"

토비아스는 그를 살짝 피했다.

"나한테 달라붙지 마. 이 괴물을 찾은 건 분명 너야."

콜린이 울먹였다.

"나를 보호해줘! 부탁이야! 나를 잡아먹게 내버려두지 마!"

프랭클린은 토비아스에게 눈짓을 하고는 무뚝뚝하게 말했다.

"이놈은 죽을 각오가 돼 있는 것 같아."

토비아스는 상체를 숙이고 말했다.

"콜린! 정신 차려! 계속 이러면 다음엔 먹보가 너를 선택할 거야! 공포에서 벗어나 침착해야 해!"

콜린은 더 크게 울기 시작했다.

"못해! 그렇게는 못해! 두려워!"

프랭클린은 자리를 뜨면서 토비아스에게 충고했다.

"녀석 옆에 있지 마. 녀석은 먹보를 끌어 들일 거야!"

바로 그때 문이 삐걱거렸다. 모든 포로가 동시에 덜덜 떨었다.

토비아스는 단호한 의지와 정신적 무장에도 불구하고 끔찍한 공포에 휩싸였다. 그는 동굴을 가로질러 은신처로 돌진했다.

내벽에 부딪치면서 그는 버섯을 놓고 왔다는 사실을 깨달았다. 버섯은 포기하기로 했다. 먹보가 있는 한 버섯을 찾으러 갈 수 없었다.

그는 이내 자신의 경솔한 행동을 후회했다.

먹보는 은은한 빛에 노출되어 있었다.

비닐처럼 반짝이는 거대한 검은색 거미였다. 관절에서 굵은 털이 삐져나와 있었고, 허공에서 주둥이가 흔들렸다. 머리에는 여덟 개의 검은 눈이 박혀 있었다. 거미는 민첩하게 동굴 중앙으로 이동하더니 웅크리고 앉아 부들부들 떨고 있는 형체들을 더듬기 시작했다. 몇몇 사람은 신음했고, 다른 사람들은 오열을 참았다.

이윽고 먹보는 애원하는 콜린 앞에서 멈췄다. 그의 얼굴은 절망과 공포로 일그러졌다.

거미는 앞다리로 그를 더듬고는 다가가 붙잡았다.

콜린은 투정을 부리는 어린아이처럼 울부짖으며 바닥을 뒹굴었다. 거미의 다리가 다시 콜린을 잡으려는 순간, 그는 다른 포로를 밀었다.

먹보는 바로 포로를 잡아채더니 망설이지 않고 먹어치웠다.

콜린은 바들바들 떨면서 끙끙 앓았다. 그는 미치기 직전이었다.

토비아스의 피부에 닭살이 돋았다.

이곳에서 빠져나가야 했다. 빨리.

최대한 빨리.

그러려면 맷과 앙브르를 믿는 수밖에 없었다.

제2부. 연옥 여행

14
밤의 피조물

맷은 벤과 함께 대열 선두에서 걸었다. 생필품과 장비가 담긴 배낭을 짊어진 개들이 촐랑촐랑 뒤를 따랐다.

맷이 물었다.

"늑대의 협로까지 며칠이나 걸릴까?"

"도보로 열흘쯤. 조금 더 걸릴 수도 있고. 개를 타고 가면 반으로 단축할 수 있을 거야."

개들은 오전 내내 대원들을 태우고 신 나게 달렸다. 오후가 시작될 무렵, 특공대는 개들이 한두 시간쯤 휴식을 취하도록 풀어주었다.

벤이 덧붙였다.

"길을 이용하면 빠를 테고, 길을 내면서 가면 오래 걸리지."

"통행이 가능한 길이 남아 있어?"

"그래. 아직 초목에 완전히 뒤덮이지 않은 옛날 도로가 있어. 전령들은 그런 길을 자주 이용해. 이동이 수월하고 위치 파악도 쉽거든. 단점은 시니크들도 그 길로 다닌단 거야. 길을 만들면서 갈 수도 있지만 돌아가야 하고, 개들이 달릴 수 없으니 시간이 훨씬 많이 걸려. 숲 속에서는 더욱 그렇고."

"그럼 길을 이용하자. 경계를 강화하면 돼."

벤은 찬성했다.

잠시 후, 앙브르가 맷에게 다가왔다.

"에덴을 떠나게 돼서 속상하지?"

"모두가 그럴 거야. 제일 힘든 건 무슨 일이 우리를 기다리고 있을지 모른단 거지."

"나는 미아 얘기를 하는 거야. 제일 힘든 건 사랑하는 사람을 두고 떠나는 일이잖아."

맷은 두 손을 들어 올렸다.

"미아는 그냥 친구일 뿐이야!"

앙브르는 히죽히죽 웃더니 빈정대는 어조로 말했다.

"그렇겠지! 나는 미아가 어떻게 행동하는지 다 봤어. 일부러 넘어지던데? 연기력이 대단하더군!"

"대체 무슨 말을 하고 싶은 거야?"

"맷! 시치미 떼지 마! 미아는 네가 붙잡아주길 바라고 일부러 그런 거야!"

"전혀 그렇지 않아. 미아는 무척 쇠약하다고!"

"어련하겠어!"

앙브르는 맷의 순진함에 짜증이 나 머리를 절레절레 흔들었다. 잠시 맷과 함께 걷던 그녀는 발길을 재촉해 벤과 보조를 맞췄다. 맷은 전령과 얘기를 나누는 앙브르를 지켜보았다. 카마이클 섬에서 그녀가 전령의 일을 배운다는 핑계로 벤과 많은 시간을 보냈던 일이 떠올랐다.

앙브르는 이따금 고개를 돌려 맷을 바라보았다.

그녀는 분명 벤에게 애교를 부리고 있었다.

그녀는 벤을 좋아했다.

5분 후, 앙브르의 수작에 진력이 난 맷은 모두에게 다시 개의 등에 올라타라고 지시했다. 앙브르와 맷의 특공대는 쉽게 개의 등에 올랐지만, 플로이드 팀은 개의 등에서 자리를 잡느라 우왕좌왕했다. 루이즈는 개의 등을 보호해주는 양탄자가 있는데도 균형을 잡지 못했다. 줄곧 털을 움켜쥐고 있어야 했던 탓인지 한 시간을 질주한 개보다 훨씬 힘들어 보였다. 타냐는 개의 등에 익숙해진 반면, 닐과 전령 플로이드는 몹시 불편한 듯했다.

아홉 마리의 개는 사람과 짐을 싣고도 아무렇지 않은 듯 빠른 속도로 달렸다. 개들은 벤이 탄 흰색과 회색의 허스키를 따라 일렬종대로 달렸다. 대부분 몸집이 크고 털이 많으며 머리가 곰 인형처럼 생긴 것으로 보아 잡종인 듯했다. 몇몇은 어깨뼈 사이의 융기가 1미터80에 이르렀지만 순종처럼 보였다. 앙브르가 탄 세인트버나드와 첸이 모는 오스트레일리아산^産 목양견은 순종이었다.

모두 자신의 개에게 이름을 지어주느라 한바탕 소란이 벌어졌다. 호러스가 자신의 개에게 '빌리'라는 이름을 붙여주자 앙브르가 소리쳤다.

"빌리? 그건 개에게 붙일 이름이 아니야! 빌리는 안 돼!"

"왜 안 돼? 내 개는 사람처럼 이 이름을 가질 자격이 있어! 아무튼 나는 빌리라고 부를 거야!"

그들은 실컷 웃었다.

맷과 플룸의 관계는 더욱 돈독해졌다. 플룸은 특공대 개들 중 작은 편에 속했지만, 누구보다도 활기 넘쳤고, 몇 시간이라도 달릴 준비가 되어 있었다. 녀석은 주인과 함께 질주하게 되어 자랑스럽다는 듯 주둥이를 높이 쳐들었다. 축 늘어진 입술이 가볍게 떨리고 있었다.

그날 저녁, 맷은 야영지를 만들고 식사를 하기 위해 앉으려다가 통증을 느꼈다. 엉덩이와 넓적다리가 쑤시고 아팠다.

불을 피우는 벤을 보니 토비아스가 떠올랐다. 토비아스는 언제나 그 일을 맡았었다. 마음이 몹시 괴로웠다.

플로이드가 입을 열었다.

"첫날치고는 많이 달렸네. 만족스러워."

그들은 길가에 자리를 잡았다. 길이라고 해봤자 무성한 초목 한복판에 난 좁은 오솔길일 뿐이었다. 모닥불이 타닥타닥 타기 시작했다. 특공대는 개들의 등에 실었던 배낭을 내려주었다. 대원들이 침낭을 펼치는 동안 개들은 나무줄기와 덤불에서 코를 킁킁거리며 멀어졌다.

호러스가 담배를 말면서 물었다.

"에덴에서 멀리 떨어진 지금, 우리가 가장 두려워할 건 뭐지?"

벤이 대답했다.

"북쪽으로 깊숙이 왔으니 시니크 정찰대와 마주칠 염려는 없어. 그래도 경계를 게을리하면 안돼. 이 지역에 바실리스크가 꽤 많거든. 바실리스크는 물이 있는 곳에 둥지를 틀고 있으니 호수나 샘 근처에서 너무 오래 빈둥거리지 마."

앙브르가 걱정스레 물었다.

"바실리스크? 눈을 보기만 해도 돌로 변해버린다고 알려진 신화 속 뱀 말이야?"

"맞아. 다만 이 바실리스크는 사람을 정말 돌로 바꾸진 않아. 마주치는 사람들 대부분이 너무 무서워서 얼음이 되긴 하지만."

맷이 물었다.

"어떻게 생겼는데?"

"적갈색 호랑이 같아! 큰 노란색 눈, 여러 줄의 송곳니, 가운데에 발톱 한 개가 달린 발굽. 발톱은 길고, 뭐든 자를 수 있어!"

호러스는 얇은 종이로 담배를 말면서 말했다.

"마주치지 않기만을 바라야겠군!"

맷이 담배를 가리키며 나무랐다.

"안 끊을 거야?"

"조만간……."

"어른처럼 말하네."

호러스는 담배에 불을 붙였다.

"어른처럼 담배를 피우기 때문이지."

고약한 냄새를 풍기는 연기가 피어오르자 맷은 식욕을 잃지 않기 위해 자리를 피했다. 음식은 모닥불 위에서 끓고 있었다.

저녁 식사 후, 대원들은 모닥불을 에워싸고 침낭 속에 누웠다. 방금 돌아온 개들은 대원들을 마치 성벽처럼 둥글게 둘러싸고 누웠다.

대원들은 나지막한 목소리로 지난 생활을 털어놓았다. 맷은 이 예민한 주제에 대해 언급하지 않는 관례가 지금처럼 조금 특별한 상황에서는 적용되지 않는다는 사실에 주목했다. 맷은 닐이 루이즈와 첸에게 폭풍설 이전에 록 밴드에서 기타를 연주했고, 스포츠를 싫어했다고 얘기하는 것을 들었다.

앙브르와 타냐는 너무 소곤소곤 얘기를 나누어 맷이 한마디도 알아들을 수 없었다. 그는 벤, 플로이드, 호러스 쪽을 바라보았다. 두 전령이 다음 날 횡단할 지역에 대해 정보를 교환하는 동안, 호러스는 별을 감상하며 담배를 피우고 있었다.

갑자기 숲 위에서 선명한 불빛이 나타났다. 잠시 후 두 번째 불빛이 보였다. 매료된 맷은 두 마리의 큰 나비가 공중에서 벌이는 발레를 응시했다. 날개는 강렬한 네온사인처럼 반짝였다. 한 마리는 파란빛, 초록빛, 보랏빛을, 더 큰 다른 나비는 붉은빛, 오렌지빛, 장밋빛을 발산했다. 나비들은 주위를 선회했다. 300~400미터나 떨어진 거리였지만 나비의 날개가 관광용 경비행기의 것만큼 커 보였다.

모두가 침묵 속에서 구경하는 동안 벤이 설명했다.

"저 나비는 뤼미노벨륄Luminobellule이야. 밤에만 외출하지. 상대를 유혹할 때만 날개가 아름다운 빛을 내는 것 같아."

다 함께 두 조용히 발광 나비의 발레를 감상했다.

맷이 놀라며 말했다.

"우리는 처음 본 곤충인데, 많은 걸 알고 있구나."

"관찰하고 추론하고 전달하는 게 전령의 임무니까. 모두 힘을 모아 수개월에 걸쳐 에덴에 정보 도서관을 세웠어. 전령은 시간이 날 때마다 도서관에서 이 정보들을 참조해. 새로운 세상에 살고 있으니 할 일이 태산이야."

앙브르는 선망의 눈빛으로 벤을 바라보았다.

맷은 짜증이 섞인 한숨을 내쉬었다.

이윽고 다른 네 마리의 발광 나비들이 나타나 밤하늘에 우아한 곡선을 그렸다.

대원들은 미지근한 숯불을 쬐며 한 시간 넘게 이 환상적인 곡예를 바라보다가 곯아떨어졌다.

다음 날 오전이 끝나갈 무렵, 개들이 속도를 줄이고 좁아진 비탈길을 오르고 있을 때, 멀리 숲에서 날카로운 휘파람 같은 소리가 들려왔다.

맷은 인상을 찌푸렸다. 그는 이 소리가 싫었다. 벤이 바로 앞에 있었다. 맷은 중요한 문제일 수도 있다고 판단하고 일행이 듣지 못하도록 나직이 물었다.

"벤! 저게 뭔지 알아? 울음소리 같기도 하고, 부르는 소리 같기도 해. 밤에 어슬렁거리는 로되르녹튀른이 바로 떠올랐어."

"그럴지도 모르지. 하지만 그 괴물은 절대로 낮에 사냥하지 않아. 저건 그냥 발정 난 동물일 거야."

"그놈과 딱 한 번 마주친 적이 있어. 플룸을 보고는 바로 도망쳤지. 놈이 개를 두려워하는 건 우리에게 이득이야!"

"그게 얼마 전 일이야?"

"그러니까…… 여덟 달 정도 지났어. 뉴욕을 떠날 때였으니까."

"로되르녹튀른도 빠르게 적응하고 있어. 만일 그들이 개고기를 맛봤다면 더는 개를 두려워하지 않을걸!"

"하여간 너는 겁주는 데 일가견이 있어."

평지가 나오자 개들은 다시 질주했다. 맷은 그 속도에 익숙해져 갔다. 규칙적인 흔들림이 이제는 제법 유쾌하게 느껴졌다.

정오 휴식 시간, 날카로운 휘파람 소리가 다시 들렸다. 이번에는 훨씬 더 먼 곳에서 들려왔기 때문에 맷은 다소 안심했다.

맷이 플룸의 등에 배낭을 얹고 있을 때, 또 한 번 휘파람 소리가 울렸다. 이어 반대편 숲에서 다른 휘파람 소리가 응답했다.

맷이 대원들에게 경고했다.

"놈들이 대화를 하고 있어! 모두 무장했지?"

플로이드는 검을 꺼내면서 말했다.

"내겐 '근위병'이 있지. 시니크들에게서 훔친 검이야!"

첸은 안장으로 사용하던 가죽 가방을 들더니 두 개의 활이 달린 작은 강철 활을 보여주었다. 동시에 두 대의 화살을 쏠 수 있었다. 호러스는 끝에 뾰족한 강철을 댄 반들반들한 창을 가져왔다. 타냐는 활을, 벤은 도끼를 붙잡았다.

앙브르, 루이즈, 닐은 빈손이었다.

"무기가 없는 사람은 중앙에 서. 어떻게 될지 아무도 몰라. 벤, 이 숲에서 멀리 벗어날 수 있을까?"

"불가능해, 내일 대평원에 도달하기 전까지는."

맷은 입술을 깨물었다. 이 휘파람 소리는 좋은 징조가 아니었다.

그는 다시 길을 나서기 전에 말했다.

"그럼 경계를 더 단단히 하자."

☣

그날 저녁, 맷은 불을 피우는 것이 위험하다고 판단했지만 대다수의 요청에 고집을 꺾지 않을 수 없었다. 밤에 피우는 불은 아주 멀리서도 볼 수 있고, 고추로 양념한 멕시코 스튜의 통조림 냄새는 너무 강해 야행성 포식자들을 끌어들일 만했다. 게다가 사냥을 떠난 개들이 돌아오려면 아직 멀었다.

모든 상황이 조마조마하기만 했다.

휘파람 소리는 오후가 끝날 무렵부터 더 이상 들리지 않았지만, 맷은 불안감을 떨쳐버릴 수 없었다. 피로가 어깨를 짓누르는데도 가방에서 멜빵을 꺼내 두르고 검을 밀어 넣었다. 케블라 조끼를 입을지 말지 망설이던 그는 결국 포기하기로 했다.

앙브르가 충고했다.

"긴장을 좀 풀어. 위드론데이스까지는 아주 먼 길이야."

"우리 모두 무사히 도착해야 해."

맷은 야영지를 한 바퀴 둘러보았다. 플룸은 호기심 어린 눈길로 주인을 바라보았다.

타냐는 긴 갈색 머리를 풀면서 물었다.

"맷은 여전히 신경질적이니?"

앙브르는 생각에 잠긴 모습으로 맷에게 눈길을 떼지 않고 대답했다.

"우리가 걱정돼서 그래."

피곤한 대원들은 조용히 저녁을 먹었다. 개들이 잘 달려준 덕분에 이틀 후면 늑대의 협로에 도착할 것이었다. 늑대의 협로를 지나 요새를 정탐한 다음 시니크들의 나라로 들어갈 계획이었다.

그들은 이만큼 생사가 걸린 위험을 느낀 적이 없었고, 또한 이만큼 중대한 임무를 맡은 적이 없었다.

대원들은 춤추는 불길 주위에서 팬 공동체의 운명이 자신들의 선택과 행동에 달려 있다는 사실을 인식했다. 맷은 침낭 속에서 한 시간 이상 뒤척이다가 간신히 잠들었다.

모닥불이 꺼졌고, 개들은 야영지 주위에서 부드럽게 코를 골고 있었다.

날카롭고 단속적인 울음소리, 기괴한 웃음소리를 들은 맷은 벌떡 일어났다. 마치 처음부터 이 신호를 기다렸다는 듯, 그는 검을 쥐고 잠시 서 있었다.

15
로되르녹튀른

어슴푸레한 빛이 주위를 감싸고 있었고, 나무줄기와 덤불숲은 회청색 배경에서 검은 점으로 보였다.

망을 보던 두 전령이 벌떡 일어났다.

벤이 맷의 귀에 대고 속삭였다.

"봤어?"

"아니. 놈은 나뭇가지 사이에서 이동할 거야. 가지가 흔들리는 소리에 귀를 기울여."

닐이 벤과 맷이 있는 곳까지 기어 왔다.

"로되르녹튀른이지?"

어둠으로 감각이 둔해져 매우 집중해야 했던 벤과 맷은 대답할 여유도 없었다.

개들이 일제히 으르렁거리기 시작하자 긴장감은 더욱 높아졌다.

아주 가까이에서 두 번째 울음소리가 응답하기 전, 나무 위쪽에서 극도로 흥분한 하이에나의 울음소리가 들렸다.

맷이 정정했다.

"한 마리가 아니라 두 마리야. 닐, 모두 일어났는지 확인하고 무기를 들어. 그리고 숯불을 중심으로 원을 형성해."

방금 일어난 대원들은 서둘러 옷을 입은 후 강철 활, 활, 검, 창을 들고 모였다.

맷은 앙브르가 무장하지 않은 것을 보고 사냥용 칼을 내밀었다.

"이거라도 갖고 있어!"

앙브르는 마치 소중한 물건을 보호하려는 듯 배낭을 꺼안으면서 대답했다.

"아니야. 나는 무기가 없어야 더 잘 싸울 수 있어."

갑자기 덤불숲에서 희끄무레한 실루엣이 불쑥 튀어나오더니, 흥분한 개들을 펄쩍 뛰어넘어 대원들 앞에 착지했다.

괴물은 팔다리가 가늘고 앙상한 인간의 형체였다. 하지만 아주 길쭉하고 괴상한 두개골은 인간의 머리와 달랐다. 우윳빛 피부가 살이 없는 앙상한 뼈에 달라붙어 있었고, 돌출한 턱은 예리한 송곳니를 드러냈다. 가느다란 두 눈에서는 노란 섬광이 반짝거렸다.

날카롭고 굽은 발톱이 어찌나 빠르게 휙휙 소리를 내는지, 누구도 나설 엄두를 내지 못했다.

맷은 괴물의 팔을 자르기 위해 검을 휘둘렀다.

한 소년이 비명을 지름과 동시에 경악스러운 속도로 맷을 향해 돌아선 괴물이 맷의 손목을 후려치자 검이 3미터 이상 날아갔다.

다른 소년들이 공격하기 전에 괴물은 무성한 고사리밭으로 껑충 뛰어 사라졌다.

호러스가 말했다.

"제기랄! 엄청 빨라!"

플로이드가 외쳤다.

"루이즈!"

루이즈의 가슴은 찢어져 있었고, 티셔츠는 피로 흠뻑 젖어 있었다. 물 밖에 놓인 물고기처럼, 입이 벌어진 채 얼빠진 표정이었다.

닐이 다가가 무릎을 꿇었다.

하지만 닐이 치료할 틈도 없이 로되르녹튀른이 무수한 나뭇잎을 던지면서 불쑥 솟구치더니, 무시무시한 발톱으로 루이즈의 발목을 붙잡아 어둠 속으로 끌고 갔다.

벤이 껑충 뛰어 도끼로 괴물의 머리를 후려쳤다.

순간 위쪽에서 뛰어내린 다른 괴물이 벤을 쓰러뜨리고, 타냐의 목을 자를 기세로 팔을 뻗었다. 괴물의 발톱이 공포에 질린 소녀의 연약한 목에 닿기 직전, 호러스가 창으로 괴물의 손을 찔렀다.

부글대는 피를 보고 흥분한 호러스는 분노와 공포로 울부짖었다.

"얏! 이 비열한 놈을 죽여버려!"

맷과 플로이드는 동시에 공격했다. 맷은 괴력의 주먹으로, 플로이드는 검으로.

괴물은 두 소년의 공격을 날렵하게 피하고서 괴상하게 생긴 팔로 균형을 잃은 두 소년을 붙잡으려 했다.

맷은 천천히 물러나면서 자신의 허리에 난 찢어진 상처를 보았다. 뜨거운 피가 흘러내렸다. 그는 너무 아파 어쩔 줄 모르며 무릎을 꿇었다.

플로이드는 몸을 굴려 첫 공격을 피하긴 했지만 괴물을 물리칠 수 없다는 사실을 깨달았다.

바로 그때, 괴물이 커다란 주먹에 맞은 듯 단번에 날아갔다. 괴물의 팔다리는 8미터 높이의 떡갈나무에 박히면서 한 번에 부러졌다.

앙브르는 털썩 주저앉으며 의식을 잃었다.

다른 괴물에게 끌려간 루이즈는 여전히 절망적으로 울부짖고 있었다. 두 마리의 개가 덤벼들었지만 괴물은 두 번의 강력한 발길질로 개들을 물리쳤다. 괴물은 고통스러운 비명을 내지르며 일어나 공격을 시도하는 루이즈를 다시 붙잡았다.

괴물의 발톱이 한 번 더 휙휙 소리를 내자 순식간에 루이즈의 두 손이 사라졌다. 가엾은 소년은 어찌된 영문인지 깨닫지 못한 채 자신의 상처를 바라보았다.

괴물은 루이즈의 어깨를 붙잡고 날렵한 동작으로 손쉽게 가장 가까운 나무를 탔다.

괴물을 뒤쫓기 위해 달려온 첸이 맨발로 나무를 잡고 올라가기 시작했다. 두 형체는 중력에 개의치 않고 쫓고 쫓기는 두 마리의 거미를 연상케 했다.

타냐는 시위를 당기고 화살을 쏘았다. 화살은 약탈자의 등에 꽂혔다. 경악한 벤은 입을 다물 수 없었다. 그렇게 빠른 속도로 활을 쏘는 것은 기적 같은 일이었다.

타냐가 쏜 화살은 모두 표적에 명중했다.

첸은 이 틈을 타 괴물의 발목을 잡았다. 루이즈의 무게로 자유롭지 못한 괴물은 첫 번째 발길질에 실패했다. 괴물은 두 번째 발길질을 준비했다.

타냐의 다섯 번째 화살이 괴물의 목에 박혔다. 몸을 움츠리고 일순간 가만히 있던 괴물이 루이즈와 함께 떨어졌다. 첸은 루이즈를 붙잡으려 했지만 속도가 너무 빨랐다. 그는 추락하지 않기 위해 나뭇가지를 움켜쥐어야 했다.

루이즈와 괴물은 10미터 아래로 낙하했다.

타냐와 벤은 친구를 구하러 달려갔다.

루이즈는 천천히 눈꺼풀을 깜박거렸지만 눈동자는 아무것도 보이지 않는 듯 움직이지 않았다. 말을 하려는 듯 했지만 소리를 내지 못했다. 자주색 코피가 흘러나왔다.

벤은 그를 안고 작별 인사를 했다.

루이즈는 죽었다.

⚕

맷은 끔찍한 고통과 흐르는 피에도 아랑곳 않고 몸을 굴려 앙브르
에게 다가갔다.

앙브르는 눈을 감은 채 움직이지 않았다. 그는 앙브르의 입에 손
을 대 숨을 쉬고 있는지 확인했다. 앙브르가 붙잡고 있던 가방이 살
며시 미끄러졌다. 붉은색과 파란색 불빛이 맷의 얼굴을 비췄다.

수십 마리의 풍뎅이가 표본병 속에서 분주히 움직이고 있었다.

맷은 척추에서 심한 통증을 느끼면서 중얼거렸다.

"앙브르……."

맷은 고통을 이기지 못해 상체를 뒤로 젖히고 쓰러졌다.

닐은 맷을 모로 눕혔다.

"움직이지 마! 피가 많이 나!"

플로이드는 두 소년을 내려다보며 걱정스레 물었다.

"상처가 깊어? 치료할 수 있겠어?"

"피를 많이 흘렸어. 물러나. 내게 맡겨!"

"네가 작은 상처만 치료할 수 있는 줄 알았는데."

"지금 치료하지 않으면 죽을 거야."

맷은 피부에서 닐의 차가운 손을 느꼈다.

찢어진 상처가 왼쪽 옆구리 전체를 쥐어짜는 듯했다. 옆구리는
점점 더 욱신거렸다.

맷은 몸부림치려 했지만 플로이드가 그를 붙잡고 있었다. 이미
모든 힘이 빠져나갔다.

맷은 울부짖었다. 그의 비명 소리가 고요한 숲을 울렸다.

잠시 후, 고통은 극에 달했다.

의식이 가물가물해졌고, 플로이드가 중얼거리는 소리가 들렸다.

"닐, 끝났어. 그만해. 더는 할 수 있는 게 없어."

16
어둠 속 두 목소리

토비아스는 감정을 통제하는 데 전념했다.

특히 공포를 극복해야 했다.

공포는 모래밭의 그림을 지우는 밀물처럼 지성에 나쁜 영향을 미쳤다. 마치 줄기차게 밀려오는 파도 같았다. 토비아스는 정신의 그림, 즉 개성을 지키기 위해 싸웠다.

먹보가 떠난 후, 토비아스의 발광 버섯은 동굴 분위기를 다소 바꿔주었다. 먹보는 눈이 없는지 발광 버섯을 보지 못한 듯했다. 이제 포로 대부분이 서로를 볼 수 있게 되었다. 몇몇은 임시 은신처에서 벗어나 옆 사람에게 나직이 말을 걸었다. 하지만 대화는 오래 지속되지 못했다. 아주 작은 소리—바람 소리일 뿐이라도—에도 부리나케 원래 자리로 돌아갔다.

콜린은 한 소년을 먹보의 아가리로 밀어 넣은 탓에 순식간에 많은 적이 생겼다. 모두가 증오에 찬 눈빛으로 그를 바라보았다.

보복이 예상되었다. 토비아스는 그것이 짧은 수면 중에 실시될지, 다음에 먹보가 왔을 때 벌어질지 궁금했다.

콜린을 생각하면 착잡한 심정이었다. 토비아스는 그를 싫어하면서 동시에 불쌍히 여겼다. 콜린은 백번이라도 보복당할 만했다. 하지만 지상에서 자리를 찾지 못하는 이 바보에게 동정심을 느끼지 않을 수 없었다. 팬 공동체에서 마음이 편치 않았던 콜린은 머지않아 시니크들의 세상이 오리라 판단하고 그들의 편이 되었다. 하지만 그는 시니크들에게마저 배척당하고 뷔뵈르에게 빌붙었다. 이어 그 주인이 강물 속으로 사라지자 팬들의 복수가 두려워 마지막 희망인 로페로덴에게 매달렸다.

콜린은 이기적이고 비겁하며 어리석은 구제 불능이었다. 하지만 그가 원하는 건 단지 자신의 자리를 갖는 것뿐이었다.

지금 공포의 바다는 간조였다.

어느 정도 주위를 파악하자 긴장도 조금 풀렸다. 역겨운 다리를 가진 대형 거미가 떠올랐다. 파도가 한 차례 정신의 해변을 덮쳤다.

토비아스는 파도에 맞서 이기고 감정을 조절하기 위해 정신을 집중했다. 먹보는 먹이를 삼키자마자 몸을 길게 늘여 좁은 문을 통해 떠났다. 그리고 다시 돌아오지 않았다.

문득 토비아스는 긴 혼수상태에서 벗어난 것처럼 처음으로 동굴 밖에 무엇이 있는지 궁금해졌다. 단지 이 괴물의 소굴일 뿐일까? 빛도, 움직임도 감지할 수 없었다.

유일한 풍경은 암흑뿐이었다. 상상력 또한 공포에 억눌려 있었다. 토비아스는 무엇을 기다리고 있을까? 죽음?

'지금은 아니야.'

친구들이 돌아오기를? 앙브르와 맷을?

'냉철하게 판단해야 해. 그들이 어떻게 여기까지 오겠어.'

토비아스는 이제 아무것도 기대하지 않았다.

그는 일어나 두개골과 뼈를 밟고 비틀거리며 걸어가 동굴 한복판에 놓았던 발광 버섯을 회수했다.

공포에 사로잡힌 목소리가 들렸다.

"뭐 하는 거야? 그건 우리 불빛이야! 우리에게 넘겨줘!"

어둠 속에서 다른 목소리가 들렸다.

"아니야, 가져가! 그 불길한 불빛을 치워! 더 이상 괴물이 먹는 꼴을 보고 싶지 않아!"

토비아스는 입구로 올라가 문 앞에서 무릎을 꿇었다.

끈적끈적한 하얀색 물질로 뒤덮인, 문살이 달린 원형 나무 문이었다.

토비아스는 큰 소리로 추측했다.

"거미줄일까?"

그는 매우 긴 상박골을 주워 끈적끈적한 물질을 찔러보았다. 그리고 다시 뼈를 잡아당겼지만 쉽게 빼낼 수 없었다. 끈적끈적한 물질은 초강력 접착제처럼 뼈를 붙들고 있었다.

먹보는 이 혐오스러운 점착성을 이용해 문을 닫는 것이었다. 문은 동굴과 외부를 연결하는 유일한 통로였다. 먹보는 올 때마다 문을 당겼을 것이다.

문살은 팔을 넣을 수 있을 만큼 제법 넓었다. 토비아스는 심호흡을 하고서, 용기를 내 발광 버섯을 쥔 손을 내밀었다.

안쪽은 더 작은 동굴이었다. 깊이는 알 수 없었다. 토비아스는 얼굴에서 가벼운 통풍을 느꼈다. 문밖의 터널은 위쪽으로 뻗어 있었다. 출구가 있다면 이미 확인한 동굴 구석이 아닌 이곳에 있을 것이다.

토비아스는 끈적끈적한 물질을 피하면서 팔을 빼 돌쩌귀 비슷한 것의 반대쪽에 상박골을 꽂았다. 그는 다른 포로들이 볼 수 없도록 몸을 돌리고 축축한 거미줄에 뼈를 문질렀다. 뼈가 거미줄에 들러붙어서 일반적인 속도로는 불가능한 일이었다. 토비아스는 로페로텐 안에서도 여전히 초능력이 효과를 발휘하는지 확인하고 싶었다. 그는 보통 사람은 어림없는 아주 빠른 속도로 거미줄을 비볐다.

'됐어! 내 동작은 여전히 무지 빨라!'

토비아스는 1분 만에 문살의 일부 거미줄을 제거했다. 그리고 다시 20센티가량의 말뚝이 없어질 때까지 문질렀다. 수시로 먹보가 다가오지 않는지 확인하면서 이번엔 문의 일부를 잘라냈다.

토비아스는 문을 밀었다. 나무 문은 삐걱거리면서 약간 밀렸다가 다시 제자리로 돌아왔다. 힘껏 밀면 통과할 수 있을 것 같았다.

토비아스는 자문자답했다.

"뭘 하려고?"

"밖을 살펴보려고. 꼭 필요한 일이야. 먹보가 우릴 잡아먹으러 오기만 기다릴 순 없잖아."

토비아스는 조금 더 끈적한 물질을 자른 후 살며시 문을 통과했다. 그가 밖으로 나가려는 찰나 프랭클린이 문 뒤에서 불쑥 나타났다.

"뭐 하는 거야?"

"주위를 둘러볼 거야. 걱정하지 마. 도망칠 방법이 있으면 돌아와서 알려줄게."

"안 돼. 불가능해. 먹보와 마주칠 거야!"

"위험해도 할 수 없어. 그렇지 않으면 결국엔 먹보가 나를 먹어치울 테니까. 너도 갈래?"

프랭클린은 마치 토비아스가 이성을 잃었다는 듯한 표정으로 그의 얼굴을 빤히 쳐다보았다.

"날 죽이고 싶어? 이건 절대 아니야! 토비아스, 넌 미쳤어! 완전히 미쳤어! 여길 떠나면 안 돼. 나를 봐. 오래전부터 여기 있었어. 항상 조심하면서 너무 두려워하지 않으려 애쓰고 있다고. 그래서 먹보가 날 건드리지 않은 거야! 나처럼 해야 해! 이목을 끌면 안 돼! 늪의 올챙이처럼 신중해야 한다고."

토비아스는 어슴푸레한 곳으로 물러서면서 추측했다.

"네가 마지막 올챙이가 되면 먹보는 너까지 잡아먹겠지!"

프랭클린은 손을 흔들며 눈으로 작별 인사를 했다.

토비아스는 둔해진 다리로 최대한 빠르게 동굴 꼭대기까지 간 다음, 어둠 속에서 미세한 변화가 느껴질 때까지 첫 번째 굴곡부와 두 번째 굴곡부를 지났다. 마침내 희미한 회색빛이 나타났다. 토비아스는 호주머니에 버섯을 넣고 외부의 빛처럼 보이는 것을 따라 올라갔다. 벽토 덩어리 뒤에 신선한 공기가 나오는 구멍이 있었다.

토비아스는 다시 살아난 느낌이었다.

아직 풍경은 보이지 않았지만, 넓은 공간과 나무에서 살랑거리는 바람 소리는 감지할 수 있었다.

그때 거칠고 휘파람 같은 목소리가 들려와 그의 기쁨은 사라졌다.

"……배가 고파. 배고파죽겠어. 뭔가 먹어야 해."

한 남자가 대답했다.

"잠깐 기다려. 할 말이 있어."

토비아스는 이 목소리를 알 수 있었다. 목소리와 얼굴을 일치시킬 수는 없지만 분명 어디선가 들었던 목소리였다. 역겨운 피조물의 목소리가 아닌 인간의 음성이었다. 조금 마음이 놓였다.

포로들은 구조될 수 있을까?

여러 단계의 성대를 통과해 분출된 듯 휘파람처럼 들리는 목소리가 재촉했다.

"서둘러. 너무 배가 고파. 여기서도 그들의 냄새가 나. 잡아먹을 수 있는 먹이는 여러 명이야! 여러 명이라고! 냠냠……."

토비아스는 구역질이 났다. 목소리의 주인은 틀림없는 먹보였다.

남자가 설명했다.

"어린 맷은 우리가 그의 정신을 탐색하는 동안 우리를 살펴. 내가 '무의식의 샘'을 뒤지는 동안 너와 다른 것들이 움직이기 때문이야. 날 방해하지 마. 어린 맷이 우리를 느꼈어! 원치 않았던 일이야!"

"하지만…… 하지만 나는…… 먹어야 해! 나는 그런 존재야! 먹는 건 내 임무야!"

남자가 짜증을 냈다.

127

"내가 무의식의 샘을 탐색하는 동안만 좀 참아!"

토비아스는 먹보가 신경질적으로 다리를 흔드는 소리를 들었다.

"좋아……. 결정하는 건 너니까."

"내가 꿈을 통해 자신을 추적한단 사실을 맷이 알아선 안 돼! 우리는 맷이 필요해! 알았어?"

"알았어……. 우리는 그가 필요해. 그를 먹어야 하니까. 냠냠……. 아주 맛있을 거야!"

"일단 네 배 속에 들어가면 영원히 우리 몸속에 있게 될 거야! 우리만이 그를 갖게 돼! 로메뒤즈보다 먼저 그를 붙잡아야 해!"

거미가 물러났다. 털이 난 육중한 복부와 뒷다리가 보였다. 두 개의 작은 위족 사이의 배에서 우윳빛 거미줄이 빠져나오고 있었다. 토비아스는 토하지 않기 위해 입을 막았다.

휘파람 같은 목소리가 다시 투덜거렸다.

"배가 고파!"

"그럼 가서 먹어! 하지만 절대 소리를 내선 안 돼! 무의식의 샘을 열고 어린 맷을 찾아낼 거니까!"

토비아스는 살금살금 동굴 안쪽으로 가다가 서둘러 발길을 돌렸다. 숨을 곳이 없었다. 만일 먹보와 마주친다면 놈은 더 이상 먹이를 찾을 필요가 없을 것이다. 모든 포로에게 알려야 했다. 숨든지, 아니면 최후까지 싸우다 죽든지.

'어린 맷……. 이 남자는 꿈을 통해 맷을 찾아내는 방법을 발견했어. 로페로덴은 쥐도 새도 모르게 다가가 맷을 붙잡을 거야!'

친구들을 믿고 기다리던 토비아스는 오히려 그들에게 자신이 필요하다는 사실을 깨달았다.

로페로덴이 그들을 집어삼키기 전에.

시간이 얼마 없었다.

17
또 다른 적

태양은 따뜻한 햇살로 맷의 얼굴을 어루만져 주었다.

맷은 눈을 떴다. 목이 말랐고, 두개골이 지독히 아팠다. 왼쪽 옆구리 역시 유리 파편 위에 넘어진 것처럼 따가웠다.

누군가 그를 내려다보며 외쳤다.

"의식이 돌아왔어!"

시선이 흐릿했다. 초점을 맞추는 데 몇 초가 걸렸다. 친숙한 얼굴과 아주 짧게 깎은 머리가 보였다.

'플로이드.'

맷은 마침내 말을 뱉었다.

"목이 말라……."

누군가 그의 입술에 물을 부어주었다. 맷은 천천히 일어나 벌컥벌컥 물을 마셨다.

지난밤 일이 떠올랐다. 그는 주위를 둘러보다가 동료들의 얼굴에서 슬픔을 보았다. 벤, 호러스, 첸의 손에는 아직도 흙이 잔뜩 묻어 있었다.

그들 뒤에서 작은 흙무더기와 꼭대기에 박힌 막대기 그리고 루이즈의 가죽 장갑을 발견한 맷은 깨달았다. 그들이 루이즈에게 무덤을 만들어준 것이다. 루이즈는 더 이상 존재하지 않았다.

갑자기 맷이 당황한 얼굴로 앙브르를 찾아 두리번거렸다. 다행히 그녀는 건강해 보였다. 맷과 시선이 마주친 앙브르가 다가왔다.

"닐이 네 목숨을 구해줬어. 상처는 아물었어."

맷은 믿지 못하겠다는 듯 셔츠를 올리고 상처가 났던 자리를 살폈다. 실제로 상처는 조금도 보이지 않았다. 봉합선조차 없었다. 보랏빛이 도는 큼직한 갈색 멍뿐이었다.

"어떻게 한 거지? 분명 피를 흘렸는데! 봐, 옷이 피로 흠뻑 젖어 있잖아!"

"그게 닐의 초능력이야. 손의 접촉으로 상처를 치료해. 어젯밤 전까지는 접질림이나 살짝 벤 상처 외에는 치료한 적이 없었어. 풍뎅이들 덕분이야. 풍뎅이들은 예상보다 훨씬 더 능력을 증가시켜!"

"로되르녹튀른을 나무로 던진 건 분명 너지?"

"놈을 밀어내고 싶었던 건데, 박살 내고 말았어!"

"잘했어! 갑옷보다 더 튼튼한 보호 방법이 생긴 거야."

앙브르는 난처한 모습을 드러냈다.

"초능력을 익히지 못하면 아무 소용 없어. 집중이 과하면 의식을 잃을 수 있어. 처음에 닐은 너를 위해 아무것도 할 수 없었어. 자신의 소리에만 의지해 다시 시도했지. 그러다 정신을 잘 집중한 덕분에 풍뎅이 에너지를 포착했어. 그렇게 네 목숨을 구한 거야. 하지만 그 후 의식을 잃었고, 아직도 깨어나지 못했어."

맷은 간신히 일어나 생명의 은인인 닐의 머리맡으로 갔다. 머리를 짧게 깎은 닐은 침낭에 누워 있었다. 타냐가 그를 간호하고 있었다.

맷이 물었다.

"자고 있어? 아니면 혼수상태야?"

"모르겠어. 깨워봤지만 반응이 없어. 다시 깨우고 싶진 않아."

뒤에서 벤이 나타났다.

"깨워야 해. 떠나야 하니까. 이미 많은 시간을 잃었어."

맷이 물었다.

"개들은 어때?"

"두 마리가 부상을 당했지만 따라올 수 있을 거야. 부상당한 개의 짐을 덜어주려고 해."

맷은 체념한 목소리로 물었다.

"루이즈는? 여기 묻었니?"

"그래. 플로이드가 루이즈가 가톨릭 신자라고 말해줬어. 그래서 천국에 관한 몇 마디를 해줬지."

첸이 덧붙였다.

"작은 십자가도 만들어 꽂아줬어."

"그럼 너희 임무는? 루이즈는 작전을 짜기 위해 요새의 모든 약점을 기록하기로 한 전략가였지?"

플로이드가 말했다.

"도착해서 해결해야지. 타냐와 함께 적절한 방법을 찾아낼 거야. 아무튼 지금은 다른 방법이 없어."

맷은 루이즈의 무덤을 바라보면서 머리를 흔들었다. 어제 오후까지만 해도 선두에서 달리던 소년이 지금은 저 차갑고 단단한 땅속에 묻혀 있다니 믿기지가 않았다. 그는 루이즈를 결코 다시 볼 수 없을 것이다.

벤이 그의 생각을 깨웠다.

"플로이드와 내가 널을 그의 개 등에 실을게. 그동안 소지품을 챙겨. 출발하자."

맷은 마지막으로 루이즈의 무덤을 보았다. 며칠 후면 나뭇잎과 가시덤불이 무덤을 뒤덮을 테고, 그러면 누구도 이 길가에서 한 소년의 육신이 쉬고 있다는 사실을 모를 것이다. 루이즈에 대한 기억은 오직 그들의 입을 통해서만 전해질 것이다.

만일 그들이 이 난관을 극복한다면.

☣

특공대는 개 등에 묶인 닐과 고통을 보이지 않고 뒤따르는 부상당한 두 마리의 개를 살피면서 오전 내내 빠른 속도로 달렸다. 개들이 젊은 주인들에게 어찌나 헌신적이었는지, 결코 쫓아버릴 수 없을 듯했다. 주인이 부상을 입는다면, 개가 끝까지 남아 지킬 것이다.

닐은 의식을 되찾았다. 그는 개가 도약할 때마다 머리를 들어 올리며 인상을 찌푸렸다. 맷은 닐이 규칙적으로 물을 마시는 것을 보았다. 맷이 다가가 물었다.

"어때?"

"속이 메스꺼워. 병이 난 것 같아. 머리도 터질 것 같고. 너는?"

"내 목숨을 구해줬다고 들었어. 고마워."

닐은 대수롭지 않은 당연한 일을 했다는 듯 어깨를 으쓱했다.

"루이즈의 목숨도 구할 수 있었다면 좋았을 텐데."

"루이즈를 구할 수 없다는 사실을 깨닫는 순간 그는 죽었어. 아무튼 네 체력은 대단해."

"그 덕에 머리가 무척 아프게 됐어! 몸은 탈진 상태고. 버스에 깔린 기분이야! 기력을 회복하는 데 일주일은 걸릴 거야."

맷은 재차 고맙다고 말하고 닐이 쉬게 해주었다.

☣

셋째 날 오전이 끝날 무렵, 멀리 남쪽 지평선에 검은 선이 나타났다. 검은 선은 다가가면 다가갈수록 세상 끝에 놓인 거대한 벽처럼 보였다. 끝없는 초록색 산맥의 그림자.

금단의 숲 기슭.

다음 날, 지맥들이 서서히 모습을 드러냈다. 육중한 산괴는 그에 가까워짐에 따라 더 뚜렷하게 드러났다.

맷은 이 식물산들 사이에서 계곡 비슷한 것을 발견했다. 어떤 경이로운 힘이 금단의 숲 한복판에 남쪽으로 갈 수 있는 통로를 만든 것 같았다. 이 '늑대의 협로'는 시니크들의 왕국과 팬들의 자유로운 땅 사이에 있는 유일한 통로였다.

어젯밤부터 특공대는 훨씬 주의 깊게 모든 피조물의 동태를 살피며 움직였다. 시니크 정찰대와 마주칠까 걱정스러웠지만 빠르게 이동이 가능한 길을 떠날 수는 없었다.

특공대가 체력을 회복하기 위해 행진 속도를 늦췄을 때, 벤이 멀리 언덕 뒤에서 움직이는 작은 먼지구름을 가리켰다.

"달리는 말 같은데. 우리 쪽으로 오고 있어."

맷이 명령했다.

"모두 덤불숲에 숨어!"

대원들은 바닥으로 뛰어내려 가시덤불로 뒤덮인 곳으로 개를 잡아당겼다. 맷, 벤, 앙브르는 고사리밭을 기어 길 가장자리로 갔다.

잠시 후, 질주하는 말발굽 소리가 울렸다. 기병 두 명이 나타났다. 그들은 검은 가죽으로 만든 가벼운 갑옷을 걸치고 철모로 얼굴을 가리고 있었다. 그들이 속도를 줄이지 않고 지나가 땅이 울렸다.

맷은 그들의 예리한 검과 긴 단검을 보았다.

맷이 물었다.

"여기서 뭘 하는 거지? 정찰대치고는 가벼운 차림인데."

벤이 추측했다.

"척후병이나 전령일 거야. 그들이 돌아올 경우 뒤에서 기습을 당하지 않도록 경계를 강화해야 해."

앙브르가 물었다.

"이 주위에 시니크 정찰병들이 많을까?"

"나도 몰라. 하지만 최근엔 아주 많았어. 다 돌아갔다고 볼 순 없 겠지."

벤이 물러갔다. 그들은 다시 출발하기 위해 모였다.

벤이 앞장섰고, 플로이드가 후미를 맡았다. 각자 지평선을 주시 하며 위험에 대비했다.

호러스가 물었다.

"늑대의 협로는 넓어?"

벤이 대답했다.

"1킬로 이상 가본 적이 없어. 입구 폭은 3~4킬로쯤 될 거야. 풀이 우거지고 강이 흐르는, 가파르게 경사진 숲 아래쪽 분지야."

"어떻게 해야 시니크들에게 들키지 않을까?"

"숲을 따라가면 돼. 오늘 저녁부터는 불을 피우면 안 돼. 또 먼지 를 일으키지 않도록 달리지도 않을 거야. 가능하면 눈에 띄지 않는 곳에서 걷고. 우리는 잘해낼 거야."

호러스는 샐쭉해졌다. 그는 벤의 낙관론에 동의하지 않는 것 같 았지만 아무 말도 하지 않았다.

대원들은 길을 멈추고 약간의 음식을 먹은 후 서둘러 출발했다. 두 려웠지만, 그래도 최대한 빨리 늑대의 협로에 도착하고 싶었다.

언덕 측면에 난 길은 구불구불했다. 길 주위의 나무는 줄어들지 않았고, 선녹색과 금빛 평원이 나타났다. 늑대의 협로 입구에 도달 하려면 길게 펼쳐진 울창한 풀밭을 헤치며 나아가야 했다. 소규모 침엽수림이 듬성듬성 보였고, 덤불숲이 여기저기 흩어져 있었다. 금단의 숲이 가파른 오르막을 이루어 협로의 분지가 아주 가깝게 보였다. 하지만 평평한 길은 10킬로가 넘었다.

벤이 말했다.

"가장 까다로운 구간이야. 이제 선택해야 해. 지금 들판을 횡단한 다면 시니크들이 같은 길을 이용할 경우 바로 발각될 거야. 아니면 밤을 기다렸다 출발해야 하고."

맷은 망설이지 않고 말했다.

"밤을 기다리자. 이 틈에 좀 쉬는 게 좋겠어. 우리는 물론이고 개 들도 휴식이 필요해. 내일 아침 동이 트기 전에 출발해서, 들판을 건너 늑대의 협로로 들어가자."

대원들은 길에서 벗어나 약식 야영을 세우고, 몹시 욱신거리는 다 리를 곧장 침낭에 누였다. 짐에서 자유로워진 개들은 풀밭에서 뒹 굴거나 사냥감을 찾기 위해 코를 킁킁거렸다.

닐은 어젯밤 기력을 쇠진한 탓에 곧장 곯아떨어졌다. 앙브르는 완전히 기운을 되찾진 못했지만 잘 버텨내고 있었다. 쉽게 약해질 사람이 아니었다. 최소한의 체력만 있어도 쓰러지지 않았다.

해가 기울면서 하늘이 어두워졌다. 대평원은 비스듬히 비쳐 드는 황혼 무렵 특유의 희미한 빛에 둘러싸였다. 길게 늘어진 그림자들 이 바람에 흔들거렸다.

갑자기 서남쪽 평원 입구에서 불빛이 나타났다. 수백 개의 흔들 리는 불빛이 땅바닥을 스치며 이동하고 있었다.

타냐의 경고를 듣고 일어난 대원들—자고 있는 닐을 제외하고—은 불빛의 이동을 유심히 살폈다.

횃불이었다.

횃불은 끝없는 행렬을 비추었다. 실루엣들은 불안정하고 절뚝거 리는 걸음으로 행진 중이었다.

플로이드는 상황을 파악했다.

"글루통이야! 글루통 수천 명이 늑대의 협로로 들어가고 있어!"

행진 광경에 정신을 빼앗긴 첸이 말했다.

"시니크들과 싸우러 가나 봐."

벤이 끼어들었다.

"아닌 것 같아. 대열 선두를 봐!"

대원들은 숲 하단의 어슴푸레한 곳에서 50여 명의 검은 기사들을 발견했다.

플로이드가 말했다.

"시니크들이야! 글루통과 뭘 하는 거지?"

앙브르는 침울한 표정으로 단언했다.

"시니크들이 글루통을 자기네 나라로 안내하고 있어. 글루통은 말롱스 여왕과 싸우지 않을 거야. 여왕의 군대에 합류하려는 거야!"

맷은 지독한 불의를 느낀 어린이처럼 분개했다.

"작전엔 없던 거야!"

설상가상이었다. 시니크와의 전쟁만도 이미 자살행위나 다름없었다. 아무리 훌륭한 작전과 기습이 효과를 발휘한다 해도 팬들이 시니크와 글루통의 연합군을 이길 수는 없을 것이다.

타냐가 제안했다.

"당장 에덴으로 돌아가는 게 낫겠어. 더 가봐야 아무 소용 없어. 에덴에 알리고, 모든 팬에게 최대한 빨리, 그리고 멀리 도망치라고 전해야 해."

플로이드가 말했다.

"어디로 도망치지? 시니크들은 우릴 죽이거나 노예로 만들 거야!"

벤이 단호하게 말했다.

"계획은 조금도 변함없어! 글루통 군대를 무찔러야 한다면 싸우면 돼! 어려운 싸움이 될 거란 사실은 이미 알고 있었잖아!"

질겁한 타냐와 첸은 상황의 중대성을 헤아리지 못한 듯 서로를 바라보았다. 플로이드가 그들에게 상체를 숙이고 말했다.

"출발할 때 이미, 돌아오지 못할 수도 있다는 사실을 알고 있었어. 그러니 끝까지 가보자."

대원들은 평원에서 뱀처럼 꿈틀거리며 이동하는 글루통들을 지켜보았다. 날이 어두워질수록 노란색과 오렌지색 횃불이 점점 더 또렷하게 반짝였다.

글루통 군대는 금단의 숲 두 지맥 사이의 계곡으로 들어갔다. 어둠이 글루통 군대를 완전히 삼키자, 별빛 아래에서 늑대들이 울기 시작했다.

18
늑대의 협로

늑대의 울음은 몇 시간 동안 계속되었다. 모습은 보이지 않았지만 바람에 실린 울음소리가 멀리까지 퍼졌다. 벌판에 자주 출몰하는 유령들이 모든 불청객을 위협하는 것처럼.

새벽 3시 무렵, 맷은 더 이상 잠을 이룰 수 없어 일어났다. 이제 그는 꿈을 꾸지 않았다. 얼마 전부터 꿈에 대한 기억이 전혀 떠오르지 않았다. 악몽도 꾸지 않았다. 로페로덴이 맷을 쫓는 일을 포기한 걸까? 그럴 가능성은 거의 없었다. 맷에게 원하는 것이 무엇이든, 만족스러운 성과를 얻지 않는 한 자신을 놓아주지 않을 것이다.

'아니면 멀리 있을지도 몰라. 그래서 악몽에 나타나지 않는 거야. 너무 멀리 떨어져 있어서, 집단 무의식 속에 있는 내 무의식을 포착해내지 못해.'

맷은 그것이 좋은 소식인지 나쁜 소식인지 알 수 없었다. 로페로덴이 나타나면 특공대가 위험해질 수도 있었다. 하지만 그것은 로페로덴에 대한 도전을 의미하기도 했다. 토비아스를 되찾기 위한.

'토비아스가 이미 죽었다면? 괴물이 삼킨 순간 토비아스는 죽은 걸까?'

그렇다면 복수는 괴물을 죽이는 것이 될 것이다.

맷은 소지품을 배낭에 넣고 느긋하게 동료들을 도우러 갔다. 다시 길을 나설 때였다.

닐은 기운을 찾았다. 그는 쾌활했고, 찌르는 듯한 두통도 더는 느끼지 않았다.

☣

특공대는 들판을 가로질러 늑대의 협로 입구에 도착했다. 달은 금단의 숲의 위압적인 산괴에 가려져 있었다. 계곡 양쪽에 우뚝 솟은 식물 벽은 가파른 산비탈처럼 보였다. 특공대는 폭 4킬로의 어두운 협로를 따라 수십 킬로를 횡단해야 했다. 시니크 정찰대나 특기할 만한 위험과 마주치지 않기를 바라면서.

특공대는 마침내 적지로 들어섰다.

☣

늑대들은 특공대의 통행에 반응하지 않았다. 개들이 떨기 시작하기 전까지는 대원들도 늑대를 두려워하지 않았다. 하지만 곧 개들의 발걸음이 자신감을 잃었고, 털은 곤두섰다.

앙브르가 불안해하며 물었다.

"개들이 얼마나 두려워하는지 느꼈어?"

"플룜도 마찬가지야……. 하지만 우리 개들의 몸집을 알잖아? 늑대들이 공격한다면 단숨에 먹어치울 수 있어."

"엄청난 무리라면 사정은 달라. 개들도 그걸 느낀 걸까?"

"글쎄. 아무튼 느낌이 좋지 않아."

늑대들은 여명이 하늘을 하얗게 만들기 시작하자 울음을 멈췄다. 개들은 일렬종대로 전진했다. 벤의 개가 선두에 섰고, 플로이드의 개가 후미에 위치했다. 날이 완전히 밝을 무렵, 특공대는 숲 기슭에 도착했다. 벤은 개 등에서 내렸다.

"우리를 노출한 채로 이동하는 위험은 피해야 해. 길 폭은 2킬로미만이야. 시니크들 눈에 띌 수도 있어."

멀리 어두운 강 근처 계곡에서 가느다란 물줄기가 꿈틀거렸다. 바위가 여기저기 비죽 솟아 있었고, 풍경은 비교적 탁 트여 있었다. 몇몇 언덕을 뒤덮은 나무들 이외에는 기복이 거의 없었다.

대원들은 오전 내내 자신들을 은폐해주는 무성한 나뭇잎 아래로 전진했다. 나무뿌리와 낮게 늘어진 나뭇가지가 많아 개들이 달리지 못했다. 땅굴과 우거진 덤불숲이 나오면 돌아가야 했다. 짐을 많이 싣지 않은 부상당한 개 두 마리—플로이드와 루이즈의 개—는 뒤처지지 않고 무리를 따랐다.

금단의 숲을 이룬 높은 나무들 틈으로 새어 든 빈약한 햇살이 계곡을 비추었다.

정오, 해가 깊은 계곡 바로 위로 이동하자 햇살은 금세 강해졌다. 해는 겨우 4시간 동안 머물다가 높이가 1천 미터에 달하는 엄청난 규모의 숲 뒤로 사라졌다.

오후 중간 무렵, 앙브르는 길과 강 사이에 세워진 집 한 채를 발견하고, 우뚝 멈추며 물었다.

"벤! 저게 뭐야?"

"모르겠어. 이렇게까지 깊숙이 들어온 적은 없었거든. 숲은 길까지 뻗어 있으니, 슬쩍 둘러보고 싶다면 다가갈 순 있을 거야."

플로이드가 끼어들었다.

"그게 좋겠어. 에덴에 불완전한 보고를 하고 싶진 않아."

진로를 바꾼 개들은 강 쪽으로 1천5백 미터가량 완만한 내리막길을 달린 후 멈췄다. 벤은 호러스와 닐에게 개를 맡기고, 다른 대원들에게 소리를 내지 말고 걸어서 따라오라고 했다.

길에서 겨우 100미터쯤 벗어났을 때, 초록색이 선명한 울창한 풀밭이 펼쳐졌다. 이어 온통 회색 돌로 만든 2층 초가집이 나타났다. 두 개의 굵은 굴뚝에서 연기가 피어올랐고, 집 뒤쪽에서는 큰 바퀴가 삐걱거리며 돌아가는 소리가 들렸다. 작은 성처럼 웅장한 건물이었다.

좁고 높은 창문들은 주루의 총안처럼 보였다.

첸은 실망과 의혹이 담긴 어조로 말했다.

"요새일까?"

맷이 대답했다.

"아닐 거야. 대형 여관 같은데. 시니크들이 금단의 숲을 횡단할 때 여기서 머무르며 잠을 자겠지."

"요새화된 여관?"

앙브르가 말했다.

"창문을 봐. 보통 창문이 아니야."

타냐가 끼어들었다.

"군사시설이야."

"아니야. 군사시설이라면 쉽게 태울 수 있는 짚이 아닌 청석돌로 만들었을걸. 시니크들의 가장 큰 도시인 바빌론에서 청석돌 지붕을 봤어."

벤이 맞장구쳤다.

"앙브르 말이 맞아. 그들은 집 밖에 마구간을 만들지 않아. 우측에 있는 대형 문은 말을 들여보내기 위한 거야. 집 밖에는 아무것도 놓아두지 않는다고."

첸이 추측했다.

"온기 때문이야! 겨울에는 동물들이 집을 따뜻하게 할 수 있어."

벤이 그의 말을 끊었다.

"문에 공격 흔적이 있어! 공격을 받았나 봐!"

맷이 추측했다.

"글루통들이 시니크들과 동맹을 맺기 전에 공격했겠지."

"그럴까. 아무튼 이 여관은 쉽게 점령할 수 없겠어."

앙브르가 반박했다.

"지붕에 횃불을 던지기만 하면 끝이야. 모두 뛰쳐나올걸! 어쨌든 용도가 뭔진 몰라도 적의 침략을 막기 위한 건 아니야."

앙브르를 잘 아는 맷이 물었다.

"그럼 뭘 것 같아?"

"야수. 시니크들은 포식자들이 두려워 여기서 밤을 보내는 거야."

타냐는 불안에 사로잡혔다.

"로되르녹튀른?"

"몰라. 아무튼 좀 더 신중해야 해."

대원들은 개들이 있는 곳으로 돌아갔다. 닐과 호러스는 풀잎을 입에 물고 토론 중이었다.

호러스가 물었다.

"어떻게 할 거야?"

벤이 대답했다.

"서두를 거야. 최대한 빨리 늑대의 협로에서 벗어나야 해."

☣

저녁의 어슴푸레한 빛이 계곡의 그림자를 더욱 짙게 했다. 특공대는 밤의 도래가 두려워졌다. 숲을 횡단하는 내내 대원들은 불안감을 떨칠 수 없었다. 이 숲은 어떤 신비를 감추고 있을까? 어떤 험오스러운 괴물들이 숨어 있다가 달이 뜨면 불쑥 튀어나올까?

대원들은 만장일치로 숲에서 벗어나 평지에서 야영을 하기로 했다.

그들은 길에서 보이지 않는 큼직한 바위 뒤에 자리를 잡았다. 검소하고 차가운 저녁 식사. 밤의 추위가 엄습하자 모두 불을 피울 수 없음을 아쉬워했다.

개들은 평소와는 달리 멀리 가지 않고, 젊은 주인들에게 몸을 바싹 붙였다.

그때 울음소리가 시작되었다. 긴 울음소리는 숲에서 솟아났다.

이윽고 수많은 형체가 나타났다.

몸집이 크고 위협적인 형체들.

19
모빌

먹보가 밥을 먹기 위해 동굴로 들어왔다. 누구도 먹보를 물리치려 하지 않았다.

외부 탐사를 마치고 돌아온 토비아스는 포로들에게 위험을 알리고, 거미가 동굴로 들어오는 것을 막아 맞서 싸우자고 제안했다. 하지만 모두 거부했고, 그저 구석에 웅크리고 앉아 선택되지 않기만을 기도했다.

거미가 토비아스 앞을 지났다. 토비아스는 거미가 머뭇거리는 것을 느꼈다.

그때 파도가 정신의 해변에 몰아쳤다. 정신의 해변은 작은 그림으로 자유의지와 자제력을 표현한 곳이었다. 모든 것이 순식간에 침수되었다. 토비아스는 피부를 파고드는 공포를 감지했다.

거미도 그것을 알아챘다.

토비아스는 자신의 해변으로 달려가 파도를 물리치려 했다. 처음에는 두 손으로, 다음에는 생각의 힘으로.

거미가 그를 붙잡을 듯 다리를 들자 커다란 파도가 해변을 덮쳤다.

파도가 너무 높은 데다 거품까지 내며 부글거려서, 하마터면 토비아스는 모든 것을 포기하고 휩쓸려 갈 뻔했다. 괴물에게 붙잡히면 모든 게 끝날 것이다.

하지만 다시 생명력이 꿈틀댔다. 토비아스는 파도를 몰아내기 위해 정면으로 맞서며 몸으로 방파제를 만들었다.

눈을 뜨니 파도는 흩어지고 없었다. 거미는 다른 먹이를 탐색하고 있었다.

토비아스는 무모한 짓을 시도했다. 거미에게 붙잡힌 소녀의 절망적인 비명을 듣자마자 뼈를 들고 벌떡 일어나 먹보에게 달려든 것이다.

그는 거미 뒷다리에 가슴 한복판을 맞고 벌렁 나자빠졌다.

정신을 차렸을 때는 이미 비명이 멈춰 있었다. 너무 늦었다.

소녀의 뜨거운 해골을 내뱉는 먹보를 보며 토비아스는 울었다.

먹보의 숨통을 끊지 않는 한, 이 악몽은 결코 끝나지 않을 것이다.

결국 새겨야 할 교훈은 간단했다. 즉, 오직 자신만을 믿을 것.

거미가 떠나자마자 토비아스는 문으로 다가갔다. 거미는 둥근 나무 문에 끈적끈적한 거미줄을 발랐다.

토비아스는 줄질을 하기 위해 뼈를 집으면서 투덜거렸다.

"저 거미가 싫어."

그는 천천히 기어가 거미가 멀리서 기다리고 있진 않은지 확인했다. 그는 밤의 희미한 빛을 발견했다.

거미는 한 마리도 보이지 않았다.

토비아스는 잽싸게 밖을 내다보았다.

검은 바위 지역. 풍화로 칼날처럼 예리해진 고인돌. 위협적인 돌이 드문드문 흩어져 있는 어둡고 메마른 땅.

곧 토비아스는 칠흑같이 어두운 하늘에 별이 없다는 사실을 깨달았다. 대신 연이은 마른번개와 지평선을 비추는 비틀린 활꼴의 물체들이 보였다.

토비아스는 차가운 땅에 발을 내딛고 주위를 탐색했다.

멀리서 모습을 드러낸 거미가 작은 언덕 뒤로 사라졌다. 토비아스는 다른 동굴이 있으리라고 추측했다.

더 멀리 보기 위해 언덕을 올라간 그는 천천히 광물 박편 사이를 걷는 실루엣을 발견하고 따라가 보기로 결심했다.

초목이 없어 접근은 쉬웠다. 이내 토비아스는 몇 미터 뒤까지 따라붙었다.

실루엣은 낙낙하고 긴 외투로 몸을 감싸고 있었다. 얼굴은 큰 두건에 가려 보이지 않았다. 토비아스는 이 실루엣이 사람이라고 판단했다. 옷에서 삐져나온 두 손은 분명 사람의 것이었다. 두 손이 녹슨 쇠사슬을 잡아당기자 뚜껑이 열렸다. 우물에서 붉은색과 하얀색 미광이 분출되었다. 우물 위로 상체를 숙인 사내의 긴 외투를 유령 같은 빛이 감쌌다. 사내의 얼굴을 보기에 좋은 위치는 아니었다. 토비아스는 조용히 투덜대긴 했지만 들킬 위험은 무릅쓰지 않았다.

사내는 그 상태로 한참을 있다가 고개를 저으며 뚜껑을 닫았다.

토비아스는 검은 둘레돌이 있는 곳까지 사내를 따라갔다. 사내는 마치 맛있는 음식 냄새를 맡기라도 하려는 듯 다시 뚜껑을 들어 올렸다. 그리고 테두리 양쪽에 두 손을 놓았다. 붉은색과 하얀색 미광이 유령의 빛 같은 후광을 투사했다.

불빛은 수증기처럼 순간적이고 흐릿한 형체들을 이동시켰다. 토비아스는 잇달아 나타나는 얼굴들을 보았다. 이윽고 흐릿한 형체들이 선명해져, 토비아스는 풍경과 실루엣을 볼 수 있었다.

우물 바닥에 시선을 고정시킨 채 움직이지 않던 사내가 갑자기 물러나더니 두 주먹을 불끈 쥐었다.

사내는 우물 주위를 천천히 걷기 시작했다. 불빛 속에서 끊임없이 올라온 영상이 희미한 빛 속에서 해체되었다.

사내는 음산하고 잔인한 웃음을 터뜨리고는 번쩍 손을 들어 마치 날던 모기를 잡듯 주먹을 쥐었다.

"잡았어! 이번엔 내 거야! 내 거라고! 로메뒤즈는 패배할 거야! 내가 이겼어!"

그때 사내의 긴 외투가 바람에 펄럭였다. 그는 황급히 우물로 달려가 뚜껑을 닫고 울퉁불퉁한 작은 언덕으로 달려갔다.

토비아스는 망설였다. 사내를 계속 추격하면서 동굴로 돌아가는 길을 찾아낼 자신이 없었다. 동굴에 있는 팬들을 포기하고 싶지는 않았다.

그는 중얼거렸다.

"더 많이 알아내야 해."

그는 용의주도하게 사내가 약간 앞서도록 내버려둔 다음, 돌아올 때 도움이 될 만한 최소한의 지표를 눈여겨보며 뒤쫓았다.

언덕 꼭대기에 도착한 토비아스는 아래쪽에서 숲을 발견하고 깜짝 놀랐다. 비틀린 나뭇가지, 노인의 피부처럼 접힌 나무껍질 그리고 잎사귀 없는 앙상한 나무로 이루어진 한없는 미로. 빈터에서 가벼운 연기가 뭉게뭉게 피어오르고 있었다. 토비아스는 작은 초가집 같은 것을 본 듯했다. 하지만 확인할 틈 없이 병적인 숲으로 들어가는 사내를 따라 급히 비탈을 내려갔다.

첫 느낌이 맞아떨어졌다. 이곳에는 생명이 없었다. 모든 것이 메말라 있었다. 죽은 나무줄기는 보기 흉했고, 땅바닥의 이끼는 까칠까칠한 양탄자에 지나지 않았으며, 마른 가시는 살짝만 스쳐도 부러졌다.

사내는 구불구불한 오솔길을 지나 초가집이 세워진 공터에 이르렀다. 벽난로의 오렌지빛 후광이 둥근 창을 둘러싸고 있었다.

사내는 문을 밀고 안쪽으로 사라졌다.

토비아스는 서둘러 유리창으로 달려가 집 안을 들여다보았다.

사내는 벽난로에 손을 내밀고 불을 쬐고 있었다. 토비아스는 고개를 갸우뚱했다. 날씨는 전혀 춥지 않았다.

'여기서는 먹지도, 마시지도 않고 살 수 있어. 어쩌면 나는 감각을 잃었을지 몰라.'

자신의 살을 꼬집어본 토비아스는 바로 아픔을 느꼈다.

'아얏! 아니잖아. 그게 아니야! 그럼 저자는 죽은 사람처럼 차가울 거야! 그에게는 온기가 없는 거야.'

유달리 사내의 얼굴이 보이지 않았다.

토비아스는 사내가 식탁에 앉아 옻칠이 된 멋진 상자를 여는 것을 보았다. 반짝이는 강철 모빌이 나왔다. 작은 것부터 큰 것까지 여러 개의 철제 원형 고리가 강철 구슬 주위에서 서로 연결되어 있었다. 고리가 보이지 않는 축을 중심으로 회전하면서 매달린 조각된 형체도 움직였다. 마법에 의해 움직이는 것처럼 보이는 모빌은 태양계 행성들의 궤도를 재현한 것이었다. 토비아스는 모빌에 받침대가 없다는 사실을 깨달았다. 모빌은 허공에 떠 있었다.

토비아스는 유리창에 코를 붙이고 원형 고리에 달린 조각된 형체들을 파악하려 애썼다. 고리가 회전하고 있어 쉬운 일은 아니었다. 마침내 그는 중앙 고리에서 거미의 형체를 알아보았다. 두 번째 고리에 매달린 것은 모기였다. 가장 큰 고리에는 섬광을 표현한 형체들이 달려 있었다. 구슬은 더 흐릿했다. 중앙의 강철 구슬은…… 어떤 얼굴이었다. 하지만 누구의 얼굴인지는 알아볼 수 없었다.

토비아스는 중얼거렸다.

"대체 누구지?"

사내가 모빌 위로 두 손을 올리자 강철 고리들이 속도를 줄였다. 사내의 낮은 목소리가 들렸다.

"그의 위치를 파악했어! 곧 우리 안에 들어올 거야. 우리 안에!"

모빌이 다시 움직이기 시작했다. 더 빨리. 토비아스는 사내의 목소리에서 흥분을 읽었다.

'우리 안에? 로페로덴이 맷을 흡입하는 것이 곧 맷의 초능력을 흡수하는 것일까? 더 강해지기 위해?'

토비아스는 몸을 부들부들 떨었다. 뭔가를 해야 했다. 이 모빌이 중요한 물건인 것 같았다. 모빌은 묘한 에너지를 발산하고 있었다.

'모든 게 여기서 온 거야. 이 물체에서. 규칙적인 흔들림, 영속적인 움직임, 이건 로페로덴의 심장이야.'

갑자기 그의 머릿속에서 퍼즐 조각이 맞춰졌다.

토비아스는 이 장소에 대한 모든 것을 알아냈다.

또한 사내의 목소리도 알 수 있었다.

그는 다리에서 기운이 빠지는 것을 느끼면서 신음했다.

"아, 안 돼!"

그는 벽을 따라 천천히 걷다가 손으로 입을 막았다.

맷은 절대 여기 오면 안 된다. 토비아스는 어떤 방법을 동원해서라도 맷이 오지 못하게 할 것이다.

토비아스는 로페로덴의 '세계'가 아닌 그의 '내부'에 있었다. 그가 본 모든 것이 다양한 기능을 맡고 있었다. 거미는 로페로덴의 영양기관이고, 섬광은 그의 힘과 감각이었다.

모빌이 로페로덴의 심장이라면, 이 사내는 그의 영혼이었다.

토비아스는 하늘에서 엄청나게 윙윙거리는 소리를 들었다. 수십 개의 날개가 불쑥 나타나더니 길쭉한 입에서 강한 빛을 발사했다.

토비아스는 금세 눈치챘다.

"나를 비추는 거야!"

이제 그는 로페로덴의 면역 체계에 대해 알게 될 것이다.

20
희생

앙브르는 가장 가까운 바위로 올라갔다.

"뭔진 모르겠지만 아주 많은데!"

벤이 벌떡 일어나며 외쳤다.

"늑대야! 엄청난 늑대들, 우리 개만큼 큰 늑대들! 이쪽으로 오고 있어!"

모두 서둘러 무기를 들었다. 벤은 앙브르가 바위에서 내려올 수 있도록 손을 잡아주었다. 앙브르가 나직이 물었다.

"확실해? 날도 어둡고 아직 멀리 있잖아. 어쩌면……."

"분명해. 내 초능력에 대해 물어본 적 없지? 나는 어둠을 볼 수 있어. 대낮인 것처럼. 방금 본 야수는 거대한 늑대들이야."

플로이드와 맷은 짐을 챙기며 도망칠 준비를 하라고 지시했다. 맷은 타냐에게 다가갔다.

"로되르녹튀른에게 화살 다섯 발을 명중시켰다며? 그건 우연이 아닐 거야. 설마 연속 다섯 발을 맞힌 건 아니겠지?"

"맞아. 내게 그런 재능이 있어. 내 활 솜씨는 백발백중이야."

"좋아. 알코올을 듬뿍 적신 천으로 화살을 준비하자. 구급상자에 알코올이랑 천이 있어. 늑대들은 틀림없이 불을 무서워할 거야."

닐이 물었다.

"효과가 없으면?"

"그럼 늑대와 개 중에 누가 더 빠른지 보자고. 이 내기에 목숨을 걸어보자!"

플로이드와 타냐가 불화살을 준비하는 동안 닐이 맷에게 말했다.

"불을 사용하면 시니크들에게 발각될지 몰라."

맷은 늑대의 울음소리가 다가오는 것을 들으며 말했다.

"이 지역에 시니크들이 있다면 당연하겠지! 하지만 불화살은 늑대들을 물리칠 수 있는 유일한 방법이야."

타냐가 첫 번째 화살을 시위에 메기자 플로이드가 라이터로 불을 붙였다. 타냐는 다가오는 형체들을 밝히기 위해 공중으로 화살을 날렸다. 곧장 두 번째 화살을 준비한 그녀가 망설였다.

"어느 놈을 조준할까?"

맷이 말했다.

"우두머리를 찾아야 해."

"어떻게?"

"글쎄. 선두에 있거나 계속 짖는 놈일 거야!"

늑대들은 달리거나 껑충껑충 뛰어오르면서 비탈을 내려왔다. 말만큼 키가 큰 20여 마리의 실루엣.

타냐는 쉽게 선택하지 못하고 물었다.

"정말 불화살을 무서워할까?"

"모르지. 늑대들은 우두머리에게 복종한다고 읽은 적이 있어. 내가 아는 건 그것뿐이야!"

타냐는 선두에 있는 늑대를 겨누었다. 놈의 동작은 유연하고 변화무쌍했다. 그녀는 심호흡을 하고 시선을 집중했다. 화살의 불길이 집중력을 방해했기 때문에 평소와는 달리 상황을 정확히 판단할 수 없었다. 이내 그녀의 시야에 표적만이 보였다. 다른 늑대들은 눈에 들어오지 않았다. 금방이라도 달려들 것처럼 그놈만 노려보았다. 때가 되었다. 그녀는 조용히 시위를 놓았다.

화살이 발사되었다. 화살은 불발된 불꽃처럼 거의 수평으로 날아가다가 갑자기 하강하면서 우두머리 늑대의 가슴팍에 꽂혔다. 놈은 비틀거리다가 10미터쯤 굴렀다. 하지만 다른 늑대들은 속도를 줄이지 않았다.

맷이 외쳤다.

"한 번 더!"

타냐는 다시 활을 쐈지만 결과는 마찬가지였다.

"효과가 없어!"

벤이 자신의 허스키 등으로 뛰어오르면서 명령했다.

"모두 개에 올라타!"

개와 기사 들은 어둠 속으로 달려갔다. 벤은 선택의 여지가 없다고 판단했다. 튀어나온 바위와 나무뿌리를 피하며 질주해야 했다. 특공대는 길에 도착했다. 선두에 선 벤은 두 손으로 개의 털을 움켜쥐었다. 다져진 길이 나오자 개는 더욱 속도를 높였다.

다른 개들이 뒤따랐다. 부상당한 플로이드의 개는 힘들게 따라왔고, 기사도, 장비도 싣지 않은 루이즈의 개는 절뚝거리며 달렸다.

늑대는 열 마리씩 숲에서 나와 도망 중인 풍부한 식사거리를 향해 쏜살같이 달려왔다.

맷은 속도를 늦추고 플로이드를 기다렸다. 여러 마리의 커다란 늑대들이 다가오면서 으르렁거리자 맷은 검을 꺼냈다. 머리가 검은 타냐가 가장 가까운 늑대를 겨누었다. 녀석은 가슴에 화살을 맞고 나뒹굴었다. 두 번째 늑대가 플륌의 허리를 물기 위해 뛰어드는 순간, 맷이 날카로운 날로 주둥이를 후려쳤다. 놈은 자줏빛 거품을 뿜으며 고꾸라졌다.

타냐는 연달아 화살을 날렸다. 늑대들은 차례대로 비틀거리거나 털썩 주저앉았다.

하지만 새로운 무리가 몰려들었고, 싸움은 고전을 면치 못했다.

늑대들은 점점 더 가까이 다가왔다.

맷이 송곳니를 드러낸 늑대 주둥이를 내려치는 순간, 다른 늑대가 그의 발을 잡으려 했다. 그는 반사적으로 움직여 위기를 모면했다. 세 번째 늑대가 플럼을 뒤쫓으며 물려고 시도했다.

플럼의 뒷다리에서 몇 센티 떨어진 곳에서 이빨이 부딪치는 소리가 들렸다.

늑대가 뾰족한 이빨로 플럼의 살을 물어뜯으려는데, 어떤 경이로운 힘이 놈을 날려버렸다. 놈은 10미터쯤 날아가더니 한 무리의 늑대들 위에 떨어졌다. 늑대들은 낑낑대며 쓰러졌다.

그렇게 놀라운 솜씨를 발휘할 수 있는 건 한 사람뿐이었다. 맷은 고개를 돌려 앙브르를 보았다. 그녀는 한 손으로 세인트버나드인 거스의 등을 움켜쥐고 다른 손을 늑대들에게 내뻗고 있었다.

늑대의 일부는 사냥을 포기한 듯 속도를 늦췄지만 숲에서 가장 늦게 나온 열다섯 마리가량은 여전히 기세등등하게 달려들었다. 맷은 그들이 흥분과 허기로 턱을 딱딱대는 소리를 들을 수 있었다.

앙브르는 지쳤고, 타냐의 화살은 고갈되기 시작했다. 좋은 징조가 아니었다.

맷은 불안해졌다. 늑대에게 잡아먹히고 싶지 않았다.

그는 검을 높이 치켜들고 공격을 준비했다. 혼자 맞서는 건 역부족이라는 사실을 알고 있었지만, 기력이 다할 때까지 늑대들과 대적할 각오가 되어 있었다.

맷이 펩스라는 이름을 붙여준 루이즈의 개가 뒤처지기 시작했다. 녀석은 순식간에 늑대 무리에게 붙잡혔다. 맷이 펩스를 구하려고 플럼의 털을 잡아당겨 더 빨리 달리라고 재촉하려는 순간, 펩스가 강렬한 눈빛으로 도망치는 팬들을 바라보았다. 맷은 펩스의 시선에서 발산되는 지혜의 빛을 보았다.

그것은 길동무들에게 보내는 마지막 인사였다.

펩스는 돌아서서 이빨을 드러내고 으르렁거렸다.

늑대들은 추격을 멈추고 펩스에게 덤벼들었다. 펩스는 잿빛 포식자들에게 에워싸였다.

맷은 공격자들과 맞서는 펩스의 등을 보았다. 이윽고 늑대들은 식충식물처럼 펩스를 먹어치웠다.

한참 후, 늑대 한 마리가 승리를 축하하기 위해 달을 향해 울부짖었다.

맷은 가슴이 몹시 아팠다. 펩스는 최후까지 싸우다 죽었다.

팬들은 어둠 속에서 도망쳐 위험으로부터 멀어졌다.

펩스가 그들의 목숨을 구해준 것이다.

21
지옥문

새벽은 갑작스레 찾아왔다. 개들은 몹시 헐떡거렸고, 대원들은 여전히 두려움으로 얼이 빠져 있었다.

플로이드의 암캐 마마이트가 선두에 섰고, 타냐가 후미를 맡았다. 그녀는 조용히 울고 있었다. 루이즈가 죽었을 때 참았던 눈물까지 쏟아졌다. 타냐는 펑펑 울었다. 펩스의 희생이 그녀의 감정을 폭발시킨 것 같았다.

맷이 경고했다.

"빨리 길에서 벗어나야 해. 시니크들 눈에 띌지 몰라."

닐이 화를 내며 반박했다.

"그들은 어젯밤 불화살도 보지 못했어!"

맷은 그의 의견을 무시했다. 스트레스를 해소하기 위해 싸울 구실을 찾는 금발 소년의 술수에 말려들고 싶지 않았다.

대원들은 몸을 숨길 수 있는 숲으로 들어가기 위해 서쪽 언덕 쪽으로 벌판을 횡단했다. 그들은 금단의 숲의 가파른 지맥 속으로 들어가지 않고 기슭에 머물렀다. 맷과 앙브르는 어떻게 해서든 숲 속에는 들어가지 말아야 한다는 사실을 잘 알고 있었다. 큰 늑대들의 공격은 작은 불상사일 뿐이었다.

오전 중간 무렵, 녹초가 된 특공대는 행군을 멈추고 이끼 양탄자에 주저앉았다. 그들은 기운을 차리기 위해 잠시 취침을 하기로 결정하고, 야영을 설치했다.

무거운 정적 속에서 개에게 빗질을 해주던 타냐가 물꼬를 텄다.

"펩스는 우리를 구하기 위해 목숨을 바쳤어. 이미 느끼고 있었지만, 이 개들이 아주 특별한 동물이라는 사실을 입증한 거야."

첸은 믿지 못하겠다는 듯 말했다.

"펩스는 탈진했을 뿐이야. 더는 버틸 수 없었어."

맷이 말했다.

"아니야. 펩스의 눈빛을 봤어. 자신이 뭘 하는지 분명하게 알고 있었어. 우리를 위해 희생한 거야."

각자 자신의 개를 바라보았다. 여덟 마리의 개들은 얌전히 앉아 솔질과 쓰다듬는 손길을 즐기고 있었다.

앙브르가 말했다.

"루이즈의 죽음에 대해 얘기할 기회가 없었지. 이참에 루이즈에 대해 한마디씩 하는 게 좋지 않을까. 루이즈를 잘 아는 사람이 있다면 그에 대해 말해줄래?"

앙브르가 먼저 루이즈에 대한 느낌과 인상을 간결하게 표현했고, 타냐의 추도사가 이어졌다. 소년들은 쉽게 입을 열지 못했지만, 일단 말을 꺼내자 입을 다물지 못했다. 마치 루이즈를 떠올리면 그가 돌아오기라도 할 것처럼. 루이즈를 매장한 소년들은 분명하게 그의 죽음을 인식했다. 직접 그를 땅에 묻지 않았는가. 하지만 다른 사람들은 이 긴 모임 후에야 그의 죽음을 실감했다. 그들은 그 사실을 받아들이며 눈물을 흘렸다.

추도는 호러스의 지적으로 끝났다.

"펩스가 주인 없이 살기를 원치 않았던 거라면? 물론 녀석이 루이즈를 주인으로 삼은 지는 얼마 되지 않았지만, 개들에게는 굉장히 중요한 문제겠지?"

누구도 대답을 찾지 못했다. 각자 자신의 개를 관찰했다.

개의 부드러운 털에 몸을 바짝 붙이고 누운 대원들을 부드럽게 흔들리는 따뜻한 몸이 재워주었다.

☣

대원들은 오후의 경쾌한 행군을 위해 4시간 동안 휴식을 취하고 다시 출발했다.

시간이 지남에 따라 짙은 회색 구름이 계곡 위로 몰려들었다. 날이 저물지도 않았는데 이미 황혼 무렵처럼 어두웠다.

날이 저물 때쯤 비가 내렸다. 처음에는 굵은 빗방울이 떨어지더니, 이윽고 장대비가 쏟아지면서 풍경의 일부를 가렸다.

대원들은 숲의 우거진 초목 밑으로 피신하면서도 속도는 늦추지 않았다. 그들은 외투를 뒤집어쓰고 깃을 올리며 어깨를 움츠렸다. 개들은 땅을 흠뻑 적시는 비에 개의치 않는 듯했다.

아래쪽 계곡에서 전속력으로 길을 올라온 네 명의 기사가 키가 큰 전나무 숲 모퉁이에서 모습을 드러냈다. 하지만 2킬로 이상 떨어져 있어, 비의 장막 사이로 희미한 실루엣만이 보였다.

벤이 추측했다.

"어제 본 요새화된 여관에서 자겠지."

첸이 말했다.

"글루통 군대가 어떻게 됐는지 궁금해."

플로이드가 머리를 흔들었다.

"너무 많아서 우리처럼 바깥에서 잘 수밖에 없었을 거야. 늑대들이 그렇게 막대한 군대를 공격하진 못할걸."

"그래서 글루통들을 따라잡고 싶지 않아."

"걱정 마. 맞닥뜨리기 전에 그들을 엿볼 기회가 있을 거야!"

날이 점점 어두워졌다. 벤이 선두에 섰고, 나머지 대원들이 뒤따랐다. 초능력으로 어둠을 볼 수 있는 벤은 낮은 나뭇가지 이외에는 별다른 염려를 하지 않았다. 대원들은 그가 신호하면 개의 목을 잡고 상체를 숙여 가지를 피했다.

맷과 앙브르는 후미에 위치한 플로이드 바로 앞에서 대화를 나누었다. 플로이드는 두 사람이 금단의 숲 꼭대기에 거주하는 클로로팬필들에 대한 추억을 떠올리는 것을 들었다.

플로이드가 놀라며 물었다.

"정말 저 위에 사는 사람들이 있어?"

앙브르는 목소리를 높이면서 대답했다.

"그래! 그들의 재주를 보면 기절초풍할걸!"

"올라가 보고 싶어!"

맷이 진정시켰다.

"너무 기대하진 마. 클로로팬필들은 좀 특별한 부류거든."

"어떻게?"

"우리를 받아들일 준비는 돼 있지만, 그들의 관례와 믿음을 따라야 해. 그리고 일단 한번 올라가면 빠져나올 수 없어."

앙브르가 말을 끊었다.

"그건 자신들을 지키기 위한 거야. 당연한 거라고! 우리는 옳지 않았어. 그들의 신뢰를 배신했으니까!"

"그들이 잘못한 거야! 신비한 체하는 놀이만 즐겼잖아!"

앙브르가 짜증을 냈다.

"아니야! 우리는……."

벤이 명령했다.

"소리를 낮춰! 비가 고함을 막진 못해. 주의해!"

앙브르는 맷의 태도에 짜증을 내며 한숨을 내쉬었다.

맷도 입을 다물었다. 그는 고개를 돌리고 플로이드에게 물었다.

"그런데 네 초능력은 뭐야?"

"나는 어렸을 때 툭하면 넘어졌어. 무척 저돌적인 아이였지. 수도 없이 골절을 당했어. 내가 어떻게 됐을 것 같아?"

"민첩성을 길러서 더는 넘어지지 않았겠지?"

플로이드는 고개를 저었다.

"틀렸어. 뼈가 유연해졌어. 더는 부러지지 않아! 에덴에서 나보다 유연한 사람은 없을걸!"

맷은 조금 실망한 표정으로 물었다.

"자주 써먹니?"

"작은 구멍으로 들어갈 때 유용해. 특히 엄청난 타격을 견딜 수 있어. 혈종은 생겨도 뼈는 부러지지 않아. 타격이 지나치게 강하면 내부 출혈의 위험이 있지만. 네 초능력은 뭔데?"

맷은 등의 검을 가리키며 말했다.

"나? 나는 검을 휘두를 때 괴력을 발휘해."

벤이 행군을 멈추고 밤을 보낼 야영을 설치하기로 결심했을 때, 멀리 들판에서 비 때문에 뿌옇게 보이는 뾰족한 형체가 나타났다.

벤이 물었다.

"망원경이 누구한테 있지?"

맷은 문득 자신에게 토비아스의 망원경이 있다는 사실이 떠올랐다. 해파리가 추락한 뒤, 맷은 친구의 소지품을 버릴 수 없었다. 그는 플룸의 배낭을 뒤져 벤에게 망원경을 전달했다. 벤이 어두운 지평선을 탐색하는 모습을 지켜보던 맷은 그가 정말 뭔가를 볼 수 있는지 궁금했다.

갑자기 벤이 질겁한 것처럼 숨을 들이쉬었다.

맷이 속삭였다.

"뭐가 있어?"

"시니크 요새야. 아주 가까이에 있어."

"좋았어! 가서 슬쩍 살펴보자. 이런 날씨엔 우리가 안 보일 거야."

대원들은 20미터 이상 치솟은 바위 돌출 지대를 우회해 조용히 개에서 내렸다. 그들은 비에 가려진 순찰대에게 발각되지 않도록 조심하면서 길로 다가갔다. 요새는 작은 언덕 모퉁이에서 나타났다.

맷은 숨이 멎을 만큼 깜짝 놀랐다.

요새는 그가 상상했던 것보다 훨씬 웅장했다.

시니크들이 이곳을 선택한 것은 우연이 아니었다. 금단의 숲 비탈에서 굴러떨어진 듯한 커다란 바위들로 뒤덮인 지대였다. 바위에 기댄 석벽이 계곡을 강까지 완전히 차단시켰다. 강 위에 다리처럼 걸려 있는 아치는 칙칙한 물속에 박힌 큼직한 내리닫이 살문을 붙잡고 있었다.

석벽 중앙의 높은 탑들, 총안이 있는 순찰로, 좁은 창문이 뚫린 웅대한 주루를 거느린 요새. 팬들의 발치에 있는 길은 구불구불 이어지다가 대형 강철 문 앞 비탈에서 끝났다. 성문이었다.

곳곳에서 은빛 사과가 새겨진 붉은색과 검은색 깃발이 펄럭였다.

맷은 총안 뒤에서 흔들리는 불빛을 발견했다. 그림자들이 천천히 이동하고 있었다. 초병들이었다.

불현듯 맷은 원정대가 심각한 문제에 직면했다는 사실을 깨달았다.

원정대가 이 요새를 돌아 위드론데이스로 갈 수 없을 뿐만 아니라, 요새 자체도 철옹성처럼 보였다. 팬 군대는 결코 이 요새를 함락할 수 없을 것이다.

이 거대한 요새는 특공대의 두 가지 임무를 방해하고 있었다. 팬들의 희망이 절망으로 바뀜을 의미했다.

단순한 요새가 아닌, 지옥문이었다.

22
죽음보다 나쁜 일

대원들은 쉽게 잠들지 못했다. 임무를 완수하지 못하리라는 불길한 예감이 들었다.

그들은 침낭 속에서 이리저리 뒤척이면서 어떻게 해야 할지 고민했다. 에덴으로 돌아가 임무에 실패했고, 더는 어떤 희망도 없다고 알리는 건 단 한순간도 상상하지 못한 일이었다.

새벽에 일어난 맷은 아직도 물방울이 떨어지고 있는 나뭇가지 틈으로 웅장한 요새를 살폈다. 비가 늦은 밤에야 그쳤기 때문에 대원들은 숲 속 그루터기 위에서 자야 했다.

뒤에서 앙브르의 목소리가 들렸다.

"요새에 잠입하는 건 어려울 거야."

앙브르는 맷 옆에 앉았다.

"불가능하다고 말하고 싶은 거지? 나는 순진하게도 이 요새를 돌아갈 수 있을 거라 생각했어."

"금단의 숲 측면으로 통과할 수 있잖아."

"시니크들은 요새를 짓기 전에 꼼꼼히 지세를 살폈어. 주위를 둘러봐. 계곡의 절벽을 에워싸고 있는 건 금단의 숲 나무들이 아니라 비탈이야! 비탈이 너무 가팔라서 접근할 수 없을 거야. 게다가 풀이 자라 있어서 미끌미끌할 테고. 요새 정면의 큰 나무들은 요새 안쪽을 동굴만큼 어둡게 만들었겠지!"

"그래도 저 성벽을 넘을 방법을 찾아야 해."

"20미터가 넘어! 강은 내리닫이 살문으로 막혀 있고 양측엔 탑이 있어. 초병들은 물의 움직임을 세심하게 관찰하고 있고. 불가능해. 방법은 하나뿐이야. 성문! 하지만 규모를 생각하면 부순다는 건 상상조차 할 수 없지."

"풍뎅이가 있잖아. 맷, 그 사실을 잊지 마! 우리의 초능력은 엄청나게 늘었어!"

"초능력을 쓰다가 저 강철 문에 몸이 부딪치기라도 하면 뼈가 으스러질걸!"

"그건 생각 못했네. 하지만 초능력을 결합하면 기적을 이룰 수 있어! 단결하면 해낼 수 있다고!"

"너도 파악했겠지만, 이 요새는 침입을 막기 위해 설계됐어. 침투하기엔 빈틈이 너무 없어서 걱정이야."

"다른 대원들과 의논해야 해."

잠에서 깬 팬들은 체력을 회복하기 위해 마른 비스킷과 약간의 우유를 마시고 있었다. 앙브르가 방법을 제시했다.

"풍뎅이 에너지를 활용하면 우리의 초능력을 가공할 만한 힘으로 바꿀 수 있어. 초능력을 모으면 요새 잠입이 가능해질 거야."

타냐가 의심과 희망이 섞인 말투로 물었다.

"그럼 포기하지 않는 거야?"

"절대 아니지! 너희 팀은 공격 작전을 준비해. 우선 이 요새의 장단점을 조사해야겠지. 우리는 여길 넘어 남쪽으로 가야 해. 협력하면 해낼 수 있어. 무엇보다 먼저 이 요새로 들어가야 해."

벤이 설명했다.

"성문으로 잠입할 순 없어. 문은 육중하고, 안쪽에서만 열 수 있으니까."

타냐가 보충했다.

"강으로도 안 돼. 감시탑에서 아주 작은 배의 접근까지도 보일 거야. 살문의 틈도 너무 좁아서 통과할 수 없고."

첸이 말했다.

"그럼 성벽만 남았네."

플로이드가 대꾸했다.

"우리는 너처럼 성벽을 탈 수 없어!"

첸이 말을 이었다.

"앙브르 말이 맞아! 풍뎅이 에너지를 활용하면 끈끈한 물질을 더 많이 분비할 수 있어. 그러면 기어오르기가 더 쉽지. 가벼운 소녀를 업고 올라가는 것도 가능할 거야."

"다른 사람들은?"

"내가 문을 열어줄 때까지 기다리면 돼! 문을 열기 위해 요새 안으로 잠입하는 거야!"

맷이 반대했다.

"두 사람만으로는 부족해! 앙브르는 전사가 아니야. 첸, 미안하지만 너도 별로 건장한 편은 아니잖아!"

첸은 어깨를 으쓱했다.

"두 사람은 못 업어!"

앙브르가 끼어들었다.

"내가 할 수 있어. 풍뎅이 에너지로 맷을 떠오르게 할 수 있어."

"나를 공중에 떠오르게 할 수 있다고? 내가 새처럼 날 수 있다고?"

"아주 신중해야 해. 특히 집중력을 깨뜨리면 안 돼. 아무튼 할 수 있을 것 같아."

호러스가 걱정스레 물었다.

"좀 성급한 판단 아닐까? 첸의 등에서 흔들리면서 맷을 20미터 이상 들어 올린다고? 조금이라도 집중이 흐트러지면 맷은 호박처럼 박살날 거야!"

"할 수 있어!"

"의심하는 건 아니야. 하지만 며칠만이라도 훈련하면서 준비하는 게……."

맷이 호러스의 말을 끊었다.

"그럴 시간이 없어. 한 번만 시도해도 금세 녹초가 될 거야. 안전 문제는 어쩔 수 없어. 위험을 감수할게. 해낼 수 있다고 생각하면 말해줘. 너를 따를게."

앙브르는 침을 삼키고 친구를 바라보았다.

플로이드가 선언했다.

"교란작전이 필요해. 초병들이 성벽을 기어오르는 너희를 발견할지 몰라. 시선을 다른 곳으로 돌려야 해."

벤은 동의할 수 없다는 듯 인상을 찌푸렸다.

"초병들을 멀리 유인하려고 계곡에 불을 내거나 일부러 눈에 띄게 행동한다면 경계를 더 강화할걸!"

"요새 안에서 교란작전을 펴면 괜찮을 거야!"

"어떻게?"

"나 혼자. 초병들에게 들키지 않고 강에 접근하면 살문을 통과할 수 있어."

타냐는 깜짝 놀랐다.

"그렇게 유연해?"

"그래. 내가 요새 안에서 혼란을 일으킬게. 초병들이 안쪽에 집중하는 동안, 너희는 성벽을 타고 올라가면 돼!"

앙브르와 맷은 찬성했다. 첸도 동의했다.

벤이 장담했다.

"그동안 우리는 성문에 접근할 방법을 찾아낼게."

"그저께 본 글루통들이 전부 저 요새 안에 있다면?"

앙브르가 결론을 내렸다.

"그래도 이 작전은 시도해볼 만해."

맷이 벤과 타냐에게 말했다.

"우리 개만 데려가고 다른 개들은 밖에 둬. 일단 요새에 잠입하면 흩어지자."

맷이 삼총사 시절의 습관처럼 손을 내밀자 저마다 손을 얹었다.

"우리의 미래를 위해. 에덴을 위해."

☣

대원들은 늦은 밤까지 초조하게 기다렸다. 다행히 구름이 달을 가려 이미 어두운 계곡에 그림자가 늘어났다.

혼자 강으로 떠나기 전, 플로이드는 한 사람씩 안아주었다. 야간 투시력이 있는 벤이 망원경으로 상황을 파악해 나머지 대원들에게 출발 신호를 하기로 했다.

플로이드는 발각되지 않도록 조심했고, 벤은 한 시간이 넘도록 그를 지켜보았다.

"플로이드는 곧 내리닫이 살문에 도착할 거야. 힘이 장사네! 수면에서 아주 천천히 이동 중이야. 너희도 준비해."

맷은 마치 다시 못 볼 것처럼 플룸을 꼭 껴안았다.

첸, 앙브르 그리고 맷은 바위에서 바위를 타고 이동한 다음, 무성한 풀밭을 포복으로 지나 높은 성벽에 도착했다. 달빛이 없어 초병에게 들킬 위험은 전혀 없었다.

차가운 석벽에 등을 붙인 첸은 신발을 벗어 허리띠에 끈으로 묶고 두 사람에게 아주 나직하게 물었다.

"준비됐어?"

맷이 대답했다.

"플로이드의 신호를 기다려야 해."

앙브르는 대답 없이 이미 정신을 집중하고 있었다. 맷의 목숨은 그녀의 손에 달려 있었다.

첸이 물었다.

"신호가 뭐지?"

"소리가 들리면 알게 될 거야."

갑자기 성벽 너머에서 요란한 소리가 들렸다. 뿔피리가 울리기 시작했고, 사람들은 고함을 질렀다.

맷이 말했다.

"지금이야!"

첸은 성벽에 두 손을 놓고 준비가 됐다는 신호를 했다. 앙브르가 배낭에 넣어두었던 표본병의 뚜껑을 열자 풍뎅이들이 움직이기 시작했다. 그녀는 첸의 등에 업혔다.

맷이 앙브르에게 말했다.

"너를 믿어."

"걱정하지 마."

첸은 한 손을 다른 손보다 높은 곳에 두고 맨발을 올렸다. 그가 올라갈 때마다 쩍 들러붙는 소리가 들렸다.

첸이 중얼거렸다.

"믿기지가 않아. 완전히 들러붙었어!"

맷이 말했다.

"풍뎅이 덕분이야."

갑자기 엄청난 추진력이 두 다리를 밀어 올려, 첸은 앞으로 쓰러지지 않기 위해 벽을 붙잡아야 했다.

앙브르가 힘겹게 속삭였다.

"가만있어."

맷은 성벽에 등을 기댄 채 천천히 상승했다. 두 다리가 앙브르의 염력에 짓눌렸다.

맷이 말했다.

"앙브르, 아파. 염력을 조금만 낮춰줘."

앙브르가 염력을 떨어뜨리자 맷은 추락하기 시작했다. 바닥에 부딪치기 직전, 맷은 다시 염력을 느꼈다. 염력은 그의 팔다리를 심하게 압박했다.

맷의 억눌린 비명은 긴 신음으로 변했다. 주먹을 쥐니 견딜 만해졌다.

맷은 다시 올라가기 시작했다.

첸과 앙브르는 이미 10미터 위에 있었다.

고통이 감소되자 맷은 호흡을 되찾았다. 그는 좌우로 흔들리면서 두 친구에게 다가갔다. 그를 붙잡고 있는 에너지는 불안정했다.

성벽 꼭대기에 다가갈수록 아래쪽 벌판이 멀어졌다.

현기증에 구토가 일었다.

첸은 조금도 힘든 기색을 보이지 않았다. 그는 두 다리로 밀어 올리고 두 팔을 잡아당기면서 도마뱀처럼 쉽게 올라갔다.

맷은 위쪽 총안을 보려 했지만 아무것도 보이지 않았다. 올라가는 동안 발각되진 않을까 걱정스러웠다.

이제 15미터 이상을 올라왔다.

맷을 들어 올리는 에너지가 몸 전체에 퍼져 있어 덜 고통스러웠다. 그는 요동치는 에너지를 느꼈다. 한순간도 마음을 놓을 수 없었다. 에너지가 끊어지고 자신이 허공으로 떨어져 내릴 것만 같았다.

하지만 에너지는 20미터까지 그를 끌어 올렸다.

순찰로의 총안 옆까지.

☣

앙브르는 첸을 움켜쥐고 있었다. 너무 긴장한 나머지 근육이 경직되었다.

그녀는 거의 숨을 쉬지 않은 채 속으로 외쳤다.

'거의 다 왔어! 조금만 더 버텨! 맷에게 집중해!'

앙브르는 맷을 들어 올리기 위해 그를 느껴야만 했다. 친구의 몸 전체를 감지할 때까지 그에게 정신을 투사해야 했다. 그리고 정신의 바이스로 두 다리를 물어 그를 들어 올렸다.

풍뎅이가 없었다면 결코 이런 능력을 발휘하지 못했을 것이다. 아직 보이지 않는 사물에는 이 능력을 조절할 수 없었다. 그녀는 자신이 맷에게 고통을 가하고 있음을 알고는 에너지를 분산시켰다.

앙브르의 심장이 전력으로 뛰었다. 머리가 점점 빙빙 돌았고, 관자놀이 사이에서 집요하게 윙윙거리는 소리도 더욱 커졌다.

끝까지 버틸 수 없을 것 같았다. 가장 힘든 사람은 맷이 아니었다. 그녀는 성벽을 올라가는 동안 첸을 움켜잡고 있는 일을 과소평가했다. 경련이 일기 시작했다.

손을 놓으면 20미터 아래에서 산산조각 날 것이다.

더구나 맷의 안전을 책임져야 하지 않는가.

에너지는 맷의 몸 전체에 분산되어 있었다.

앙브르는 그의 피부, 그의 체열을 감지했다. 그녀는 자신의 심장박동이 아닌 맷의 심장박동을 느꼈다. 맷의 모든 것을 느꼈다. 그의 냄새까지.

갑자기 앙브르는 자신들이 벌거벗고 있다고 느꼈다.

곧 집중력이 떨어졌다.

앙브르는 자신에게 정신적인 따귀를 갈겨 맷이 추락하기 직전에 집중력을 회복했다.

앙브르의 에너지가 다시 맷을 붙잡았다.

앙브르는 심호흡을 했다. 두 눈에 땀이 들어갔다. 아무것도 보이지 않았다.

손을 놓칠 것만 같았다.

앙브르는 자신이 허공에서 맷을 붙잡고 있다는 사실을 알고 있었다.

당장 자신과 맷 중 한 사람을 선택해야 했다.

앙브르는 맷을 선택했다. 맷은 몇 센티만 더 올라가면 성벽 꼭대기에 도달할 것이다. 그녀는 자신을 포기했다.

멋진 인생이었다. 맷과 함께 조금 더 누리고 싶었지만.

자신을 발견하는 시간, 서로 사랑하는 시간을 좀 더 갖고 싶었다.

첸을 감싸고 있던 팔다리에서 힘이 빠졌다. 그녀는 맷에게 정신을 집중했다. 첸은 다시 움직였다.

앙브르가 허공으로 추락하려는 순간 첸이 그녀를 붙잡아 총안 가장자리로 끌어 올렸다.

앙브르는 탈진과 혼란으로 넋이 나가 있었다.

그녀는 정신력을 잃으며 첸의 허리띠에 묶인 채 맷에게 손을 내밀었다.

하지만 헛수고였다. 맷을 붙잡을 수 없었다. 맷은 전속력으로 추락했다.

너무 늦었다. 맷은 성벽 발치에 부딪쳐 뼈가 부서질 것이다. 내장이 뒤틀렸다. 더 이상 그녀에게는 심장도, 뇌도 없었다. 몸 전체가 텅 빈 것 같았다.

맷은 추락하고 있었다.

앙브르는 다시 정신을 집중할 수 없었다.

아무것도 하지 못한 채 맷이 죽어가는 것을 바라보았다.

바로 그때, 한 형체가 덤불숲에서 경이로운 속도로 솟구치며 바위 사이로 날아오더니, 맷이 바닥에 부딪치기 직전 아래에 도착했다.

맷은 바람에 휘날리는 시트처럼 지면 몇 센티 위에서 나부끼는 검은 사각형 물체의 내부에 박혔다.

불현듯 한 이름이 떠올랐다.

로페로덴이었다.

로페로덴이 맷을 삼킨 것이다.

23
토비아스와 거미

벽 가장자리를 붙잡기 위해 두 손을 뻗던 맷은 기운이 쑥 빠지는 것을 느꼈다. 다음 순간, 그는 바위와 풀을 향해 곤두박질쳤다.

전속력으로.

두개골은 8층 빌딩에서 떨어뜨린 수박처럼 깨질 것이다.

모든 일이 순식간에 일어났다.

검은 형체, 부드러운 제동, 끝없는 미끄럼틀을 타는 듯한 감각, 천으로 된 창자 속으로 들어가는 느낌, 빛의 부재.

이윽고 맷은 바닥이 부드러운 대형 홀에 떨어졌다가 다시 튀어 올랐다. 뭐가 뭔지 알 수 없었다.

정신은 여전히 혼미했다. 맷은 한참 후에야 앉을 수 있었다.

거의 아무것도 보이지 않았다. 밤하늘의 창백한 빛이 꽤 멀리 떨어진 둥근 구멍에서 들어오고 있었다.

맷은 아주 가까이에서 움직임을 느꼈다. 최악에 대비하기 위해 껑충 뛰고 싶었지만 머리가 빙빙 돌았다. 그는 한쪽 무릎을 꿇었다.

한 형체가 몸을 펴고 일어나면서 그를 스쳤다.

맷은 천천히 물러났다.

희미한 빛 속에서 길쭉한 줄기 하나가 보였다. 이어 두 번째 줄기.
꽃?

아니었다. 동물의 다리 같았다.

'곤충이야.'

힘들게 정보의 조각들을 짜 맞춰 곤충의 정체를 파악한 맷이 등에서 검을 빼려는 순간, 거미가 그를 덮쳤다.

두 개의 뾰족한 침이 그의 어깨를 뚫고 독을 주입했다.

맷은 비틀거렸다. 실의 도움 없이 걸으려는 꼭두각시처럼 몸이 말을 듣지 않았다. 그는 무른 땅에 퍽 쓰러지며 의식을 잃었다.

거미는 다리로 맷을 붙잡아 축축한 아가리로 끌어 올렸다.

☣

토비아스는 모기의 공격에서 살아남았다.

수많은 모기의 주둥이에서 탐조등처럼 발산되는 강렬한 빛이 지면을 비추었다. 모기들은 무희처럼 쉽고 유연하게 궤도를 바꾸었다. 토비아스는 가까스로 모기들을 따돌렸다.

죽은 나무로 이루어진 숲 덕분이었다. 토비아스는 배 속 창자처럼 뒤얽힌 그루터기의 망 밑으로 피신했다. 모기들이 그를 추격했다. 녀석들은 투명한 날개로 거무스름한 먼지를 일으키며 검은 바위 지대와 숲 상공을 날면서 하얀 탐조등으로 바닥을 수색한 후 언덕 뒤로 사라졌다.

토비아스는 모기 주둥이에 달린 뾰족하고 길쭉한 줄기를 발견했다. 그것은 살인 무기였다. 그 침이 몸에 꽂히면 어떤 일이 일어날지, 감히 상상조차 할 수 없었다.

두 개의 붉은색 왕방울 눈이 달린 아주 작은 머리통에는 어떤 생기도 없었다.

토비아스는 한참을 기다렸다가 은신처에서 빠져나왔다. 이제 어디로 가야 할까? 다른 사람들이 있는 동굴로 돌아갈 수는 없었다. 거미가 그가 탈출한 것을 알고 문을 보강했을 것이다. 동굴로 돌아간다면, 다시는 빠져나올 수 없을 터였다.

토비아스는 거미가 들어간 구멍이 있는 가파른 언덕 건너편으로 돌아가기로 결심했다.

당분간 여기서 살아야 한다면 주위를 살펴두는 게 낫지 않겠는가.

토비아스는 쉽게 문제의 장소를 찾아냈다. 섬광이 번쩍이는 검은 하늘로 불쑥 솟아오르는 모기를 본 그는 움푹 들어간 바위로 뛰었다.

공기에서 전기가 흐르는 듯한 느낌이 들었다. 이유는 알 수 없지만 로페로덴 내부의 공기가 바뀌어 있었다.

토비아스는 우물 앞을 지나면서 슬쩍 들여다보았다. 로페로덴은 이 우물을 통해 사람들의 무의식을 탐색하고, 꿈속으로 맷을 추적하고 있었다. 집단 무의식은 과연 어떻게 생겼을까?

'불빛 속에서 이동하는 단어, 이미지, 인상, 감각을 닮았어. 물줄기처럼 아주 가늘고 부서지기 쉬운 정보 같은 거야.'

토비아스는 낙낙하고 긴 외투로 몸을 감싼 사내와 함께 무의식을 보았다. 우물에서 스펙트럼처럼 펼쳐진 자료의 물결을 관찰하려면 대단한 통제력이 필요했다. 이럴 때 앙브르라면 이렇게 충고했을 것이다. "우물에서 떨어지는 게 좋아." 토비아스는 그녀가 총명한 소녀라는 사실을 잘 알고 있었다.

마침내 토비아스는 뾰족한 바위 아래의 구멍으로 다가갔다.

주위는 잘 보이지 않았다. 그는 벽에서 반짝이는 섬광으로 바닥을 살피며 이동했다. 눈에 띌까 두려워 발광 버섯은 꺼내지 않았다.

구멍에서는 신 냄새가 풍겼다. 정신을 혼미하게 하는 역한 냄새.

이 냄새는 토비아스의 기억을 되살렸다.

'나는 이 구멍으로 왔어! 기억나! 무지 길쭉한 이 창자를 타고 여

기에 도착했지. 그리고 잠들었어.'

토비아스는 희미한 빛 속에서 뭔가를 본 것 같았다.

'먹보야! 거미가 있어!'

공포가 몰려오기 시작했다. 토비아스는 다시 정신을 차렸다.

'해변을 보호하고 정신의 그림을 지켜야 해.'

거미는 혼자가 아니었다. 누군가 바닥에 쓰러져 있었다.

'맷? 맷이잖아!'

맷이 왜 여기 있는 걸까?

거미는 주둥이 옆에 있는 포착 돌기로 맷을 붙잡아 들어 올리고는 출구로 향했다. 맷은 여전히 등에 배낭과 검을 메고 있었다. 방금 이 세계에 도착한 것이다.

흉측한 거미가 앞을 지나는 순간 토비아스는 바위에 달라붙었다. 휘파람 같고 단속적인 목소리가 중얼거렸다.

"동료들을 기다렸다가 이 녀석을 먹어야 해. 모두 모인 앞에서. 아, 이 먹이. 얼마나 근사한 식사인가! 얼마나 멋진 향연인가! 드디어 잡았어! 승리야! 멋진 승리!"

맷은 괴물의 역겨운 주둥이 앞에 매달려 있었다.

단호한 결심으로 흥분한 토비아스가 분노를 터뜨렸다.

'거미들은 그를 잡아먹을 수 없어!'

토비아스는 서둘러 거미를 뒤쫓았다. 몇 분 후, 그는 포로들이 갇혀 있는 동굴, 먹이 저장고, 숲, 낙낙한 외투를 걸친 사내 중 거미가 어디로 갔는지 놓치고 말았다.

토비아스는 로페로덴을 생각만 해도 몸서리가 쳐졌다.

맷이 그 무시무시한 괴물과 마주쳐서는 절대 안 되었다.

거미가 누군가 미행하고 있다는 사실을 느낀 듯 획 돌아섰다.

토비아스의 목숨은 초인적인 날렵함에 달려 있었다. 그는 순식간에 비탈 뒤에 움츠리고 두 주먹을 불끈 쥐었다.

거미는 다시 길을 떠났고, 토비아스는 안도의 한숨을 길게 내쉬었다.

거미와 맷은 검은 숲을 굽어보는 절벽 위에 우뚝 서 있었다. 토비아스는 첫 번째 빈터보다 넓은 다른 빈터를 발견했다. 빈터 가운데에 가시덤불로 둘러싸인 돌로 된 대형 제단이 솟아 있었다.

'성당의 제대 같아!'

하지만 그보다 먼저 희생 개념이 떠올랐다.

뭔가를 해야 했다. 잠시 후면 거미는 제단 위에 맷을 놓고 토비아스가 몹시 두려워하는 낙낙한 외투를 걸친 사내와 모든 동료 앞에서 그를 잡아먹을 것이다.

'모든 거미가 모이면 맷을 구출할 기회는 사라져. 지금이 절호의 기회야.'

하지만 커다란 거미에게 맞설 수 있을까?

'내 초능력을 활용하자. 날랜 동작.'

토비아스는 여러 개의 예리한 돌을 주워 먹보에게 다가갔다. 신중하게 싸워야 했다.

공기에는 더 많은 전기가 흐르고 있었다. 로페로덴의 내부에서 무슨 일이 일어나고 있음이 분명했다.

걸음을 재촉하던 토비아스는 전속력으로 달려들었다.

그가 어찌나 빠르게 달렸는지 거미는 마지막 순간에야 공격자를 보았다. 돌아서려 했지만 이미 밑으로 들어간 토비아스에게 날카로운 돌로 복부를 찔린 뒤였다.

거미는 고통을 느끼고 화들짝 놀랐다. 지금까지 경험해보지 못한 심한 통증이었다. 거미는 한참 동안 움직이지 않았다. 토비아스는 그 틈을 이용해 빠져나왔다.

맷을 내려놓은 대왕 거미가 공격자를 찾기 위해 주위를 살폈다.

토비아스는 반대편으로 갔다. 거미가 몸을 돌려 머리에 달린 집게로 붙잡기 직전, 토비아스는 다시 거미 밑으로 데굴데굴 굴러가 배를 찔렀다.

격분한 거미는 공격자를 짓밟기 위해 마구잡이로 쿵쿵거리며 땅을 밟았다.

하지만 거듭된 성공과 거미가 자신을 붙잡지 못한다는 기쁨에 도취된 토비아스의 동작은 점점 더 빨라졌다. 그는 거미 밑을 통과할 때마다 복부를 점점 더 깊게 찔렀다. 상처에서 검은 물질이 흘러나왔다.

거미는 목숨을 구하기 위해 도망칠 수밖에 없었다. 거미가 진수성찬인 맷을 챙기려 하자 토비아스는 젖 먹던 힘을 다해 다리를 찔렀다. 거미는 먹이를 놓아야만 했다.

그곳에 남으면 목숨을 잃을지 몰랐다.

로페로덴은 균형을 잃었을 것이다.

거미는 날카로운 비명을 내지르며 여덟 개의 다리로 비탈을 내려가기 시작했다.

토비아스는 데굴데굴 굴러 맷에게 다가갔다. 의식은 잃었시만 살아 있었다.

단 한순간도 낭비할 시간이 없었다.

모기들이 시시각각으로 달려오고 있었다. 그들과 마주치고 싶은 마음은 조금도 없었다.

토비아스는 가까스로 친구를 어깨에 둘러멨다.

그는 빠르게 이동하는 능력은 있었지만, 아쉽게도 힘은 세지 않았다. 맷은 너무 무거웠다.

토비아스는 친구를 5미터 깊이의 작은 동굴로 옮겨 천천히 눕혔다.

돌연 바깥에서 섬광이 증가하더니, 하늘이 빙빙 선회하는 모기들로 가득 찼다.

로페로덴의 모든 기능이 경보를 울리고 있었다.

토비아스와 맷을 추격하기 위해.

2⁴
로페로덴의 진짜 얼굴

맷은 냉기를 느끼며 의식을 찾았다.

입이 바싹바싹 탔고, 어깨가 몹시 쑤셨다.

검은 얼굴이 자신을 들여다보고 있었다. 머리털이 둥그스름한 철모처럼 보였다. 곧 눈이 어둠에 익숙해졌다.

친구를 알아본 맷은 목을 끌어안으며 외쳤다.

"토비아스!"

"힘 빼! 숨 막혀!"

"다시 만나서 정말 기뻐! 한순간도 네가 죽었다고 생각하지 않았어!"

"기뻐하기엔 일러. 상황이 별로 좋지 않아."

맷은 동굴을 둘러보았다.

"여기가 어디지?"

"로페로덴의 내부야."

"포로가 된 거야?"

토비아스는 고개를 흔들고 망설였다.

"글쎄. 그들은 우리가 어딨는지 몰라. 하지만 결국 찾아내겠지."

"그들이라니?"

토비아스는 심호흡을 한 후 말을 이었다.

"로페로덴의 생체 기관은 정밀한 기구나 동물로 이루어져 있어. 영양과 소화기관은 독으로 너를 잠들게 한 거야."

맷의 팔에 닭살이 돋았다.

"그래. 길쭉한 다리가 달린 형체를 본 것 같아."

"면역 체계도 있어. 커다란 모기들이지. 하늘의 섬광은 로페로덴의 힘이나 근육일 거야."

"그럼 분명 심장도 있을 거야! 심장을 찾아내서 파괴하면 돼!"

토비아스는 친구의 열광에 동의하지 않았다.

"그 심장을 봤어. 나무 상자 속에 든 강철 모빌인데, 허공에서 돌고 있었어. 하지만 심장에는 접근할 수 없어."

"왜?"

"멀어. 게다가 모기들이 순찰을 돌고 있고. 그 계획은 포기해."

"그럼 뇌는? 뇌를 봤어?"

토비아스는 샐쭉해졌다.

"그래."

"뇌는 어떻게 생겼지? 공격하기 쉬울까?"

"아닐걸. 그만두자."

"왜 그렇게 애매하게 말하는 거야?"

"아무것도 아니야. 시간만 낭비할 뿐이야. 여기서 도망쳐야 해. 그게 최선이야."

"하지만 로페로덴을 쓰러뜨리고 내부를 무너뜨릴 수 있는 절호의 기회야. 다신 이런 기회가 오지 않을 거야!"

토비아스는 퉁명스레 대꾸했다.

"아직 살아 있는 것만도 다행으로 여겨야지! 식량 창고에 갇혀 있지 않는 것도 천만다행이야! 이참에 도망치자. 이젠 지긋지긋해!"

맷은 조용히 친구를 바라보았다. 토비아스는 이곳에서의 체류로 충격을 입은 듯했다. 신경이 날카로워진 그는 수시로 동굴 입구를 살폈다.

맷이 물었다.

"계획 있어?"

"우리가 들어왔던 곳, 그러니까 위 구실을 하는 곳으로 나갈 거야. 하지만 그전에 사람들을 찾으러 가야 해."

"우리뿐만이 아니야?"

"아니야. 우리와 함께 카마이클 섬에 있었던 전령 프랭클린이 있어. 다른 팬들도 있고. 그리고 콜린도."

"그 배신자가 있다고?"

"지금 콜린은 우리와 같은 피해자야. 자, 가자. 거미의 동굴까지 잠입하려면 모기들의 움직임을 잘 살펴야 해."

토비아스와 맷은 은신처 입구에 엎드려 모기들을 관찰했다. 모기들은 코에 달린 탐조등으로 주위를 탐색하고 있었다.

토비아스가 말했다.

"빠르고 주의 깊게 움직여야 해."

"여기 거주자들을 잘 아는 것 같구나. 힘들었니?"

토비아스의 얼굴이 굳어졌다.

"결코 끝나지 않을 악몽 같았어. 너를 다시 보게 돼서 기뻐."

"널 찾으러 오고 싶었어. 다시 만나고 싶었어. 죽을 각오도 돼 있었지. 하지만 뜻대로 되지 않았어."

"그래도 지금 여기 있잖아. 나한테 중요한 건 그거야. 자, 따라와. 서두르면 저 위의 모기 두 마리가 우리 쪽으로 날아오기 전에 다음 언덕에 도착할 수 있어."

토비아스는 거미줄로 뒤덮인 작은 문까지 맷을 안내했다. 토비아스가 끈적끈적한 거미줄을 자르기 위해 줄질을 시작하자 맷이 검을 휘둘러 거미줄을 잘라냈다. 식량 창고 내부에서 공포와 놀라움이 뒤섞인 신음 소리가 들려왔다.

토비아스가 낮은 목소리로 지시했다.

"이쪽으로 나와! 다들 서둘러! 나가는 거야! 이 끔찍한 세상을 떠날 거야!"

콜린이 가장 먼저 나타났다.

"정말이야? 우릴 여기서 빼내준다고?"

콜린 뒤에서 목소리가 들려왔다.

"너는 떠날 자격이 없어!"

콜린은 다른 사람들이 자신을 안쪽으로 밀기 전에 서둘러 나왔다. 그러자 열두어 명의 팬들이 뒤를 따랐다.

맷이 놀라며 물었다.

"어른은 한 명도 없어?"

"없어. 어른은 못 봤어. 로페로덴이 찾는 건 너야. 그는 어린이만 원하는 것 같아."

"로페로덴이 나를 그토록 원하는 이유를 알아?"

토비아스는 힘들게 침을 삼켰다. 이번만큼은 친구에게 거짓말을 하는 자신의 얼굴을 숨겨주는 어둠이 다행스러웠다.

"전혀."

토비아스는 출구까지 도망자들의 선두에 서서 지시했다.

"흩어지지 말고 모여 있어! 기회는 다시 오지 않을 거야."

프랭클린이 말했다.

"설령 죽더라도 도망칠 거야. 저 소굴로 돌아가진 않겠어."

그들은 껑충껑충 뛰면서 움직였다. 천장의 유일한 회색빛과 점점 더 늘어나는 섬광을 보면서 바위에서 바위로, 구덩이에서 구덩이로, 그늘에서 그늘로 이동했다. 메마른 땅은 스트로보스코프의 불빛에 사로잡힌 것처럼 보였다.

토비아스가 말했다.

"내부의 뭔가가 잘못되고 있어! 공기 속에 흐르는 이 전기, 이 섬광은 정상이 아니야!"

맷이 물었다.

"우리 때문인 거야?"

"잘 모르겠어. 저 하늘이 로페로덴의 경계야. 그가 몸을 감싸고 있는 시트처럼 말이야. 외부에 있는 뭔가와 싸우고 있는 것 같아!"

그들은 '밥통'이라고 부르는 위와 연결된 둥근 구멍으로 다가갔다.

프랭클린이 물었다.

"어떻게 올라가지? 내 기억으로는 아주 긴 미끄럼틀이었는데. 절대 저 위로 기어 올라갈 수 없어!"

토비아스가 말했다.

"로페로덴이 우리를 끌어 올리게 될 거야."

"그런 기적이 일어날까?"

"여기가 밥통이라면 우리를 토해내도록 자극하면 돼."

맷은 감탄의 눈길로 죽마고우를 바라보았다. 이렇게 단호한 모습은 본 적이 없었다. 이런 결심을 하기까지 토비아스는 엄청난 두려움에 떨었을 것이다.

하늘에서 돌풍이 휘몰아쳤다. 그들이 무슨 일이 일어났는지 깨닫기도 전에 느닷없이 나타난 모기 두 마리가 소년을 한 명씩 붙잡고 끌고 갔다. 두 소년은 필사적으로 곤충에게 저항하기 시작했다. 모기들은 길고 뾰족한 침으로 먹이의 몸을 찔렀다. 피는 곧장 모기의 배 속으로 빨려 들어갔다.

이번에는 다섯 마리의 모기가 나타났다. 화가 난 맷은 유연하게 첫 번째 모기의 목을 잘라버렸다. 토비아스는 급하게 돌을 집어 날개를 향해 던졌다. 과녁을 맞혔지만 모기는 꿈쩍도 하지 않았다.

토비아스가 부르짖었다.

"달려! 밥통 속으로 달려!"

모기 한 마리가 토비아스에게 달려들어 뾰족한 침으로 찌르려 했다. 맷은 모기의 머리통에 구멍을 내고 발로 밀었다.

대부분의 도망자들이 밥통으로 들어갔을 때, 거미가 달려와 토비아스와 맷의 길을 막았다. 거미가 두 소년을 짓밟기 위해 앞다리를 들자 그들은 구덩이로 몸을 날렸다.

달려드는 거미를 향해 맷은 검을 휘둘렀다. 거미는 옆구리와 긴 다리로 집요하게 공격했다. 토비아스는 맷을 도와주고 싶었지만 끈질기게 덤벼드는 모기를 피하느라 여념이 없었다.

맷은 거미의 다리를 자르려 했지만 성공하지 못했다.

맷은 자신이 공격을 피하기 위해 물러서면 거미가 적극적으로 공격하지 않는다는 사실을 깨달았다.

토비아스가 놈에게 가했던 상처 탓일까?

'아니야! 나를 밀어붙이는 거야.'

맷은 뒤를 돌아보았다.

한 형체가 달려오고 있었다. 두건 달린 낙낙한 검은색 외투를 뒤집어쓴 사내였다.

더는 선택의 여지가 없었다.

그는 모든 위험을 감수하고 거미를 공격하기로 결심했다.

그는 껑충 뛰어 거미 앞발의 위협에서 벗어났다. 그리고 자신의 머리 위쪽에서 분주히 움직이는 포착 돌기를 무시하고 사력을 다해 거미의 머리통에 달린 집게를 후려쳤다.

검이 휘휘 소리를 내면서 거미의 검은 눈 아래에 박혔다. 맷은 딱

딱한 껍질의 저항을 느끼고 검을 세게 눌렀다. 날이 더욱 부드러운 물질에 닿자 거미는 뒷다리로 몸을 일으켰다.

맷은 검의 손잡이를 붙잡은 채 바닥에서 떨어졌다. 그는 몸무게를 이용해 계속해서 거미의 살을 벴다.

거미가 바닥에 쓰러지자 맷은 검을 잡아당기고 몇 미터를 데굴데굴 굴렀다.

거미는 고막이 터질 듯한 날카로운 비명을 내질렀다.

모기는 토비아스가 던진 돌에 눈을 맞아 고꾸라졌다. 하지만 다른 모기가 주위를 맴돌았다.

토비아스는 거미가 비틀거리는 것을 보았다. 모기가 윙윙대는 소리가 뚝 그쳤다.

맷이 모기를 두 조각으로 자른 것이다.

바로 그때, 사내가 다가오는 것이 보였다.

토비아스는 거칠게 맷을 출구 쪽으로 밀었다. 이 불길한 사내가 맷을 붙잡지 못하게 해야 했다.

모든 팬들이 불안에 사로잡힌 채 기다리고 있었다.

프랭클린이 외쳤다.

"콜린이 창자를 통해 올라가려고 시도했는데, 안 됐어. 너무 미끄러워!"

토비아스가 주장했다.

"밥통이 우리를 토해내게 만들자. 위산과다증을 만들어야 해! 뛰어! 모두 폴딱폴딱 뛰어!"

팬들이 제자리에서 껑충껑충 뛰자 동굴 전체가 떨리기 시작했다.

맷이 물었다.

"위산과다증이 뭔지 알아?"

"아빠가 툭하면 말씀하셨어! 호흡을 곤란하게 만든다고. 이 밥통을 심하게 괴롭혀서 놈이 우리를 토하게 만들어야 해!"

맷이 멜빵에서 검을 꺼내면서 말했다.

"그렇다면 아주 효과적인 방법이 있지."

그때 그림자 하나가 나타났다.

문턱에 우뚝 선 사내가 천둥처럼 외쳤다.

"맷! 맷!"

맷의 표정이 굳어졌다.

'이 목소리는⋯⋯.'

사내가 다가오면서 부르짖었다.

"너는 내 거야!"

맷은 돌처럼 굳어졌다.

'그럴 리가 없어.'

토비아스는 맷의 손에서 검을 빼앗아 무른 바닥 깊숙이 박았다.

내벽이 흔들리더니, 이어 바닥이 수축되었다.

구멍이 닫히면서 공간이 순식간에 줄어들고 동굴의 구조가 단단
해졌다.

잠시 후, 팬들은 트램펄린 위에 있는 것처럼 팅겼고, 그들을 이 지
옥으로 빨아들인 좁은 통로로 빨려 나갔다.

그리고 바깥으로 분출되었다.

그들의 세상으로.

홍수

　갑작스러운 폭풍우가 시니크 요새를 덮쳤다.

　늑대의 협로는 집중호우로 완전히 시야에서 사라졌다. 번개가 쉬지 않고 나무와 탑 꼭대기를 휘갈겼다. 나무는 그 충격으로 부러졌다. 탑에서 근무하던 초병은 벼락을 맞아 즉사했다.

　시니크 초병들이 피신처로 달려가는 동안 다른 시니크들은 물을 퍼냈다. 저지대는 차례차례 물에 잠겼다.

　앙브르와 첸은 초병들에게 발각되지 않기 위해 성벽 총안에 웅크리고 앉았다.

　앙브르는 탈진 직전이었다.

　그녀는 맷을 끌어 올리기 위해 안간힘을 쓴 이후, 성벽 아래에서 나부끼는 검은 형체에 정신을 집중했다.

　로페로덴.

　맷을 집어삼킨 괴물.

　앙브르는 괴물이 도망치지 못하게 초능력으로 붙잡고 있었다. 괴물이 자신의 힘에서 벗어나 숲 속으로 도망친다면, 괴물도, 맷도 결코 다시 볼 수 없으리란 걸 알고 있었다.

맷은 토비아스가 죽지 않았고, 이 괴상한 시트 안에, 즉 다른 세상에 갇혀 있다고 생각했다. 앙브르는 맷의 추측이 옳다고 믿고 싶었다. 그러자 살아 있는 친구들을 다시 만날 수 있으리라는 희망이 생겼다.

앙브르는 현기증과 뇌를 쑤시는 고통을 참고 버텼다. 맷과 토비아스에 대한 추억 덕분에 의식을 잃지 않을 수 있었다.

로페로덴이 보이지 않는 힘에 붙잡혀 있다는 사실을 깨닫자마자 폭풍우가 일었다. 번개는 주인을 해방시키기 위해 닥치는 대로 사방을 때렸다. 로페로덴은 에샤시에들을 대동하지 않고 혼자 맷을 사로잡았다.

벤, 호러스 그리고 타냐는 숲에서 뛰어나와 로페로덴을 둘러싸고 초라한 무기로 대적했다. 그들은 맷을 돌려받기 위해 놈을 공격해 죽여야 할지, 아니면 생포해야 할지 알 수 없었다.

검은 외투 한가운데서 소름 끼치는 커다란 얼굴이 드러났다. 이마가 넓은 두개골, 돌출한 턱, 공격적인 눈구멍.

로페로덴은 마치 소리를 지를 것처럼 입을 벌렸다. 이어 시트가 구겨지는 소리가 나더니 겁에 질린 여러 개의 실루엣이 어둠 밖으로 나왔다. 첫 번째 실루엣에게 화살을 겨누던 타냐는 한 소년을 알아보았다.

괴물이 토비아스와 맷을 토해내자 벤이 달려갔다.

"맷! 빨리 나와! 우리가 괴물을 붙잡고 있어!"

맷은 비틀거리면서도 로페로덴을 가리키며 힘없이 말했다.

"내버려둬. 떠나게 내버려둬."

"뭐라고? 너, 미쳤어? 이 괴물이 너를 삼켰어!"

맷은 미친 듯이 고개를 흔들었다.

"그는 약해졌어. 도망칠 거야. 떠나게 내버려둬."

벤은 도무지 이해가 되지 않았다. 그는 타냐와 호러스를 바라보왔다. 그들도 어떻게 해야 할지 알 수 없었다. 벤은 물러나서 앙브르에게 신호를 보냈다.

앙브르는 정신적 긴장을 풀고 첸의 품에 쓰러졌다.

로페로덴은 바람에 휘청거리면서 일어나 팬들을 마주 보았다.

맷은 로페로덴의 생체 기관들 중 하나인 거미에게 중상을 입혔다. 로페로덴은 더 이상 싸울 수 없었다.

로페로덴은 앙상한 얼굴로 잠시 맷을 주시하다가 바위 사이로 물러나 전속력으로 사라졌다.

☣

폭풍우가 어찌나 거셌던지 벌판을 감시하는 초병이 한 명도 남아 있지 않았다. 시니크들은 팬들과 로페로덴의 출현을 전혀 눈치채지 못했다.

닐과 벤은 나무 사이에 마련한 야영지 아래에 새로운 팬들을 위한 휴식처를 장만해주었다.

맷은 따로 떨어져 앉아 두 무릎을 세웠다.

토비아스가 다가오더니 옆에 앉았다. 그리고 슬픔에 젖은 목소리로 사과했다.

"미안해."

"알고 있었어? 그를 본 거야?"

토비아스는 대답할 힘이 없었다. 그는 고개를 끄덕이는 것으로 대신했다.

맷은 고개를 흔들며 말했다.

"불가능한 일이야. 그럴 리가 없어."

"그의 목소리였어. 그의 얼굴이었어."

맷은 두 손으로 이마를 감쌌다.

그는 어찌할 바를 몰랐다. 일어날 수 있는 모든 일을 예상했었다. 이 일만 빼놓고.

로페로덴은 인간의 얼굴이었다.

아버지의 얼굴.

벤과 타냐가 다가왔다.

벤이 알려주었다.

"앙브르와 첸은 성벽 위에 있고, 플로이드는 성안에 있어. 뭔가를 해야 해."

맷은 고개를 끄덕였다.

기운이 다해 맥이 빠진 그는 고통스럽게 몸을 일으키며 말했다.

"토비아스와 함께 성벽을 타고 올라갈 거야."

"어떻게?"

"폭풍우는 그칠 거야. 로페로덴이 폭풍우를 데리고 다니거든. 너희가 방금 본 괴물 말이야. 그 틈에 요새에 잠입해야지."

타냐가 물었다.

"로페…… 어떻게 그의 이름을 알았어?"

맷은 질문을 무시하고 배낭을 집더니, 견갑골 사이의 멜빵에 검을 밀어 넣었다. 그리고 플룁에게 다가가 배낭과 활을 챙겨 토비아스에게 돌려주었다.

토비아스는 깜짝 놀라며 외쳤다.

"내 소지품?"

"조만간 다시 만날 거라고 생각했어. 결코 희망을 잃지 않았지."

토비아스는 친구의 품에 뛰어들어 아주 나직하게 속삭였다.

"네 아빠가 왜 로페로덴이 됐는지 알아보자. 분명 그럴 만한 이유가 있을 거야. 알았지?"

맷은 고개를 끄덕였다. 그들은 계곡을 가로지르는 성벽 쪽으로 나아갔다.

성벽 발치에 도착한 토비아스는 화살 끝에 가는 밧줄을 묶고 물러나 표적을 겨냥했다.

앙브르의 도움 없이 화살을 정확히 유도하는 건 쉽지 않을 것이다.

'이미 앙브르 없이 혼자서도 잘할 수 있단 걸 보여줬잖아!'

첸이 발사 신호를 보내자 토비아스는 시위를 놓았다.

화살은 비를 뚫고 올라가 첸 바로 옆을 통과했다.

첸이 다시 나타나 화살을 흔들었다. 그가 총안에 밧줄을 묶자 맷은 성벽을 타기 시작했다.

"올라갈 힘은 충분해. 네 몸에 밧줄을 묶어. 내가 너를 끌어 올릴게. 어서!"

두 친구는 무사히 성벽 꼭대기에 도달했다. 토비아스는 흔적을 남기지 않기 위해 바로 밧줄을 해체했다.

번개는 기세를 잃었고, 비는 조금 전보다 세차지 않았다. 폭풍우는 멎어가고 있었다.

맷이 말했다.

"빨리해야 해! 앙브르는 어딨지?"

"저 아래 술통 옆 구석에 눕혔어. 의식을 잃었거든. 초능력으로 검은 시트를 걸친 괴물을 붙잡고 있느라 에너지가 전부 고갈됐어."

맷과 토비아스는 초병이 사라질 때까지 기다렸다가 서둘러 앙브르에게 다가갔다.

맷은 앙브르를 껴안았다.

"앙브르, 앙브르. 정신 차려. 네 도움이 필요해."

그는 토비아스와 함께 한참 동안 앙브르를 깨우려 애썼다.

마침내 앙브르가 눈썹을 떨면서 천천히 눈을 떴다.

그녀가 속삭였다.

"토비?"

"그래, 나야! 다시 만나다니 꿈만 같아!"

"너희가 죽은 줄 알았어!"

앙브르는 눈물을 펑펑 쏟았다. 맷은 앙브르의 예쁜 얼굴을 적시는 것이 비인지 눈물인지 알 수 없었다.

맷이 물었다.

"걸을 수 있겠어?"

"아마……. 하지만 초능력을 쓰라고 요구하진 마. 그럼 죽을 것 같아."

그들은 앙브르가 설 수 있도록 부축해주었다. 그녀는 여전히 창백했다.

맷이 말했다.

"다른 대원들을 들어오게 해야 해. 성문을 열어줘야지. 임무는 끝나지 않았어."

2⁶
선택의 기로

네 명의 침입자는 가장 가까운 탑의 계단으로 잠입했다.

유지 초롱에서 오렌지색 불빛과 역한 냄새가 퍼져 나왔다. 비가 첨두형 창문을 두드렸다.

첸이 속삭였다.

"서둘러. 이런 날씨엔 시니크들이 경계를 소홀히 하지만, 비가 오래 계속되진 않을 거야."

맷이 불안한 얼굴로 물었다.

"글루통 부대를 봤어?"

"아니. 중앙 뜰에는 없어. 게다가 아주 조용해. 잠깐 들렸다가 남쪽으로 내려간 것 같아."

토비아스가 물었다.

"왜 위험을 무릅쓰고 다른 사람들을 잠입시키려는 건데?"

맷이 정정했다.

"벤, 호러스, 타냐뿐이야. 요새를 탐색하고 아군의 공격 작전을 짜기 위해서지."

"아군?"

"에덴의 군대, 팬들의 군대 말이야. 우리에겐 다른 선택지가 없어. 시니크들과 전쟁 중이거든."

"우아! 내가 없는 며칠 동안 엄청난 일이 터졌구나!"

앙브르가 정정했다.

"3주 동안이야."

"그렇게 오래? 로페로덴 내부의 날씨는 여기랑 달라. 낮이 없고, 밥도 없어. 배가 고파서 죽을 것 같아."

계단을 내려가던 첸은 깜짝 놀랐다.

"3주 동안 먹지 않았다고? 못 믿겠어! 그게 사실이라면 넌 죽었을 걸!"

"거긴 다른 세상이야! 우리의 생체 기관은……. 설명을 못하겠어. 동면 중인 것처럼 먹을 필요가 없었어, 그건……."

첸이 명령했다.

"쉿!"

묵직한 발소리가 계단에서 올라오고 있었다.

첸은 모두를 가장 가까운 문 쪽으로 밀었다. 그리고 자물쇠 구멍으로 밖을 살핀 후, 땀 냄새가 풍기는 둥근 홀로 잠입했다. 두 개의 식탁과 의자들이 마주 보고 있었고, 한쪽 구석에 맥주가 든 술통이 있었다. 나무 수도꼭지 바로 아래 작은 웅덩이에서는 거품이 일고 있었고, 들보에는 햄이 매달려 있었다.

시니크 한 명이 나타나 네 명의 대원들은 황급히 대형 벨벳 커튼 뒤로 몸을 숨겨야 했다. 그는 대원들이 방금 내려온 위층으로 올라갔다. 숨은 곳에서 나온 토비아스가 햄을 자르면서 말했다.

"미안해, 더는 못 참겠어!"

첸이 복도를 살피더니 두 손으로 따라오라는 신호를 했다.

나선형 계단은 놀랍게도 끝이 없는 것처럼 보였다. 이윽고 대원들은 어두운 홀에 도착했다.

반듯하게 정렬된 식탁과 긴 의자, 상자, 창을 세워두는 받침대, 초병들을 위한 넓은 휴게실. 다행히 휴게실에는 아무도 없었다.

맷이 문을 가리키며 말했다.

"맞은편 문을 봐. 우리가 찾는 곳이 멀지 않았어."

첸이 물었다.

"어떻게 알지?"

"방향감각이 좋거든."

그들은 넓은 복도와 연결된 문을 살짝 열었다. 천장이 10미터에 달했다. 복도의 한쪽은 물에 잠긴 안뜰로 나 있었고, 다른 쪽은 성벽을 막고 있는 커다란 정문과 연결되어 있었다.

갑옷을 입은 병사들이 양동이, 초롱, 혹은 빗자루를 들고 빠른 걸음으로 안뜰을 가로질렀다.

첸이 말했다.

"시니크들은 정신없이 바빠! 지금이 절호의 기회야!"

대원들은 복도로 들어갔다. 앙브르는 쑥 나와 있는 두 개의 내리닫이 살문을 가리켰다.

"저 살문 사이에 갇히면 끝장이겠어."

첸은 집게손가락으로 위쪽 총안을 가리켰다.

"저긴 틀림없이 초소일 거야. 살문을 작동시키는 도르래가 있어. 쉿! 소리를 내지 마!"

대원들은 정문의 두 문짝 앞에서 멈췄다.

무거운 쇠사슬이 빗장 역할을 하며 문을 잠그고 있는 큰 통나무를 붙잡고 있었다. 빗장의 개폐는 계단을 통해 출입하는 성벽에 설치된 방에서 이루어지는 것 같았다. 초병들이 대화를 나누며 내려오고 있었다.

토비아스가 속삭였다.

"요새 절반을 정복하지 않는 한 저 시스템은 절대 작동시킬 수 없어."

앙브르가 말했다.

"저기 비밀 문이 있어!"

대원들은 가슴 졸인 채 주위를 살피면서, 작은 계단 앞을 지나 비밀 문에 도착했다. 높은 철문 한가운데에 사람 한 명이 출입할 수 있을 만한 작은 문이 나 있었다. 비밀 문에는 맹꽁이자물쇠와 쇠사슬이 걸려 있었다.

토비아스는 작은 의자 두 개를 가리켰다. 의자 다리는 스며든 물에 잠겨 있었다.

"여긴 평상시에 감시구역인가 봐."

첸이 맹꽁이자물쇠의 무게를 가늠하면서 말했다.

"일이 꼬였어. 열쇠를 못 찾겠어. 너무 위험해."

맷이 다가가 사냥용 칼을 두 개의 쇠사슬 고리에 넣고 돌리기 시작했다. 고리는 곧 소리를 내면서 부러졌다.

첸과 토비아스는 들킬까 두려워 귀를 쫑긋 세운 채 움직이지 않았다. 하지만 활활 타오르는 횃불 쪽으로 다가오는 사람은 아무도 없었다.

맷은 부러진 쇠사슬을 떼어 물속으로 던졌다. 칼은 부러졌다.

앙브르는 문을 잡아당기고 조심스럽게 밖을 내다보았다.

처음에는 아무도 보이지 않았다. 잠시 후, 벤과 타냐가 가장 가까운 바위 뒤에서 모습을 드러냈다. 호루스, 닐 그리고 일곱 마리의 개도 나타났다. 그들은 포복으로 풀밭을 지나 비탈을 올라갔다.

마침내 모두가 요새 안으로 들어오자 맷은 아무도 손을 대지 않은 것처럼 보이도록 쇠사슬을 제자리로 돌려놓았다.

손잡이가 문에 부딪치자 금속음이 요란하게 울렸다.

한 초병이 성벽에 설치된 방에서 외쳤다.

"샘, 너야?"

대원들 중 한 명이 대답했다.

"그래. 모든 게 순조로워!"

모두가 소스라치게 놀라며 호러스에게서 떨어졌다.

맷은 이 소년의 초능력을 떠올렸다. 호러스는 목소리를 변조하고 얼굴을 바꾸는 특이한 능력이 있었다. 앞으로 그들은 이 능력이 얼마나 소중한지 알게 될 터였다.

초병은 요란하게 트림을 하고 걸걸한 웃음을 지으며 외쳤다.

"어쨌든 잠들진 마!"

맷은 호러스의 어깨를 다정하게 툭 쳤다.

앙브르가 속삭였다.

"닐은 여기서 뭘 하지?"

"너희와 함께 갈 거야, 남쪽으로."

맷이 입을 열었다.

"안 돼, 그건……."

닐은 다른 사람들보다 더 크게 속삭였다.

"나는 에덴 평의회 위원이야. 원하는 걸 할 권리가 있지. 나도 가겠어!"

벤이 맷에게 머리를 숙였다.

"고집부리지 마. 닐은 이미 선택했어. 그의 초능력은 우리에게 도움이 될 거야."

타냐가 물었다.

"플로이드 못 봤니?"

첸이 대답했다.

"이미 강의 쇠창살을 통해 야영지로 돌아갔어."

앙브르가 끼어들었다.

"여기 있으면 안 돼. 반대편 성문을 찾아낼 때까지 개들을 숨길 곳을 구해야 해."

그들은 내벽을 따라 폭우로 인해 웅덩이로 변한 안뜰까지 갔다. 돌로 세운 큼직한 주루가 정면에 우뚝 솟아 있었다. 주루 동편에는 나무 발판이 높이 쌓여 있었다.

성벽이 주루 주위에 뻗어 있고, 다양한 규모의 탑이 일정한 간격으로 세워져 있었다. 맷은 아주 가까운 곳에서 개를 숨길 만한 곳간을 발견했다. 이어 마구간, 청석돌 지붕을 얹은 긴 건물, 성벽 한가운데 홍예문이 보였다. 올라가 있는 내리닫이 살문은 강 그리고 육로와 연결된 것처럼 보였다.

맷이 말했다.

"저 아래를 봐! 성문이 있어!"

타냐가 그에게 손을 내밀었다.

"여기서 헤어져야 해."

"우리가 도와줄게, 그게 더……."

"그럴 필요 없어. 요새를 재빨리 둘러보고, 출입구와 감시초소를 기억한 다음 비밀 문으로 떠날 거야. 나 혼자 가는 게 더 안전해. 플로이드는 강 쪽 지형과 시설에 대한 모든 걸 메모했을 거야. 맷, 너희의 임무를 수행해."

닐이 타냐에게 머리를 숙였다.

"에덴 평의회에 보고할 때 내가 평의회 대표로 특공대와 함께 떠났다고 전해줘."

타냐는 닐에게는 대꾸도 하지 않은 채 맷의 손을 잡고는 토비아스에게 말했다.

"내 개를 줄게. 나보다 더 필요할 거야. 이름은 레이디야. 저녁마다 빗질을 해주면 좋아해. 섬세하게 다뤄."

토비아스가 레이디를 바라보자 개는 호기심을 갖고 그를 탐색했다. 토비아스는 타냐의 호의를 받아들이고 고마움을 표했다.

타냐는 모두에게 작별 인사를 한 후 안뜰의 몇몇 초병들이 등을 보이는 틈을 타 주루 밑의 출입구를 향해 달려갔다.

맷은 생각했다.

'정말 용기가 대단해.'

용기만 있으면 이 요새에서 목숨을 지킬 수 있을까? 뛰어난 지략과 주의력, 약간의 민첩성, 그리고 무엇보다 행운이 필요할 것이다.

타냐는 무사히 에덴으로 복귀해 팬 공동체의 전쟁 준비를 도와줄 수 있을까?

팬들의 미래는 부분적으로 이 소녀의 어깨에 달려 있었다.

맷은 마음속으로 말했다.

'타냐, 행운을 빌어. 우리 모두에게 네가 필요해.'

특공대는 둘로 나뉘었다. 새로운 모험이 시작되었다.

시니크들의 땅에서.

27
요새 탈출

요새에는 이슬비가 내리고 있었다. 시니크들의 깃발을 타고 빗물이 흘러내렸다. 탑의 빗물받이 홈통에서는 더 이상 물이 콸콸 쏟아지지 않았다. 유지 초롱은 좁은 창문을 통해 반짝였고, 초병들은 휴게실에서 나와 성벽에서 순찰 대형을 이루기 시작했다.

맷은 더 지체하면 안 된다는 사실을 알았다. 이제 출발해야 했다.

특공대의 행렬은 제법 길었다. 대원 일곱 명과 같은 수의 개. 대열이 길어 이동이 쉽지 않았다.

맷은 한참 동안 안뜰과 위험 요소들을 자세히 살핀 뒤, 나무 상자 더미 뒤에 웅크리고 있는 대원들에게 돌아갔다.

"마구간까지 가면 강과 연결된 홍예문으로 이동하기 쉬울 거야. 순찰하는 병사는 아직 많지 않아. 그들 뒤를 살금살금 지나가면 돼. 문제는 초병 두 명이 우리가 지나갈 길을 감시하고 있단 거야."

첸이 자신 있게 말했다.

"성벽을 올라가서 한 놈을 처리할 수 있어."

토비아스가 활을 들었다.

"앙브르가 도와준다면 다른 녀석의 입을 다물게 할 수 있지."

앙브르는 힘없이 말했다.

"나는 솔직히 자신 없어."

맷이 토비아스를 바라보았다. 토비아스는 어깨를 으쓱하고 말했다.

"그렇다면 나도 장담 못해! 그런 눈으로 보지 마! 알았어! 내가 처리할게."

"그동안 나는 일행을 마구간으로 데려갈게. 거기서 만나자."

맷은 두 소년을 안뜰 가장자리로 데려가 두 초병을 가리켰다. 첸은 신발을 벗어 가는 끈으로 허리띠에 묶고 성벽을 기어오르기 시작했다. 토비아스는 비에 흠뻑 젖은 건초가 가득 실린 짐수레 옆의 어두운 모퉁이로 자리를 옮겨 다섯 대의 화살을 꺼냈다. 비록 명중률은 낮지만, 동작이 날쌔 금세 초병을 쓰러뜨릴 것이다.

초병들이 경보를 울리기 전에 그렇게 되기만을 바랄 뿐이었다.

첸이 순찰로 꼭대기에 이르자마자 상황이 급박해졌다. 그는 초병이 머리를 반대 방향으로 돌리는 순간을 기다렸다가 달려들어, 강철 활의 손잡이로 뒤통수를 세게 후려쳤다. 초병은 뒤로 벌러덩 넘어졌다.

토비아스는 한참 동안 표적을 겨누다가 시위를 놓았다.

화살은 어둠 속에서 쉭 하는 소리를 내더니 초병으로부터 1미터쯤 떨어진 곳을 지나갔다. 천만다행으로 초병이 반쯤 잠들어 있어 눈치채지 못했다. 토비아스는 바로 두 번째 화살을 메기고 시위를 놓았다. 그리고 세 번째 화살을 쐈다. 그는 화살들이 표적에 닿기 전에 네 번째 화살을 날렸다.

초병이 상황을 깨달았을 때, 두 번째 화살이 바로 뒤 흉벽에 부딪쳤다. 하지만 그가 고개를 돌리기도 전에 세 번째 화살이 그의 목을 관통했다. 네 번째 화살은 가슴에 꽂혔다. 초병은 경련을 일으키다가 고꾸라졌다.

토비아스는 분명 초병을 죽였다. 그는 곡물 창고 쪽으로 뛰어가면서 죄책감을 떨쳐버리려 애썼다.

다른 다섯 명의 대원과 개들은 초병들을 살피면서 그늘에서 그늘로 살며시 이동했다. 마침내 그들은 마구간에 이르러 홍예문 옆에서 멈췄다. 내리닫이 살문은 여전히 올라가 있었다.

이 늦은 밤에 출입하는 사람은 없을 거라 판단한 두 명의 초병은 창에 기댄 채, 경계보다는 대화에 열중하고 있었다.

맷과 호러스는 얼굴을 숨기기 위해 착용한 두건을 벗고 재빠르고 단호한 걸음으로 초병들에게 다가갔다. 호러스는 어른의 목소리로 말했다.

"그는 말롱스 여왕님이 좋은 분이라더군. 나는 대답했지……."

두 초병은 대화를 멈추고 낯선 두 사람을 건성으로 바라보았다. 맷은 첫 번째 초병에게 괴력의 주먹을 날렸다. 머리가 돌아간 초병은 몇 미터 떨어진 진흙 길에 떨어졌다.

호러스는 지팡이로 두 번째 초병의 관자놀이를 후려쳤다. 지팡이가 둘로 부러지면서 병사가 쓰러졌다.

두 소년은 두 시체를 질질 끌어당겨 빗물을 받는 긴 통 뒤로 옮겼다. 맷은 다른 대원들에게 달리라는 신호를 보냈다. 그들은 홍예문을 통과했다. 첸과 토비아스는 맨 나중에 문을 지나갔다.

좁은 비밀 문 하나만 뚫려 있는 성벽은 무수한 초롱을 밝힌 채 훤한 부두까지 이어져 있었다. 열두어 명의 시니크들이 부교에 쓰러진 수십 개의 드럼통을 정리하고 있었다.

맷이 친구들을 작은 도랑으로 밀자 개들도 뛰어내렸다.

길이 20미터의 배 한 척이 정박되어 있었다. 전통적인 중국식 범선의 모습이었다.

첸은 작업 중인 시니크들을 관찰하며 즐거워했다.

"플로이드가 엄청난 혼란을 일으켰나 본데."

벤이 말했다.

"작업을 마칠 때까지 기다려야 해. 그래야 비밀 문으로 도망칠 수 있어."

닐이 덧붙였다.

"새벽 전에 작업을 끝내야 할 텐데! 날이 밝으면 수백 미터 떨어진 곳에서도 눈에 띌 거야!"

호러스가 중국식 배를 가리켰다.

"저 배를 훔쳐야 해. 배는 빠르고 안전해. 더구나 길을 잃을 염려가 없지."

첸이 히죽히죽 웃었다.

"너처럼 입이 무거운 애가 뭔가를 제안할 때는 시도할 만한 가치가 있지!"

맷이 찬성했다.

"호러스 말이 맞아. 배를 타야 해. 시니크들이 작업을 끝내고 성 안으로 들어갈 때까지 기다렸다가 배로 달려가자. 재빨리 움직여야 해. 내리닫이 살문 아래에 초병이 없어서 금방 의심을 살 거야. 토비아스, 배를 조종한 경험이 조금 있으니까 출항 준비를 주도해."

시니크들은 한 시간에 걸쳐 통들을 작은 피라미드처럼 쌓았다. 그들은 초롱 대부분과 두 명의 초병만 남겨놓고 몸을 말리기 위해 서둘러 돌아갔다.

맷과 벤이 첫 번째 초병을 처리하는 동안, 호러스와 첸은 두 번째 초병을 죽였다.

길이 열렸다. 모두 배에 올라탔다. 토비아스가 배를 살피는 사이, 맷, 벤 그리고 첸은 밧줄을 풀었다.

그때 요새 꼭대기에서 고함이 울렸다.

"침투다! 침투다! 부두야!"

이어 탑 꼭대기에서 뿔피리가 울렸고, 갑옷을 입은 10여 명의 병사가 남문을 통해 달려왔다.

배는 판자 부교에서 멀어지기 시작했다.

첸은 두 개의 활이 달린 강철 활을 들고 첫 번째 시위를 놓은 후 곧장 두 번째 화살을 날렸다. 시니크 병사 한 명이 넓적다리에 화살을 맞고 쓰러지면서 다른 병사들의 진로를 막았다. 시니크들이 상황을 파악하는 동안, 대원들은 토비아스의 지시에 따라 대형 돛을 활짝 펼쳤다. 바람은 질주하는 말의 속도로 배를 이끌었다.

첸은 다시 화살을 쏘아 부두로 달려오는 추격자들의 발을 묶었다.

배는 강한 물살과 순풍 덕분에 순식간에 사정거리에서 벗어났다. 이렇게 쉽게 속은 것에 격분한 시니크들이 울분을 토하는 소리가 들렸다.

요새의 흐릿한 실루엣이 어둠 속에서 또렷이 드러났다. 대원들은 강굽이를 지나 요새가 언덕 뒤로 완전히 사라진 후에야 안도의 한숨을 내쉬었다.

☣

새벽 직전, 대원들은 질주하는 말발굽 소리를 들었다. 한 기사가 강과 나란한 길에 나타났다. 그는 남쪽으로 달려가고 있었다.

벤이 외쳤다.

"전령이야! 다음 수비대에 우리의 도착을 알리려나 봐!"

맷이 말했다.

"놈이 수비대에 전갈을 넘겨주면 안 돼!"

출발 이후 지금까지 쉬고 있던 앙브르가 다가왔다.

"전령은 우리와 아주 가까운 길을 지나갈 거야. 이 속도라면 문제없어. 토비아스와 내가 맡을게."

"할 수 있겠어?"

"두고 봐."

전령이 다가오고 있었다.

"기회는 단 한 번뿐이야. 정신을 잘 집중해."

토비아스는 난간에 기대고 숨을 멈췄다.

앙브르는 풍뎅이 표본병을 열었다.

맷이 걱정했다.

"풍뎅이 에너지를 사용하면 안 돼. 탈진으로 죽을 수도 있어."

앙브르는 맷을 밀치고 정신을 집중했다.

전령이 전속력으로 그들 앞을 지나는 순간, 토비아스가 화살을 날렸다. 화살은 단번에 적당한 궤도를 그리며 날아갔다. 전령이 어찌나 빠른지 화살이 전령 뒤를 스칠 것 같았다. 하지만 화살은 마치 누군가 원격으로 조정하는 것처럼 곡선을 그리며 병사의 목을 관통하고 비행을 멈췄다. 비틀거리던 전령은 갓길로 굴러떨어졌다. 말은 속도를 줄이지 않고 달아났다.

배에 있던 모든 대원들이 토비아스를 칭찬했다. 토비아스는 난처한 표정으로 어깨를 으쓱하고는 침통하게 말했다.

"오늘 아침에만 두 사람을 죽였어."

앙브르의 얼굴은 창백했다. 그녀는 돛대를 붙잡았다. 맷은 주저앉기 직전인 앙브르를 부축해 뱃고물로 옮기고, 침낭에 눕혔다. 그는 안절부절못했다. 풍뎅이 에너지를 활용한 초능력이 탈진보다 더 심각한 결과를 초래할까 봐 걱정이 되었다.

토비아스가 조타실로 돌아왔다.

"내가 지켜볼게. 걱정하지 마."

☣

해가 계곡을 비추었다. 계곡은 요새 앞보다 훨씬 넓었다. 금단의 숲이 위엄한 자태를 드러냈다. 늑대의 협로는 뒤쪽에 있었다. 특공대가 말롱스 왕국에 도착한 것이다.

닐은 주인 없는 말이 평화롭게 풀을 뜯는 모습을 보며 물었다.

"이 강을 쭉 따라가다 보면 마을이나 뭔가가 나오겠지?"

맷이 말했다.

"시니크들의 주요 도시인 바빌론을 가로지르는 강일 거야."

"설마 바빌론에 잠입하는 건 아니겠지? 배를 버리고 바빌론을 피해 가야 해!"

"아니야. 이건 시간을 아껴서 위드론데이스까지 갈 수 있는 가장 좋은 방법이야. 이 강은 에녹까지 흘러. 에녹은 말롱스 여왕이 사는 분지와 맞닿은 도시지."

"미친 짓이야! 시니크들에게 붙잡힐걸!"

"어른 행세를 하면 괜찮아. 오늘 아침에 죽은 전령 외에 다른 전령이 없다면 그리 경계하지 않을 거야. 그럼 곧장 '바위 성경'에 도착할 수 있어."

맷은 자신을 격려하고 자신감을 보여주기 위해 깍지를 꼈다.

이제 토비아스가 합류했으니 다시 삼총사가 되지 않았는가.

누구도 그들의 진로를 방해할 수 없었다.

맷은 여러 차례 이 말을 되뇌었다.

28
순항

개들은 앞 갑판에 둥글게 모여 웅크리고 있었다. 지난밤의 모험으로 녹초가 된 대원들은 조용히 달리는 배 안에서 잠들어 있었다.

키를 잡은 토비아스와 앙브르를 간호하는 맷만이 깨어 있었다.

맷은 죽마고우 옆에 앉으며 말했다.

"이번이 처음도 아니잖아. 그런데도 오늘 아침에 죽인 시니크들 때문에 괴로워하는 거야?"

토비아스는 침울한 표정으로 맷의 말을 반복했다.

"그래. 이번이 처음은 아니지. 바로 그게 문제야. 익숙해지질 않아."

"오히려 잘된 일이야! 네가 좋은 사람이라는 거니까. 나는 검을 찌를 때 내 살이 다치는 듯한 느낌이 들어. 저녁에 그 장면을 떠올리면 적의 피와 시선이 떠올라. 고통을 느끼기 전의 공포와 어리둥절한 듯한 시선 말이야. 나도 그 짓을 좋아하지 않아. 익숙해지지 않았지. 하지만 이건 전쟁이야. 토비, 그 사실을 잊지 마. 네 앞의 시니크에겐 이런 너그러운 마음이 없어."

"모든 전쟁이 한쪽의 완전한 승리로 끝날 수밖에 없는 걸까? 평화롭게 살려면 어른들을 모두 죽여야 해?"

맷은 길게 한숨을 내쉬었다.

"난들 알겠어. 나도 몰라. 그러지 않길 바라. 이 전쟁이 어떻게 끝날진 모르겠어. 하지만 한 종의 동물이 자신의 새끼를 몰살하기 위해 쫓는 건 좋은 징조가 아니지. 내가 아는 건 이것뿐이야."

토비아스는 고통스럽게 침을 삼키며 친구의 두 눈을 응시했다.

"너는 아빠, 아니 로페로덴을 생각하고 있지?"

맷은 말없이 고개를 끄덕였다.

토비아스가 말을 이었다.

"어쩌면 환영일지도 몰라. 로페로덴이 너를 혼란시키기 위해 만들어낸 환영."

"그게 사실이라면 너를 속이기 위해 네 아버지도 보여줬겠지. 아니야. 이젠 확신해. 분명 아빠였어. 아빠는 나를 찾고 있고, 나를 원해. 분명 아빠의 얼굴, 아빠의 목소리였어. 아빠의 체취까지 느낄 수 있었다고! 분명 아빠야, 틀림없어."

"왜 로페로덴은 그렇게까지 간절하게 널 원하는 걸까? 널 자기 것으로 만들겠다고 말했어……."

"모르겠어. 전혀 모르겠어."

갑자기 바람이 거세졌다. 두 소년은 소스라치게 놀랐지만 곧 안심했다. 배가 속도를 내기 시작했다.

"어젯밤에 그런 일이 있었는데도 다시 널 추적할까?"

"로페로덴은 오직 내 생각뿐이니 멈추지 않을 거야. 그는 부상을 입었어. 검으로 거미를 찔렀거든. 회복하려면 시간이 걸릴 거야. 멀리 있진 않겠지. 제기랄. 토비, 어쩌면 좋지? 우리 아빠야! 그를 죽일 순 없어!"

토비아스는 머리를 긁적이고는 모래 제방에서 멀어지기 위해 키를 조종했다.

그도 맷과 로페로덴의 결말이 궁금했다.

그리고 타냐와 플로이드를 생각했다. 요새를 파악하고 빠져나갔을까? 타냐는 그들이 도주하면서 벌인 교란작전을 이용해 도망쳤을 것이다. 이제 정보를 충분히 수집했으니 팬들이 지략으로 요새를 점령하는 일만 남았다. 포위 공격은 불가능할 것이다.

타냐와 플로이드는 무사히 에덴으로 돌아가야 했다.

토비아스가 속마음을 털어놓았다.

"콜린을 다른 사람들과 함께 남겨놓은 게 잘한 일인지 모르겠어. 심술궂어서가 아니라 무슨 짓이든 할 수 있기 때문에 두려워."

"콜린은 그들을 배신할 수 있지. 무슨 말인지 알아. 하지만 안타깝게도 선택의 여지가 없어."

토비아스는 두려움을 떨쳐버렸다.

"프랭클린이 콜린의 행동을 목격했으니 놈을 엄하게 감시하겠지. 바빌론을 통과할 계획은 있어?"

맷은 입술을 깨물며 천천히 고개를 저었다.

토비아스가 말했다.

"내게 계획이 있어. 바빌론, 무엇보다 에녹을 통과하려면 호러스의 능력만으로는 부족해. 진짜 어른이 필요해. 적합한 어른을 알아. 우릴 도와줄 거야."

"바빌론에서 멈추고 싶은 거야?"

"시니크들에게 붙잡힐까 봐 무서워."

"우리 목숨을 어른에게 맡기는 건 별로 내키지 않아……."

"어른의 도움 없이 위드론데이스에 도달할 순 없을 거야. 너도 잘 알잖아."

"그래도 무모한 내기야. 목숨을 걸어야 해."

"나를 믿어. 그는 달라."

맷은 두 손으로 턱을 받치고 고민하기 시작했다. 그리고 얼마 후 토비아스의 제안을 받아들였다.

"다른 방법이 없는 것 같아."

돌풍이 불자 돛이 요란한 소리를 내며 펄럭였다.

☣

갑자기 배가 진로를 바꾸었다. 강이 동쪽으로 비스듬히 굽더니 금단의 숲 지맥 사이로 들어갔다. 육로는 남쪽으로 이어졌다.

닐이 맷에게 물었다.

"계속 배를 타고 가는 게 현명하다고 확신해?"

"시니크들은 이 배를 사용했고, 분명 저길 통과했어. 다른 뱃길은 보이지 않았어."

겨우 몇 킬로를 지났는데 날이 저물었다. 제방은 두꺼운 갈색 이끼로 뒤덮여 있었다. 갈대가 사라지고, 대신 가시덤불이 나타났다. 나무들의 키는 100미터가 넘었고, 그들 너머로 금단의 숲을 이루는 어마어마한 나무들이 희미하게 보였다. 저 어두운 숲의 1천 미터 상공에 동물과 사람이 사는 다른 세상이 존재한다니! 하지만 삼총사는 증언할 수 있었다. 클로로팬필들이 그곳에 살고 있지 않은가. 안락한 둥지와 날아다니는 배를 만들지 않았는가.

갑자기 가까운 숲에서 동물의 울음소리가 울렸다. 대원들이 한 번도 들어본 적 없는 소리였다. 강한 리듬의 날카로운 소리가 반복되었다. 울음소리는 한참 동안 배를 따라오다가 사라졌다.

맷은 멀리 떨어진 높은 나뭇가지에서 원숭이들을 발견했다. 배의 안전을 위해 다시 밤을 새워야 한다고 생각하니 기분이 좋지 않았다. 얼마나 더 버틸 수 있을까?

다행히 하늘이 완전히 어두워지기 전, 강이 숲에서 멀어졌다. 맷은 한숨을 돌렸다. 한 달 반 전 금단의 숲에서 보낸 짧은 경험이 이곳에 대한 매우 좋지 않은 인상을 남겼다.

대원들은 두 개의 유지 초롱에 불을 켰고, 첸은 상자에서 가방을 꺼냈다.

"내가 뭘 챙겼는지 봐! 햄, 버섯, 잼 그리고 빵도 조금 있어!"

향연처럼 푸짐한 저녁 식사를 마친 후, 토비아스는 벤에게 키를 넘겼다. 벤은 낮에 충분히 자두었다.

벤이 토비아스에게 물었다.

"글루통 군대의 흔적은 없니?"

"없어. 아무도 못 봤어. 그 군대는 정확히 뭐야? 글루통과 시니크가 동맹을 맺은 거야?"

"그런 것 같아. 늑대의 협로 입구에서 글루통 군대를 봤어. 시니크 기병들의 호위를 받으며 남쪽으로 가고 있었지. 지금쯤 말롱스의 한 군영에 도착했을 거야. 일단 가서 좀 자. 눈이 무지 빨간 데다 눈꺼풀이 내려앉고 있어!"

다음 날 아침, 배는 언덕 지대로 진입하기 시작했다. 금단의 숲을 지난 것이다.

오후가 시작될 무렵, 대원들은 뭉게뭉게 피어오르는 연기를 보고 혼비백산했다. 뱃머리에 호러스, 조타실에 벤만 남겨놓고 모두 방수포 밑으로 뛰어들었다. 갑판에 선 두 사람은 두건의 그림자로 얼굴을 가렸다.

배는 대형 석축 건물이 있는 곳까지 나아갔다. 친구들과 함께 방수포 밑에 숨은 맷은 호러스가 중얼거리는 소리를 들었다.

"여관이 있어. 길과 강이 만나는 곳이네. 두 사람이 부교에서 낚시를 하고 있어. 내가 '분노'라고 말하면 곧장 무기를 챙기고 나와야 해! 그전엔 소리 내지 말고 쥐 죽은 듯이 있어!"

낚시꾼들이 배를 부르자 호러스는 어른 목소리로 대충 인사했다.

한 낚시꾼이 외쳤다.

"바빌론에서 동원령이 떨어졌어!"

호러스가 대답했다.

"바빌론 진영으로 곰 가죽을 옮기는 중이야!"

"여기에 병사 한 무리가 있어. 바빌론으로 내려가는 중이지. 원한다면 그들에게 부탁해볼게!"

"아니야. 이 가죽은 여왕님의 특별한 측근을 위한 거야."

두 번째 낚시꾼이 말했다.

"구원의 순간이 다가왔어! 여왕님이 우리를 안내하실 거야!"

첫 번째 낚시꾼이 사과의 어조로 말했다.

"나와 친구는 다리가 뒤틀려서 싸울 수 없어! 하지만 마음만은 함께할게! 이 병사들을 태워줄 수 있어?"

"이미 짐이 많은데!"

"할 수 없지, 잘 가게!"

다시 작별 인사를 한 호러스는 안도의 한숨을 내쉬고 중얼거렸다.

"휴, 고비를 넘겼어."

맷은 방수포 밑에서 나오면서 관례적인 선박 수색을 당하기라도 하면 난처해지리란 사실을 깨달았다. 몸집이 엄청나게 큰 개들과 대원 모두를 숨기는 것은 불가능했다. 그들은 바로 시니크들에게 붙잡힐 것이다.

배는 이틀 더 강을 따라 내려갔다. 강물은 남쪽으로 내려갈수록 초록색을 띠었다.

앙브르는 48시간 동안 숙면을 취하고 활기차게 깨어났다. 그녀는 바로 표본병의 풍뎅이들을 살핀 후, 갑판의 작은 물체에 정신을 집중해 이동시키면서 초능력을 단련했다. 처음에는 여러 개의 솔을 옮겨서 나무, 칼, 식탁 도구를 닦았다. 초능력은 향상되었고, 풍뎅이들이 공급하는 에너지의 여분을 조절하기에 이르렀다.

닐은 밧줄 더미에 앉아 앙브르의 훈련을 지켜보았다. 그는 그녀와 화해하고 싶다는 듯 부드러운 시선과 상냥한 미소를 보냈다.

닐이 물었다.

"풍뎅이들에게 먹이를 주니?"

"아니. 처음엔 나뭇잎, 빵 조각, 지렁이까지 넣어줬어. 하지만 쳐다보지도 않더라. 녀석들은 먹지도, 마시지도 않아."

"그럼 어떻게 생명을 유지하지?"

"녀석들은 소형 에너지 집적 장치나 마찬가지야. 에너지로 살고 있지. 에너지의 용기일 뿐이야."

"그 에너지는 어디서 오는데?"

"초능력에 쓰는 것과 똑같은 에너지야. 우주의 만물을 연결하는 일종의 기라고 생각해."

"아, 그런 얘기를 들은 적이 있어! 검은 물질! 사방에, 우리가 허공이라고 부르는 이곳에도 존재하는 미립자이지!"

"아마 이 풍뎅이 에너지는 그 검은 물질의 농축일 거야. 지구가 분노하고 있다는 가정을 뒷받침해."

"이게 너의 폭풍설 가설이니?"

"맞아. 우리의 과소비, 과도한 자원 개발, 지구를 파괴하는 환경 오염에 대한 대규모의 화학적·물리학적 반응이지. 검은 물질이 항체처럼 반응해서 세상과 우리를 혼란에 빠뜨린 거야."

"이 검은 물질이 살려야 할 것과 사라지게 할 것을 선택한다는 게 상상이 안 돼!"

"진짜로 선택하는 게 아니야. 검은 물질은 단 하나의 주요한 원리에 따라 작용했을 거야. 즉, 생명을 퍼뜨리고 균형을 잡는 거지. 검은 물질은 다시 균형을 이뤘고, 생명이 계속 전파될 수 있음을 확인했어. 물론 방법은 전과 다르지만."

닐은 납득하지 못한 듯 보였다.

"글쎄."

"검은 물질과 폭풍설은 다른 것일 거야. 사실 나도 잘 몰라. 가정일 뿐이지."

"아무튼 너는 초능력을 잘 다루는 것 같아. 축하해."

"노력하고 있을 뿐이야."

앙브르는 닐의 집요한 시선이 불편했다. 그녀는 소지품을 챙겨 뱃고물에 있는 두 친구에게로 갔다.

날이 끝날 무렵, 배가 숲에서 벗어나자 토비아스가 키 옆의 의자 쪽으로 껑충 뛰었다.

그는 가방을 찾아 망원경을 꺼내고 외쳤다.

"내 망원경! 보여! 뷔뵈르의 탑이야! 바빌론에 도착한 거야! 저 높은 언덕 뒤야! 바빌론이야!"

대원들은 시니크들의 도시에 도착했다.

2⁹
바빌론

바빌론에 가까워질수록, 앙브르는 혐오감으로 몸을 부르르 떨었다. 옛 대학교 위쪽에 보이는 뷔뵈르의 탑이 나쁜 추억을 떠올렸다.

배는 성벽에 접근하고 있었다. 두 개의 감시탑이 강가에 솟아 있고, 초병들이 탑 꼭대기에서 배의 도착을 지켜보고 있었다.

개들은 앞 갑판에 누워 있었다. 맷, 첸, 닐 그리고 토비아스는 방수포 아래 숨어 있었고, 성년의 나이—배신의 나이—에 다다라 어른 행세를 할 수 있는 벤과 앙브르는 호러스와 함께 있었다. 후자의 얼굴이 순식간에 바뀌었다. 그는 피부를 팽팽하게 수축시켜 가는 수염을 드러나게 하고, 눈 주위와 이마의 피부를 구겨 주름을 만들었다. 그리고 그럴듯한 어른 목소리를 선택해 몇 차례 연습했다. 그는 30대에 가깝게 보였다.

방수포 밑에 숨은 네 명의 대원은 찢어진 틈으로 바깥을 살폈다.

도시를 둘러싼 넓은 야영지, 수백 개의 보잘것없는 천막, 냄비를 데우는 불, 그리고 대부분 민간인 차림인 군인 수천 명이 보였다.

바빌론 주위에 말롱스 군대가 동원되고 있었다.

첸이 중얼거렸다.

"우리에겐 조금도 좋은 일이 아니야! 군대는 거의 준비됐어. 곧 진격할 거야. 에덴의 군대는 집결할 시간이 없어. 이들에게 맞서는 건 불가능해!"

배가 성벽을 지나 도시로 진입하려는 순간, 한 시니크가 탑 꼭대기에서 불렀다.

"기다리고 있었다! 동쪽 부두에 배를 정박시켜!"

호러스는 알았다는 신호로 고개를 끄덕였지만 키는 만지지 않았다. 그는 조용히 물었다.

"어쩌지?"

벤이 대답했다.

"선택의 여지가 없어. 멈추지 않으면 화살을 퍼부을 테니."

앙브르가 경고했다.

"부두에 발을 디디는 순간 발각될 거야."

토비아스가 방수포 밑에서 낮은 목소리로 말했다.

"시니크와 함께 있으면 괜찮아! 시내에 잠입해서 한 사람을 데려올게!"

앙브르가 반대했다.

"들킬 거야!"

"아냐! 바빌론은 외부 군대와 임박한 전쟁 탓에 무척 혼란스러울 거야. 게다가 나는 엄청 빨리 달릴 수 있어. 최악의 경우엔 구시가지 미로에서 추격자들을 따돌리면 돼! 나를 믿어. 앙브르, 이미 여기에 왔었잖아. 이곳을 잘 알아!"

앙브르는 한숨을 내쉬며 눈빛으로 벤과 호러스에게 의견을 물었다.

호러스는 어깨를 으쓱하고 말했다.

"아무튼 다른 수가 없으니……."

앙브르가 두 손을 들었다.

"토비가 은밀히 내릴 수 있도록 외딴곳을 찾아보자."

벤이 바빌론을 바라보면서 말했다.

"쉽진 않을 거야!"

부두는 포화 상태였다. 시니크의 모든 함대가 정박한 데다 최근에 건조된 긴 수송선들도 부두를 차지하고 있었다. 인부들이 황소, 당나귀 그리고 몇 필의 말이 끄는 수레 쪽으로 짐을 옮기고 있었다.

닐이 외쳤다.

"수레에 싣는 걸 봐! 무기와 갑옷이야!"

맷이 중얼거렸다.

"말롱스 여왕의 대장간에서 생산된 거겠군."

앙브르는 두 배 사이를 가리켰다.

"호러스, 저쪽으로 배를 몰아. 두 척의 대형 범선 사이에 숨자. 토비아스가 시내에 잠입할 시간을 벌어야 해."

작은 배가 석축 부두에 정박하자 방수포에서 빠져나온 토비아스가 부두로 올라가 두건을 내리고 군중과 뒤섞였다.

맷은 검을 꼭 쥐고 첸과 닐을 향해 돌아섰다.

"만일 일이 잘못되면 내가 적을 물리칠 테니, 그 틈에 다른 대원들은 배를 몰고 도망쳐. 첸, 너는 강철 활로 나를 엄호해. 닐, 너는 밧줄을 끊어."

두 소년은 고개를 끄덕였지만 안심하지 못했다.

벤이 당황한 모습으로 호러스에게 말하는 소리가 들렸다.

"호러스, 네 얼굴이 이상해!"

"알아. 변형을 유지하는 건 쉽지 않아."

"됐어. 좀 나아진 것 같아."

"계속 정신을 집중해야 해."

그들은 토비아스가 빨리 돌아오기만을 바라며 10분 넘게 기다렸다. 갑자기 두 병사가 신부처럼 검은색과 빨간색 수단을 입은 사람을 데리고 나타났다. 수단을 입은 사내가 물었다.

"보급품을 실으러 왔소?"

호러스가 나서더니 어른처럼 낮고 약간 쉰 목소리로 말했다.

"아닙니다. 새로운 임무를 맡았습니다. 이 개들을 여왕님께 데려가야 합니다."

"덩치가 엄청나게 크군! 그럼 언제 늑대의 협로로 무기 상자를 수송할 거지?"

"돌아오는 대로 하겠습니다."

"너무 늦어!"

"제가 받은 명령에 복종할 따름입니다."

수단을 입은 사내는 난처한 듯했다. 그러다 그는 어려 보이는 두 사람을 발견하고 놀랐다.

호러스가 바로 설명했다.

"배신한 팬들입니다. 우리에게 이 개들을 넘겨주었습니다. 이들을 위드론데이스에 내려줘야 합니다."

"당국에 신고했나?"

함정을 걱정한 앙브르가 끼어들었다. 당국이 배신한 팬들에게 특별한 팔찌를 배부한다는 사실이 기억났다.

"아니요. 이 개들이 충성의 증거예요."

수단을 입은 사내는 납득할 수 없다는 듯 고개를 흔들었다. 원칙을 따지는 까다로운 사람이었다. 그는 어조를 바꿔 공격적으로 말했다.

"배에 올라 명령서를 확인하겠다!"

뒤에서 다른 시니크가 말했다.

"그들에겐 명령서가 없어!"

수단을 입은 사내는 소스라치게 놀라며 고개를 돌렸다. 귀 위로 곤두선 두 줄기 백발, 움푹 팬 얼굴, 좁은 코에 걸친 가느다란 안경.

방수포 밑에 숨은 맷은 노인을 알아보았다.

"발타자 영감이잖아!"

발타자가 설명했다.

"내가 감독하는 임무야. 여왕님께 바칠 특별한 동물이라고. 내가 누군진 알지? 진귀한 물건을 공급하는 사람이야. 내 관리 구역은 넓게 북쪽 요새까지지. 돌아가신 에릭 신앙 담당 고문관이 여왕님께 대형견 견본을 보내달라고 부탁했어. 바로 이 녀석들이야."

"에릭이 부탁했다면 주문서를 보고 싶소!"

"나는 그런 식으로 일하지 않아. 모든 일을 구두로 하지. 그게 문제가 돼? 여왕님께 특별 화물이 늦어질 거라고 알려야겠어?"

수단을 입은 사내는 속지 않았다. 그는 경계심을 풀지 않았다.

"당국의 허가 없이는 남쪽으로 한 척의 배도 보낼 수 없소! 너희, 이 항구를 떠나고 싶다면 통행증을 갖고 사무실로 와. 우선 배는 부두에 그대로 정박해두도록. 내일 저녁까지 공식 서류를 내 사무실로 가져오지 않으면 무기 수송을 위해 이 배를 징발하겠어!"

발타자는 더는 할 수 있는 일이 없다는 사실을 깨닫고 고개를 숙였다. 세 명의 협박꾼들은 물러갔다.

☣

배에 오른 발타자는 토비아스와 합류했다. 그들은 모든 대원이 들을 수 있도록 방수포 주위에 모였다.

발타자가 말했다.

"유감이구나. 최선을 다했는데."

앙브르가 물었다.

"오늘 밤 몰래 떠난다면 성공할 수 있을까요?"

"불가능해. 탑의 망루에서 근무하는 초병들이 주의 깊게 감시하고 있어. 전쟁이 코앞이기 때문에 초긴장 상태야! 그들이 화살을 퍼부을 거야. 특별 허가증 없이는 어떤 배도 밤에 떠나지 못해. 한낮이라 해도 살아남을 가능성은 없을 거야! 허가증을 제시하지 않으면 절대로 통과시키지 않아."

앙브르가 결론지었다.

"그럼 당국의 허가증이 필요하네요."

발타자는 격렬하게 고개를 흔들었다.

"그건 생각할 수 없는 일이야! 거짓말이었어. 서류를 얻을 수도 없고. 빨리 도망쳐야 해. 이 배 없이 말이야!"

"위조할 방법은요?"

발타자는 망설이다가 고개를 흔들었다.

토비아스가 물었다.

"뭔가를 숨기고 있군요."

노인이 한숨을 내쉬더니 마지못해 털어놓았다.

"이미 너희에게 그 사람을 조심하라고 경고했었지."

토비아스는 충격을 받고 중얼거렸다.

"뷔…… 뷔뵈르 말인가요?"

앙브르는 치가 떨렸다. 닭살이 팔에서 목덜미까지 돋았다.

발타자가 솔직히 말했다.

"이 도시에서 공문서를 위조할 수 있는 사람은 뷔뵈르뿐이야."

토비아스가 놀라며 물었다.

"죽지 않았어요?"

"천만에! 거의 죽을 뻔했었지. 만나는 사람마다 붙잡고 한 무리의 어린이들이 자신을 죽이려 했다고 떠들어댔어."

토비아스가 짜증을 냈다.

"나쁜 놈!"

맷이 방수포 아래에서 말했다.

"우리는 통행증을 구할 수 있을 거예요."

"뷔뵈르와는 거리를 두라고 충고할 수밖에 없어. 그는 정말이지……"

앙브르가 노인의 말을 가로챘다.

"이미 그를 상대해봤어요. 그가 무슨 짓이든 할 수 있다는 건 알지만, 우리는 남쪽으로 가야 해요."

발타자는 한 사람씩 훑어보았다.

그는 마치 그들의 얼굴을 읽은 듯 물었다.

"아주 중요한 일이겠지?"

앙브르가 천천히 대답했다.

"네."

"좋아. 그렇다면 여기 머물러선 안 돼. 경솔한 행동이야. 한 시간 후면 어두워질 거야. 조금 기다렸다가 내 가게로 와. 눈에 띄지 않도록 세 사람씩 움직여. 적어도 따뜻하고 안전한 곳에서 잘 수 있을 게다."

작별 인사를 하고 부두로 올라간 발타자는 곧 군중 속으로 사라졌다.

☣

대원들은 어둠이 내릴 때까지 기다렸다가 방수포 아래에서 나왔다. 다리가 몹시 저렸다.

토비아스가 말했다.

"길은 열려 있어. 이제 갈 수 있어."

맷이 말했다.

"호러스와 나는 못 가."

"뭘 할 건데?"

"통행증을 구해 올게. 여기서 기다려. 오래 걸리지 않을 거야."

토비아스가 물었다.

"그럼 발타자는? 그가 우릴 초대했어. 나는 찬성이야. 여기보단 그의 집에 있는 게 더 신중한 행동일 거야!"

"시내를 횡단하는 위험을 무릅쓰는 건 쓸데없는 짓이야. 호러스와 나는 새벽 전에 돌아올 거야. 아무튼 개들만 배에 남겨놓는 건 말도 안 돼!"

앙브르가 다가왔다.

"우리 없이 뷔뷔르 집에 가는 건 좋은 생각이 아니야. 나는 그를 알아. 무서운 사람이라고."

"너는 이미 네 몫의 임무를 완수했어. 이제 내 차례야."

앙브르는 그의 팔목을 잡았다.

"맷, 그에게 아무것도 주지 마. 자신의 이익을 위해서라면 모든 상황을 이용해. 권모술수에 능한 놈이야."

맷은 앙브르에게 공모의 눈짓을 했다.

"안심해. 그에게 뭔가를 주러 가는 게 아니라 빼앗으러 가는 거야. 복수를 위해. 놈이 네게 저질렀던 짓을 복수하기 위해."

30
구면

맷은 호러스에게 계획을 설명했다. 그들은 강에 놓인 다리를 향해 걸었다.

강 건너편에 보이는 옛 대학교의 고딕 양식 건물들은 공원 중앙의 수 헥타르를 차지하고 있었다. 시니크 국기가 건물 정면에서 무기력하게 나부꼈다.

뷔뵈르의 높고 홀쭉한 탑은 나무가 드문드문 흩어져 있는 숲 입구에 서 있었다. 위쪽 스테인드글라스는 검은 하늘에 파란색, 빨간색, 보라색 미광을 투사하며 반짝였다.

다리 입구에서 보초를 서는 초병들이 출입을 통제하고 있었다. 한 초병이 빠른 걸음으로 걷는 두 사람에게 다가오자, 호러스는 낙낙한 외투에 달린 두건을 내리고 턱으로 맷을 가리키며 어른 목소리로 말했다.

"뷔뵈르에게 넘겨줄 거야."

그리고 맷의 손목을 잡고 들어서 결박을 보여주었다.

초병은 자기 또래의 어른을 보고는 모든 의심을 거두고 입술에 냉소를 띠우며 가라고 손짓했다.

"끔찍한 밤을 보내겠군!"

다른 초병들이 히죽히죽 웃자, 호러스는 서둘러 다리를 건넜다.

탑에 다가간 맷은 호러스의 준비를 확인했다.

"너무 예민해진 거 아냐?"

"맞아. 두 손이 축축해."

"다 잘될 거야. 뷔뵈르는 경호원을 수백 명씩 둘 사람이 아니야. 조용히 있는 걸 좋아하거든."

"내겐 벤이 준 긴 칼밖에 없어. 솔직히 말하면 나는 칼을 쓸 줄 몰라. 상황이 악화되면 나는……."

"내게 맡겨. 필요하면 내 뒤를 엄호해. 너 자신을 믿어. 네 눈에서 시니크들에 대한 증오를 봤어. 싸워야 한다면 잘해낼 거야."

"도착했어. 어쩌지? 문을 두드릴까?"

"그래. 그리고 명심해. 모든 건 타이밍이야. 기다렸다가 내가 신호하면 움직여."

호러스는 심호흡을 하고 큼지막한 청동 문고리로 문을 두드렸다.

한참을 기다린 후에야 들창코의 못생긴 얼굴이 나타났다.

호러스가 맷을 가리키며 말했다.

"뷔뵈르 씨에게 드릴 선물이 있어."

"유감이지만 너무 늦었어. 이 시각에 방해받는 걸 좋아하시지 않거든. 내일 아침에 다시 와."

호러스는 문이 닫히지 않도록 살짝 열린 틈에 발을 넣었다.

"다시 부탁할게. 보통 선물이 아니야. 주인님을 모욕했던 아이를 데려왔다고 전해줘."

잠시 망설이던 소년은 두 젊은이를 들여보냈다.

"가서 물어볼 테니까 여기서 기다려. 주인님이 거절하면 소란 피우지 말고 나가야 해."

두 사람은 오래 기다릴 필요가 없었다. 소년은 악마에게 쫓기는 것처럼 전속력으로 계단을 내려왔다. 그리고 몹시 헐떡이며 알렸다.

"주인님이…… 너희를…… 만나시겠대! 나를…… 따라와."

그들은 한없이 긴 계단을 올라가 탑 꼭대기에 도착했다. 그리고 울긋불긋한 벨벳으로 장식된 대형 현관을 지나 어두운 내장재로 뒤덮인 거실로 들어갔다. 수십 개의 초가 꽂힌 가지 달린 촛대들이 6미터가 넘는 대형 스테인드글라스를 비추고 있었다.

뷔뵈르는 배나무로 만든 책상 뒤에 앉아 펜과 잉크병이 놓인 책상 위에 깍지를 낀 채 얼굴을 숙이고 있었다. 흰 콧수염, 미간이 좁은 두 눈, 마른 목. 흥분했는지 온몸을 떨고 있었다.

맷의 얼굴을 본 뷔뵈르의 눈빛이 활활 타올랐다. 그는 호러스가 자신을 소개하기도 전에 외쳤다.

"얼마를 원하지?"

"뭐라고요?"

"네 포로 말이야! 얼마에 팔 거냐고!"

들창코 청년 이외에 세 번째 하인이 어두운 구석에 서 있었다. 얼굴은 자세히 볼 수 없었다. 대략적인 윤곽만 보였다.

'지난번 불상사 때문에 경호원을 뒀나?'

"어디서 이 소년을 발견했지?"

호러스가 대답했다.

"늑대의 협로에서 순찰하다 잡았어요."

"혼자였나? 봄처럼 아름다운 소녀와 함께 있지 않았어? 피부가 검은 소년은?"

"아닙니다. 혼자였습니다."

"유감이군."

뷔뵈르가 손짓하자 경호원이 어두운 곳에서 나왔다. 건장한 체격을 지닌 사내였다.

상황이 복잡해지고 있었다. 맷은 이런 유의 훼방꾼을 예상하지 못했다.

'할 수 없지. 물러서기엔 너무 늦었어.'

경호원은 뷔뵈르가 준 가죽 주머니를 호러스에게 내밀었다.

뷔뵈르가 물었다.

"이름이 뭐지? 하늘에서 떨어진 이 선물을 준 사람의 이름은 알아야지!"

"호러스입니다."

"좋아, 호러스. 이 소년의 두 친구를 찾아내면 이 금액의 네 배를 주겠다! 근데 얼굴이 왜 그래? 아픈 거야?"

호러스는 한 걸음 물러나며 고개를 돌려 체력을 회복할 시간을 벌었다.

하지만 금세 음모를 간파한 뷔뵈르가 부르짖었다.

"필! 저 괘씸한 놈을 붙잡아!"

경호원은 돈주머니를 놓고 호러스의 멱살을 붙잡으려 했다. 호러스가 간신히 그를 피하자 맷이 외쳤다.

"지금이야!"

호러스는 외투를 벗어 숨겨놓은 맷의 검을 드러냈다. 맷은 두 손을 들고 전력을 다해 양쪽으로 당겼다. 약한 포승줄은 찍 하는 소리와 함께 끊어졌다.

맷은 달려드는 청년의 들창코를 팔꿈치로 후려쳤다. 뼈가 부러지는 소리와 함께 청년은 벌러덩 나자빠지며 숨을 거뒀다.

맷은 호러스가 던져준 검을 쥐고 경호원에게 달려들었다. 경호원은 크리스털 술잔이 놓여 있는 은 쟁반을 쥐었다.

맷은 쟁반을 부수기 위해 힘껏 치고 싶었지만 그럴 틈이 없었다. 경호원은 쟁반을 방패처럼 앞으로 내밀었다. 맷은 공격을 막으려고 검을 들었다. 하지만 날은 쟁반 가장자리로 미끄러졌고, 경호원은 쟁반으로 그를 벽에 밀어붙였다. 그는 맷을 벽에 박아버릴 것처럼 점점 더 세게 밀었다. 검은 쟁반과 맷 사이에 끼어 있었다.

가슴이 몹시 아팠고, 허파에서 공기가 빠져나갔다. 경호원의 얼굴이 그의 얼굴 바로 위에 있었다. 맷의 찡그린 얼굴, 황소의 목처럼 튀어나온 혈관과 힘줄.

맷은 더 이상 숨을 쉴 수 없었다. 금방이라도 의식을 잃을 것만 같았다. 그는 손목을 빼내기 위해 팔을 잡아당겼다.

맷은 자유로운 주먹으로 공격자의 왼쪽 관자놀이를 힘껏 쳤다.

경호원은 감히 자신을 때리는 조무래기를 짓누르는 일에 전념한 채 움직이지 않았다.

맷은 두 번째 주먹을 날리고 연달아 갈겼다.

하지만 효과가 없었다. 경호원은 반응하지 않았다. 맷은 검은 얼룩들이 눈앞을 지나가는 것을 보았다. 피가 머리까지 치솟았다. 더는 견딜 수 없었다.

호러스가 경호원의 등에 올라타 주먹으로 강타하기 시작했다. 맷은 최후의 일격을 가했다.

맷이 어찌나 세게 때렸는지 경호원의 턱이 불길한 소리를 내며 탈구되었다.

비틀거리던 경호원은 넘어지면서 의자에 머리를 부딪쳤다. 의자는 박살났다.

맷은 한쪽 무릎을 꿇고 검에 기댄 채 호흡을 가다듬었다.

뷔뵈르가 책상 서랍으로 뛰어가 긴 단도를 꺼내는 순간, 맷이 껑충 달려가 검으로 목을 겨누었다.

맷은 헉헉거리며 말했다.

"이제 우리에게 중요한 일을 해줘야겠어요."

뷔뵈르는 뜨거운 밀랍으로 봉인한 편지를 내밀었다.

"자, 이 통행증만 있으면 언제든 떠날 수 있어. 오늘 밤에라도."

뷔뵈르의 손이 떨리고 있었다. 편지를 받은 맷은 두려움으로 머리부터 발끝까지 떠는 뷔뵈르를 노려보았다. 그는 뷔뵈르가 한 번은 기적적으로 살아남았다는 사실을 알고 있었다. 뷔뵈르는 이 두 번째 대면이 어떻게 끝날지 몹시 두려워하고 있었다.

"오트제클뤼즈 수문을 통과할 수 있게 한 장 더 만들어요."

불안은 일순 호기심으로 바뀌었다. 뷔뵈르가 물었다.

"에녹? 그 아래로 갈 생각이야? 왜 말롱스 여왕의 땅으로 가려는 거지?"

"당신에게 질문하라고 하지 않았어요! 자, 서둘러요!"

소스라치게 놀란 뷔뵈르는 급히 두 번째 서류를 작성했다.

호러스는 다른 두 명의 시니크를 결박한 후 맷에게 물었다.

"이들은 어떻게 하지? 창문으로 던져버리면 구경거리가 되겠지만 신중한 행동은 아닐 거야."

"계단에서 밀어 바닥까지 굴러떨어지게 하고 감금할 거야. 누군가에게 발견될 때까지 꼼짝도 할 수 없겠지. 여길 찾아오는 친구들이 있다면 말이야. 없다면……. 매듭을 단단히 묶어!"

"그런데…… 이들을…… 살려줄 거야?"

맷은 차가운 시선으로 호러스를 노려보았다. 눈빛이 어찌나 강렬했는지 호러스의 살을 파고드는 것 같았다.

"저들처럼 끝장을 내고 싶어? 영혼이 없는 잔인한 시니크들처럼? 우리는 최악의 적이라도 냉정하게 죽이지 않아. 이것이 우리가 저들과 다른 점이야! 자, 저놈을 묶고 모두 계단으로 밀어버려."

한없이 긴 계단에서 구르는 것은 고통스러운 일이었다. 맷은 습기가 느껴지는 깊은 지하실을 발견했다. 그는 촛불을 들고 뷔뵈르 옆에 쪼그리고 앉았다.

"만일 우리를 난처하게 한다면 반드시 돌아와, 당신의 손, 발 그리고 혀를 잘라주겠어."

공포에 질린 뷔뵈르는 머리를 흔들며 재갈이 물린 입으로 끙끙거렸다.

맷이 덧붙였다.

"이건 당신이 앙브르에게 했던 짓에 대한 보복이야."

그리고 치부를 힘껏 걷어찼다.

뷔뵈르는 질식할 정도로 울부짖으며 고통으로 몸을 비틀었다.

호러스는 다리를 건너기 위해 뷔뵈르가 탑에서 한 시간이나 기다리게 하고는 내일 아침에 다시 오라며 내쫓았다고 초병들에게 설명했다.

배에서 100미터쯤 떨어진 곳에 이르렀을 때, 맷은 배에 문제가 생겼다는 사실을 깨달았다. 병사 한 무리가 배를 에워싸고 있었다.

맷은 호러스를 골목길의 어두운 곳으로 밀었다.

"대원들이 붙잡혔어!"

호러스가 위험을 무릅쓰고 내다보았다.

"아니야. 기다려. 병사들은 배에 오르지 않았어. 방금 도착한 거야! 구할 수 있어!"

"미친 짓이야! 소리를 지르면 바빌론의 모든 병사들이 곧장 몰려올 거야! 조금 더 가까이에서 봐야겠어."

맷은 강과 나란한 길을 통해 1개 분대의 병사들이 있는 곳으로 이동했다.

맷은 빗물을 받는 대형 통 뒤까지 천천히 다가갔다. 병사들은 아주 가까이 있었다.

장교는 부하들에게 그물을 나눠주고 있었다.

"잊지 마. 가능하면 생포하고 싶다는 걸!"

긴 창으로 무장한 병사가 물었다.

"그럼 개들은 어떻게 합니까?"

"죽여버려! 위험한 짓은 하지 마! 목적은 아이들이야. 우리가 얻은 정보가 정확하다면 방수포 아래에도 아이들이 있을 거야! 자, 모두 위치로!"

맷은 싸늘한 전율이 등골을 스쳐 지나가는 것을 느꼈다.

병사들은 정확한 정보를 입수했다.

그것은 대원들이 배신당했음을 뜻했다.

31
신뢰

맷은 바빌론의 어두운 골목길로 달려갔다.

호러스는 헐떡거리며 따라갔다.

"어디 가는 거야? 맷! 말해줘!"

맷은 대답하지 않았다. 그는 분노로 목이 메었고, 이성을 잃을 것 같았다.

그들은 다리 근처 광장에 이르렀다. 맷은 불투명한 진열창에 다가갔다. 검은 판자에 '발타자 골동품'이라는 가게 이름이 금박으로 쓰여 있었다.

맷이 발로 걷어차자 문이 열렸다. 그는 검을 꺼내고 불빛이 새어 나오는 가게 뒤로 뛰어들었다.

맷은 시니크들, 특히 여왕의 고위 관리들을 발견하리라고 기대했다. 하지만 그건 중요하지 않았다. 그는 누구에게나 덤벼들 수 있다고 느낄 만큼 격분했다. 특히 배신자를 징벌하고 싶었다.

맷은 식탁 주위에 모인 많은 사람들로 인해 훈훈한 작은 홀로 뛰어 들어갔다. 찻잔에서 김이 모락모락 피어오르고 있었다.

앙브르, 토비아스 그리고 다른 대원들이 발타자와 함께 앉아 있었다. 개들은 부엌으로 사용되는 곳에 모여 있었다.

맷이 입을 열었다.

"너희가 어떻게?"

앙브르가 말했다.

"왜 그래? 유령이라도 본 듯한 표정인데."

"너희가 배에 있는 줄 알았어."

토비아스가 갑자기 죄인처럼 굴었다.

"여기서 기다리는 게 더 안전할 거라고 판단했어. 배에 있으면 누구든 우리를 볼 수 있으니까."

맷이 발타자에게 검을 겨누었다.

"저 사람이 우리를 고발했어! 시니크 병사들이 지금 우리 배에 있다고! 우리에 대해 정확히 알고 있었어! 모든 걸! 개에 대해서도, 우리가 방수포 아래 숨어 있는 것도, 전부 다!"

모든 얼굴이 일제히 노인을 향했다.

노인은 인상을 찌푸렸다. 그리고 아주 잠깐 동안 동공이 수직으로 변했다. 뱀의 눈.

노인이 대답했다.

"어리석게 굴지 마! 너희를 말롱스 여왕에게 넘기려 했다면 왜 병사들을 배로 보내겠어? 나는 오늘 밤 여기서 너희를 기다렸잖아. 게다가 오후가 끝날 무렵엔 선박 통제 장교와 협상도 했다고!"

노인의 주장이 핵심을 찌르자 모두 긴장을 풀었다.

토비아스가 외쳤다.

"잠깐 기다려! 시니크들이 배에 있다고? 너희에게 여기로 오라는 메모를 남겼는데!"

맷과 앙브르는 서로 바라보았다.

맷이 외쳤다.

"도망쳐야 해! 빨리!"

당황한 닐이 물었다.

"어디로 가지? 이제 강은 건널 수 없어. 도시의 출입구는 전부 봉쇄됐을 거야!"

첸이 덧붙였다.

"더구나 병사들이 도시를 에워싸고 있어."

뒷문에 서 있던 맷은 혹시 누가 다가오지 않는지 확인하기 위해 거리를 내다보았다.

"앙브르, 너는 닐, 호러스 그리고 개들을 배 근처까지 안내해. 우리가 길을 열 때까지 꼭 숨어 있어! 다른 사람들은 나와 함께 움직여. 배를 되찾아야 해. 만일 시니크 병사들이 토비아스의 메모를 봤다면 틀림없이 이쪽으로 달려오고 있을 거야!"

토비아스가 물었다.

"그럼 발타자는? 여기 남겨둘 순 없어. 우리를 도와줬잖아……."

맷은 노인을 살폈다. 뉴욕의 가게에서 보았을 때보다 덜 무섭게 보였다. 아니, 불쌍해 보였다. 속임수일까?

'그는 바뀌지 않았어. 작년 이후 변한 건 바로 나야.'

"우리와 함께 가야지. 앙브르의 팀과 함께."

발타자가 말했다.

"아니, 기다려. 너희는 강으로 이 도시를 떠날 수 없어. 탑의 궁수들이 공격할 거야."

맷은 웃옷에서 봉투를 꺼냈다.

"통행증을 확보했어요."

발타자는 입술을 내밀며 난처한 표정을 지었다.

"도시를 떠나기 전에 선박 통제 장교에게 제출해야 해."

호러스가 제안했다.

"내가 할게."

발타자가 반대했다.

"안 돼. 내가 갈게. 서둘러 배로 돌아가. 너희는 무슨 일이 있어도 임무를 완수해야 해."

토비아스는 무척 당황했다. 그는 이 노인에게 애착을 느꼈다.

"하지만 시니크들은 결국 속임수란 걸 알고 당신을 체포할 거예요!"

발타자는 다정하게 토비아스의 머리를 헝클어뜨렸다.

"나 같은 노인은 감옥을 두려워하지 않아. 게다가 윤곽이 드러나고 있는 이 전쟁 중엔 감옥에 있는 게 낫지. 적어도 동료들처럼 피를 뿌리진 않을 테니."

그러더니 맷에게 손을 내밀었다.

"젊은이, 이제 날 믿을 수 있겠어?"

맷은 망설였다. 일이 너무 급박하게 돌아가고 있었다. 그는 모든 것을 면밀히 검토하고 생각할 시간을 갖고 싶었다.

하지만 당장 결정을 내려야 했다. 열다섯 명가량의 병사들이 곧 들이닥칠 것이다.

맷은 이를 악물고 노인의 주름진 손에 통행증을 놓았다.

☣

맷은 부두 한가운데 방치된 수레 뒤에 숨었다.

세 명의 병사들이 배 앞에서 보초를 서고 있었다.

첸이 수송선과 부두 사이로 잠입해 배에 접근하는 동안, 토비아스, 벤 그리고 맷은 초병들에게 최대한 가까이 다가갔다.

10미터까지 접근한 토비아스는 순식간에 세 개의 화살을 날렸다. 한 병사는 즉사했다. 병사들 뒤로 다가간 첸이 강철 활로 두 번째 병사를 후려쳤다. 맷과 벤은 세 번째 병사에게 덤벼들었다. 병사는 무슨 일이 일어났는지 깨닫지 못한 채 손도끼와 검의 둥그스름한 끝 부분에 맞아 숨졌다. 세 명의 대원은 곧바로 출항을 준비했다.

앙브르가 나머지 무리를 이끌고 달려왔다.

배는 무기와 갑옷이 가득 실린 수송선 사이를 조용히 지나갔다.

닐이 투덜거렸다.

"이 화물선들을 침몰시키면 우리 부대가 시간을 벌 수 있을 텐데."

맷이 그의 어깨에 손을 얹었다.

"그거 멋진 생각인데! 앙브르! 풍뎅이 에너지의 도움을 받으면 우리와 교차하는 배에 구멍을 낼 수 있지?"

"할 수 있을 거야."

"눈에 띌 정도로 크게 부수진 마. 물이 조금씩 스며들게 해."

앙브르는 표본병을 찾아 발치에 놓고 뚜껑을 연 다음 정신을 집중했다.

여러 개의 판자가 요란한 소리를 내며 단번에 부서졌다.

앙브르가 말했다.

"앗! 미안. 다음번엔 더 약하게 할게."

앙브르는 지나가면서 차례대로 선체에 구멍을 냈다. 그러는 사이 배는 남쪽 성벽의 탑에 다가갔다.

수송선의 3분의 2는 새벽이 이를 때쯤 강바닥에 가라앉을 것이다.

맷은 뱃머리에 서서 탑 꼭대기의 동태를 살폈다. 초병들은 활을 든 채 초롱 주위에 모여 있었다.

한 초병이 외쳤다.

"귀 배의 명칭은?"

호러스가 어른 목소리로 대답했다.

"스틱스호!"

한없이 긴 침묵이 이어졌다.

맷은 심장이 두방망이질하는 것을 느꼈다. 화살 끝에 불을 붙여 놓은 여러 궁수들은 허락 없이 출항하는 배를 바로 불사를 것이다.

발타자를 믿은 것이 잘한 일일까? 노인은 시니크가 아닌가. 맷은 두 눈을 감았다. 모든 대원의 목숨을 한판에 걸었다.

맷은 앞에 놓은 검의 손잡이를 잡았다. 초병들이 활을 쏜다면 강물에 뛰어드는 것 말고는 다른 방법이 없었다. 병사들에게 붙잡히기 전에 무사히 제방에 도착하기를 바랄 뿐이었다.

이윽고 탑 꼭대기에서 목소리가 들려왔다.

"통행증에 하자가 없습니다. 즐거운 여행 하길 바랍니다!"

32
불안한 항해

바빌론의 불빛이 어둠 속에서 조금씩 멀어졌다.

맷은 다시 자신감을 얻었다. 수로에서는 육로에서보다 빨리 이동할 수 있을 것이다. 이미 여왕의 신앙 담당 고문관과 함께 이곳을 지났었다. 이 수로는 가파른 언덕 지대에 있기 때문에 굽이가 많았다. 시니크들이 속임수를 알아차리기 전, 스틱스호는 전령보다 먼저 에녹에 도착할 것이다.

이제 긴장감이 가라앉았다. 그는 자신보다 대원들을 더 걱정했다.

토비아스는 벤에게 키를 넘기고 부드럽게 코를 골며 자는 개들과 함께 있는 맷 옆에 앉았다.

토비아스가 침통하게 말했다.

"그가 궁지에서 벗어났어야 할 텐데."

"발타자 말이야? 걱정하지 마. 그는 목숨이 질긴 사람이야. 폭풍설에서도 살아남았단 사실 잊지 마!"

"바로 그거야. 그는 최후의 정상적인 어른이야. 나쁜 일이 일어나지 않았으면 좋겠어."

맷은 친구의 두 어깨를 잡았다. 오래전부터 하지 않은 다정한 동작이었다. 기분이 나아졌다. 그는 토비아스가 무척 보고 싶었다.

맷이 더 나직하게 말했다.

"심각한 문제가 있어."

"배신?"

"맞아! 시니크들은 우리 위치를 정확히 알고 있었어! 방수포, 개들. 어떻게 알아냈을까? 호러스와 내가 외출한 사이에 자리를 비운 사람이 있어?"

토비아스는 인상을 찌푸렸다.

"안타깝게도 있어. 벤이 너희를 기다리는 동안 생필품을 마련하자고 제안했어. 시니크 정찰대에게서 훔친 돈을 갖고 있었거든. 앙브르는 찬성하지 않았지만 닐은 적극적으로 동의했지. 우리가 생필품을 사러 간 사이 앙브르는 배에 남아 있었어."

"함께 돌아다녔어?"

"아니, 각자 따로. 몰려다니면 주의를 끌 수 있다고 생각했어. 이곳에 막 도착한 배신한 팬 행세를 했지."

"언제 발타자의 집으로 가기로 결정했지?"

"돌아오는 길에 배보다는 노인의 집이 안전할 거라고 말했어."

"배신자가 장을 보는 사이에 고발했을 거야. 아니라면 배에 시니크를 보냈을 리 없어. 그 제안에 난처해하는 사람은 없었어?"

"닐이 반대했어. 약속을 지켜야 한다면서."

"처음부터 느낌이 안 좋은 녀석이었어!"

"잠깐만. 그는 아닐 거야."

"우리 세 사람은 전적으로 신뢰해. 호러스는 나와 함께 있었어. 잠시도 내 곁을 떠난 적이 없지. 남은 건 첸뿐인데, 그럴 사람이 아니잖아. 벤은 정직한 사람이야. 닐은 평의회에서 주저 없이 평화를 위해 앙브르를 적에게 넘겨주자고 제안했어!"

"증거 없이 단정하지 마."

맷이 투덜거렸다.

"좋아. 우선 모두를 감시하자. 특히 닐을. 그는 곧 열일곱 살이 돼. 시니크들은 그 나이를 이성의 나이라고 부르지. 그는 시니크들과 합류하고 싶어서 안달이 났을 거야."

토비아스는 침통한 표정으로 나무랐다.

"그만해. 겁이 난다고. 나는 그렇게 되고 싶지 않아."

"걱정 마. 우리는 절대로 배신하지 않을 거야."

토비아스는 확신 없이 고개를 끄덕였다.

"나도 그러길 바라."

맷이 일어났다.

"자, 지금부터 너와 나는 교대로 근무하는 거야. 우리 둘 중 한 명은 항상 다른 사람을 감시해야 해."

"앙브르에겐 말하지 않을 거야?"

"앙브르는 지금 자고 있어. 그녀가 컨디션을 회복한 다음에 의논하자. 이 문제로 그녀를 두렵게 하는 게 좋은 생각인지 모르겠어. 이미 여러 가지 일로 고민하고 있거든. 말롱스 여왕이 찾는 지도는 내가 아니라 앙브르였어."

"그랜드 플랜 말이야? 앙브르가 그랜드 플랜이라고?"

"틀림없어."

토비아스는 크게 놀라 입을 다물지 못했다.

"그럼 말롱스 여왕은 왜 너를 찾지?"

맷은 어깨를 으쓱했다.

"곧 알게 되겠지."

☣

맷은 이틀 동안 들키지 않도록 조심하면서 대원들을 감시했다. 특히 닐을 주목했다. 닐은 뒤에 있으면서도 모든 대화에 귀를 기울였고, 수시로 대원들을 눈여겨보았다. 맷은 그의 외모조차 마음에 들지 않았다. 아직 젊은데도 머리숱의 절반이 없었다!

'음흉하고 마키아벨리 같은 소년이니 품고 있는 악의 때문에 대머리가 될 만하지.'

맷은 닐에게 지나치게 집중한 나머지 이성을 잃었다는 사실을 깨달았다. 이렇게 어리석은 생각을 할 만큼 타락했단 말인가. 아주 사소한 일에도 신경을 쓰다 보니 결국 섣부른 판단을 하게 된 것이다.

곰곰이 따져보니 닐은 다른 사람에 비해 특별히 수상쩍지는 않았다.

'앙브르를 말롱스에게 넘기려 했잖아. 용서가 안 돼!'

그것은 용납할 수 없는 일이었다. 하지만 잘 생각해보면 그것 또한 순전히 논리적인 계산이었다. 수천 명의 목숨을 구하기 위해 한 사람을 희생하는 것!

'하지만 앙브르를 넘겨준다 해도 말롱스는 결코 우리를 조용히 내버려두지 않을 거야!'

셋째 날 아침, 첸이 맷을 깨웠다.

"기병들이야!"

맷은 여전히 잠에 취한 상태에서 난간으로 다가갔다.

무장한 다섯 명이 언덕을 내려오고 있었다. 그들은 남쪽 에녹에서 와서 바빌론 쪽으로 가고 있었다.

그들 뒤로 갈색 구름이 낮게 일었다. 멀리 지나가는 끝없는 군대 행렬이었다. 일곱 대원은 행군에 매료된 동시에 공포에 떨었다.

선두의 기병, 방수포로 덮인 수레, 그리고 끝이 보이지 않는 보병. 누구도 이 작은 배에는 신경 쓰지 않았다.

검은 곰이 끄는 높다란 대나무 우리 수레는 행렬 후미에 있었다.

시니크들은 팬들을 생포해 이 우리에 가둘 것이다.

한 시간 후에야 행렬의 끝이 보였다.

그것은 에덴으로 진군하는 5개 여단 중 하나일 뿐이었지만, 1개 여단의 병력만으로도 모든 팬을 생포할 수 있을 것처럼 보였다.

마침내 여왕의 군대는 먼지구름만 남기고 모퉁이에서 사라졌다.

☣

밤이 다가오자 맷과 토비아스는 망주옹브르들이 두려워지기 시작했다. 그들은 에녹에서 멀지 않은 곳에 이르렀다는 사실을 알고 있었다. 특히 이 야행성 괴물들이 자주 출몰하는 산에서 한시바삐 멀어지고 싶었다.

망주옹브르들은 나쁜 추억 외에도 여전히 아물지 않은 고통스러운 상처를 남겼다.

맷은 잠을 포기하고 토비아스의 망원경을 챙겨 뱃머리에 자리를 잡았다. 지평선에 아주 작은 그림자라도 나타나면 바로 배를 정지시킬 것이다.

하지만 아무것도 보이지 않았다. 늦은 밤, 토비아스가 교대를 해주었을 때, 돌연 산이 나타났다. 피로에 지친 그는 곧장 깊은 잠에 빠졌다.

다음 날 정오, 에녹의 위협적인 언덕이 모습을 드러냈다.

마치 이곳에서 도망치려는 듯 하늘을 향해 우뚝 치솟은 뾰족한 산봉우리. 맷은 그 아래에 위드론데이스로 가는 오트제클뤼즈 수문이 있다는 사실을 알고 있었다.

인상적인 수증기 장막이 숲 남단을 뒤덮고 있었다. 그곳에서 강물이 200미터가 넘는 허공으로 떨어지고 있었다.

에녹은 남쪽으로 갈 수 있는 유일한 통로였다. 지하 수로 책임자들을 속이려면 호러스의 변신과 벤의 성숙한 체격을 믿어야 했다.

대원들의 목숨은 뷔뵈르의 서류에 달려 있었다.

맷은 배낭에 넣어둔 봉인된 서류를 만지작거렸다.

그는 뷔뵈르가 통행증에 아무 말이나 쓰지 않고 올바르게 기입하도록 감시했었다. 행정 서류는 정확하고 엄격해 보였다. 맷은 냉정하게 고심하기 시작했다.

뷔뵈르가 기호를 사용해 통행증을 속였다면? 이 서류의 소지자를 바로 체포하라는 뜻의 암호가 있다면?

시니크들은 그렇게까지 속임수에 능하고 조직도 잘되어 있을까? 뷔뵈르는 두려움에 떨면서도 그런 재치를 발휘했을까?

맷은 확신할 수 없었다. 그래도 함부로 봉인을 뜯을 수는 없었다. 자신을 믿어야 했다. 뷔뵈르가 얕은수를 썼다면 간파했을 것이다.

'그래도 뷔뵈르가 나를 속였다면?'

그렇다 해도 너무 늦었다. 물살이 강해 배를 조종하기가 어려웠다. 치명적인 추락을 피하려면 절대 놓쳐선 안 되는 두 번째 지류에 접근 중이었다. 이 지류는 지하 수로를 통해 에녹과 연결되어 있었다.

토비아스와 벤이 키를 잡고 있었다. 돛을 맡은 첸과 호러스는 배를 원하는 방향으로 유도하느라 분주했다.

하지만 강물은 배를 폭포 쪽으로 밀었다. 배는 아슬아슬하게 분기점을 통과했다.

배는 점점 더 심하게 앞뒤로 흔들렸고, 불규칙하게 곡선을 그리다가 마침내 본류를 떠났다.

배는 산의 그림자 속으로 들어갔다.

산 너머에 위드론데이스가 있었다.

사방이 험준한 나라, 통과 못할 절벽의 보호를 받는 거대한 분지.

지구는 그곳을 부끄러워하는 듯했다. 대체 무얼 감추고 있기에?

멀리 남쪽 하늘은 붉었다.

33
첫 키스

배가 동굴의 높다란 아치 밑으로 들어가자 빛이 사라졌다. 벤은 두 개의 유지 초롱에 불을 켜고 하나는 뱃머리에, 다른 하나는 개들 사이에 놓았다. 그는 금빛 진주로 장식된 이 '암흑의 보석 상자'에 경탄을 감추지 못하고 외쳤다.

"도시가 보여! 보석처럼 반짝거려!"

맷이 말했다.

"숨어야 할 순간이야."

호러스는 공식 통행증을 챙기고 스틱스호를 지휘했다. 한편 벤은 그들이 동원된 것처럼 보이게 하기 위해 개들에게 긴 그물을 씌웠다. 다른 대원들은 무기를 쥔 채 방수포 아래에 엎드렸다.

계획이 실패한다면 싸우고 도망쳐야 했다. 절대로 붙잡혀서는 안 된다.

맷은 이렇게 상상해보았다.

'이번 한 번만이라도, 서로 다르지만 우리를 받아들이고 공감해 주는 어른을 만난다면? 그들이 우리를 공격하는 대신 도와주기로 결심한다면?'

배는 곧장 불빛이 약한 부두 쪽으로 달렸고, 지붕이 평평한 작은 하얀색 건물들이 나타났다.

유지 초롱과 몇몇 횃불이 완만한 비탈에 세워진 작은 도시의 오르막 골목길을 비추고 있었다.

지하 도시에 사는 주민에게 기대할 만한 희망이 있을까? 어른들이 말롱스 여왕에게 반항할 수 있다는 상상은 순진한 것이었다. 어린이의 터무니없는 희망.

맷은 검 손잡이를 움켜쥐었다. 시니크들의 너그러움보다는 검을 믿어야 했다. 그것이 더는 무시할 수 없는 냉엄한 현실이었다.

선체가 부두에 닿으면서 삐걱거리기 시작했고, 사내의 목소리가 울렸다.

"샘이야?"

방수포 밑의 구멍으로는 사내가 보이지 않았다. 날이 너무 어두웠다.

호러스는 30대 남자의 목소리로 대답했다.

"아니. 특별 임무를 위해 배를 징발했어. 이 화물을 여왕님께 전달해야 해. 여기 통행증!"

"아, 그래? 그런데 여기엔 공식 서명이 없어. 뷔뵈르에겐 이런 통행증을 발부할 권리가 없다고! 그에게 이 사실을 알려줘야 해!"

호러스가 꾸며댔다.

"말롱스 여왕님이 그에게 맡긴 비밀 임무야. 더는 자세히 말할 수 없어."

"그럼 언제 터널을 통과하길 원하지? 오늘?"

"최대한 빨리. 여왕님이 우릴 기다리고 계셔."

"새벽에 올라올 화물선 두 척을 기다리는 중이야. 오늘 밤 너희를 통과시켜줄 수 있어. 날이 밝기 전엔 밖으로 나오면 안 돼. 잘 알겠지만 산에 망주웅브르들이 우글거리거든."

호러스는 단호하게 고집을 부렸다.

"임무가 우선이야!"

초병은 한숨을 내쉬었다.

"방법이 있는지 알아볼게. 저 아래 모퉁이에 여관이 있어. 거기서 잠시 기다려."

"안 돼, 시간이 없어! 서둘러!"

초병은 뷔뵈르에 대해 뭐라고 투덜대면서 빠르게 걸어갔다.

기다림은 한없이 길게 느껴졌다.

초병은 한 시간 후에 돌아왔다. 그는 말없이 배에 뛰어오르더니 방수포로 다가왔다. 이제 맷은 그를 볼 수 있었다. 그는 베로 만든 셔츠와 소매 없는 양가죽 조끼를 입고 있었다. 허리띠에는 단도가 있었다. 군용은 아니었다. 따라서 그는 초병이 아닌 수문지기였다.

수문지기가 자신 없이 물었다.

"개들 사이를 지나가도 될까?"

"뭘 하고 싶은데?"

"배를 들어 올리는 작업을 감독하려면 뱃머리로 가야 해!"

"알았어. 하지만 만지지는 마. 손을 물어뜯을지도 몰라."

수문지기는 그물 사이로 노려보는 커다란 개들 사이를 재빨리 지나갔다.

"닻줄을 풀고 뱃머리를 터널 방향으로 돌려. 동굴 끝에서 물살을 따라가기만 하면 돼."

배가 넓은 터널 입구에 도착하자 수문지기는 동료들 쪽으로 닻줄을 던졌다. 동료들은 닻줄을 굵은 쇠사슬에 묶여 있는 대형 강철 고리 속으로 넣었다.

맷은 세 돛대 범선도 문제없이 내려보낼 만큼 큰 터널을 상상했다. 도르래와 톱니바퀴로 이루어진 장치가 물의 힘을 이용해 선박을 이동시키고 있었다. 한없이 긴 지하 수로는 어찌나 넓은지, 천장이 어둠 속으로 사라진 듯했다.

배를 들어 올리는 작업은 한 시간밖에 걸리지 않았다. 스틱스호는 작기 때문에 대형 수송선에 비해 작업이 쉬웠다. 하지만 배를 레일로 옮기는 데 한 시간이 더 걸렸다. 가파르게 경사진 인상적인 터널은 깊은 산속으로 이어져 있었다.

맷은 두려웠다. 뱃전에서 뱃전으로 수시로 왕래하는 수문지기가 방수포 위를 밟거나, 방수포가 거친 요동에 벗겨져 대원들이 발각될까 봐 안절부절못했다.

수문지기가 알렸다.

"이제 배에서 내려. 계단으로 내려가면 돼. 개들은 그대로 둬. 개들이 부두로 내려오는 건 원치 않아. 어쩔 수 없어."

"위험해서?"

수문지기는 망설이다가 대답했다.

"동료들이 무서워할 거야. 자, 밧줄 사다리를 타고 내려가! 느긋하게 움직이는 게 좋을 거야. 아주, 아주 긴 계단이야! 케이블카를 타고 쉽게 내려갈 수 있었는데 사고가 있었어. 케이블카는 아직 수리되지 않았지."

맷은 비웃음을 참을 수 없었다.

'사고라고? 추격을 방해하기 위한 공작이었지!'

호러스, 벤 그리고 수문지기는 배에서 내렸다. 뱃머리가 위험하게 흔들리더니 배가 엄청나게 삐걱거리는 소리를 내는 쇠사슬 사이로 들어갔다.

대원들은 곧장 갑판으로 뛰어나와 개들과 합류했다. 맷은 황급히 방수포를 붙잡아 원래대로 놓았다. 다행히 배에는 아무도 없었다.

스틱스호가 1미터씩 전진할 때마다 멈춤 장치가 벗겨지면서 찰카닥거리는 소리가 났다. 완벽하게 규칙적인 이 메트로놈은 요란한 격류 속에서 희미하게 울렸다. 격류는 선체 바로 밑 경사로 속으로 밀려들고 있었다. 엄청난 길이의 쇠사슬이 양동이를 견인해 배를 점점 더 부피가 큰 바퀴 쪽으로 이끌었다. 배는 천천히 내려갔다.

맷은 믿기지 않는 이 발명품의 안전도에 대해 자문했다. 쇠사슬의 고리가 하나라도 끊어진다면? 그러면 배는 톱니바퀴 레일에서 점점 더 빠른 속도로 끌려가다가 벽이나 아래 호수에 부딪쳐 박살 날 것이다. 배에 탄 모든 대원과 개들도 으스러질 것이다.

맷은 호러스의 개 빌리와 다른 누군가의 사이에 끼어 있어 몹시 불편했다. 그는 팔 하나를 치웠다. 그런데 그것은 앙브르의 팔이었다.

불편한 느낌은 순식간에 사라졌다.

맷은 앙브르의 가슴을 느꼈다.

앙브르가 고개를 들었다. 그녀의 입이 그의 입술을 스쳤다.

맷은 짜릿한 전율을 느꼈다.

맷은 방수포 아래의 어슴푸레한 공간에서 앙브르의 초록빛 눈을 보았다. 그녀 역시 그를 응시하고 있었다. 그녀는 난처해하며 비키려 했다. 하지만 맷은 그럴 필요 없다고 말해주었다.

"나는 안 불편해. 움직이지 마."

앙브르는 여전히 그를 바라보고 있었다.

그녀의 손은 맷의 어깨에 놓여 있었다. 그녀는 긴장을 풀고 얼굴을 맷의 목 아래에 기댔다. 맷은 한참 동안 가만히 있다가 용기를 내 그녀를 껴안았다.

아, 이 얼마나 유쾌한 느낌인가!

오래전부터 이런 즐거움을 기다렸던 것 같다. 평온과 흥분, 열기와 황홀, 물과 불, 대지와 하늘.

마침내 맷은 충만감을 느꼈다.

문득 그는 결합을 통해 이 황홀감을 연장하고 싶다는 강한 욕망을 느꼈다. 그는 앙브르와 한 몸이 되고 싶었다.

그녀에게 키스하고 싶었다.

맷은 두려움을 느끼면서도 한 손으로 앙브르의 등, 목덜미 그리고 부드러운 머리까지를 쓰다듬었다. 앙브르의 피부가 미세하게 떨렸다.

앙브르가 얼굴을 숙이자 입술이 맷의 턱을 스쳤다.

맷이 약간 얼굴을 돌리면서 맷의 코가 앙브르의 코에 닿았다.

두 사람의 뜨거운 입김이 뒤섞였다.

두 사람의 입술이 닿았다.

둘 다 떨고 있었다.

두 사람의 부드러운 입이 열렸다. 따뜻하고 촉촉하며 매혹적인 입술.

두 사람의 혀가 스치더니 뒤엉켰다.

그들의 팔다리는 작은 틈이라도 파고들려는 해변의 느린 파도처럼 일렁거렸다.

키스는 시간을 녹였다. 맷과 앙브르는 자신들이 어디에 있는지, 얼마 전부터 서로 껴안고 있는지 알지 못했다.

첸의 웃음소리가 마법을 깨뜨렸다. 두 연인은 바로 떨어졌다. 어색하고 부끄러웠다.

첸이 멍청하게 말했다.

"부끄러워할 것 없어!"

앙브르는 옆으로 몸을 돌려 자신의 개인 거스를 붙잡았다. 맷은 아무것도 듣지 못한 척했다.

그는 눈을 감고 심장이 얼마나 요란하게 쿵쿵 뛰는지 확인했다.

입술에는 앙브르의 향기가 남아 있었다.

3⁴
나쁜 길

스틱스호는 쿵 하는 소리와 함께 우뚝 멈췄다.

벤과 호러스가 기진맥진한 채 계단 밑에 도착했을 때는 배가 이미 부두에 정박해 있었다. 두 척의 대형 화물선이 보였다.

20여 명의 시니크들이 첫 선박을 올리는 작업을 하느라 분주했다.

한 수문지기가 호러스에게 다가왔다.

"자, 통행증을 받아. 지금은 출발할 수 없어. 밤이 되면 망주옹브르들이 나올 거야. 저 위쪽 여관에 묵으라는 제안을 못 받은 거야?"

호러스가 재치 있게 대답했다.

"배 갑판에서 자는 게 더 편해. 배가 가볍게 흔들려야 잠이 잘 오거든."

배로 돌아온 벤이 방수포 옆에 무릎을 꿇고 물었다.

"아직 여기 있어?"

닐이 투덜거렸다.

"그래. 더워서 죽을 지경이야!"

벤은 두 개의 호리병박을 주면서 나직이 말했다.

"목적지에 도달할 수 있으리란 믿음이 생겼어."

맷이 속삭였다.

"우리는 아직 배 안에 있어."

벤은 털썩 주저앉아 돛대에 등을 기대며 물었다.

"그런데 어떻게 에덴으로 돌아가지? 호러스는 너희가 뷔뵈르의 목숨을 살려줬다던데. 바빌론에서는 눈에 띄지 않을 리 없을 테고, 에녹 주민들은 며칠 내에 우리 소식을 알게 될 거야. 조만간 함부로 돌아다닐 수 없게 될걸!"

"이미 위드론데이스에 가는 데 목숨을 걸었어. 거의 도착했고!"

"그게 문제야. 좋은 계획이 없으면 모험을 계속할 수 없어. 언젠가는 즉흥적인 행동 때문에 큰코다칠지 몰라."

맷이 말했다.

"모든 게 우리가 말롱스 왕국에서 무엇을 발견하느냐에 달려 있어. 출발할 때부터 원정 목적은 분명해."

벤은 인상을 찌푸리며 입술을 깨물었다.

"그게 별로 마음에 안 들어. 우리 목숨이 걸린 문제라고."

"벤, 우리 목숨뿐 아니라 모든 팬의 목숨이 걸린 문제야. 말롱스의 군대를 봤잖아. 우리는 결코 시니크 군대를 무찌를 수 없어. 팬들의 모든 희망이 그랜드 플랜이 숨겨놓은 것과 '바위 성경'이라고 부르는 돌 탁자에 달려 있을까 봐 너무 두려워."

☣

수문지기들은 저녁 내내 화물선 두 척을 터널로 끌어 올리는 작업에 매달렸다. 시니크가 불시에 배에 오를 수도 있기 때문에 방수포 밑에 숨은 대원들은 밖으로 나오지 못했다. 호러스와 벤은 침낭과 음식을 넣어준 다음 유지 초롱을 끄고 뱃고물로 가서 누웠다.

토비아스와 맷은 동굴 밖에서 비명 소리를 듣고 소스라치게 놀라 잠에서 깼다.

망주옹브르들이 사냥을 하고 있었다.

레이디에게 기댄 채 자고 있던 토비아스가 맷에게 다가왔다.

이 괴물들은 불쾌한 추억을 떠올렸다. 스튜의 죽음, 참혹한 전투.

맷이 부드럽게 속삭였다.

"걱정하지 마. 여긴 안전해."

토비아스는 고개를 끄덕였지만 안심하지 못하고 소곤소곤 물었다.

"호러스나 벤이 배신자라면? 둘 중 한 명이 오늘 밤 우리를 고발하면 어쩌지?"

"나는 두 사람 다 믿어. 안심이 안 되면 내가 감시할게. 잠이 오질 않아."

토비아스는 적극적으로 찬성했다. 그는 담요로 온몸을 두르고 코끝만 내놓은 채 곧 잠들었다.

맷은 팔짱을 끼면서 한숨을 쉬었다. 내일은 피곤할 것이다. 쉬지 않는 것은 어리석은 행동이었다. 하지만 로페로덴의 얼굴이 끊임없이 떠올랐다. 잠에 들자마자 아버지가 자신을 내려다보는 모습이 보였다.

어떻게 그런 일이 가능할까?

괴물의 진짜 얼굴을 알게 된 지금, 그는 어떻게 해야 할까?

'로페로덴을 피해야 해. 좋은 점은 눈곱만큼도 없어. 그가 여전히 내 아버지라면 남은 건 겉모습과 목소리뿐이야.'

로페로덴은 텅 빈 존재, 영혼 없는 조가비에 지나지 않았다. 적어도 그는 많은 부분을 상실했다. 이 불완전한 존재는 떠돌면서 광기와 망령을 남겼다.

맷은 깨달았다.

'그건 내 아버지의 유령이야! 나를 쫓는 건 그가 아는 유일한 사람이 나이기 때문이지. 내가 그에게 과거를 떠올리게 하는 거야!'

맷은 잠깐 동안 아버지를 진정시키고 영혼을 해방시켜주기 위해 로페로덴을 죽여야 한다고 생각했다. 하지만 곧 이 끔찍한 생각을 버렸다. 아버지를 죽일 수는 없지 않은가.

맷은 로페로덴에게만 집중하면 자신이 미칠 것이라 느꼈다. 다른 문제에 몰두해야 했다.

맷은 마치 자신을 피하려는 듯 일부러 떨어져 있는 앙브르를 바라보았다. 그녀는 그에게 등을 돌리고 있었다.

맷은 앙브르 옆에 있고 싶었지만 그렇게 하지 않았다.

그는 오늘 오후 터널을 내려오는 동안 자신을 사로잡은 감정이 무엇인지 알 수 없었다. 열기와 긴장으로 얼떨떨해진 그는 되는대로 행동했다.

'우리가 살날이 얼마 남지 않은 듯한 느낌이었어.'

앙브르는 맷을 원망하고 있을까? 이 문제에 대해 더 이상 언급하지 않고 아무 일도 없었던 것처럼 구는 게 나을 것이다.

맷은 앙브르의 반응에 맞춰주기로 결심했다.

만일 앙브르가 이 문제를 언급하지 않으면 아무것도 모르는 양 행동할 것이다. 그렇게 결심하니 마음이 한결 가벼워졌다.

앙브르가 이렇게까지 경계하는 눈빛을 보인 적은 없었다.

☣

새벽에 호러스와 벤은 배를 터널 밖으로 몰았다. 햇빛에 모두 눈이 부셨다.

대원들은 안도의 한숨을 내쉬며 방수포를 걷어냈다. 그들은 교대로 뱃고물에 커튼을 치고 강물로 목욕을 했다.

맷은 앙브르를 바라보았지만, 그녀는 오전 내내 그를 외면했다.

단풍으로 장식된 숲이 연이어 지나갔다. 가을이 너무 일찍 찾아왔다. 모든 잎이 갈색, 빨강, 혹은 노랑이었다. 작은 골짜기 사이의 급사면은 창백한 상흔을 드러냈고, 비바람에 깎인 높다란 바위가 여기저기 솟아 있었다.

위드론데이스 분지는 거인들이 만든 성벽 뒤에 갇힌 것처럼 깎아지른 절벽으로 둘러싸여 있었다.

벤이 남쪽을 가리켰다.

"왜 하늘이 붉지? 지평선이 타고 있는 것 같아."

맷이 말했다.

"전에 왔을 때도 그랬어."

토비아스는 뷔뵈르가 했던 말을 떠올리면서 말했다.

"시니크들은 저게 그들의 죄를 덮기 위해 신이 흘리는 피래."

맷이 물러나면서 단호하게 말했다.

"다른 것이었으면 좋겠는데."

호러스가 맷을 불렀다.

"강이 두 갈래야! 어느 쪽으로 갈까?"

맷은 뱃머리로 가서 두 개의 넓은 지류를 살폈다.

"모르겠어."

벤이 제안했다.

"오른쪽으로 가자. 오른쪽으로 가기만 하면 돌아올 때 쉽게 위치를 파악할 수 있어."

호러스는 손뼉을 치고 키를 잡았다.

"이제 잘한 선택이길 기도하는 일만 남았어."

☣

아무리 둘러봐도 길도, 마을도, 집 한 채도 보이지 않았다. 강 한복판에 그들 외에는 아무도 없는 것 같았다.

숲에서 굵고 낮게 으르렁거리는 소리가 들려오자 모든 대원이 급히 무기를 들었다.

여러 그루의 나무가 요란하게 흔들리면서 검은 새 떼가 날아올랐다. 대원들은 공룡을 닮은 괴물의 울음소리를 분간했다.

앙브르가 몹시 불안해하며 물었다.

"강변에서 멀어질 수 있어?"

형체가 다가오고 있었고, 나뭇가지는 이쑤시개처럼 쉽게 부러졌다.

갑자기 움직임을 멈춘 형체가 돌아섰다.

표정이 일그러진 토비아스가 물었다.

"오늘 저녁에 배를 해안에 대고 불을 피우자고 한 게 누구지?"

첸이 자백했다.

"나야. 좋은 생각이 아니었어. 결국 배에 있는 게 안전하겠네."

한참 후, 맷은 기름통을 들고 초롱을 가득 채웠다. 앙브르는 이 틈을 타 맷에게 다가갔다. 다른 대원들은 뱃머리에서 풍경을 관찰하며 얘기를 나누고 있다.

"어제 일에 대해 하고 싶은 말이 있어."

맷은 앙브르가 뾰로통하지 않은 것에 안심해 선수를 쳤다.

"미안해. 내가 뭐에 홀렸었나 봐."

앙브르는 마음이 상한 것처럼 보였다.

맷은 서둘러 말을 고쳤다.

"내가 하고 싶은 말은…… 아주 좋았단 뜻이야. 하지만 네가 충격을 받았다면 사과할게……."

앙브르는 맷의 손에 손가락을 얹고 말을 중단시켰다. 그녀는 미소를 되찾았다.

"아니야, 맷. 전혀 그렇지 않아. 나도 황홀했어. 내가 하고 싶었던 말은 우리의 협력, 돈독한 관계가 달라져선 안 된단 거야."

"물론이지."

"네게 이 말을 할 기회가 없었어. 맷 카터, 널 만나서 행복해."

맷은 얼굴이 화끈거렸고, 입이 말랐다.

앙브르는 한쪽 어깨를 올리고 머리를 숙였다. 그것은 난처함을 나타내는 동작이었다.

"이제 됐어. 첸이 우리가 함께 있는 걸 보고 관계를 폭로하기 전에 돌아갈게."

맷은 저녁 내내 그녀와 함께 있고 싶었지만 동의했다.

대원들은 저녁 식사를 하면서 보초와 키잡이 근무를 편성했다. 토비아스와 맷은 삼총사 중 한 명이 항상 깨어 있도록 조치했다.

첫날 밤, 대원들은 남쪽에서 반짝이는 불그스름한 후광 탓에 쉽게 잠들지 못했다. 이번에는 야행성동물이 음산한 분위기를 조성했다. 시끄러운 동물들이 숲에 서식하고 있었다. 맹수들의 포효와 으르렁거리는 소리, 맹금류의 지저귀는 소리와 가슴을 에는 듯한 울음이 이어졌다. 달이 얼굴을 찡그리며 숲을 흘겨보고 있었다.

아침, 닐은 뱃고물 난간에 팔꿈치를 기댄 채 아침 식사로 비스킷을 먹다가 배가 지나간 자리에서 헤엄치는 길쭉한 형체들을 보았다.

닐이 대원들을 불렀다.

"얘들아! 걱정거리가 생겼어!"

물고기 여러 마리가 수면 위로 뛰면서 매끄러운 살갗을 드러냈다. 물고기는 횡목 크기의 뱀장어 같았다.

첸이 외쳤다.

"아가리를 봐! 피라니아 같아!"

벤이 말했다.

"육식 칠성장어야. 물에 손가락을 넣지 마. 팔 전체를 물어뜯길 거야."

"녀석들이 높이 뛰어오를 수 있어?"

"아주 높게는 못해. 하지만 안전을 위해 거리를 유지하는 게 좋아."

닐은 바스킷을 떨어뜨리고 1미터쯤 물러났다.

비스킷은 배 후미의 소용돌이 속에서 떠다녔다. 잠시 후, 투명한 송곳니로 가득한 아가리가 불쑥 나타나 단번에 비스킷을 삼켰다.

☣

저녁, 맷은 큰 술통 위에 앉아서 봉초를 만지작거리는 호러스에게 다가갔다. 그는 호러스를 노려보며 물었다.

"괜찮아?"

호러스는 움찔하더니 혀를 찼다.

맷은 담배를 가리켰다.

"얼마 전부터 피우지 않았잖아?"

"끊었었지."

"그런데 뭐가 문제야?"

"한 대 피우고 싶어죽겠어."

"스트레스 때문이야."

"상관없어. 아무튼 피우고 싶어."

"그런데 왜 참고 있어?"

호러스는 요란스럽게 숨을 들이쉬며 생각에 잠겼다.

"이번에 참아내지 못하면 다시 담배에 빠지게 될 거야. 내 담배를 배 밖으로 던져주지 않을래?"

"네가 직접 해야지."

"알아. 하지만 쉽지가 않아."

맷은 그의 손을 잡고 손가락을 들어 올렸다.

"피가 날 때까지 네 손톱을 물어뜯어!"

"그건 아닌 것 같아. 나는 무척 신경질적인 사람이야."

맷은 한 걸음 물러나서 호러스를 쏘아보았다. 평범하지 않은 체격 탓에 초등학교 때 왕따를 당했을지 모른다. 하지만 맷은 그의 매력적인 장기를 인정했다. 맷은 호러스가 예전 시카고에서의 생활에 대해 얘기해준 것을 떠올렸다.

"모두를 즐겁게 해줄 수 있는 게 뭔지 알아? 네 성대로 토막극을 보여주는 거야."

"관둬. 다들 조롱할 거야."

"절대 그렇지 않아! 대원들의 사기가 높아질 거야. 우리는 아주 오래전부터 웃음을 잃었잖아."

호러스는 망설였다.

"정말?"

"그럼. 너는 네 목소리, 아니 네 목소리들로 토막극을 공연할 수 있을 거야!"

호러스는 어색한 미소를 지었다.

"생각해볼게."

30분 후, 호러스의 기막힌 포레스트 검프를 모사에 앙브르는 배를 잡고 웃었다. 모두가 다가가 칭찬해주자 호러스는 성공에 도취되었다. 그는 마이클 잭슨, 래리 킹, 조지 부시, 잭 블랙 그리고 오프라 윈프리의 목소리를 완벽하게 모방했다.

단막극이 끝나자 호러스는 뒤로 물러나 난간 위로 상체를 숙였다. 그는 봉초를 쥐고 있었다.

호러스는 한참 동안 검은 파도를 응시하다가 봉초를 멀리 던졌다.

그날 밤, 대원들은 어젯밤부터 점점 더 기세를 부리는 더위에도 아랑곳 않고 숙면을 취했다.

☣

셋째 날 저녁, 강은 다시 두 갈래로 갈라졌다.

대원들은 벤의 제안대로 오른쪽 강을 택했다.

다음 날 아침, 그들은 숨 막히는 습기, 안개, 개흙 냄새, 무수한 수련, 갈대밭 속에서 깨어났다. 늪에 도착한 것이다.

대원들은 걱정이 되기 시작했다.

초대형 모기들이 윙윙거리면서 배를 공격해왔다.

35
불길한 안개

모기는 비둘기의 몸집, 폭 1미터의 날개, 뜨개질용 바늘처럼 긴 대롱을 갖고 있었다.

모기들을 본 토비아스는 곧 로페로덴과 그의 날아다니는 항체를 떠올렸다.

그는 활을 집다가 당황한 나머지 화살들을 발치에 쏟았다.

벤이 외쳤다.

"물리지 않으려면 담요 밑으로 숨어!"

토비아스는 잽싸게 화살들을 주워 바로 앞의 갑판 홈에 꽂았다.

그는 시위를 당기고 가장 가까운 모기를 겨누었다.

모기들은 10미터 전방까지 다가왔다.

앙브르가 왼쪽에 자리를 잡고 말했다.

"나와 함께 물리치자."

그에게 필요한 것은 자신감이었다. 이제 그는 겨누는 데 시간을 버리지 않고 연달아 화살을 쏠 수 있었다.

화살은 앙브르의 유도를 받으며 전속력으로 날아갔다. 토비아스는 30초 만에 화살통의 3분의 1을 비우고 첫 번째 공격자들을 쓰러뜨렸다.

토비아스가 외쳤다.

"네가 무지 그리웠어!"

윙윙거리는 소리는 멈추지 않았지만 모기들의 사기는 떨어진 것 같았다. 녀석들은 배 주위를 선회하다가 마침내 안개 속으로 사라졌다.

첸이 길게 안도의 한숨을 내쉬며 말했다.

"나는 모기가 정말 싫어."

호러스는 화살에 꿰뚫린 채 발치에 쓰러진 모기 사체들을 배 밖으로 던졌다.

닐이 말했다.

"또 다른 문제가 있어. 이 안개와 복잡하게 뒤얽힌 작은 섬들 때문에 위치를 알기가 어려워!"

맷은 가방에서 나침반을 꺼냈다.

"말롱스 여왕은 남쪽에 있지? 키를 잡고 있는 동안 지니고 있어."

안개는 하늘의 불그스름한 빛을 완전히 가리지 못했다. 후광의 강도는 변덕스러웠다. 일부 탐조등이 불을 켜는 동안 다른 탐조등이 불을 끄는 것 같았다.

이윽고 천둥이 쳤다.

멀지만 강한 천둥이었다. 오래 이어지는 엄청난 천둥의 반향.

오후가 시작될 무렵에도 천둥은 여전히 세게 쳤다.

기온이 다시 높아졌다. 모든 대원이 티셔츠나 셔츠만 입고 있었다.

배는 더 넓고 길쭉한 작은 섬 지대를 횡단했다. 섬은 작은 오두막만큼 키가 크고 영화에 나오는 비행접시처럼 널찍한 버섯으로 뒤덮여 있었다.

토비아스가 제안했다.

"어쩌면 먹을 수 있을지 몰라."

앙브르가 반대했다.

"독버섯일 수도 있어."

모기들은 날이 어두워지기 전에 되돌아왔다. 수는 전보다 더 많았다. 토비아스는 화살이 부족했다. 초롱의 기름을 이용해 횃불을 만들어 모기들을 물리쳐야 했다.

맷은 목을 물릴 뻔했다. 모기는 첸의 정확한 강철 화살을 맞고 쓰러졌다.

공격은 10분쯤 계속되었다. 대원들은 지치긴 했지만 다치지는 않았다.

토비아스가 저녁을 먹으면서 알렸다.

"화살을 4분의 3이나 썼어. 모기들이 다시 공격한다면 한 차례는 더 물리칠 수 있겠지만, 그다음은 장담할 수 없어."

폭풍우는 여전히 약해지지 않았다. 아니, 점점 다가오는 듯했다.

닐이 걱정했다.

"이 폭풍우로 들어가도 괜찮을까?"

앙브르가 말했다.

"다른 문제가 있어."

"뭔데?"

"화산 폭발. 소음, 열기, 그리고 하늘 색깔을 설명할 수 있는 건 화산뿐이야."

모두 진지하게 앙브르를 바라보았다.

닐이 놀라며 물었다.

"위드론데이스가 화산 지대 한복판이야? 그게 가능해?"

첸이 물었다.

"에덴부터 여기까지 몇 킬로를 달려왔지?"

벤이 대답했다.

"곧 3주가 되고, 2주 가까이 이 배를 이용했어. 1천 킬로 이상 달렸겠는데. 1천5백 킬로쯤 될 거야."

널이 반박했다.

"불가능한 일이야! 그럼 우리는 루이지애나를 지나 멕시코 만 한 가운데 있어야 해!"

벤이 지적했다.

"그렇지 않아. 금단의 숲을 지난 후로, 강은 남쪽이 아닌 남동쪽으로 뻗어 있었어."

첸이 외쳤다.

"그럼 여긴 플로리다야! 플로리다에는 화산이 없어!"

앙브르가 정정했다.

"폭풍설 이전에는 없었지."

토비아스가 덧붙였다.

"반대로 늪지는 있었어."

호러스가 물었다.

"좋아. 하지만 그게 무슨 도움이 되지? 어쨌든 위드론데이스로 갈 거잖아? 지금 포기하는 건 너무 억울하지."

맷이 일어났다.

"아무도 포기하지 않았어. 포기하기엔 너무 늦었지, 이미 오래전에."

☣

자정이 지났다. 첸이 키를 잡았고, 앙브르는 뱃머리를 감시하고 있었다. 길쭉한 갈고리 장대 끝에 묶인 유지 초롱이 허공에 매달려 있었다.

앙브르는 첸은 들을 수 있으면서 다른 대원들은 깨우지 않을 만한 적당한 크기의 목소리로 말했다.

"오른쪽으로 돌려. 조금 더……. 조금 더……. 됐어. 자세를 바로 해도 돼."

바람은 약했지만 물살은 강했다. 배는 오전보다 더 빨리 달렸다.

이따금 통통한 칠성장어들이 뱃머리 앞에서 솟구쳤다가 어두운 물속으로 사라졌다. 앙브르는 이 물고기들이 너무 싫어, 아예 무시하기로 했다.

밤과 안개에도 불구하고 하늘은 강렬하게 반짝이고 있었다. 멀리 높은 곳에서 불덩이들이 단백광 장막을 찢으려는 듯 보였고, 동시에 괴성이 정적을 갈랐다.

분명한 화산 폭발이었다. 배는 시시각각 화산에 다가가고 있었다.

앙브르는 소맷부리로 이마의 땀을 닦고 호리병박의 물을 몇 모금 마셨다. 늪지에 도착한 것을 확인한 대원들은 아침부터 식수를 절약하기로 결정했다. 누구도 개흙 냄새가 나는 이 물을 맛보려 하지 않았다. 그들은 이 늪지에 모기 유충이 가득하다는 사실을 알고 있었다.

배와 교차하는 지역에는 대체로 갈대가 자라고 있고, 반딧불이 군집을 이루어 서식하고 있었다. 앙브르가 배에서 내려다본 반딧불 군집은 모형 도시 같았다.

배가 다른 반딧불 군집에 다가가고 있을 때, 앙브르는 멀리서 초록색 미광을 발견했다. 기하학적 그림자들이 나타나자 그녀는 방향을 바꾸라고 지시할 준비를 했다. 배보다 더 높은 장방형. 오른쪽 전방에 수직 장대들에 의해 지탱되는 길쭉한 형체가 보였다…….

앙브르는 번뜩 깨달았다. 갈고리 장대로 돌진한 그녀는 초롱을 물에 담가 불을 꺼버렸다. 그리고 첸에게 달려가 키 손잡이를 빼앗고 전력을 다해 잡아당겼다.

앙브르가 조용히 말했다.

"오른쪽 앞에 부교가 있어."

"뭐라고? 확실해?"

앙브르는 말했다.

"쉿! 불빛이야!"

30미터 전방에서 물에 뜬 부교가 나타났다. 배는 부두로 달려가고 있었다.

말뚝에 걸린 반딧불로 가득한 초롱들이 부두의 테두리를 그렸다.

배는 방향을 바꿔 부두 바로 옆을 지나갔다. 대형 사고를 당할 뻔했다.

앙브르가 말했다.

"대원들을 깨워. 내가 키를 잡는 동안 정박할 준비를 해."

"정말 여기서 내리고 싶어?"

"첸, 여기가 우리 목적지야. 위드론데이스의 중심에 도착한 거야."

앙브르는 심호흡을 한 후 덧붙였다.

"여기가 말롱스 여왕의 직할지야."

36
위드론데이스

스틱스호는 부교에서 50미터쯤 떨어진 곳에서 멈췄다.

대원들은 안개와 어둠 속에서도 반딧불 초롱의 창백한 미광을 볼 수 있었다.

맷이 물었다.

"누구 본 사람은 없어?"

앙브르가 대답했다.

"응. 눈 깜짝할 새였어. 내가 본 건 낡은 가건물뿐이야."

닐이 말했다.

"항해를 멈추지 않는 게 좋겠어. 여기서 지체하다가 시간만 버리고 궁지에 빠질지 몰라!"

맷이 반박했다.

"영원히 남쪽으로 갈 수만은 없어! 이곳에 들러야 해. 적어도 여기가 말롱스 여왕의 본거지인지 아닌진 확인해야지."

토비아스가 찬성하자 닐을 제외한 모두가 동의했다. 닐은 거칠게 그들을 밀었다.

맷이 조롱했다.

"오히려 잘됐어. 누군가는 남아서 이 배를 지켜야 하니까."

"아, 안 돼! 정말 싫어! 혼자 남고 싶지 않아!"

스틱스호는 조용히 부두에 접근했다. 맷은 부두로 뛰어내려 던져진 밧줄을 목재 들보에 묶었다.

"토비아스, 벤, 그리고 내가 이 지역을 재빨리 탐색할게. 나머지 대원들은 멀리 가지 마. 일이 잘못되면 도망칠 준비를 해."

세 명의 소년은 육지 쪽으로 올라갔다. 앙브르는 틀리지 않았다. 그것은 분명 제방에 매달린 듯 서 있는 낡은 집이었다. 정면의 갈라진 판자, 비늘처럼 일어난 페인트, 비틀린 덧창.

집 앞을 지나자 붉은 벽돌을 깐 통로가 나왔다. 통로의 일부는 칡과 민들레로 뒤덮여 있었다. 통로 끝에 대형 쇠창살이 보였다. 쇠창살 너머의 작은 공터에는 구식 우물이 있었다. 우물은 검은 가시덤불로 뒤덮였고, 반투명한 안개층은 지면 1미터 높이에 정체되어 있었다.

맷이 말했다.

"큰 마을인 것 같아."

야간 투시력을 가진 벤이 확인해주었다.

"맞아! 안개와 나무들 사이로 지붕 수십 개와 굴뚝이 보여."

맷이 덧붙였다.

"버려진 도신가 봐."

토비아스가 이어 물었다.

"유령이 나오는 도시 말이야?"

갑자기 벤이 두 친구의 어깨를 붙잡아 덤불숲으로 밀면서 속삭였다.

"병사들이야!"

군화 뒤꿈치가 벽돌 길을 밟는 소리가 들렸다. 갑옷을 입은 두 명의 시니크 병사가 창을 든 채 그들 쪽으로 오더니 부교 앞을 지나서는 발길을 돌려 왔던 곳으로 돌아갔다.

맷이 말했다.

"순찰대야. 말롱스 여왕의 직할지에 온 거야. 확실해! 배로 돌아가자!"

스틱스호에는 아무도 남지 않기로 결정했다. 그들은 개들을 하선시키고 장비를 하역했다. 시니크들이 배를 발견한다 해도 물건 수송이나 전령을 생각할 것이다.

맷은 후회했다.

"대원 일곱 명에, 개가 일곱 마리야. 너무 많아서 금방 들킬 거야. 배에서 조금 떨어진 곳에 개들을 숨기자."

그들은 철책을 넘어 관리 상태가 좋지 않은 작은 집들을 우회했다. 집이 너무 낡아서 사람이 거주하고 있다고는 믿기 힘들었다.

그들은 아치형 건조물 아래를 통과했다. 벤은 약간 떨어진 곳에 있는 허름한 외양간을 가리켰다. 판자벽의 한 면은 사라졌고, 짚에서는 썩은 냄새가 났다. 그래도 개들이 눈에 띄지 않고 누울 수 있을 만큼 제법 넓었다.

맷은 플룸을 안아주었다. 개는 멀어져 가는 주인을 바라보다가 자러 갔다.

벽돌 길은 폭풍설 이전에 꽃밭이었던 곳에 구불구불 나 있었다. 길은 여러 갈래로 나뉘다가 조금 먼 곳에서 합쳐졌다. 벤은 어렵지 않게 동료들을 안내했다. 그는 푸르스름한 후광을 발산하는 반딧불 초롱을 따라갔다.

돌연 어둠과 안개 속에서 대형 건물이 나타났다. 작은 언덕에 세워진 3층 건물이었다. 뾰족한 지붕, 벽시계를 갖춘 중앙의 종탑, 그리고 검은 눈처럼 열려 있는 협소한 망사르드(서양 근세 건축에서 볼 수 있는 2단으로 경사진 지붕—옮긴이) 다락방.

앞쪽으로 길게 뻗은 테라스는 작은 성벽처럼 보이는 벽 양쪽으로 연결되어 있었다. 성 양쪽 터널을 통해 낮은 언덕 밑을 통과할 수 있었다. 터널 입구는 초롱을 매달아 표시해놓았다.

닐이 솔직히 말했다.

"나는 여길 알아."

토비아스는 두려움을 떨치기 위해 말했다.

"정신병원 같은데!"

닐이 말했다.

"다 왔어! 아, 아닌가……."

"뭐라고? 뭔데?"

토비아스는 더 이상 견딜 수 없었다. 모든 계획을 단번에 망칠지 모를 불길한 발견이 두려웠다.

닐이 속삭였다.

"디즈니월드야."

첸이 말했다.

"하지만 전혀 유원지처럼 보이지 않아. 오히려 아담스가 저택 같아!"

앙브르가 말했다.

"아니야. 닐이 맞아. 여긴 음산한 디즈니월드야. 분명 목적지에 도착했어."

대원들은 테라스가 역의 플랫폼이었다는 사실을 깨달았다. 그들의 통행을 막고 있는 것은 다름 아닌 철도였다.

벤이 말했다.

"더 이상 전진하지 마! 통로에 병사들이 있어. 최소 네 명씩 움직이고 있어!"

맷은 대원들을 측면으로 끌어당겼다.

"그럼 여길 둘러보자. 미키의 집에서 탈출해보는 게 내 오랜 꿈이었어."

그들은 멀지 않은 곳에서 말뚝 울타리를 발견했다. 짧은 사다리를 이용해 울타리를 통과하고 철도를 성큼 넘자, 나무가 우거진 지역이 나타났다.

하늘은 붉은색과 오렌지색 불덩어리로 환했고, 멀리서 뭉게뭉게 치솟는 높은 검은색 연기 사이로 분출하는 용암이 보였다.

불덩어리가 떨어지자 대원들은 본능적으로 몸을 웅크렸다. 폭발음은 오랫동안 울렸고, 으르렁거리는 소리가 뒤따랐다. 지역 전체가 지진을 겪고 있는 것 같았다.

첸이 물었다.

"이제 어디로 가지? 디즈니월드는 엄청 넓어!"

벤이 비웃었다.

"여왕이 어디에 머물 것 같아? 성부터 찾아보는 게 좋지 않겠어?"

그들은 19세기풍의 대형 목조건물 뒤에 이를 때까지 진창 속을 걸었다. 바람에 덜그럭거리는 문을 밀자, 몹시 낡은 가옥들로 둘러싸인 광장 입구가 나타났다. 창문은 타오르는 하늘을 반사하고 있었다. 유일한 조명은 발광 곤충을 감금한 초롱이었다.

광장 중앙에 세워진 국기 게양대에서 중앙에 은빛 사과가 있는 붉은색과 검은색 깃발이 펄럭였다.

앙브르가 외쳤다.

"중심가야!"

손상된 건물 사이로 뻗어 있는 중심가는 멀리 무성한 초목으로 뒤덮인 다른 광장까지 이어졌다. 초목 뒤로 성의 실루엣이 우뚝 솟아 있었다.

구름을 향해 치솟은 뾰족한 작은 탑, 성벽에서 돌출된, 좁은 천창이 달린 무수한 박공, 높이 뻗은 주루, 중세의 방추처럼 보이는 주루의 황금 모자…… 월트 디즈니가 꿈의 상징물을 건축할 때마다 사람들은 경탄을 금치 못했다. 자줏빛에 파묻힌 이 건물은, 이제는 악몽에서 튀어나온 것처럼 보였다.

대원들은 갑옷을 입은 세 명의 시니크 병사를 보고 몽상에서 깨어났다. 병사들은 중심가로 돌아갔다.

맷이 결정했다.

"주위를 둘러봐야 해. 저쪽으로 가면 도개교에 이르기도 전에 제지당할 거야."

대원들은 발길을 돌려 나지막하고 울창한 숲으로 들어갔다. 근처에는 다양한 열대 나무, 커다란 고사리, 선명한 색깔의 꽃이 있었다.

토비아스는 발광 버섯을 들고 맷과 함께 앞장섰다. 구덩이나 나무뿌리가 나타나면 위험을 뒤로 전했다. 물이 찰랑거리는 소리로 보아 시냇물이나 호수 근처에 도착한 것 같았다. 맷은 최근에 온갖 기이하고 위험한 동물들과 마주쳤던 터라, 가능하면 제방에서 멀리 떨어져 있고 싶었다.

대원들은 힘겹게 초목과 가시덤불을 가로지른 후 큰 건물에 접근했다. 두 개의 대형 유리로 이루어진 지붕. 돔은 지평선에서 연달아 폭발하는 화산의 불빛으로 물들었다. 그들은 건물을 돌아 작은 언덕으로 올라갔다. 검은 연기가 성 위쪽으로 피어오르는 것이 보였다.

부글부글 끓는 큼직한 용광로의 끔찍한 섬광이 남쪽 공원에 세워진 수십 개의 굴뚝을 비추었다. 망치로 뜨거운 강철을 두드리는 소리가 들리는 것 같았다.

말롱스 여왕의 대장간은 쉼 없이 무기를 생산하고 있었다. 마치 용해된 모든 금속을 팬들에게 쏟으려는 것처럼.

대장간 광경에 오싹해진 대원들은 서둘러 붉은 벽돌 길까지 내려가 요새에 접근할 수 있는 광장으로 향했다. 한 사람씩 이동하던 도중, 맷이 멈춰 섰다.

최신 기법으로 제작된 하얀 동상이 광장 한복판 흑요석 초석 위에 세워져 있었다. 동상의 높이는 5미터가 넘었다.

여자의 동상이었다. 낙낙한 옷이 머리부터 발끝까지 감싸고 있어 창백한 얼굴밖에 보이지 않았다.

말롱스 여왕이었다.

얼어붙은 맷은 한 걸음도 뗄 수 없었다. 그는 똑같이 차갑고 경직된 시선으로 동상을 바라보았다.

이제 모든 게 훨씬 분명해진 것 같았다.

왜 조금 더 빨리 눈치채지 못했을까?

로페로덴을 만난 후 깨달았어야 했다.

말롱스 여왕의 동상은 다름 아닌 그의 어머니의 모습이었다.

37
육체의 비밀

맷은 눈을 깜박거리며 깨어났다.

꿈일 뿐이었다. 꿈이 아닐 리 없었다. 그의 부모가 두 적의 상징이라니.

그들은 맷을 찾기 위해 모든 것을 준비해놓았다.

'아주 긴 꿈일 거야. 나는 세상의 중심이 아니야. 그들이 내 부모님일 리 없어. 살을 꼬집으면 맨해튼에 있는 아파트의 내 침대에서 깨어날 거야. 엄마와 아빠는 더 이상 소리를 지르지 않을 테고. 두 분이 이혼 서류에 서명하면 주중엔 둘 중 한 집에서, 주말엔 다른 집에서 지내겠지. 다 잘될 거야.'

맷은 피가 날 때까지 자신의 몸을 꼬집었다. 하지만 아무것도 변하지 않았다.

그래서 무릎을 꿇었다.

'어떻게 이럴 수 있단 말인가?'

앙브르가 걱정스레 물었다.

"맷? 거기 있지 마. 눈에 띌지 몰라!"

맷은 몸을 일으킬 수 없었다. 모든 확신이 흔들리면서 몸이 말을 듣지 않았다. 더는 아무것도 이해할 수 없었다. 이해하고 싶지도 않았다. 그에게 너무 가혹한 일이었다.

앙브르가 재촉했다.

"맷! 무슨 일이야?"

토비아스가 동상을 가리켰다.

"저 동상은 맷의 어머니야. 나는 알아."

"맷의 어머니라고? 아니, 어떻게 그럴 수가 있지?"

"나도 몰라. 아무튼 맷에게 무슨 일이 일어났어. 자, 가자. 그를 길 밖으로 끌어내."

그들이 눈을 깜박이며 충격에서 벗어나려 애쓰는 맷을 부축하고 있을 때, 두 명의 병사가 작은 다리를 지나 그들 쪽으로 다가왔다.

토비아스가 숨을 몰아쉬었다.

"큰일 날 뻔했어!"

맷이 토비아스에게 돌아섰다.

"동상이 누군지 알지?"

토비아스는 침울하게 고개를 끄덕였다.

호러스가 물었다.

"말롱스 여왕이 네 엄마야?"

닐이 의기양양하게 외쳤다.

"그럼 목숨을 구할 수 있겠네! 여왕을 찾아가기만 하면 돼!"

호러스가 말했다.

"시니크들이 우리를 생포하고 죽이는 건 말롱스 여왕이 그렇게 명령했기 때문이야."

"아들을 보면 분명 충격을 받을 거야!"

토비아스는 머리를 흔들었다.

"여왕은 맷을 기억하고 있어. 시니크 도시마다 맷의 초상화가 그려진 수배 전단지가 붙어 있었거든. 시니크들이 팬들의 배꼽에 고리를 단 것도 봤어. 놈들은 피부 수색 작전을 위해 앙브르를 붙잡으면 갈가리 찢어 죽이겠다고 장담했지. 말롱스는 상냥하고 너그러운 사람이 아니야."

맷은 동료들의 얘기를 중단시켰다.

"성안으로 잠입해서 바위 성경을 찾아내고, 목적을 달성해야 해. 그런 다음 재빨리 도망치는 거야."

갑옷을 입은 두 명의 병사가 도개교를 감시하고 있었다.

성벽이 너무 높아 밧줄이 없다면 기어오를 수 없었다. 첸을 제외하고는. 시니크들을 피해 다니고 시간을 낭비하는 데 싫증이 난 호러스는 강경책을 제안했다.

앙브르는 토비아스가 쏜 두 대의 화살을 표적으로 유도했다. 두 병사는 소리 없이 고꾸라졌다.

대원들은 넓은 홀을 가로지른 후 계단을 찾기 시작했다.

그들은 세 개의 방을 지나 조심스럽게 초병들의 눈을 피하면서 3층으로 올라갔다. 맷은 그들이 찾는 것이 정말로 이 성에 있을지 자문했다.

바람에 무거운 커튼이 흔들렸다. 성은 생각했던 것보다 훨씬 넓었다. 커튼이 부풀어 올랐다.

맷은 개가 뭔가를 긁는 듯한 소리를 들었다.

커튼을 열어젖힌 그는 너무 놀라 숨이 멎을 뻔했다.

날개 폭이 6미터가 넘는 나비 한 마리가 널찍한 코니스에서 대기 중이었다. 가죽 안장이 나비 몸통 한가운데에 묶여 있었다. 맷은 커튼을 당겨 동료들에게 보여주었다. 그들 역시 크게 놀라 입을 다물지 못했다.

토비아스가 말했다.

"시니크들은 필요한 건 뭐든 만들 줄 아는군."

구내식당을 지나자 체육관이 나왔다. 맷은 인내심을 잃었다. 대원들은 중무장한 두 명의 전사에게 붙잡힐 뻔했다. 맷은 다른 전략을 선택했다. 그들은 혼자 있는 병사를 찾아낼 때까지 돌아다녔다. 천장에 달라붙은 첸이 병사의 등으로 뛰어내렸다. 그들은 병사를 생포하고 청소 도구함으로 끌고 갔다.

맷이 물었다.

"바위 성경은 어딨지?"

병사는 충격에 빠졌다. 그는 지옥에서 방금 나온 듯한 공격자들을 뚫어지게 바라보았다. 맷이 검의 끝으로 갈비뼈 사이를 누르자 병사가 신음하기 시작했다. 그는 알려주겠다는 뜻으로 힘차게 고개를 끄덕였다. 첸은 그의 입에서 손을 뗐다.

"가장 높은 곳에 있어. 여왕의 집무실을 지나야 해!"

맷은 검의 둥그스름한 끝으로 병사를 기절시켜 벽장에 가두었다.

대원들은 소리를 내지 않기 위해 뛰지 않고 빠른 걸음으로 걸었다. 뭔가가 구워지는 듯한 냄새가 풍기는, 세 사람이 코를 골고 있는 대형 홀 쪽으로 난 발코니를 따라가던 그들은 잠든 시니크들로 가득한 공동 침실의 문을 열고 들어가 서둘러 문을 닫았다. 마침내 두 개의 큼직한 문짝과 연결된 계단이 나왔다. 맷과 벤은 문을 밀고 소박한 무도장과 흡사한 곳으로 숨어들었다. 창문이 너무 높고 좁아서 화산의 불빛이 들어오지 못했다. 맷은 벽에 걸린 횃불 중 하나에 불을 붙였다. 벽은 융단으로 장식되어 있었다. 계단 꼭대기에는 쿠션을 갖춘 대형 철제 의자가 당당히 자리 잡고 있었다.

맷이 속삭였다.

"거의 도착한 것 같아. 다른 대원들에게 들어오라고 전해."

맷은 홀 구석에서 두 개의 문을 찾아냈다. 둘 중 하나는 틀림없이 바위 성경이 있는 곳과 연결되어 있을 것이다. 다른 문은 말롱스 여왕의 침실과 이어지리라고 추측했다. 옥좌에서 너무 멀리 떨어진 곳에서 잘 리는 없었다.

273

오랫동안 부모님의 실종을 슬퍼했던 맷이었지만 더는 그들을 찾고 싶지 않았다. 조금도 엄마를 보고 싶지 않았다. 엄마가 잠들어 있을지라도. 자신이 보일 반응이 지나치게 걱정되었다. 엄마를 만나면 몸이 굳어버릴까? 아니면 반대로 분노를 터뜨릴까? 어떻게 이 모든 사람을 광신자로 만들 수 있었을까? 어떻게 배꼽 고리처럼 끔찍한 짓과 어린이 유괴를 명령할 수 있었을까?

'게다가 이젠 전쟁까지 일으켰어!'

대체 어머니는 어떤 사람이기에 세상 모든 어린이를 몰살시키라고 명령할 수 있었던 걸까?

맷은 문 앞에서 무릎을 꿇고 나무와 차가운 바닥 사이의 틈에 손을 놓았다. 두 번째 문 밑에서 가벼운 바람이 불었다. 문을 열자 다른 계단이 나타났다. 계단은 협소했다.

대원들은 성에서 가장 높은 탑의 꼭대기까지 계속해서 올라갔다. 위 드론데이스를 굽어보는 원형 홀이 나왔다.

맷은 안개 너울이 내려다보이는 커다란 둥근 창 너머로 남쪽 50킬로쯤에서 노호하는 화산들을 바라보았다. 12월 어느 날 밤 몇 시간 만에 대지에서 치솟은 눈부신 산이었다. 소굴에서 천천히 모습을 드러내는 화룡처럼 비탈에서 구불구불 흘러내리는 용암은 언제라도 세상을 삼킬 것만 같았다.

그때 맷은 이상한 물체를 발견했다. 동물 가죽을 가는 끈으로 묶어 팽팽하게 펼친 나무들이었다. 이 양피지에는 별자리와 비슷한 무수한 점이 검은 잉크로 찍혀 있었다.

앙브르는 홀 중앙으로 다가가면서 경건하게 말했다.

"여기야."

식은 용암 한 덩어리가 중앙에 놓여 있었다. 용암은 탁자 크기였다.

맷은 검은 돌의 구멍에 횃불을 꽂고 물러나 전체를 바라보았다.

검은 돌의 일부는 완전히 평평했고, 그 위에 선과 곡선이 그어져 있었다.

앙브르는 검은 돌 위로 머리를 숙이며 말했다.

"세계지도야. 기묘한 그림들이 있어. 여기, 대서양 한복판엔 별이 하나 있고."

맷은 모두에게 계단으로 돌아가라는 손짓을 하고 말했다.

"네 모반과 이 지도를 비교해야 해."

앙브르는 고개를 끄덕였다.

"모반은 내 몸 전체에 있어."

"너만 남겨놓고 나갈게."

"그런데…… 내 피부는 평면 구형도 위에 펼쳐져 있을 거야. 나 혼자서는 지도를 읽을 수 없어."

맷은 잠시 그녀를 주시하다가 나직이 말했다.

"내가 남아서 도와줄게."

☣

앙브르와 맷은 서로의 눈을 바라보았다.

"물론 네가 원할 경우에만 남을 거야."

앙브르는 대답하지 않았다. 그녀는 맷의 손을 잡고 바위 성경으로 데려갔다. 그들은 함께 바위 성경을 내려다보았다.

앙브르가 부탁했다.

"이 신비를 푸는 일을 도와줘."

맷은 바로 분석에 들어갔다.

"비율이 맞지 않아. 유럽과 아메리카 사이 공간은 너무 좁고, 이 별은 너무 커."

"다른 대양과 바다도 마찬가지야. 대륙이 너무 붙어 있어."

"네가 누우면 네 몸이 이 일부와 일치할 거야."

"지도에 몸을 정확히 맞추려면 기준점이 필요해. 그렇지 않으면 근사치밖에 알지 못할 거야."

"중앙의 이 별은 그냥 있는 게 아닐 거야. 이 방향으로 누우면 지도의 주요한 부분을 덮게 되겠지. 별은 아마 네 배꼽과 일치할 테고."

앙브르는 적극적으로 동의했다.

"바로 그거야. 어머니와 아기, 지구와 우리를 연결하는 탯줄은 생명의 상징이지."

앙브르는 한숨을 지으며 한 걸음 물러났다. 그리고 떨리는 목소리로 말했다.

"해볼게. 나를 지켜봐."

앙브르는 어두운 곳으로 가서 옷을 완전히 벗었다. 그녀는 냉기에 몸을 떨었다. 횃불은 몸을 덥히기보다는 밝게 비추는 역할만 했다.

앙브르는 바위 성경과 맷을 마주 보았다. 목이 메면서 목 아랫부분의 맥박이 팔딱팔딱 뛰었다.

앙브르는 깜짝 놀랐다. 맷 역시 옷을 벗은 것이다. 그는 검은 탁자 반대편에 서 있었다.

맷이 부드럽게 말했다.

"그렇게 놀랄 것 없어. 나는 끝까지 너와 함께할 거야."

앙브르는 맷의 눈을 바라보았다. 그들은 똑같이 나체였다. 불편한 마음이 조금씩 사라졌다. 그녀는 가슴을 가렸던 두 팔을 내렸다.

"……준비됐어."

앙브르는 차가운 바위에 누웠다. 그녀는 오들오들 떨었다. 맷은 그녀의 배꼽이 별의 위치와 일치하도록 도와주었다. 두 사람의 피부가 닿자 유쾌한 느낌이 일며 앙브르의 몸이 따뜻해졌다.

앙브르가 물었다.

"머리 위치는 어때?"

맷은 전체를 바라보았다. 그는 가능하면 그녀를 만지지 않도록 애쓰면서 임무에 집중했다.

"반대쪽으로 돌려. 어깨가 튀어나왔어. 좋아."

"이제 내 모반을 조사해. 미안해……. 누운 채로는 모반과 지도를 비교할 수 없어……."

"내가 할 테니까 움직이지 마."

맷은 무릎 하나를 탁자 위에 놓고 고개를 숙인 채 앙브르를 자세히 관찰하기 시작했다.

완전히 벌거벗은 앙브르를 보자 맥박이 요동치기 시작했다. 그는 흥분에 휩싸였고 마음이 흔들렸지만, 최대한 앙브르를 도와주고 싶었다. 그는 앙브르의 배꼽을 바라보았다. 그녀의 하얀 피부에 주근깨가 뿌려져 있었다. 모반은 독특한 아라베스크 문양을 이루고 있었다. 그의 시선은 기이하게 생긴 검은 점과 갈색 점을 따라가다가 두 가슴에서 멈췄다.

가슴은 완벽하게 둥글었고, 장밋빛 유두는 정신을 몽롱하게 할 만큼 아름다웠다.

맷은 침을 삼키고 피부 관찰을 계속했다. 어깨에는 모반이 많지 않았다. 배꼽까지 내려온 시선이 다시 멈췄다. 숨이 멎을 것만 같았다. 감히 아래쪽을 바라볼 수 없었다.

앙브르는 그의 손가락을 꼭 쥐었다.

맷은 그것을 격려라 생각하며 허리의 작은 점들을 자세히 살폈다. 그는 되도록이면 마음을 불편하게 하는 텁수룩한 털을 외면하려고 애쓰면서 서둘러 넓적다리 위쪽을 탐색했고, 이어 무릎과 장딴지를 관찰했다.

지난겨울이었다면 그는 이렇게 예쁜 소녀와 함께 시간을 보내기 위해 가진 모든 것을 주었을 것이다. 하지만 지금은 몹시 흥분해 있었다. 앙브르에게 느끼는 존경심 때문에 호기심과 성적 욕망을 충족시킬 수 없었다.

앙브르가 물었다.

"어때?"

맷은 당혹감을 쫓아내기 위해 숨을 들이쉬었다.

"주근깨가 모반보다 많아. 솔직히 말하면 특별한 점은 안 보여."

"분명 뭔가 있을 거야."

문득 맷은 이상한 모자이크를 본 것 같았다. 그는 탁자에서 내려와 팽팽하게 펼쳐진 양피지 앞에서 멈췄다.

맷은 깨달았다.

"이게 그랜드 플랜이야. 말롱스 여왕은 꿈에서 이 지도를 보고 여기서 깨어났어. 그녀는 이 지도가 중요한 것이라고 느꼈고, 바로 꿈에 본 지도를 그렸지. 이 지도는 네 살갗과 완전히 일치해."

"지도와 내 모반이 똑같다면 왜 나를 필요로 하지?"

맷은 어깨를 으쓱하고 앙브르 옆으로 돌아왔다.

"지도를 읽지 못한 게 아닐까?"

앙브르는 맷의 손을 붙잡아 자신의 배에 올려놓고 부탁했다.

"계속 살펴봐. 혹시 모반이 도시들과 일치하는 건 아닐까?"

"너를 조금 일으켜야겠어."

앙브르가 고개를 끄덕이고 등 밑의 지도가 보이도록 상체를 살짝 들자, 맷은 그녀의 배에서 모반 하나를 발견할 수 있었다.

"확신할 순 없지만 여기가 플로리다일 거야. 탁자에도 같은 곳에 점이 있어."

"계속해."

맷은 엄지손가락 끝을 허리의 모반에 대고, 다른 손으로 앙브르가 등을 약간 들어 탁자의 지도와 비교할 수 있도록 도와주었다.

"여긴 뉴욕일 거야."

맷은 대조 작업을 반복했다.

"여긴 시카고."

"내 모반과 탁자의 지도는 폭풍설이 거칠게 쓸고 간 뒤 흔적이 남은 곳을 가리키는 것 같아."

"그랜드 플랜은 미완성이야. 네 모반과 지도를 비교해보니 차이점이 있어. 말롱스의 지도에는 모반이 없고 주근깨와 밝은 갈색의 반점뿐이야. 장소를 표시하는 완전히 검은 반점은 눈을 씻고 봐도 없어!"

이제 맷은 앙브르와의 접촉에 익숙해졌다. 그는 당황하지 않고 그녀의 살을 만지기에 이르렀다. 배꼽 주위에 퍼져 있는 주근깨를 탐색하던 중, 맷은 주근깨가 어떤 방향을 나타내고 있음을 눈치챘다. 주근깨는 궤도에 따라 여기저기 뿌려진 것처럼 어떤 윤곽을 드러내고 있었다.

맷은 자신의 발견에 몰입한 채 말했다.

"잠깐 기다려."

맷은 앙브르의 피부에서 자신의 숨결을 느낄 정도로 고개를 바싹 숙였다. 앙브르는 떨기 시작했다.

화산은 여전히 세찬 소리를 내고 있었다. 화산이 투사한 붉은색과 노란색 불빛에 그림자들이 춤을 추었다.

맷은 배꼽에서 세 가지 방향을 찾아냈다.

첫 번째는 오른쪽 넓적다리 쪽으로 뻗어 있었다. 맷의 손가락은 점선을 따라 앙브르의 다리 안쪽까지 이동했다. 끝 부분에 다른 모반들보다 큰 모반이 있었다. 지도와 비교한 결과 그것은 맷이 모르는 유럽의 한 장소를 나타냈다.

맷은 첫 번째 점선을 제쳐놓고 두 번째 점선을 추적하기로 했다.

두 번째 점선은 곧장……. 맷의 손은 두 넓적다리 사이의 솜털을 스치다가 멈췄다.

더는 계속할 수 없었다. 그곳은 앙브르의 가장 은밀한 부분이었다. 작은 물방울처럼 생긴 여러 개의 작은 표시가 그곳을 향해 이어져 있었다.

맷은 고개를 저었다.

계속 따라갈 수 없을 뿐 아니라 앙브르에게 설명할 수도 없었다.

그는 방향을 바꿔 가슴 쪽으로 올라가는 마지막 점선을 추적했다.

거무스름한 색깔의 미세한 원이 왼쪽 가슴 아래를 장식하고 있었다. 맷은 감히 그곳을 만질 수 없었다. 하지만 결국에는 손을 얹었다. 앙브르는 화들짝 놀라며 한숨을 내쉬었다. 그가 천천히 가슴을 위로 밀자 커다란 모반이 나타났다. 가장 큰 모반이었다.

맷은 앙브르에게 가슴을 내밀라고 부탁했다. 그는 여러 번 확인한 후 손가락으로 지도와 일치하는 곳을 가리켰다. 그는 손을 빼면서 사과했다.

"미안해."

앙브르는 대꾸하지 않고 일어나 맷이 가리킨 곳을 보았다.

맷이 말했다.

"여긴 금단의 숲을 가리켜."

"잘됐다. 금단의 숲 한복판에서 중요한 곳은 한 곳뿐이야. 너와 내가 아는 곳."

두 사람은 동시에 말했다.

"둥지!"

맷은 클로로팬필들이 생명나무의 영혼이라고 부르는 것을 떠올렸다. 그것은 빛과 에너지의 구체球體였다.

앙브르는 지도였다. 이 지도는 그곳으로 돌아가라고 지시하고 있었다.

세상 전체를 내포하고 있는 듯한 구체를 향해.

38
말롱스 여왕

옥좌가 있는 홀로 내려온 토비아스와 다른 대원들은 초조하게 두 사람을 기다렸다. 그들은 두 친구의 발소리를 학수고대했다.

하지만 아무도 오지 않았다.

경비병들의 순찰이 두려운 그들은 결국 융단 뒤의 협소한 공간에 숨었다.

닐이 제안했다.

"일이 잘되고 있는지 올라가서 확인해야 하지 않을까?"

토비아스가 반대했다.

"안 돼. 출입구는 하나뿐이야. 우린 여길 감시해야 해. 아무 일도 없을 거야."

"밤새 여기 머물 순 없어! 출입구에 경비병이 없으면 결국엔 들키고 말 거야! 새벽 전엔 성을 떠나야 해!"

"일단 기다려."

잠시 후 챈이 닐에게 돌아섰다.

"여기에도 새벽이 올까?"

"무슨 말이야?"

"음산하잖아. 아주 외진 곳이지. 모든 게 이상한 것 같아."

호러스가 농담했다.

"여기가 바로 플로리다야."

하지만 아무도 웃지 않았다.

벤이 일어났다.

"주위를 둘러보면서 누가 접근하지 않는지 확인할게."

첸이 말했다.

"나도 갈래."

토비아스가 명령했다.

"안 돼. 아무도 가지 마! 흩어지면 안 돼."

벤이 분노의 시선으로 노려보았지만 토비아스는 불평하지 않고 참았다.

모두 다시 앉았고, 시간이 흘러갔다.

복도, 방, 홀에서 울리기 시작한 뿔피리 소리에 그들은 소스라치게 놀랐다. 마치 완전한 오케스트라처럼 들렸다.

닐은 공포에 사로잡혔다.

"경보야! 내가 말했잖아! 놈들이 우리가 여기 있단 사실을 알았어! 함정에 빠진 거야!"

호러스는 닐을 나무라며 토비아스와 벤에게 머리를 숙였다.

"입 다물어! 어쩌지? 두 사람을 찾으러 올라갈까? 아니면 목숨을 걸고 그들을 지킬까?"

토비아스가 말했다.

"아직 원인은 몰라. 최악의 상황이라면 놈들이 쓰러진 경비병을 발견한 거겠지. 놈들은 성 구석구석을 이 잡듯 뒤질 거야. 그들이 오기 전에……."

두 개의 문짝이 열리더니 작달막한 사내가 나타났다. 사내는 서둘러 처음 네 개의 횃불에 불을 붙이고는 나무 문 뒤로 사라졌다. 맷이 말롱스 여왕의 침실일 거라고 추측한 곳이었다.

토비아스는 발광 버섯을 호주머니에 넣은 후, 밖을 내다볼 수 있도록 천 조각을 잡고 두 개의 융단 사이에 작은 틈을 만들었다.

화염이 일렁이면서 포근한 열기로 방을 감쌌다.

토비아스는 보이지 않는 곳에서 횃불 냄새를 맡으며 망을 보았다.

사내는 여왕과 함께 돌아왔다. 여왕은 큰 키에 도도한 외모였다. 검은색과 흰색 드레스로 몸 전체를 감싸고, 매혹적인 동시에 무서운 얼굴만을 드러내고 있었다.

토비아스는 추호도 의심하지 않았다. 분명 맷의 어머니였다. 하지만 예전과는 달리 권위와 냉기를 발산하고 있었다.

작달막한 사내는 육중한 실루엣이 다가오는 것을 보면서 소개했다.

"트웨인 장군입니다."

트웨인은 검은 옷을 입고 있었고, 턱까지 내려온 구레나룻을 보란 듯이 과시하고 있었다. 발걸음부터 시선까지 그의 온몸이 솜씨 좋은 사냥꾼을 연상시켰다.

벽에 바짝 달라붙은 토비아스는 다른 대원들도 그렇게 하고 있는 것을 확인했다. 그는 발을 내려다보았다. 다행히 융단 끝이 바닥에 닿아 그들을 완전히 가려주었다.

트웨인이 보고했다.

"적이 침입했습니다! 문지기 두 명이 살해당했습니다!"

여왕은 주먹을 쥐면서 고함을 쳤다.

"이곳에? 이 집무실에? 대체 누구지?"

"아직은 침입자의 정체를 모릅니다. 수색 중입니다. 성의 모든 병사가 폐하의 안전을 보장하기 위해 숙소를 수색할 겁니다."

"변조 인간은 아닐 거야. 우리와 동맹을 맺었으니까. 그럼 누구지?"

트웨인이 머리를 숙였다.

"어린이들밖에 없습니다. 여기까지 침입해 화살을 쏠 수 있는 다른 적은 없습니다."

"어린이들이라고? 트웨인 장군, 농담하는 거야? 어린이들이 여기까지 잠입했다고?"

"달리 설명할 길이 없습니다."

말롱스는 턱을 잡고 생각에 잠겼다.

"위험해도 어쩔 수 없어. 르니플뢰르('코를 훌쩍이는 괴물'을 뜻하는 프랑스어—옮긴이)를 풀어."

토비아스는 겉으로는 동요하지 않았지만 안색이 창백해졌다.

"진심이십니까?"

"몇 달 동안 르니플뢰르에게 어린이와 청년 들이 입었던 옷의 냄새를 맡게 했지. 그들은 준비가 됐어. 만일 이 벽에 개구쟁이들이 있다면 금방 찾아낼 거야. 개구쟁이들이 이미 떠났다 해도 굶주린 사자 떼보다 더 확실하고 잔인하게 녀석들을 추적할 거야."

"폐하, 르니플뢰르가 무엇인지 여쭤봐도 되겠습니까? 정말 터무니없는 소문이 떠돌고 있습니다. 사람들은 폐하께서 마녀이며, 실험을 통해 르니플뢰르를 만들어냈다고 수군댑니다!"

"내가 만든 건 없어. 녀석들을 모아 길들였을 뿐이지. 트웨인 장군, 대격변 때 우리 세상의 남자와 여자 대부분이 하느님의 선택으로 실종되거나 죽었어. 하지만 뜻밖의 효과도 있었지. 가까스로 죽음을 면한 몇몇 사람들이 하느님의 섬광에 맞아 목숨은 구한 대신 영혼을 잃은 거야. 그래서 그들은 마귀에 들려 무시무시하지. 그들에겐 더 이상 영혼이 없어."

"이 중대한 대격변에는 예측하지 못한 돌발 사고와 계산 착오가 있었던 것 같습니다. 폐하, 르니플뢰르가 예상치 못한 피조물은 아닙니까?"

"그렇지 않아! 하느님이 위업을 대충 이루신다고 생각하는 건가? 하느님이 이 피조물들을 살도록 배려했다면, 그건 우리에게 도움이 되기 때문이야! 녀석들은 우리의 케르베로스(세 개의 머리와 뱀의 꼬리를 가진 지옥문을 지키는 개-옮긴이)야! 하느님의 위업을 완수하기 위한!"

트웨인 장군은 한쪽 무릎을 꿇고 말했다.

"용서해주십시오, 폐하."

말롱스의 입은 잔인한 비웃음으로 비틀렸다.

"나에 대한 소문을 퍼뜨리고 나를 마녀라고 부르는 사람들 말이야."

"네, 폐하."

"놈들을 태워 죽였으면 해."

트웨인은 머리를 숙였다.

"알겠습니다. 폐하의 뜻대로 될 겁니다."

트웨인이 출구로 물러가는 동안 말롱스는 집무실을 천천히 걸었다.

토비아스는 숨을 쉬기가 어려웠다. 르니플뢰르? 대체 그게 뭘까?

말롱스는 대원들이 숨어 있는 융단 앞에서 멈췄다.

토비아스는 자신의 심장이 너무 세게 뛰는 나머지 심장박동 소리가 집무실에 있는 모든 사람에게 들릴 것만 같았다. 여왕은 그들을 보고 있을까?

'아니야, 불가능해! 융단은 투명하지 않아. 여왕은 우리를 볼 수 없어!'

하지만 토비아스는 두려웠다.

여왕의 얼굴이 일그러졌다. 그녀는 방금 마음에 들지 않는 뭔가를 발견했다.

"시종, 네가 여기 있던 햇불을 치웠나?"

"아닙니다, 폐하. 분명 소인이 아닙니다. 당장 햇불을 갖다 놓겠습니다. 특히……."

여왕은 엄하게 명령했다.

"누구든 햇불은 만지지 마. 누구도……. (갑자기 여왕의 얼굴이 환해졌다. 그녀는 문 쪽으로 달려갔다.) 나가! 나가! 이 출입구를 폐쇄하고 르니플뢰르를 데려와! 놈들은 바위 성경이 있는 탑 꼭대기에 있어!"

모든 일이 순식간에 일어났다. 여왕과 시종은 빠르게 집무실을 떠났고, 두 문짝에 빗장을 질러 대원들을 가두었다.

토비아스는 은신처에서 나와 집무실 한복판으로 가며 말했다.

"우리를 가뒀어!"

그의 목소리가 높은 천장에서 울렸다.

다른 대원들이 무기력한 걸음으로 다가왔다.

벤이 절망적인 모습으로 비난했다.

"나가야 한다고 했잖아!"

닐이 외쳤다.

"지금 당장 앙브르와 맷을 찾으러 가야 해!"

토비아스가 말했다.

"내가 갈게. 너희는 모든 방법을 동원해서 문을 봉쇄해!"

계단을 뛰어올라 꼭대기까지 달려간 토비아스는 여러 번 문을 두드렸다.

문이 열리고 맷의 검이 보였다.

토비아스가 외쳤다.

"나야! 들켰어!"

"조금 전 뿔피리 소리를 들었어. 내려갈게."

"뭔가 발견했어?"

맷과 앙브르는 공모의 눈길을 교환했다.

맷이 내려오면서 말했다.

"여길 빠져나가면 모든 걸 설명할게."

"기다려! 할 말이 있어. 우리는 갇혔고, 뭔가가 집무실로 오고 있어."

앙브르가 지적했다.

"뭔가라니?"

"시니크들은 그걸 르니플뢰르라고 불러. 좋지 않은 걸 거야."

삼총사는 책상 하나, 서랍장 하나, 그리고 여러 개의 의자로 임시 바리케이드를 쌓은 다른 대원들과 합류했다.

첸이 말했다.

"저쪽에 방이 하나 있어. 하지만 무기는 없어!"

맷이 방으로 들어갔다.

"내 어머니, 아니 말롱스의 침실이야."

토비아스가 속삭였다.

"로메뒤즈야. 로메뒤즈와 로페로덴."

"무슨 말이지?"

"로메뒤즈는 내가 로페로덴의 내부에 있을 때 들었던 이름이야. 로페로덴은 로메뒤즈를 따돌리고 이기고 싶어 했어."

맷은 검 끝으로 양탄자 가운데를 찔러 들어 올렸다.

"뭐 하는 거야?"

"비밀 통로를 찾고 있어. 여왕의 침실에는 분명 비밀 통로가 있을 거야!"

"맷, 이건 진짜 성이 아니야. 너도 봤잖아. 여긴 예전에 디즈니월드였어. '주루와 용 놀이'에 있었던 비밀 뚜껑문이나 회전문 같은 건 없어!"

맷은 그의 말을 듣지 않고 가구마다 뒤집으며 모퉁이를 살폈다. 하지만 아무것도 없었다.

갑자기 침실 전체가 흔들리더니 목재가 부러지는 꽝음이 뒤따랐다.

벤이 다급하게 외쳤다.

"놈들이 오고 있어!"

맷은 얼굴 앞으로 검을 들었다. 손잡이 가죽을 움켜쥔 그는 금속 냄새를 맡을 수 있었다.

말롱스 여왕의 얼굴을 본 이후 느꼈던 두려움과 혼란은 적과 싸워야 한다는 생각에 순식간에 사라졌다.

의심을 사지 않기 위해 공격해야 했다. 또한 그가 겪은 모든 것에 대한 대가를 치르게 하고 복수하기 위해.

마치 말롱스와 그의 군대가 폭풍설 이후 그가 겪은 모든 고난의 책임자인 것처럼, 그는 폭력을 통해 자신의 내부에 있는 모든 악을 표출할 듯했다.

그의 얼굴이 변했다. 두려움은 사라지고 확고한 결심이 생겼다.

두 개의 집무실 문은 적의 공격으로 부서졌다.

대원들은 길을 트는 강력한 힘에 공포를 느끼고 뒷걸음질 치기 시작했다.

39
르니플뢰르

두 개의 문짝이 부서졌을 때, 맷은 집무실 한복판에서 전투태세를 갖추고 서 있었다.

여섯 개의 실루엣이 불쑥 나타났다. 대부분 네발로 이동했고, 몇몇은 서 있었다. 외형은 인간과 유사했다. 팔다리는 예리한 송곳이 부착된 검은색 강철 조각으로 뒤덮여 있었다. 여기저기가 찢어진, 낙낙하고 긴 외투를 걸친 괴물들은 유령 기사처럼 보였다.

하지만 괴물의 자세는 인간이면서 개 같았다. 찌그러진 철모가 너무 길쭉한 코와 낮은 턱, 높은 이마를 가렸다. 놈들이 인간이라면 기형임이 분명했다.

괴물들이 냄새를 맡으려는 듯 뒷다리로 서서 주둥이를 내민 채 요란하게 코를 킁킁거리기 시작했다.

첫 번째 르니플뢰르가 맷을 바라보며 머리를 숙였다.

맷은 우그러진 철모 아래로 두 개의 노란 눈을 보았다. 놈은 호기심 어린 눈빛으로 게걸스럽게 맷을 살폈다.

잠시 후, 괴물이 두 다리에 힘을 주더니 용수철처럼 튀어올라 맷에게 덤벼들었다.

맷은 충돌을 피하려 하지 않았다. 오히려 정반대였다. 그는 두 다리를 단단히 고정시키고, 적당한 순간에 검을 휘두르기 위해 괴물의 동선을 살폈다.

르니플뢰르는 곧장 맷에게 달려들었고, 검은 수정유리처럼 쨍그랑거렸다.

갑옷에 박힌 검은 살을 벤 후 빠져나왔다. 자줏빛 피가 포석에 튀었다.

팔이 잘려나간 괴물은 비틀거리며 으르렁댔다. 순식간에 악취가 퍼졌다.

맷이 괴물의 부상을 확인하기 무섭게 두 번째 르니플뢰르가 나타났다. 놈은 심장을 공격하기 위해 인조 손톱으로 맷의 티셔츠를 박박 찢었다. 순간, 결코 있을 수 없는 일이 일어났다. 인조 손톱이 케블라 조끼를 종이처럼 쉽게 관통하고 맷에게 상처를 입힌 것이다.

맷은 가벼운 상처이길 바라며 통증을 무시했다. 그는 단숨에 놈의 두 손목을 자르고 싶었다. 하지만 르니플뢰르는 눈 깜짝할 사이에 검을 쥔 맷의 손을 붙잡았다. 놈이 흥겹게 휘파람을 불며 자유로운 손으로 맷의 가슴을 찢으려는 순간, 두 대의 화살이 찌그러진 검은색 철모에 박혔다. 비틀거리면서도 맷을 놓아주지 않던 놈은 곧 정신을 차리고 맷을 번쩍 들어 올렸다.

맷은 고통스러운 외마디 비명을 지르며 검을 놓았다.

화살들이 다시 르니플뢰르의 한쪽 눈에 박혔다. 괴물은 무시무시한 신음을 내지르고는 맷을 융단에 던졌다. 벗겨진 융단이 어망처럼 떨어져 맷은 옴짝달싹할 수 없었다.

다른 네 마리의 르니플뢰르가 공격적인 괴음을 교환하며 다가왔다. 토비아스는 다시 화살을 시위에 메겼고, 첸은 강철 활을 준비했다.

첸이 말했다.

"빨리 처리해야 해. 놈들은 아주 민첩해!"

앙브르가 곤경에 빠진 맷을 도와주러 달려왔다. 그는 충격으로 정신이 얼떨떨했고, 입술과 가슴에서는 피가 흘렀다.

맷은 괴물들의 발치에 있는 검을 보며 말했다.

"내 검."

르니플뢰르들은 팬들을 포위하기 위해 집무실로 들어오면서 흩어졌다.

벤이 말했다.

"사냥개들처럼 우리를 사냥하고 있어!"

첫 번째 르니플뢰르가 몸을 일으키자 잘린 팔이 바닥에 떨어지면서 끔찍하게 삐걱거렸다. 팔은 강력한 자석에 달라붙는 것처럼 본래의 위치로 돌아가더니, 역겨운 소리를 내며 살과 갑옷의 강철에 끼워졌다.

닐이 한숨을 내쉬었다.

"이럴 수가…… 잘린 팔이 다시 붙었어!"

두 번째 르니플뢰르가 일어나자 화살들이 철모에서 맥없이 떨어졌다.

르니플뢰르 두 마리가 양쪽에서 벤을 협공했다. 호러스는 벽에서 횃불을 떼어 한 마리를 물리쳤다. 다른 르니플뢰르가 인조 손톱으로 벤을 공격했다. 벤은 손도끼로 방어하며 공격자의 무릎 부분을 발로 찼다. 르니플뢰르는 아랑곳하지 않고 벤의 얼굴을 후려쳤다. 얼굴 공격을 예상하지 못한 벤은 코피를 흘리며 쓰러졌다.

르니플뢰르는 벤에게 달려들어 길쭉한 금속 손가락으로 목을 찌르려 했다.

앙브르는 공격자를 향해 손을 뻗으며 모든 에너지를 방출했다. 풍뎅이 에너지의 도움은 없었지만 공격자를 비틀거리게 할 수는 있었다. 르니플뢰르가 옆으로 쓰러지자 벤은 몸을 굴려 놈의 사정거리에서 벗어났다.

하지만 다른 르니플뢰르가 길을 막아 더 이상 도망칠 수 없었다. 괴물이 강철 손가락으로 배를 찌르자 벤은 울부짖었다.

첸과 토비아스의 사정도 좋지 않았다. 그들은 누더기와 갑옷을 흔들며 공격하는 두 마리의 르니플뢰르와 싸우고 있었다. 앙브르와 맷은 먹이의 냄새를 맡은 사자처럼 네발로 다가오는 한 괴물의 위협을 받고 있었다.

앙브르는 운명을 받아들이고 체념했다.

"이길 수 없을 거야. 놈들은 천하무적이야. 우릴 갈기갈기 찢어놓을 거야."

맷이 물었다.

"풍뎅이 에너지로 시간을 벌 수 있겠어?"

"풍뎅이들은 내 가방에 있어. 가방은 닐이 있는 저쪽에 있고!"

르니플뢰르는 으르렁거리며 공격을 위해 몸을 웅크렸다.

맷은 교란작전을 위해 괴물의 다리 사이로 몸을 굴리며 외쳤다.

"네 초능력을 사용해!"

앙브르는 바로 가방에 정신을 집중하고 손가락과 염력을 이용해 가방 덮개를 들어 올렸다. 표본병이 보였다. 그녀는 표본병에서 시선을 떼지 않고 에너지를 발사해 자신 쪽으로 끌어당겼다.

맷은 한 금속 손의 공격을 피하자마자 다른 손이 자신의 눈을 공격하는 것을 보았다. 그는 전력을 다해 놈의 손을 붙잡고 초능력으로 관절을 반대 방향으로 꺾어버렸다. 뼈가 부러지는 소리가 들렸다. 놈은 끔찍한 비명을 지르며 맷에게 달려들었다. 그들은 뒤엉킨 채 데굴데굴 굴렀다. 맷은 도중에 검을 집어 상대의 복부를 찔렀다.

토비아스와 첸은 화살로 괴물들을 구멍투성이로 만들었지만, 쓰러뜨리지는 못했다. 상처는 차례대로 화살을 몸 밖으로 밀어내면서 닫혔다. 두 마리의 르니플뢰르는 곧바로 그들을 벽으로 몰아붙였다. 철모에서 한 줄기 침이 흘러내렸다.

호러스는 벤을 공격하는 반인반수의 옷에 불을 붙이는 데 성공했다. 르니플뢰르는 자신에게 일어난 일을 이해하지 못한 듯 제자리에서 전속력으로 뱅뱅 돌기 시작했다. 불길은 점점 거세졌고, 괴물은 살아 있는 횃불로 변했다. 참혹한 비명이 역겨운 냄새와 함께 철모에서 들려왔다.

맷은 다시 일어나려는 르니플뢰르의 팔을 잘라버리고 말롱스의 침실로 달려가 창문을 깨뜨렸다. 그리고 밖으로 머리를 내밀어 짙은 안개에 가려 보이지 않는 축사를 향해 힘껏 휘파람을 불었다.

그사이 닐은 벤에게 달려가 부글거리는 피가 분출하는 상처에 두 손을 얹었다.

풍뎅이 표본병은 집무실을 가로질러 앙브르의 다리까지 끌려왔다. 앙브르는 표본병 뚜껑을 열었다.

풍뎅이 에너지는 바로 앙브르의 몸에 전기를 띠우며 목덜미의 미세한 솜털을 곤두세웠다.

닐도 풍뎅이 에너지의 효과를 느꼈다. 손바닥이 뜨거워졌다. 벤은 고약한 냄새를 풍기는 하얀 연기가 상처에서 빠져나가자 고통으로 몸을 비틀었다.

다른 르니플뢰르가 다가와 공격하려는 순간, 닐과 벤이 어찌나 날쌔게 피하며 일어났는지 몸이 여러 개로 보였다.

토비아스는 앞에 있는 괴물의 철모 하단이 열리는 것을 보았다. 노란 곰팡이로 뒤덮이고 살이 없는, 보기 흉한 황갈색 길쭉한 턱이 어린이의 머리를 통째로 삼킬 수 있을 만큼 쩍 벌어졌다. 회색 이빨이 횃불 아래에서 반짝거렸고, 투명한 액체가 방울져 떨어졌다.

맷은 은빛 섬광에 또렷이 드러난, 무시무시한 아가리가 달린 르니플뢰르의 목을 잘라버렸다.

기운을 소진한 닐은 벤의 두 손을 잡고 일어나면서도 너무 어지러워 넘어지지 않기 위해 호러스까지 붙잡아야 했다. 그는 르니플뢰르가 날려 가 천장에 부딪쳐 부러지는 것을 보았다. 곧이어 다른 르니플뢰르가 비명을 지르며 날아가 옥좌에 박혔다.

앙브르의 반격이었다.

그녀는 풍뎅이 에너지를 활용해 괴물들을 들어 올리고, 작은 도기 인형처럼 손쉽게 박살 내고 있었다.

하지만 르니플뢰르들의 다친 부위는 차례대로 복원되었다.

맷은 앙브르에게 접근하는 혐오스러운 괴물의 머리를 잘라버렸다.

맷이 괴물을 벨 때마다 견딜 수 없는 악취가 풍겼고, 집무실은 이제 역한 냄새로 가득했다.

다른 실루엣들이 돌연 집무실에 나타났다.

전사처럼 근육이 울퉁불퉁하고, 날카롭고 냉혹한 시선에 수염을 기른 사내, 그리고 그 뒤로 더 낯익은 형체가 보였다.

말롱스 여왕이었다.

여왕은 맷을 뚫어지게 바라보았다.

우아하고 카리스마 넘치는 여왕은 분명 맷의 어머니였다.

하지만 여왕은 맷이 알던 어머니와 달랐다. 여왕의 태도와 시선에는 냉혹함과 악의가 서려 있었다.

여왕이 퉁명스레 물었다.

"너였어?"

맷은 여왕의 출현에 깜짝 놀란 나머지 앙브르에게 닥치는 위험을 보지 못했다. 앙브르는 동료들에게 달려드는 괴물들을 물리치는 데 집중하느라 천장에 달라붙은 르니플뢰르를 발견하지 못했다. 놈은 앙브르에게 뛰어내리더니, 먹이를 붙잡은 거미처럼 팔다리를 접고 복부, 등, 가슴, 어깨를 찔렀다. 충격으로 딸꾹질을 하던 그녀는 더 이상 숨을 쉴 수 없다는 사실을 깨달았다. 뜨거운 액체가 허리에서 쏟아졌다. 고통은 질식으로 인한 경련으로 바뀌었다.

부딪치는 소리에 정신을 차린 맷은 검의 날밑까지 르니플뢰르를 찌른 후 힘껏 검을 들어 올렸다. 괴물의 복부가 두 부분으로 찢어지면서 내장이 그의 발치에 쏟아졌다.

맷은 앙브르를 껴안았다. 앙브르는 눈을 부지런히 깜박거리면서 숨을 몰아쉬며 맷을 움켜쥐었다. 피가 빠져나가고 몸이 차가워지면서 소중한 생명이 꺼져가기 시작했다.

앙브르는 맷의 품에서 죽어가고 있었다.

맷이 울부짖었다.

"안 돼! 죽으면 안 돼! 내 곁을 떠나지 마!"

앙브르도 자신의 생명이 조금씩 사라지는 것을 느꼈다.

그때 닐이 맷의 품에서 앙브르를 빼앗더니, 피가 잔뜩 스며든 옷 밑에 두 손을 넣었다.

맷은 말롱스 여왕을 바라보았다.

여왕은 더 이상 그의 어머니가 아니었다. 그를 낳아준 어머니라면 결코 이런 학살을 자행하지 않았을 것이다. 또한 팬들의 몰살을 명령하지도 않았을 것이다.

말롱스는 어머니의 모습을 했지만 외모만이 전부였다.

맷은 시니크들이 수개월 전부터 그에게 강요한 온갖 폭력을 떠올리며 단번에 기운을 되찾았다.

그는 검을 쥐고 돌격했다.

트웨인 장군이 한 걸음 옆으로 비키더니, 긴 검으로 맷을 겨누며 길을 막았다.

맷이 마지막 순간 제자리에서 빙 돌며 전력을 다해 후려치자 트웨인의 검이 단칼에 부러졌다.

아직 충격에서 벗어나지 못한 장군의 건장한 상체와 부딪친 맷은 말롱스에게 가는 길을 트기 위해 팔꿈치로 장군을 밀었다.

하지만 트웨인 장군은 쉽게 쓰러뜨릴 수 있는 사람이 아니었다. 그는 맷의 머리카락을 움켜쥐더니 석벽에 내던졌고, 부러진 검으로 목을 찌르려 했다.

여왕이 외쳤다.

"생포해! 죽여선 안 돼!"

트웨인 장군이 여왕의 고함에 머뭇거리는 틈을 타 빠져나온 맷은 장군을 후려갈겼다.

아래층에서 병사들이 고래고래 소리를 지르고 있었다.

☣

토비아스는 앙브르 옆에 무릎을 꿇었다. 그녀는 닐을 밀어냈다.

닐의 얼굴이 창백했다. 그는 두 손으로 앙브르의 상처를 감싸고 있었다.

앙브르가 간신히 입을 열었다.

"닐, 너는…… 이미 지쳤어…… 그만해……."

하지만 닐은 말을 듣지 않았다. 상처가 하나씩 아물었다. 갑자기 닐의 피부와 형체가 생기를 잃었다. 그는 더 이상 온전하지 않았다. 반대로 앙브르의 안색에서는 창백함이 사라지고 생기가 돌기 시작했다.

앙브르는 아직 남은 힘을 모아 외쳤다.

"안 돼!"

닐은 부들부들 떨었다. 죽음을 알리는 차가운 오한이었다.

그는 앙브르를 위해 모든 것을 바쳤다.

닐이 속삭였다.

"앙브르는 살아야 해. 살아야 해……. 그녀는…… 에덴의 유일한 희망이야……."

그러고는 뒤로 벌렁 넘어졌다. 생명이 그의 육신을 저버렸다.

☣

맷은 플륌이 거스를 비롯한 다른 모든 개를 데리고 말롱스의 등으로 달려드는 것을 보았다. 개들은 여왕과 트웨인을 넘어뜨렸고, 레이디는 토비아스를 물어뜯으려는 르니플뢰르에게 달려들어 송곳니로 괴물의 목덜미를 단숨에 부러뜨렸다.

첸이 연달아 화살을 날린 덕분에 토비아스는 한숨 돌릴 수 있었다. 그는 앙브르와 함께 닐을 모즈—닐의 개—의 등에 실었다. 그들은 개에 올라타고 계단 쪽으로 나갔다.

맷이 플륌의 등에 뛰어오르자 트웨인은 맷을 떨어뜨리기 위해 주먹으로 허리를 공격했다. 하지만 맷은 잘 버텼다. 케블라 조끼가 충격을 흡수했다.

플륌은 말롱스 여왕 앞으로 달려갔다. 여왕은 짓밟히지 않기 위해 벽에 바싹 달라붙었다.

잠시 후, 맷은 완전히 자취를 감췄다.

40
작별

계단을 날아가듯 내려가는 개를 타고 대원들은 긴 복도를 지났다. 선두에 선 호러스의 개 빌리는 달려드는 두 명의 경비병을 쓰러뜨렸다.

벤은 자신의 허스키인 테이커의 등을 움켜쥐었다. 닐의 치료 덕분에 복부 상처가 아물긴 했지만 안장에서 버티기가 쉽지는 않았다.

첸은 창으로 길을 막는 시니크 병사를 넘어뜨렸다.

성은 혼란에 빠졌다. 흉악한 얼굴을 지닌 병사들이 성을 봉쇄하기 위해 사방으로 뛰어다녔다.

개들은 이 혼란을 틈타 앞으로 나아가면서, 경비병들을 발코니 밖으로 떠밀거나 벽에 밀어붙이고 위협적인 소리로 질겁하게 만들었다.

앙브르는 벽걸이 천 앞을 지나면서 맷을 불렀다.

"나는 여기서 설게!"

대원들이 동시에 멈췄다.

맷이 물었다.

"왜? 멈추면 안 돼. 르니플뢰르가 바싹 추격하고 있어!"

"어서 가. 너희에게 거스를 맡길게."

개 등에서 내린 앙브르가 커튼을 열자 커다란 나비가 보였다.

"뭐 하는 거야? 우리 모두 저 나비에 탈 순 없어!"

"그거 잘됐네. 나는 혼자 떠날 거거든."

맷은 플륌의 등에서 내려 여자 친구 앞에 버티고 섰다.

"너 미쳤어? 나비를 조종할 줄도 모르잖아!"

"지금 배울 거야. 나를 도와주고 싶다면 저 아래 밧줄을 풀어!"

맷은 앙브르의 두 어깨를 붙잡았다. 그녀의 옷은 여전히 피로 흠뻑 젖어 있었다.

"아직 낫지도 않았어!"

"넌 자신의 목숨을 바쳐 나를 구했어. 아주 멀쩡해. 최소한 몸은 괜찮다고."

"대체 어디로 가려는 건데?"

"너도 알잖아. 모반 지도가 알려준 곳. 탁자가 내게 가라고 가리킨 곳 말이야. 나는 클로로팬필들의 둥지로 갈 거야. 이 나비는 금단의 숲 정상에 가장 빨리 도달할 수 있는 유일한 수단이야."

맷은 앙브르를 보내줄 수 없었다. 조금 전, 그녀가 죽은 줄만 알았을 때, 그때 앙브르가 얼마나 소중한 존재인지 깨달았다. 앙브르가 없다면 그는 더 이상 같은 사람이 아닐 것이다. 그녀는 그를 채워주었다. 그녀는 그의 미래였다.

우정을 넘어 앙브르 곁에서 체험한 모든 것, 그녀와 함께한 모든 것이 이렇게 빨리 끝날 수는 없었다.

맷은 반대했다.

"이 나비는 결코 그 임무를 완수할 수 없어. 금단의 숲에 이르기도 전에 지쳐 쓰러질걸! 우리와 함께 가자. 방법을 찾아낼게."

순간 앙브르가 발산하는 감미로운 기운이 맷을 감쌌다. 그녀는 다정한 눈길로 맷을 바라보았다. 그리고 맷이 숨결을 느낄 수 있을 만큼 아주 가까이에서 속삭였다.

"맷, 시간이 얼마 없어. 우리 모두가 살아남을 수 있는 행운이 아직 있다면, 그건 바로 둥지에 있을 거야. 더 이상 지체하지 말고 그곳으로 가야 해."

"그럼 나도 갈게."

앙브르는 집게손가락을 소년의 입술에 댔다.

"안 돼. 너도 말했잖아. 너와 함께 타면 나비는 금세 지칠 거야. 나 혼자 가야 해. 네게도 완수할 임무가 있어. 가장 끔찍한 전투가 준비되고 있는 늑대의 협로로 이 소년들을 안내해야지. 너는 부대를 지휘할 중요한 인물이야."

맷은 앙브르의 제안을 받아들일 수 없다는 듯 천천히 고개를 저었다. 그는 앙브르를 잃고 싶지 않았다.

위층에서 위협적인 포효가 들려왔다.

앙브르가 단호하게 말했다.

"서둘러! 르니플뢰르들이 오고 있어. 내 결심은 정해졌어."

맷은 앙브르를 껴안았다.

"조심해. 네가 어디 있든 널 찾아낼 거야. 필요하다면 지옥까지라도 가겠어. 너를 반드시 데려올 거야!"

"어서 가."

맷은 움직일 수가 없었다.

첸이 복도 쪽으로 강철 화살을 날리며 외쳤다.

"놈들이 왔어!"

맷은 나비를 묶어둔 밧줄로 달려가 검으로 잘랐다. 앙브르는 가죽 안장에 앉고서 외쳤다.

"내가 너희를 찾아갈 거야!"

앙브르는 머리를 숙이고 맷의 입술에 뽀뽀를 해주었다.

"자, 빨리 도망쳐!"

맷이 물러서자 앙브르는 고삐를 당겼다. 커다란 나비는 몸을 흔들더니, 플랫폼 끝 쪽으로 걸어가 날개를 치며 이륙했다. 맷은 날개에 맞아 바닥에 쓰러졌다.

잠시 후, 맷은 플룀의 등에 뛰어올라 앙브르에게 손을 흔들었다. 앙브르는 어두운 북쪽 지평선을 향해 날아갔다.

맷은 이것이 영원한 작별이라고는 생각하지 않았다.

41
맹렬한 추격

벽이 최고 속도로 연달아 지나갔다.

대원들은 계단과 회랑 그리고 작은 안뜰을 지나 성벽 아래에 도착했다.

맷은 풍경을 보고 경비병들의 고함을 듣고 있었지만, 자신이 존재하지 않고 주위 모든 것에서 완전히 떨어져 있는 것처럼 느꼈다.

맷은 앙브르 생각을 떨칠 수 없었다.

그녀의 출발.

그녀의 뽀뽀.

가슴이 온통 황폐하고 메마른 것 같았다. 커다란 빈 굴이 정신을 뜯어먹고 있었다. 그는 앙브르를 붙잡지 않은 것을 후회했다.

성곽 바깥을 잇달아 지나치며, 대원들은 질주하는 개의 등에서 강철 화살, 화살, 도끼로 병사들을 물리쳤다.

맷은 플룀이 달리는 대로 내버려두었다. 그들이 어찌나 빠른지, 대부분의 시니크들은 감히 접근조차 할 수 없었다. 이윽고 위드론데이스에서 벗어난 그들은 검은 나무들이 우거진 숲의 다져진 길을 거슬러 올라갔다.

맷은 아주 짧은 시간 동안 너무 많은 새로운 사실들을 알게 되었고, 너무 다양한 감정들을 느껴야만 했다. 현실감을 되찾을 수 없었다. 로페로덴의 정체를 알고 얼마나 충격을 받았던가. 설상가상으로 이번엔 말롱스 여왕의 진짜 얼굴 때문에 정신을 차릴 수 없었다. 어떻게 이런 일이 일어날 수 있단 말인가.

두 달 전, 맷은 한 시니크의 배낭에서 자신의 초상화가 그려진 수배 전단지를 발견했다.

아버지만으로 모자라 이제 어머니까지! 그는 더 이상 충격을 견뎌낼 자신이 없었다. 로페로덴과 말롱스 여왕을 영원히 피해야 했다. 결코 다시는 그들을 만나지 않아야 했다. 그들이 환영에 불과한 것처럼 모르는 척하는 게 최선이었다.

'환영이야. 내 상상력이 꾸며낸 환영일 뿐이야……. 그렇고말고. 그들은 환영에 지나지 않아.'

맷은 선두에서 달리는 토비아스와 호러스의 목소리를 듣고 몽상에서 깨어났다.

호러스가 외쳤다.

"스틱스호는 저쪽에 있어!"

토비아스가 대꾸했다.

"배는 잊어버려! 물살을 거슬러 항해하면 너무 느려서 금방 따라잡힐 거야! 놈들이 추격대를 편성하기 전에 최대한 멀리 도망쳐야 해! 최대한 따돌려야 해!"

맷은 그 점을 생각하지 못했다. 실제로 그는 더 이상 생각을 정리할 수가 없었다. 모든 게 이상하게 보였다. 이제는 이 위험과 무관하기라도 한 것처럼, 그는 원정대의 운명에 초연했다.

뒤쪽에서 으르렁거리는 화산이 핏빛 용암을 토해내면서 어둠을 밝히자 유황의 공격으로 일그러진 초목이 드러났다.

개들은 축 늘어진 입에 거품을 머금고 혀를 늘어뜨린 채 한 시간

이상 숲을 가로질렀다. 이후 그들은 새벽이 올 때까지 행군하기 위해 속도를 늦추고, 두 번의 교차로에서 북쪽 길을 택했다.

아주 가느다란 새벽빛이 지평선에 나타났다. 흰색과 회색의 엷고 흐린 색조. 잠시 후, 이 적막한 지역에 햇빛이 쏟아졌다.

잠깐 동안 북쪽에서 작은 검은색 점을 본 맷은 앙브르를 생각했다. 앙브르였을까? 그가 다시 보려는 사이 검은 점은 사라졌다.

토비아스와 호러스는 길에서 벗어나 발육이 나쁜 덤불과 갈색 고사리밭으로 들어갔다. 그들은 500미터를 지나 반쯤 쓰러진 뚱뚱한 통나무 아래에서 멈췄다.

토비아스가 설명했다.

"개들은 더 이상 못 달려. 우리도 휴식이 필요하고."

짐을 풀어주자 개들은 바로 물웅덩이로 달려가 갈증을 풀었다.

벤은 무릎까지 내려오는 헐렁한 옷을 벗고 피가 스며 나오는 세 개의 긴 상처를 보여주었다. 닐이 치료를 끝내지 못한 것이다. 벤은 첸의 도움을 받아 상처를 소독한 후 습포를 붙이고 붕대를 감았다. 코도 부어오른 상태였다. 코뼈가 부러진 것 같았지만 건드리고 싶지 않았다. 각자 자신의 상처를 치료했다. 맷은 르니플뢰르가 벤 가슴의 상처와 호흡을 곤란하게 만드는 옆구리의 염려스러운 혈종을 살폈다. 입술도 베였지만, 앙브르의 달콤한 뽀뽀를 생각하며 통증을 잊었다.

맷은 케블라 조끼를 벗어보았다. 앞쪽 세 곳이 찢어져 있었다. 르니플뢰르의 발톱은 매우 견고한 케블라를 찢을 수 있을 만큼 날카로웠다.

이윽고 모두가 두려워하는 순간이 왔다.

닐의 몸은 거친 풀밭에 눕혀져 있었다. 모든 대원이 존경심과 슬픔을 느끼며 그를 바라보았다.

호러스가 화를 내며 말했다.

"설마 여기 매장하려는 건 아니겠지?"

벤이 물었다.

"다른 방법이 없잖아? 곧 부패하기 시작할 거야! 공적을 고려해 묘지를 만들어주는 게 어때?"

모든 대원이 동의했다. 그들은 땅을 파고 닐의 시신을 묻었다. 맷은 묻히기 전 그의 얼굴을 바라보았다. 머리카락 한 타래가 이마에 빳빳하게 서 있었다. 맷은 상체를 숙여 머리를 뒤로 넘겨주었다. 닐의 피부는 아직도 미지근했다.

맷은 닐을 만지면서 그의 죽음을 실감했다.

닐은 결코 돌아오지 않을 것이다. 루이즈처럼. 이전에 죽은 많은 팬들처럼.

닐의 마지막 행동을 이제 와 다시 생각해보니 매우 놀라우면서도 무척이나 논리적이었다. 닐은 줄곧 앙브르를 전쟁을 막을 수 있는 유일한 교환 수단이라 생각했다. 에덴의 모든 생명을 구하기 위한.

'그래서 바빌론에서 우릴 배신한 거야. 그는 평화를 얻기 위해 앙브르와 동료들을 넘기려고 시니크들과 거래를 시도했어.'

그런데 왜 도망쳤을까?

'토비아스가 모두를 발타자의 집으로 데려가면서 계획이 실패했기 때문이야. 목숨을 내놓지 않고는 아무것도 할 수 없었지. 그는 배신이 발각될까 봐 두려웠어!'

닐은 평화를 기원하며 앙브르의 목숨을 구했다. 그는 자신이 무엇을 하는지 알고 있었다. 그리고 앙브르를 위해 자신의 목숨을 주었다.

닐은 시니크들에게 동료들을 팔려고 했다. 하지만 최대한 많은 생명을 구하기 위한 배신이었다.

닐은 맷이 생각했던 것만큼 비열한 사람은 아니었다.

맷은 소곤소곤 사과했다.

잠시 후, 닐은 흙에 묻혔다.

대원들은 식사를 하고 몇 시간 동안 취침했다. 덕분에 정신이 맑아졌다.

그들은 말롱스 여왕의 군대와 트웨인 장군에게 쫓기고 있다는 사실을 잘 알고 있었다. 맷은 시니크들과 과감히 맞서면서 언제나 경이로운 힘으로 적들을 깜짝 놀라게 했다. 대부분의 병사들은 제대로 싸울 줄 몰랐기 때문에, 보통은 자신 있게 일격을 가하기만 하면 되었다. 하지만 트웨인 장군과 맞섰을 때는 사정이 달랐다. 트웨인은 맷이 검을 후려쳤을 때 받은 엄청난 충격에 놀라긴 했지만 다른 시니크들보다 훨씬 더 민첩하게 대응했다. 무엇보다 주먹을 쓸 줄 알았다! 맷의 허리에는 고통스러운 혈종이 남아 있었다.

트웨인 장군은 전사 중의 전사였다.

만일 다시 대적하게 된다면 기습 효과를 누릴 수 없으리라는 사실이 분명했다. 트웨인은 이제 상대가 어떤 사람인지 깨달았을 것이다. 다시는 그와 마주치지 말아야 했다. 그와 겨루는 것은 목숨을 내놓는 것이나 마찬가지였다.

맷이 말했다.

"자, 출발하자."

첸이 말했다.

"제법 앞섰을 텐데."

"그래도 충분한 거리를 유지해야 해."

개들은 한 눈을 뜬 채 자고 있었다. 젊은 주인들이 침낭을 정리하자 개들은 동시에 일어났다.

그때 날카로운 울음소리가 들렸다. 대원들은 돌처럼 굳어졌다. 맹금류와 하이에나가 서로 부르는 소리 같았다. 수백 미터 떨어진 숲에서 다른 동물들이 응답했다.

맷이 외쳤다.

"르니플뢰르들이야! 우리를 따라오고 있어! 개 등에 타, 빨리!"

벤은 야영지의 흔적을 없앨 여유가 없었다.

맷은 선두에서 달렸다. 길로 돌아온 그들은 속도를 높였다.

토비아스가 맷에게 다가갔다.

"놈들이 달릴 수 있을까? 그들은 갑옷을 입었어……. 여왕이 놈들에 대해 얘기하는 걸 들었는데, 예전엔 인간이었대!"

맷은 망설였다. 자신의 생각을 말해줄까? 아니면 친구를 안심시킬까? 그는 솔직하게 털어놓기로 했다.

"토비, 너도 봤잖아. 흑마법이 있는 거야!"

"아니야. 말롱스 여왕은 폭풍설이 죽어가는 사람들을 소생시켰다고 했어. 번개가 죽어가는 사람들의 몸에 충격을 줘서 뇌와 심장이 다시 움직이게 된 것 같아. 지금 그들의 기관은 폭풍설의 에너지로만 작동하고 있을 거야! 폭풍설의 에너지가 그들을 복원하고 또 복원해. 말하자면 그들을 몰살시킬 방법이 없단 거지!"

토비아스는 혼자서 두려워하고 있었다.

맷이 그의 말을 잘랐다.

"상상력이 지나쳐. 정신을 집중하고 개를 붙잡아. 지금 네가 떨어지면 우리가 위태로워져."

"하지만 이 속도로 에녹의 절벽까지 도망칠 순 없어. 개들이 버티지 못할 거야!"

"싸워야 한다면 싸울 거야. 지금은 조용히 해."

맷은 기분이 좋지 않았다. 머리는 너무 복잡했고, 가슴은 너무 답답했다. 그는 상체를 숙여 플룀의 털 속에 손을 넣어 움켜쥐고 속도를 내기 시작했다.

대원들은 시냇물을 건너고 나무가 없는 언덕을 올라갔다. 언덕 꼭대기에 도착했을 때, 르니플뢰르들의 매서운 울음소리가 아래쪽 숲을 뚫고 들려왔다. 놈들이 원정대를 발견한 것이다.

개들은 언덕을 오르면서 늦췄던 속력을 다시 올렸다. 2킬로쯤 더 달렸을까, 맷은 뒤쪽 언덕 꼭대기에서 끔찍한 그림자들을 보았다.

르니플뢰르들이 종종걸음으로 따라오고 있었다. 속도는 원정대보다 느렸지만 지칠 줄 몰랐다.

머지않아 개들은 탈진해 주저앉으며 포기할 것이다. 르니플뢰르들이 원정대를 따라잡는 것은 시간문제였다.

르니플뢰르를 무찔러야 하는데……. 과연 놈들을 이길 수 있을까? 성에서 대적해보니, 인정도 두려움도 없는 놈들은 파괴할 수 없는 완벽한 전사였다.

맷은 동료들의 도주를 도와주기로 결심했다. 그는 플림과 동료들을 보낸 후 길을 막아 놈들을 멈추게 하거나 추격을 방해할 것이다. 필요하다면 목숨을 내놓아서라도.

앙브르에게는 별도의 임무가 있으니 토비아스와 벤이 원정대를 늑대의 협로까지 이끌 것이다. 그는 여기 위드론데이스에 머물러야 한다.

그는 두려움을 떨치기 위해 전의를 다졌다.

'르니플뢰르들이 달려들면 몰살시키겠어.'

한 시간을 더 질주한 개들에게 피로한 기색이 역력했다. 보폭이 짧아졌고 점점 자주 비틀거렸다. 맷은 손을 들어 원정대를 세우고 플림의 등에서 뛰어내렸다.

"이 이상의 도주는 쓸데없는 짓이야. 개들은 지쳤어. 개들이 기운을 찾을 수 있도록 내려서 나란히 걸어야 해."

첸이 불안에 사로잡힌 채 물었다.

"그럼 르니플뢰르들은?"

"우리는 꽤 앞섰어. 두세 시간 후에 다시 올라탈 거야. 지금은 모두를 위해 걸어!"

대원들은 걸으면서 먹고 마셨다. 벤은 가장 깊은 상처가 있는 배를 자주 움켜쥐었지만, 결코 속도를 늦추지도, 불평을 하지도 않았다. 어쩔 도리가 없었다.

맷은 조금 전부터 르니플뢰르들의 울음소리가 들리지 않아 불안했다. 적의 위치를 모르는 것은 불안을 가중시켰다. 마지막 체력을 고갈시키더라도 걸음을 서둘러야 할까?

개들이 원기를 회복하자 맷은 플륌의 등에 올라타 더욱 힘차게 달렸다.

원정대는 저녁까지 도보와 질주를 반복했다. 어둠 속에서 움직이는 것은 경솔한 짓이었다.

토비아스는 발광 버섯을 사용하자고 제안했지만 맷은 멀리서도 위치가 노출될 수 있다며 만류했다. 르니플뢰르들과 먼 거리를 유지하는 게 중요했다. 편안한 하룻밤을 보내려면 놈들을 충분히 따돌려야 했다.

대원들은 둥글게 모여 서로 몸을 붙이고 무기를 쥔 채 잠에 들었다. 개들은 보호벽처럼 대원들을 둘러쌌다.

맷은 여명이 밝기 전에 일어나 마른 비스킷을 삼키고 개들에게 짐을 실었다. 그동안 다른 대원들도 부스스 일어났다.

르니플뢰르들은 밤사이 그들을 따라잡지 못했다.

맷이 플륌의 등에 배낭을 묶었을 때, 모든 대원이 르니플뢰르의 새된 비명에 소스라치게 놀랐다. 1킬로도 채 되지 않은 곳까지 따라온 것이다.

대원들은 부랴부랴 침낭을 포개고 생필품을 정리한 후 개 등에 뛰어올랐다. 다른 르니플뢰르가 더 먼 곳에서 응답했고, 이어 세 번째 르니플뢰르가 대답했다. 놈들은 대화를 하고 있었다. 놈들은 다시 모일 것이다. 그들 중 한 마리가 먹이를 발견하지 않았는가.

빨리 도망쳐야 했다. 르니플뢰르들은 멈추지 않을 것이다. 밤에도. 대원들이 휴식을 취하는 동안 낮에 벌려놓은 간격이 좁혀졌다.

하지만 휴식을 취하지 않으면 개들의 생명이 위태로우니 달리 방법이 없었다.

원정대는 다시 질주하기 시작했다. 첸과 토비아스는 화살로 원정대 배후를 엄호했다. 그들은 금세 붙잡힐까 봐 두려워하며 북쪽으로 갔다. 하지만 어제처럼 개들에게 휴식 시간을 주어야 했다. 대원들은 개들과 나란히 걷다가 이어 전속력으로 달렸다.

맷과 벤은 수시로 고개를 돌려 뒤쪽의 그림자를 탐색했지만 아무것도 보이지 않았다.

저녁이 되었다. 대원들은 피로로 다리가 휘청거리고 정신이 흐려질 때까지 걸었다. 호러스와 토비아스가 어두워서 보이지 않은 나무뿌리에 걸려 비틀거리며 쓰러지는 바람에, 맷은 할 수 없이 행군을 멈추고 야영을 설치하라고 지시해야 했다.

원정대는 제대로 자지 못하고 새벽 전에 다시 출발했다.

정오 직전, 그들이 묵직한 바위 사이의 미끄러운 오솔길로 절벽의 비탈을 오르고 있을 때, 르니플뢰르들이 한 번 더 으르렁거렸다. 위드론데이스의 대부분이 내려다보이는 곳이었다. 놈들은 꽤 멀리 떨어져서 한참 동안 대화를 주고받았다.

대원들은 자신들의 위치가 노출되었고, 잠시도 지체해서는 안 된다는 사실을 잘 알고 있었다.

오후가 시작될 무렵, 맷이 며칠을 더 가야 에녹의 절벽에 도달할 수 있을지 생각하고 있을 때, 지평선에서 흐릿한 벽처럼 절벽이 나타났다. 몇 차례 더 달리면 밤에는 에녹의 절벽에 도달할 수 있었다.

맷이 절벽을 바라보며 올라갈 방법을 강구하는데, 르니플뢰르들이 으르렁대는 소리가 한 차례 더 들려왔다.

불멸의 피조물들.

문득 맷에게 생각이 떠올랐다.

대담한 계획. 자살행위나 마찬가지인 무모한 계획.

하지만 곰곰이 생각해보니 그것은 르니플뢰르들을 따돌리고 대격전을 준비 중인 북쪽 친구들과 합류할 수 있는 유일한 길이었다.

다른 대원들에게 계획을 알릴지 말지 망설이던 맷은 결국 저녁까지 기다리기로 결심했다.

미리 두렵게 하는 것은 쓸데없는 짓 아닌가.

그만큼 그의 계획은 정말로 무모했다.

42
학살

석양이 높은 절벽을 붉게 물들이고 있었다.

어둠의 장막이 장엄한 붉은 노을을 뒤따랐고, 별들은 태양이 남긴 뜨거운 상처에 차가운 향기를 뿌리고 있었다.

곧 밤이 되었고, 너무 흉측해 낮에는 모습을 드러낼 수 없던 괴물들이 나타났다. 음흉한 괴물들은 어두운 곳에 숨어 있다가 먹이를 기습했다. 그들은 공포를 먹고살았다.

르니플뢰르의 공격을 물리치기 위해, 맷은 대원들을 믿어야 했다.

토비아스는 외투 호주머니를 살짝 열어 발광 버섯을 보고는, 두려움에서 벗어나기 위해 만져보았다.

르니플뢰르들은 이따금 날카롭고 긴 울음소리를 내질러 자신의 위치를 알리며 젊은 도망자들을 추격했다. 놈들은 5킬로 이내에 있었다.

토비아스가 속삭였다.

"오늘 밤엔 못 자겠다."

첸이 말했다.

"나는 단 하룻밤도 위드론데이스에서 머물고 싶지 않아!"

호러스가 투덜거렸다.

"이곳에서 벗어나려면 어떻게 해야 하지? 에녹의 성문은 아침까지 굳게 닫혀 있을 거야. 하여간 시니크들이 우리를 기다리겠지!"

맷이 제안했다.

"에녹을 돌아가자."

모든 시선이 동시에 맷에게 집중되었다.

벤이 물었다.

"어떻게? 절벽에는 어떤 통로도 없었는데?"

"지하에 여러 개의 통로가 있어."

토비아스는 마치 유령을 본 것처럼 격렬하게 머리를 흔들었다.

"안 돼! 미쳤어? 그곳에 발을 들여놓는 순간 죽은 목숨이야!"

첸은 토비아스의 얼굴에서 공포를 읽고는 물었다.

"대체 무슨 얘기야?"

토비아스가 외쳤다.

"우리를 망주옹브르들의 땅속 둥지로 데려가려는 거야!"

벤은 믿을 수 없다는 듯 걱정스러운 표정으로 맷에게 돌아섰다.

"사실이야? 정말 그런 생각을 한 거야?"

"에녹의 성문은 결코 부술 수 없어. 성에 잠입한다 해도 시니크들을 이기지 못할 건 불 보듯 뻔하지. 유일한 길은 망주옹브르들이 이용하는 지하도뿐이야. 지하도는 넓어. 산의 양쪽 측면, 이 분지의 아래쪽과 위쪽 그리고 절벽 반대쪽과 연결돼 있어. 지하도에 잠입할 수 있다면 망주옹브르를 피할 수 있을 거야. 놈들은 지금 사냥 중이니 지하도는 비어 있어."

토비아스가 반대했다.

"놈들과 마주친다면 완전히 함정에 빠지는 꼴이야!"

맷이 짜증을 냈다.

"토비, 다른 방법이 없어! 우리를 따라잡은 르니플뢰르들에게 갈기갈기 찢기는 것 말고는!"

모든 대원들이 심각한 얼굴로 맷을 바라보았다. 맷은 대원들의
표정에서 체념을 읽고 덧붙였다.

"소리 내지 말고 재빨리 움직여야 해. 망주옹브르는 르니플뢰르
와 달라. 르니플뢰르는 으르렁거리면서 끊임없이 대화를 나누지.
결국엔 망주옹브르들의 관심을 끌게 될 거야. 모든 일이 잘 풀린다
면 충돌 없이 고원지대로 올라갈 수 있고, 거기다 르니플뢰르를 따
돌릴 수도 있어!"

벤은 마지못해 맷의 말을 반복했다.

"모든 일이 잘 풀린다면."

☣

개들은 위드론데이스의 경계까지 주인들을 실어다 주었다. 근처
의 강은 갈대밭 한가운데서 조용히 흘렀다. 절벽 위쪽의 긴 비탈은
구과 식물로 뒤덮여 있었다.

멀리 동쪽에서 물이 떨어지는 소리가 희미하게 들렸다.

맷은 플룸의 등에서 내려 신중하게 비탈을 올라갔다. 너무 무성
한 덤불숲이나 가시덤불로 가득한 지역은 피했다.

각자 최악의 사태에 대비했다. 망주옹브르에게 발각된다면 당장
무기를 꺼내고 개 등에 올라탈 것이다.

갑자기 넓은 빈터가 나타났다. 하얀 석회암 벽까지 300미터 이상
의 풀밭이 펼쳐졌다. 석회암 벽에는 여러 개의 어두운 구멍이 뚫려
있었다. 망주옹브르들의 소굴로 들어가는 문 같았다.

토비아스가 한탄했다.

"아, 안 돼! 놈들이 외출하지 않았어! 소굴 입구에 있어!"

맷이 간파했다.

"먹이를 노리는 거야. 놈들은 거미처럼 먹이가 다가올 때까지 기다렸다가 은신처에서 뛰어나올 거야."

첸이 걱정했다.

"무슨 소리야? 우리가 이 살인자들과 르니플뢰르 사이에서 옴짝달싹 못하는 상황이라고?"

맷이 솔직히 말했다.

"망주옹브르들이 외출하지 않는 한 우리는 움직일 수 없어."

벤이 심각한 표정으로 말했다.

"미끼가 필요할 거야."

맷은 바로 반대했다.

"우리 중 한 명이 미끼가 돼서는 안 돼. 망주옹브르들의 사냥을 두 눈으로 똑똑히 봤어. 직접 놈들과 싸웠다고. 그건 자살행위야!"

"내가 테이커 등에 타고 있다면?"

"그래도 결국엔 널 따라잡을 거야. 독 안에 든 쥐 꼴이 될걸! 절대 안 돼!"

르니플뢰르들의 울음소리가 긴박한 상황을 상기시켰다.

첸은 몸을 부르르 떨며 말했다.

"놈들은 새벽 전에 여기 도착할 거야!"

벤이 말했다.

"망주옹브르들은 움직이지 않았어."

"르니플뢰르들이 아직 멀리 있기 때문이야. 놈들이 이곳에 도착하면, 동굴에서 나온 망주옹브르들이 이 싸움에 끼어들어 모든 그림자를 집어삼킬 거야!"

갑자기 플륌이 다가와 맷의 뺨을 핥더니, 앞에 앉아 밤색 왕방울 눈으로 주인을 응시했다.

맷은 플륌을 관찰하면서 물었다.

"왜 그래?"

플림은 빈터 쪽으로 고개를 돌리더니 다시 주인을 응시했다. 그리고 몸을 비틀어 이빨로 배낭끈을 물고 잡아당겼다.

"짐을 풀어달라는 거야? 지금은 그럴 때가 아니······."

문득 맷은 개의 시선에서 단호한 결심과 슬픔을 읽었다.

"안 돼! 말도 안 돼! 너는 미끼가 될 수 없어!"

플림은 조금도 동요하지 않았다.

토비아스가 다가오더니 한쪽 무릎을 꿇었다.

"맷, 익숙한 태도야. 플림은 이미 결심했어."

"말도 안 돼! 플림을 희생시킬 순 없어!"

토비아스가 부드럽게 말했다.

"네 권한이 아니야. 플림이 선택한 일이야."

플림의 커다란 눈동자가 토비아스에게서 맷으로 옮겨 갔다. 마치 친구의 말을 들어야 한다고 주인을 설득하려는 것처럼.

"아니야. 플림은 결정을 내릴 수 없어!"

맷의 눈에서 눈물이 흘러내렸다. 플림은 목을 빼고 눈물을 핥았다. 코를 벌름거리던 플림이 긴장한 모습으로 남쪽을 살폈다.

토비아스가 말했다.

"르니플뢰르들이 다가오고 있어."

앙브르의 개 거스가 맷 옆에 앉더니 주둥이를 내밀었다. 플림은 거스를 바라보다가 주인에게 고개를 돌렸다.

맷은 그제야 플림이 거스에게 임무를 넘겨준다는 사실을 깨달았다. 가슴이 찢어질 듯 아팠다. 플림은 자신이 돌아올 수 없으리란 사실을 알고 주인을 거스에게 맡긴 것이다.

맷은 더 이상 플림을 붙잡을 수 없음을 알았다. 그가 어떻게 하든 개는 빈터로 달려갈 것이다. 더는 플림을 돌봐줄 기회가 없으리라. 그는 플림에게 다가가 부드럽고 정확한 동작으로 배낭의 가죽끈을 풀어주었다. 그리고 무성한 털을 쓰다듬고 두 귀밑의 작은 털 뭉치를 풀어준 다음 주둥이에 뽀뽀를 했다. 플륌은 천천히 꼬리를 흔들었다.

맷은 소리 없이 울었다.

그는 플륌을 꺼안아주고 한 걸음 물러났다.

그러자 플륌은 빈터를 향해 힘차게 뛰어갔다.

맷에게 다가온 거스가 볼을 핥았다.

플륌은 보란 듯이 깡충깡충 뛰었다.

갑자기 커다란 흰머리 박쥐처럼 동굴에서 튀어나온 망주옹브르들이 1미터 미만의 높이로 날면서 플륌에게 전속력으로 달려들었다.

플륌은 망주옹브르들이 50미터까지 다가오기를 기다렸다가 전나무 쪽으로 도망쳤다. 망주옹브르들은 마치 하나의 존재인 것처럼 동시에 진로를 바꿔 플륌을 쫓기 시작했다. 이윽고 놈들은 숲 속으로 사라졌다.

벤이 말했다.

"지금이야!"

대원들은 빈터로 올라가 가장 앞에 보이는 동굴로 뛰어들었다. 토비아스는 재빨리 발광 버섯을 꺼내 동료들을 동굴로 안내했다.

행렬 후미에 선 맷은 거스를 동굴로 들여보낸 후 마지막으로 아래쪽을 내려다보았다.

망주옹브르 여러 마리가 숲에서 뛰어나온 플륌을 바짝 뒤쫓고 있었다. 갑자기 돌아선 플륌이 첫 번째 추격자의 두개골을 물고 으깨버렸다. 두 번째 추격자가 긴 발톱을 내밀며 내려앉자 플륌은 놈의 날개를 차례대로 뽑아버렸다. 하지만 사방에서 괴물이 날아들고 있었다. 놈들은 탐욕스러운 노란색 눈으로 개를 노려보며, 작고 날카로운 이빨들을 드러내고 군침을 흘렸다.

격분한 플륌은 다가오는 망주옹브르의 목을 발로 잘라버리고, 너무 가까이 접근한 괴물의 창백한 얼굴을 물어버렸다. 뒷다리로는 다른 괴물을 날리며, 두 마리를 더 물어뜯었다.

플륌은 주인의 생명을 보호하는 경호원처럼 맹렬하게 싸웠다.

플륌은 날고 있는 망주옹브르를 붙잡아 바위에 던져 박살 냈다. 시체가 하나둘 쌓였지만 괴물들의 공격은 끝나지 않았다.

갑자기 한 괴물이 발톱으로 일어나 이마의 주름을 펴자 하얀 눈하나가 나타났다. 괴물의 눈은 눈부신 섬광을 발사해 개의 그림자를 만들었다.

플륌은 한 괴물의 얼굴을 물어뜯은 후 섬광을 비추는 괴물과 맞섰다. 그리고 입을 짝 벌리고 위협적인 송곳니를 드러냈다.

망주옹브르들은 강한 위력을 발휘하기 위해 모두 모였다.

호러스는 맷의 두 어깨를 붙잡았다.

"이제 가자. 플륌을 위해 할 수 있는 건 없어. 플륌의 희생이 헛되지 않도록 살아남아야 해."

호러스는 맷을 끌고 갔다. 맷은 검을 쥐고 빈터로 달려가 망주옹브르들을 닥치는 대로 죽이고 싶었다. 지쳐 쓰러져 죽을 때까지……

☣

지하도는 좁고 악취가 풍겼다. 동굴 천장에 매달린 노란 뿌리가금방이라도 머리털과 가방의 가죽끈을 움켜쥘 것만 같았다. 개 등에 타고 이동하는 것은 불가능했다. 각자 최대한 빨리 움직였다. 발광 버섯을 든 토비아스가 행렬 선두에 섰고, 첸은 강철 활을 들고 그뒤를 따랐다. 후미에 선 대원들은 거의 보이지 않았다. 맷은 거스의 후각을 믿고 따라갔다.

갈림길이 많이 나왔다. 토비아스는 북쪽으로 가는 길을 선택하는것 같았다.

30분 후, 수많은 갈림길을 지난 대원들은 망주옹브르들에게 붙잡히기 전에 동굴에서 빠져나갈 수 있을지 걱정하기 시작했다.

이 괴물들에게 자신의 소굴에 있는 팬들의 존재를 알아낼 만한 특별한 후각이 있을까?

토비아스는 마침내 가파른 오르막 통로를 발견했다. 기온은 점점 더 높아졌다. 대원들이 호리병박을 거의 비웠을 무렵, 곰팡내가 더욱 지독해진 커다란 동굴이 나타났다.

토비아스가 발광 버섯을 들자 무수히 널린 작고 반투명한 구체가 보였다.

호러스가 투덜거렸다.

"고약한 냄새를 풍기는 게 이 버섯들이야?"

벤이 말다.

"버섯이 아니라 알이야!"

그러자 모두 한 걸음 물러났다.

대원들은 망주웅브르들의 산란장 한복판에 있었다.

첸이 제안했다.

"돌아가는 게 어때?"

호러스가 대답했다.

"좀 전에 비탈길 못 봤어? 출구는 그 위쪽이야. 여길 지나야 해."

벤이 찬성했다.

"계속 전진하자! 괜찮다면 내가 앞장설게."

벤은 토비아스와 함께 선두에 섰다. 그들은 농구공 크기의 알 사이를 지나갔다. 개들은 귀를 쫑긋 세우고 신중하게 이 괴상한 알들을 살폈다.

맷은 물러나 있었다. 특이한 점은 보이지 않았다. 알이 깨지는 소리가 나면 바로 검을 휘두를 것이다.

갑자기 행렬이 멈췄다. 맷은 거스가 알 한복판에 쓰러지지 않도록 붙잡아야 했다.

맷은 길을 막고 있는 물체를 보기 위해 상체를 숙였다가 혐오감에 몸서리를 치며 물러났다.

대열 앞에 키가 수 미터에 달하는 피조물이 있었다. 거대한 배에서 알이 나오고 있었다. 복부는 곤충처럼 생겼고, 길쭉한 키틴질 다리 끝에 연결된 몸통은 커다란 흰개미 같았다. 괴물은 팬들에게 머리를 돌리더니 주둥이를 살짝 벌렸다.

집단적인 울음소리가 아주 먼 지하도에서 들려왔다. 맷은 망주웅브르들과의 첫 번째 만남을 떠올렸다. 그때 놈들에게는 텔레파시 능력이 있는 것처럼 보였었다. 하지만 이 괴물을 본 맷은 텔레파시보다는 집단정신이 아닐까 하는 생각이 들었다. 똑같은 생각에 따라 움직이는 게 아닐까?

만약 알을 낳는 이 괴물이 생각의 집합소이자 사회의 중심이라면?

첸이 활을 쏠 준비를 했다.

이 유일한 생각의 집합소를 파괴하면 망주웅브르들을 전멸시킬 수 있을까?

맷은 고개를 흔들었다. 짧은 인생 동안 자연에 대해 배운 게 있다면, 살아 있는 생물이 그렇게 쉽게 멸종되지 않는다는 사실이었다. 만일 이 종을 죽인다면 그 정신은 다른 망주웅브르나 알에게 전달될 것이고, 대원들이 얻는 것은 망주웅브르들의 분노뿐일 것이다.

첸은 커다란 흰개미를 조준했다.

맷이 다급하게 외쳤다.

"안 돼! 활을 쏘면 모든 망주웅브르가 달려와서 끝까지 추격할 거야! 그냥 앞으로 가. 흰개미는 너무 굼떠서 우리를 막을 수 없어!"

하지만 벤에게 버섯을 맡긴 토비아스는 시위를 놓고 말았다. 화살이 눈을 닮은 검고 둥근 점에 박히자 흰개미는 경련을 일으켰다.

흰개미의 배가 수축되었다. 놈은 분주히 움직이면서 수십 개의 알을 깨뜨렸다.

맷이 외쳤다.

"아, 안 돼!"

동굴은 다시 집단적인 울음소리로 가득찼다. 그 어느 때보다 격노한 소리였다.

맷이 외쳤다.

"달려! 빨리 달려!"

이어 더 날카롭고 긴 울음소리가 들려왔다. 이번에는 르니플뢰르의 소리였다.

르니플뢰르가 망주웅브르의 영역에 침입한 것이다.

43
괴물 대 괴물

대원들은 어디로 가는지도 모른 채 산란장을 가로질러 도망쳤다. 막연한 두려움으로 달릴 뿐이었다. 끝이 없어 보이는 어둠을 살피면서 출구가 나오기를 고대했다.

이윽고 대원들은 다섯 개의 터널이 뻗어 있는 동굴 안쪽에 도달했다.

토비아스는 몹시 당황해 외쳤다.

"어느 쪽으로 가야 하지?"

벤은 호주머니에서 성냥갑을 꺼내면서 외쳤다.

"바람이 흐르는 터널로 가!"

벤은 성냥 한 개비를 켜고 첫 번째 터널 앞으로 내밀었다. 성냥불은 흔들거리긴 했지만 꺼지지는 않았다. 나머지 터널 앞에서 똑같은 동작을 반복했지만 결과는 마찬가지였다.

토비아스가 투덜거렸다.

"바람이 통하지 않아!"

개들이 으르렁거리면서 한 터널 앞에 모였다.

첸이 외쳤다.

"망주옹브르들이 오고 있어!"

맷이 말했다.

"그럼 저쪽으로 가야 해. 망주옹브르들은 밤이면 사냥을 위해 출구 옆에 모여. 우리에게 달려오는 놈들은 밖에 있었어! 가까운 터널에 숨어! 어서!"

대원들이 어두운 터널로 들어가자마자 열대여섯 마리의 망주옹브르가 바로 옆에서 불쑥 나타나 넓은 동굴을 포위했다.

토비아스는 몸으로 발광 버섯을 가렸다. 두 손에서 새어 나오는 가느다란 한 줄기 불빛으로 두 발을 간신히 식별했다.

맷은 첸에게 머리를 숙이고 속삭였다.

"망주옹브르들이 흩어지고 있어! 한 마리만 우리를 발견해도 놈들이 우리 위치를 알게 돼. 천장으로 올라가서 터널 입구를 넘는 첫 번째 놈을 쓰러뜨릴 수 있어?"

"알았어. 문제없어."

"실패하면 안 돼! 놈이 우리를 발견하기 전에 죽여야 해. 안 그럼 끝장이야!"

첸은 신발을 벗은 다음 축축한 바위에 두 손을 대고 기어올랐다.

망주옹브르들은 각자 다른 방향으로 날아갔다. 한 마리가 대원들이 숨은 터널로 다가왔다. 놈이 터널 출입구를 넘자마자 천장에서 발사된 두 개의 큰 화살이 두개골을 관통시켰다. 놈은 즉사했다.

맷은 일어나 살금살금 출입구로 가서 망주옹브르들의 반응을 살폈다. 어떤 소리도 들리지 않았다. 터널 출입구를 주시하고는 있지만 동료의 죽음은 알아채지 못한 것 같았다.

맷은 대원들에게 따라오라는 손짓을 했다. 그들은 망주옹브르들이 방금 들어온 터널 쪽으로 달려갔다. 200미터쯤 갔을 때 무시무시한 울음소리가 울렸다. 대원들은 놈들의 술수를 깨달았다.

검을 꺼낸 맷은 토비아스에게 버섯을 더 높이 들어 길을 비추라고 부탁했다. 적당한 지시였다. 망주옹브르 한 마리가 다음 갈림길에서 송곳니를 드러낸 채 돌연 나타난 것이다.

맷은 힘껏 검을 휘둘러 망주옹브르의 턱과 날개 하나를 잘라버렸다. 놈은 비틀거리면서 어둠 속으로 사라졌다.

두 마리의 망주옹브르들이 달려들었다. 첫 번째 놈이 이마 중앙에 박힌 세 번째 눈으로 하얀 섬광을 쏘았다. 맷은 놈에게 다시 섬광을 발사할 여유를 주지 않고 두개골을 둘로 쪼개버렸다. 곧이어 다른 망주옹브르가 맷의 팔을 물려고 했지만 토비아스가 함성을 지르며 놈의 머리를 붙잡아 벽에 밀어붙였다. 맷이 놈의 복부를 찌르자 검은 잉크 같은 피가 분출했다.

맷은 망주옹브르들이 플륌에게 한 짓을 떠올리며 학살을 준비했다. 길이 점점 더 가파르게 올라가는 것을 확인한 대원들은 터널을 맞게 선택했음을 알았다. 다른 세 마리의 망주옹브르가 공격을 개시하지도 못하고 쓰러졌다. 대열 후미에 선 개들은 사냥 목록에 네 마리를 추가했다. 개들은 가엾은 플륌의 원수를 갚고 싶은 듯, 으르렁거리며 가차 없이 물어뜯어 괴물을 해치웠다.

대원들이 터널을 올라가면 올라갈수록 망주옹브르들의 시체가 쌓여만 갔다. 열 마리의 망주옹브르가 더 죽었다. 대원들은 지치기 시작했다. 끝없는 오르막길로 인해 다리에서 열이 났고, 근육은 거의 마비되었다.

첸은 추격하는 두 마리의 망주옹브르를 쓰러뜨렸고, 맷은 놈들과 대적하느라 정신이 없었다.

갑자기 대원들 앞에 푸르스름한 창공이 나타났다. 별들과 숲, 점점 더 사실 같지 않게 변해가는 지상 세계. 그들은 맑은 공기를 마시며 풀밭으로 몸을 날렸다.

20여 마리의 망주옹브르가 동굴에서 솟구치더니, 곧바로 대원들을 향해 달려들었다.

거스는 맷의 깃을 붙잡고 일어나 등에 타라는 듯 엎드렸다.

대원들이 올라타자 개들은 전속력으로 비탈을 내려갔다. 하얀 머리를 가진 검은 삼각형의 망주옹브르들이 대원들을 추격했다.

개들이 어찌나 빠르게 달렸는지 망주옹브르들은 소굴에서 너무 멀어지지 않기 위해 속도를 늦춰야 했다.

맷은 망주옹브르들의 서식지에서 벗어났다고 판단하고 거스의 목을 잡아당겨 멈췄다.

멀리서 망주옹브르들은 먹이를 놓친 것에 낙심하고 원통해하며 비탈을 거슬러 올라가고 있었다. 그런데 놈들의 대형에서 이상한 점이 보였다. 나란히 올라간 놈들이 그물을 형성하더니 대원들이 지나온 출입구를 막는 것이었다.

네 개의 다리가 달린 실루엣이 나타났다. 10여 미터쯤 내려온 실루엣은 망주옹브르들의 그물과 마주쳤다.

맷의 심장이 뛰기 시작했다.

'플룜! 플룜이야! 플룜이 지옥에서 빠져나왔어!'

하지만 플룜의 처지는 좋지 않았다. 20여 마리의 망주옹브르가 길을 막고 있었고, 뒤에서도 같은 수의 동료들이 나타났다.

이번에는 개가 죽는 꼴을 보고만 있을 수 없었다.

맷이 플룜을 구하기 위해 거스에게 박차를 가하려는 순간, 여러 마리의 망주옹브르가 공중에서 갈가리 찢어졌다.

르니플뢰르들이 나타난 것이다.

여섯 마리의 르니플뢰르가 한 터널을 차지하고 코를 킁킁거리며 팬들의 흔적을 맡고 있었다.

망주옹브르들은 바로 플룜과 르니플뢰르들을 둥글게 에워싸고 포위망을 좁히기 시작했다.

그러자 플림이 엄청난 속도로 달리기 시작했다. 그리고 망주옹브르들과 충돌하기 직전 펄쩍 뛰어올랐다.

플림은 다리를 쭉 펴고 망주옹브르들을 뛰어넘었다. 잠시 후, 플림은 약간의 먼지만 남겨놓고 비탈로 도망쳤다.

플림은 위기에서 벗어났다.

☣

망주옹브르들이 르니플뢰르들을 포위했다. 두 개의 섬광이 어둠을 흔드는 한편, 르니플뢰르들은 적과 대적할 준비를 하고 있었다.

두 마리의 망주옹브르가 한 르니플뢰르의 그림자에 달려들자 피해자는 구슬픈 비명을 내지르며 뻣뻣해졌다.

르니플뢰르들은 어떤 위험에 직면했는지 모른 채 둥글게 돌면서 길쭉한 강철 손가락을 내뻗었다가 당겼다. 망주옹브르들은 공격하기 위해서가 아니라 그림자를 먹기 위해 한 마리의 르니플뢰르 뒤로 불쑥 튀어 나가 섬광을 발사했다.

잠시 후 40여 마리의 망주옹브르가 르니플뢰르를 공격했다. 르니플뢰르의 비명이 산 밑에서 울리는 동안 하늘은 불길한 섬광으로 반짝거렸다.

겨우 5분이 지났는데 다시 정적이 감돌았다. 포식한 망주옹브르들은 지하 소굴로 돌아갔다.

르니플뢰르의 갑옷이 풀밭에 널브러져 있었다.

이번에는 어떤 전기도 이 쓰러진 전사들에게 생명을 불어넣을 수 없었다. 놈들에겐 더 이상 그림자가 없었다.

그림자를 잃으면 누구도 살아남을 수 없었다.

세상의 균형.

44
고백

망주옹브르의 산에서 15킬로 이상 벗어난 대원들은 남은 밤을 보내기 위해 야영을 설치했다.

탈진한 대원과 개 모두가 털썩 주저앉았다.

맷은 두 팔로 플룀을 껴안았다. 포옹이 너무 세서, 개는 숨이 막히기 전에 주인의 품을 벗어나야 했다. 개는 혀로 주인의 얼굴을 핥아주었고, 맷은 식사를 위해 피워놓은 모닥불 옆에서 한 시간 넘게 다정한 빗질을 해주었다.

대원들은 아직 시니크들의 땅에 있었지만 위드론데이스와 망주옹브르의 공격에서 살아남았기 때문에 자신감을 얻었다. 그들은 아주 오래전부터 따뜻한 음식을 먹지 못했고 너무도 가까이에서 죽음을 체험한 터라, 최소한 이런 즐거움이라도 누리고 싶었다.

벤은 침낭에 엎드려 손도끼날을 반들반들하게 닦고 있었다.

"맷, 너는 앙브르가 뭘 찾으러 떠났는지 아니?"

"몰라. 아마 막강한 에너지일 거야."

호러스가 물었다.

"그걸로 시니크들을 물리칠 수 있을까? 그게 이 여행의 목적인데."

맷은 어깨를 으쓱했다.

"글쎄. 무기가 아닌 건 확실해. 아무튼 시니크들이 그 에너지를 손에 넣으면 안 돼."

"어떤 종류의 에너지야? 풍뎅이 에너지와 비슷할까?"

"아니야. 훨씬 더 압축된 일종의…… 대자연의 정보가 모두 집적된 대형 하드디스크 같아!"

벤이 관심을 갖고 물었다.

"생명의 비밀을 풀 수 있을까?"

"그보단 살아 있는 자연 백과사전이야. '생명의 서'라 해도 좋아."

"그게 어딨는데?"

"금단의 숲 중심에."

토비아스는 눈살을 찌푸리더니 몸을 일으켜 친구의 얼굴을 살폈다.

벤이 끼어들었다.

"그럼 누구도 그 에너지를 찾아낼 수 없어! 앙브르라도. 그렇게 위험한 여행을 떠나는데 말리지 않다니, 너무 놀랐어!"

"우리는 이미 거기 갔었어. 그곳은 숲의 지붕에 있지. 나뭇잎으로 이뤄진 바다야. 나는 앙브르를 믿어."

첸이 물었다.

"만일 그게 무기가 아니라면 어떻게 시니크들과 맞서 싸우지?"

"출발하기 전 세운 작전대로 하면 돼. 우리 군대는 시니크 제1여단의 분산을 이용해 차례대로 놈들을 궤멸할 거야. 그다음엔 늑대의 협로에 있는 요새를 정복할 거고. 그리고 기습과 협공으로 제2, 제3여단을 무찌를 거야."

벤이 상기시켰다.

"그래도 제4, 제5여단이 남아. 글루통 군대도 예상 못했고!"

맷이 난처한 표정으로 말했다.

"다른 작전은 없어. 현재의 병력으로 적과 싸워야 해."

"요새를 정복한다면 그 자체가 기적일걸!"

"기적이 일어나지 않으면 우리 모두가 죽을 거야. 그러니 기적을 믿어!"

첸은 잔가지로 불을 지피고 있었다.

"앙브르가 찾으러 간 물건이 시니크들을 물리치는 데 사용되지 못하면 이 여행의 의미는 뭐지? 루이즈와 닐은 개죽음을 당한 거야?"

맷이 단호하게 대답했다.

"우리는 그곳으로 가야 해! 앙브르가 그 에너지를 찾아낼 거야. 어떻게 쓰는지도 알아낼 거고. 나는 앙브르를 믿어. 설령 그 에너지가 시니크들과 싸우는 데 도움이 안 될지라도, 적어도 말롱스 여왕은 그걸 손에 못 넣겠지. 나는 최후의 팬이 되더라도 끝까지 앙브르를 보호할 거야. 두렵지 않아! 이 에너지는 지구나 폭풍설과 관련 있어. 시니크들이 이 에너지를 파괴하게 내버려두진 않을 거야! 자식조차 죽이는 놈들이라고!"

호러스가 말했다.

"맷이 옳아. 어른들은 광신도야. 앙브르가 찾는 물건이 그렇게 중요한 거라면 지구의 안정을 위해 놈들에게 뺏겨선 안 돼!"

맷이 덧붙였다.

"아무튼 우리는 이번 여행으로 꽤 많은 걸 배웠어."

첸이 물었다.

"예를 들면?"

"말롱스 여왕. 이젠 그녀가 누군지 알아."

"그게 어떤 도움이 되는데?"

맷은 물끄러미 숯불을 바라보며 나직이 말했다.

"적의 진짜 얼굴을 아는 건 중요해. 미래를 위해서."

첸은 잔가지를 모닥불에 던졌다.

"나는 잘래. 둥지까지 남은 여정이 아직 길어. 우리 둥지가 여전히 있다면 말이야."

토비아스는 동료들이 취침 준비를 하는 동안 맷에게 다가갔다.

"앙브르는 클로로팬필들에게 갔지?"

맷은 고개를 끄덕였다.

토비아스가 덧붙였다.

"힘들 거야. 우리가 도망쳤기 때문에 앙브르를 환대하지 않겠지."

"맞아. 하지만 앙브르는 반드시 그곳에 가야 해."

"앙브르가 찾아야 하는 게 그 이상한 불덩어리야?"

"아마도. 사실 나도 아는 게 별로 없어. 모든 게 너무 순식간이었어……."

맷은 두려우면서도 믿을 수 없을 만큼 마법적이었던 순간을 떠올렸다. 바위 성경과 앙브르의 신비를 밝히기 위해 둘 다 옷을 벗었다. 앙브르의 따뜻한 살, 모반, 완벽한 가슴…….

맷은 앙브르를 보고 싶었다. 그를 자제시키는 요령, 적절한 추론, 향긋한 체취, 그의 얼굴을 애무하는 머리카락…….

토비아스가 물었다.

"앙브르가 그곳에 도착할 수 있을까?"

샐쭉해진 맷은 친구의 두 눈을 똑바로 응시했다.

"그렇게 되길 바랄 뿐이야. 솔직히 앙브르는 최후의 희망이야."

"그럼 우리가 늑대의 협로, 즉 늑대의 아가리에 뛰어든들 무슨 소용이지?"

"토비, 앙브르가 성공적으로 임무를 완수할 수 있도록 시간을 벌어줘야지. 최대한 오랫동안 적을 붙들고 있는 게 우리 임무야."

45
나비

    나비는 날개를 퍼덕일 때마다 강한 바람을 일으켰다. 힘을 아끼기 위해 가능하면 바람의 흐름에 몸을 의지했다. 올라가고 싶을 때는 뜨거운 소용돌이 바람을 따르고, 급히 내려가고 싶을 때는 차가운 기류를 이용했다.

    앙브르는 나비에게 비행을 맡겼다. 그녀는 나침반도, 육분의도 없었고, 전적으로 방향감각을 믿어야 했다.

    아침이면 해가 분명 오른쪽에서 뜨는지, 저녁이면 해가 왼쪽으로 지는지 매일같이 확인했다. 앙브르는 원하는 방향으로 살짝 고삐를 당기기만 하면 되었다. 사흘 전부터 그런 식으로 비행했다.

    처음에는 나비에게 완전히 비행을 맡길 수 없었다. 나비가 시니크 조련사들의 호출을 받고 갑자기 돌아가진 않을까, 쉬기 위해 아무 곳에나 내려앉진 않을까 걱정이 돼 동작 하나하나를 감시해야 했다.

    하지만 나비는 멈추지 않았다. 쉬지도, 먹지도, 마시지도 않았다.

    어느새 앙브르는 긴장이 풀렸고, 친구 등에 업힌 것처럼 편안해졌다. 분명 나비는 아무 말도 하지 않았다. 하지만 급강하할 때 밀려오는 전율을 통해 앙브르는 나비가 감성이 풍부하며, 무엇보다 비행을 좋아한다는 사실을 깨달았다.

깃털은 부드러웠고, 커다란 날개는 햇빛을 받아 반짝거렸다. 특히 갈색, 적갈색 그리고 초록색 반점이 눈부시게 빛났다. 앙브르가 자신도 모르게 감탄할 만큼 나비는 우아하게 비행했다. 얼마 후에는 몇 시간 동안 안심하고 잘 수 있을 만큼 신뢰하게 되었다. 아무튼 그녀에게는 다른 수가 없었다. 나비는 쉬지 않고 그녀가 원하는 곳까지 가기로 결심한 것 같았다.

앙브르는 이 날개가 위풍당당하고 섬세하긴 하지만 불행히도 부서지기 쉬우며, 아주 사소한 접촉에도 곤두박질칠 수 있다는 사실을 알아차렸다. 나비는 안전한 곳에만 내려앉아야 했다. 나비가 '둥지'에 내려앉는 순간 어떻게 할지 자못 궁금했다.

'무슨 일이든 때가 있는 법이야…….'

앙브르는 이 여행을 하기 전, 끔찍한 밤에 말롱스 여왕의 성에서 입었던 옷을 가방 밑바닥에 넣고 다른 옷을 입었다. 옷은 피로 흠뻑 젖어 있었다. 자신의 피가 아닌 다른 사람의 피.

닐의 피.

닐은 몇 주 전 에덴 평의회에서 평화를 위해 앙브르를 시니크들에게 넘겨주자고 제안했었다.

닐을 위해서라도 앙브르는 임무를 포기할 수 없었다. 닐의 죽음이 헛되지 않도록, 닐이 자신을 믿은 것이 옳았다는 것을 보여주고, 팬들을 구할 수 있도록.

앙브르는 고통과 죄책감에 시달렸다.

이틀이 지나자 기분이 조금 나아졌다. 임무의 무게를 짊어지고 사는 법을 터득했기 때문이다. 그녀는 대답을 기대하지 않고 나비에게 말을 걸기 시작했다. 이해하지 못해도 들을 수 있고, 동행을 즐거워하리라고 확신했다. 그녀는 나비에게 '팔렌'이라는 이름을 지어주었다.

앙브르는 나비에게 가슴에 간직하고 있던 모든 것을 털어놓았다. 그러자 마음이 한결 가벼워졌다.

나비는 위드론데이스의 경계를 나타내는 절벽 상공을 날았다. 멀리서 에녹의 산을 알아본 앙브르는 가슴이 아팠다. 맷, 토비아스 그리고 다른 대원들은 저길 넘었을까? 언제 다시 만날 수 있을까?

확실한 것은 하나도 없었다. 이제 그녀는 자신을 기다리는 게 무엇인지 알고 있었다.

시니크들은 팬들을 몰살시키기 위한 전쟁을 준비하는 중이었다.

앙브르는 북쪽 지평선을 막고 있는 금단의 숲 벽이 나타날 때까지 닷새 더 비행했다. 나비는 고도를 높이고, 힘차게 날개를 퍼덕여 가장 높은 나무의 꼭대기로 다가갔다. 온갖 동물이 어마어마한 정글에서 울음소리를 내고 있었다. 앙브르는 이미 몇몇 동물의 울음을 구분할 수 있었다. 그들이 다가가자 익수룡의 외관을 지닌 여러 새들이 정찰을 위해 나왔다가 무성한 나뭇잎 속으로 돌아갔다.

팔렌은 피곤해 보였다. 날갯짓은 덜 힘차고, 덜 규칙적이었다. 앙브르는 걱정스러워졌다. 그래도 나비는 금단의 숲 위쪽, 즉 '마른 바다' 위로 올라가는 데 성공했다. 앙브르는 차가운 바람을 막기 위해 외투로 온몸을 포근하게 감싸고, 식물 바다의 수면을 스칠 듯 지나며 석양을 감상했다.

가장 어려운 일이 남아 있었다. 둥지의 위치를 파악하는 일.

앙브르는 멀리서 식별할 수 있는 둥지의 불빛을 찾기로 했다. 둥지가 금단의 숲 중앙에 있다는 것 외에는 어떤 정보도 없었다.

첫날 밤, 앙브르는 휴식을 거부하고 아주 늦게까지 깨어 있었다. 무수한 약탈자들이 숲에서 돌아다니고 있었기 때문에 나비는 감히 내려앉지 못했다. 팔렌은 어떤 방어 수단도 없었다. 나비는 비단처럼 연약한 초대형 곤충일 뿐이었다.

하지만 결국 앙브르의 눈꺼풀이 저절로 감겼다. 새벽, 그녀는 소스라치게 놀라며 깼다.

끝없는 초록빛 원반이 사방에 펼쳐져 있었다.

앙브르는 허기진 배를 달래기 위해 가방에서 몇 가지 음식을 끄집어냈다. 아껴 마셨는데도 물통이 바닥났다.

'성을 떠난 후로 비가 오지 않았어! 비가 내리지 않으면 갈증 때문에 죽을 테고, 팔렌은 해골을 짊어진 채 마른 바다를 누비고 다니겠지!'

나비는 지친 기색을 드러냈다. 자주 불쑥 하강했다가 힘들게 고도를 높였다. 나비가 살아남을지 확신할 수 없었다.

오후 중간 무렵, 앙브르는 지평선에서 우뚝 솟은 형체를 발견하고 다시 희망을 얻었다. 그녀는 고삐를 당겨 그 방향으로 나비를 몰았다. 한 시간 후 물체에 가까이 갔을 때, 기쁨은 사라졌다. 숲 꼭대기 밖으로 삐져나온 커다란 나뭇가지일 뿐이었다.

앙브르는 나비가 휴식을 취할 수 있도록 내려앉고 싶었지만, 나비는 하강을 거부했다.

앙브르는 짜증이 났다.

"이 고집쟁이! 이렇게 계속 고집부리다간 지쳐서 죽고 말걸!"

나비가 다시 조금 상승하자 앙브르는 두 손을 들었다. 해가 지고 있었다. 앙브르는 둥지도, 클로로팬필들의 어떤 활동 흔적도 발견하지 못했다.

앙브르는 클로로팬필이 자신을 어떻게 맞이할지 궁금했다. 삼총사는 그들의 배를 훔쳐 달아났다. 그들은 삼총사에게 정당한 분노를 품고 있을 것이다.

앙브르는 사과 편지를 남겼다.

삼총사가 도주하던 날, 맷과 토비아스는 앙브르가 배를 타기까지 왜 그리 오래 걸렸는지 추궁하지 않았다. 그녀는 맷이 몹시 걱정했다는 사실을 떠올렸다. 하지만 그는 앙브르에게 늦은 이유를 묻지 않았다.

앙브르는 그 절박한 순간에도 이 독특한 부족에게 사과 편지를 남겼다. 여행을 계속하기 위해 배신할 수밖에 없다고.

앙브르는 편지에서 폭풍설 이후 자신의 모든 생활, 지상에 거주하는 팬과 시니크, 팬 공동체를 위해 이 여행을 계속할 필요성을 설명했다.

클로로팬필들은 그녀를 내쫓을까? 아니면 용서해줄까?

'그전에 먼저 그들을 찾아야 해!'

그날 밤에도 앙브르는 마른 바다에서 불빛을 찾기 위해 풍경을 살폈지만 아무것도 보이지 않았다.

이른 새벽, 팔렌은 갈지자로 비행하고 있었다.

앙브르는 진로를 고치려 했지만 실패했다.

나비의 체력이 한계에 달했다.

앙브르는 나비를 두꺼운 초록 이끼 위에 착륙시키려 했지만, 팔렌은 수면 바로 밑에서 무서운 약탈자들을 느낀 듯 하강을 거부했다.

앙브르는 마지막 호리병박을 비웠다.

그것은 앙브르와 나비의 종말을 의미했다.

둘은 얼마나 더 버틸 수 있을까? 하루? 이틀?

'팔렌은 아니야. 이미 정상이 아니야. 바람을 타고 간신히 날고 있어!'

돌풍은 긴박한 상황을 강조하려는 듯 나비를 뒤흔들었다. 나비는 최후의 순간에 정신을 찾았지만 양력을 잃기 시작했다.

이제 앙브르는 추락 지점을 찾는 데 정신을 집중해야 했다. 둥지를 찾는 일은 다음 문제였다. 먼저 목숨을 구해야 했다.

정오 전, 팔렌은 앙브르가 고삐로 전달하는 명령에 따르지 못하고 넓은 원을 그리기 시작했다.

갑자기 나비가 온몸을 떨더니 바람의 힘으로 날개를 폈다. 나비는 보이지 않는 바람의 흐름에 몸을 맡긴 채 날고 있었다.

앙브르는 나비가 감각을 잃었다고 느꼈다. 점점 더 세게 고삐를 잡아당겼지만 아무 반응도 없었다. 나비를 깨우기 위해 여러 차례 박차를 가했다.

하지만 팔렌은 완전히 탈진했다.

나비는 날면서 죽었다.

앙브르는 젖 먹던 힘을 다해 나비를 움켜쥐었다. 돌풍이 다시 불면 뒤집어질 것이었다.

잠시 후, 측면에서 불어오는 강한 바람이 나비를 실어가면서 날개 하나를 들어 올렸다. 이윽고 급상승하던 나비가 방향을 바꾸더니 마른 바다로 급강하하기시작했다.

앙브르는 관절이 하얗게 드러날 만큼 꼭 가죽 안장을 붙들었다. 그녀는 잘 버텨냈다.

하지만 충격은 끔찍할 것이다.

돌풍이 다시 팔렌의 날개를 펼쳤고, 덕분에 추락 속도는 느려졌다. 앙브르는 충돌 직전 날개 귀퉁이를 붙잡았다.

앙브르는 격렬하게 튕겨 나갔다.

그녀는 잠시 허공에 떠 있다가 나뭇잎에 박혔다. 나뭇잎은 방금 일어난 일의 표시로 작은 구멍만 남겨놓고 그녀를 삼켰다.

구멍은 곧 다시 닫혔다.

46
앙상한 얼굴의 천사들

앙브르는 입술이 바짝 탔다.

목이 말랐다. 팔과 허리에 난 반상출혈과 상처에는 개의치 않았다. 필요한 것은 약간의 물을 마시는 것뿐이었다. 강박관념.

앙브르는 추락 후 마른 바다의 수면으로 거슬러 올라가는 데 성공했다. 햇빛을 다시 만날 때까지 나뭇잎 속을 수영해, 폭이 넓은 날개 덕분에 떠다니고 있는 나비에게 다가갔다.

햇볕은 타는 듯이 뜨거웠다.

빗물 조금을 받을 희망으로 얼마나 기다린 걸까?

바다 한복판에서 길을 잃은 앙브르는 구조될 가능성이 전혀 없다는 사실을 조금씩 깨달았다. 갈증으로 미치기 전에 결정을 내려야 했다.

물을 찾기 위해 금단의 숲 심해로 내려가는 것은 클로로팬필을 만나기를 포기하는 것과 마찬가지였다. 흉포한 괴물의 아가리 속에서 죽지 않고 심해로 내려간다 해도 그다음엔 어떻게 할 것인가? 앙브르에게는 장비가 별로 없었고, 길쭉한 칼 외에는 무기도 없었다. 게다가 중요한 탐색을 하는 데 필요한 식량도 충분치 않았다.

심해에 빠지는 것은 사형 판결을 받아들이는 것이었다.

'목이 너무 말라…….'

앙브르는 더 이상 기적적인 구조를 기대할 수 없었다.

'불가능한 일이야. 누구도 나를 볼 수 없을 거야…….'

순간 무척이나 무모한 생각이 떠올랐다. 불을 피워 연기로 클로로팬필의 관심을 끌어보면 어떨까?

'그러다 산불이라도 나면? 아니야……. 나뭇잎이 너무 무성해서 불이 저 아래까지 번지진 않을 거야!'

마지막 기회였다.

앙브르는 모닥불을 피우기 위해 가죽 안장을 해체하고 뒤집은 뒤, 푸른 잎이 달린 나뭇가지를 꺾으러 갔다.

'나뭇가지에 불을 붙이면 연기가 많이 날 거야!'

앙브르는 성냥갑을 찾기 위해 배낭을 뒤지다가 초롱용 기름병을 발견하고는 빙그레 웃었다.

앙브르는 잔가지에 기름을 뿌리고 성냥을 켰다. 그러자 불이 타오르기 시작했다.

곧 두꺼운 흰색 연기가 푸른 하늘로 뭉게뭉게 피어올랐다. 앙브르는 모닥불이 꺼지지 않도록 불을 지피는 데 주력했다. 하지만 나무가 너무 싱싱해서 쉽게 타지 않은 탓에 기름병을 비우지 않을 수 없었다.

'두 번째 기회는 없을 거야!'

앙브르는 불이 타오르도록 입으로 살살 불었다.

두 시간 후, 앙브르는 명백한 사실에 굴복하지 않을 수 없었다. 그녀가 잠시라도 휴식을 취하면 불은 꺼진다. 그러면 모든 희망이 사라질 것이다.

'잘 버텨낼 거야. 필요하다면 밤이라도 새우겠어. 목이 말라 죽더라도 버텨낼 거야!'

입으로 바람을 불자 입천장이 더욱더 말랐다.

앙브르는 뒤로 물러나 나비 위로 아주 높이 올라가는 솜털 같은 연기를 바라보았다.

그리고 크게 외쳤다.

"연기를 메시지로 바꿔야 해!"

앙브르는 가방에서 조끼를 꺼냈다. 그리고 연기를 일정한 토막으로 자르기 위해 불 위에서 규칙적으로 조끼를 흔들었다.

"인디언들의 연기 신호 같아!"

앙브르는 이 연기 기둥이 하늘에서 또렷이 나타나 클로로팬필이 호기심을 참지 못하고 찾아오기를 바랐다.

'근처에 있어야 이 연기를 볼 수 있을 텐데……'

무심한 해는 빠르게 저물고 말았다.

☣

앙브르는 완전히 지쳤다. 밤새도록 구조 신호를 보내는 게 가능할까? 이제 소원은 단 하나밖에 없었다. 모든 것, 특히 갈증을 잊기 위해 자리에 누워 잠을 자는 것.

메시지를 전달하려 애쓴 지 몇 시간이 지났을까? 드넓은 바다 한가운데서 성공할 가능성이 있긴 한 걸까?

순진한 생각이 아니었는지 자문하지 않을 수 없었다.

앙브르는 특별한 상황에서 수백 명의 목숨을 구하고 죽는 자신을 자주 상상했다. 혹은 불치병에 걸려 머리맡에 모인 사랑하는 사람들을 의연하고 용감하게 위로해주면서 죽을 거라고 상상했다. 하지만 이처럼 외로운 죽음, 영광도, 사랑도 없는 느린 임종은 추호도 상상하지 못했다.

탈수가 너무 심한 앙브르의 몸은 눈물을 만들 수 없었고, 오열은 고통스럽고도 마른 눈물이었다.

해는 사라지고 선선한 밤이 찾아왔다. 하지만 앙브르는 옷을 입을 힘조차 없었다.

앙브르는 무슨 일이든 빨리 진행되기만을 바랐다.

그때 그녀의 소원이 이루어졌다.

천사들이 나타난 것이다. 천국으로 그녀를 데려가기 위해 찾으러 온 천사.

흔들리는 불빛이 다가오고 있었다.

앙브르는 눈을 깜박거렸다.

'아니야. 천사가 아니야…….'

갑자기 삶의 욕구와 희망이 되살아났다.

앙브르는 몸을 일으켜 죽어가는 모닥불이 다시 살아날 수 있도록 입으로 불었다.

분명 배의 불빛이었다. 수면에서 1미터쯤 떠 있는 작은 배였다. 배는 곧장 그녀 쪽으로 달려오고 있었다. 대형 밤색 공들이 돛대에 묶여 있는 목선이었다.

'그들이 연기를 봤어! 나를 구하러 왔어!'

선원들은 속도를 줄이기 위해 배를 견인하는 연들을 당기고 있었다. 배는 나비의 날개 바로 위에서 멈췄다.

밧줄 사다리가 주갑판에서 떨어졌다.

앙브르는 가방을 메고 장비를 챙긴 후 고마움과 작별 인사를 전하는 의미로 다정하게 나비를 두드렸다.

그리고 사다리를 붙들고 기어올랐다.

누군가가 앙브르의 손을 붙잡아 배로 끌어 올리더니 마구 밀었다. 그녀는 비틀거리다가 무릎을 꿇었다.

실루엣들이 앙브르 주위에 모였다.

20여 명의 청소년.

두 개의 초롱이 돛대에서 내려오자 얼굴이 드러났다.

그들은 모두 말을 닮은 동물의 두개골 앞부분으로 만든 마스크를 쓰고 있었다. 길쭉한 얼굴, 두 개의 커다란 눈구멍. 상앗빛 얼굴들이 앙브르를 뚫어져라 바라보고 있었다.

문득 앙브르는 불편함을 느꼈다.

그들의 머리카락은 초록색이 아니었다.

앙브르는 마른 바다에 사는 다른 부족에게 둘러싸여 있었다.

소름 끼치는 부족.

47
백 부족

앙브르는 차마 몸을 일으킬 수 없어 자신을 에워싼 어린이들의 태
도를 관찰하면서 공격적이지 않은지 살폈다. 필요하다면 뒤로 도망
쳐 허공으로 뛰어내려 나비 위에 착지할 수 있었다.

'하지만 어디로 간단 말인가?'

해골 목걸이로 벌거벗은 상체를 장식한 소년이 다가오더니 가면
을 들어 올렸다. 거무스레한 피부와 검은 머리털을 지닌 소년은 열
다섯 살쯤 되어 보였다.

"너는 누구야?"

"내 이름은 앙브르 칼데로야. 도움이 필요해."

"우리가 아는 부족이 아닌데! 어디서 왔지?"

"마른 바다 아래서."

"이 나비를 타고 다녀?"

"꼭 그렇지는 않아, 나는……."

소년이 앙브르의 말을 끊었다.

"왜 여기까지 올라왔어?"

"도움을 청하려고."

소년은 두 손을 허리에 얹고 머리를 숙였다.

"무슨 도움?"

"위기에 처했어. 전쟁이 일어날 거야. 이미 시작됐는지도 몰라. 심해에 사는 부족들은 너희의 도움이 필요해."

"그게 우리와 무슨 상관인데? 그건 너희의 전쟁이야!"

"우리의 적인 시니크들은 머지않아 너희도 공격할 거야. 시간문제일 뿐이야!"

소년이 외쳤다.

"우리는 그 고약한 놈들과 맞서 싸울 거야!"

그러자 모두 환호성을 질렀다.

앙브르는 그들에게서 다른 반응을 기대하지 않았다. 그녀는 일어나 그들을 훑어보았다.

"물 좀 부탁해도 될까?"

소년이 한 걸음 다가왔다.

"너는 우리 손님이야! 필요한 건 얻게 될 거야! 하지만 전쟁을 도와주리란 기대는 하지 마! 우리는 벡Becs('부리'를 뜻하는 프랑스어—옮긴이) 부족에 소속된 바다의 전사야! 우리는 누구도 두려워하지 않아. 하지만 전쟁을 결정하는 건 우리야! 우리는 너희 전쟁에 관심 없어!"

"내가 임무를 완수하지 못하면 우리 부족은 전멸할 거야."

"네 임무가 뭔데?"

"클로로팬필의 둥지로 가야 해. 아, 미안. 너희는 가이아족이라고 부를 거야."

소년은 한쪽 눈썹을 치켜세웠다. 얼굴에서는 경련이 일었다.

소년이 외쳤다.

"그들은 우리 적이야!"

"나는 빨리 그들을 찾으러 가야 해."

"너를 도와줄 순 없어!"

"최소한 가이아족이 어디 있는진 알려줄 수 있겠지?"

"일단 우리 본거지인 포르드플랑슈PortdePlanche('판자 항구'를 뜻하는 프랑스어—옮긴이)까지 같이 가자. 거기서 정말로 거만한 가이아족을 만나고 싶은지 결정하는 게 어때?"

앙브르는 대답하고 싶었지만, 소년은 여유를 주지 않고 부하들에게 흩어지라고 명령했다.

☣

소년은 아직도 수액 냄새가 나는 작은 선실로 앙브르를 안내한 다음, 물과 과일을 가져다주고 떠났다. 앙브르는 혼자 밤을 보냈다.

이른 새벽, 앙브르는 갑판으로 나갔다. 마침 배는 포르드플랑슈에 다가가고 있었다. 대여섯 척의 조잡한 거룻배가 밧줄로 묶여 있었고, 앙브르가 탄 배처럼 공이 달린 배 다섯 척이 정박해 있었다.

배를 지휘하는 것처럼 보이는 소년이 다가왔다.

"나는 벡 드 피에르야. 앙브르 칼데로, 우리 본거지에 온 걸 환영해."

"무례하게 굴고 싶진 않지만, 나는 여기 머무를 수 없어. 꼭 가이아족을 만나러 가야 해."

"좋은 생각이 아니야! 가이아족은 건방져. 자신들이 우리보다 뛰어난, 신의 선민이라고 생각해. 게다가 우리를 아주 무시한다고!"

"그래서 그들과 전쟁을 하니?"

"그건 전쟁이 아니야. 전쟁을 벌였다면 이미 그들을 몰살시켰을 걸! 그저 가끔 혼내주는 거야. 그들이 주장하는 것만큼 뛰어나지 않단 점을 상기시키기 위해서!"

"벡 드 피에르, 그래도 나는 가야 해. 도움을 기대해도 될까?"

벡 드 피에르는 샐쭉해졌다.

"너무 기대하진 마. 너는 참 예뻐. 그러니 여기서 멋진 남편을 찾을 수 있을 거야."

앙브르는 소스라치게 놀랐다.

"남편이라고? 너희는 결혼을 해?"

"물론이지! 머지않아 아이들을 갖게 될 거야!"

앙브르는 너무 놀라 입을 다물지 못했다.

"이미 임신한 소녀들이 있어. 5개월 후면 첫 아이를 낳지."

"힘들지 않을까?"

"다른 선택의 여지가 없잖아? 천지개벽에서 살아남은 대부분의 청소년과 어린이는 마른 바다 꼭대기까지 올라오지 못했어! 우리도 언젠가는 늙겠지. 벡 부족이 대를 잇기 위해서는 아이들이 필요해! 이미 말했지만 너는 아주 훌륭한 부인이 될 거야."

앙브르는 손을 들었다.

"그 제안은 받아들일 수 없어."

"이미 아래에서 결혼했어?"

앙브르는 망설이다가 대답했다.

"그래."

"그렇구나. 어쩔 수 없지. 그래도 네가 아래에서 한 결혼은 여기선 전혀 유효하지 않아. 머물기로 결심한다면 재혼할 수 있어⋯⋯."

"제안은 고맙지만 나는 남지 않을 거야. 필요하다면 헤엄쳐서라도 가겠어. 내 부탁은 식량 조금과 가이아족의 위치를 알려달라는 것뿐이야."

벡 드 피에르는 앙브르의 거절에 실망해 머리를 흔들었다.

"헤엄쳐서 가면 금세 지칠 거야. 지금은 어디도 갈 수 없어. 여기가 너의 새로운 거처야. 우리 본거지를 구경시켜줄게. 보면 알겠지만 아주 쾌적한 곳이야."

앙브르는 마지못해 벡 드 피에르를 따라갔다. 1분이 지날 때마다 소중한 시간을 버리고 있다는 생각이 들었다.

벡 부족은 거룻배에서 살고 있었다. 한 거룻배는 모든 주민이 함께 식사하고 토론하는 대형 식당, 다른 거룻배는 모두 모여 재주를 겨루는 경기장, 나머지 거룻배들은 침대 대신 해먹을 설치해 선실로 사용되었다. 앙브르는 모든 소년들을 벡, 소녀들을 부슈Bouche('입'을 뜻하는 프랑스어—옮긴이)라고 부른다는 사실을 알았다. 그녀는 벡 데벤, 벡 드 피, 벡 드 상드르, 부슈 드 풀, 부슈 드 미엘, 부슈 드 플뢰르를 만났다.

앙브르를 바라보는 모든 시선이 호의적이진 않았다. 여러 소녀가 앙브르를 위험한 경쟁자로 간주하고 노려보는 통에 몹시 불편했다.

벡 드 피에르는 앙브르를 보호하면서 친구들을 소개해주고, 포르드플랑슈의 관례와 풍습을 설명해주었다. 그리고 음식과 음료가 부족하지 않음을 자랑했다.

저녁이 되자 벡 드 피에르는 앙브르를 식당으로 안내했다. 그들은 매우 맛있는 가금 고기를 먹었다. 이방인이 포르드플랑슈에 왔다는 소문이 퍼졌다. 모두가 강한 호기심이 어린 눈빛으로 그녀를 바라보았다. 앙브르는 그들에게도 초능력이 있다는 사실을 파악했다. 하지만 그들은 초능력을 제대로 활용하지 못했다. 집게손가락으로 불을 붙이려던 소년은 대여섯 차례 반복해야만 했다.

분명 모든 팬에게 초능력이 있었다. 하지만 일부는 초능력을 무시하고 받아들이지 않았고, 다른 일부는 제대로 쓸 줄 몰랐다.

저녁 식사 후 벡 드 피에르는 앙브르를 거룻배의 상갑판으로 데려갔다. 두 사람은 부교에서 부교로 뛰어다녔다. 그는 폭풍설 다음 날 어떻게 깨어났는지 얘기해주었다. 그가 비슷한 또래의 생존자 10여 명을 찾아내는 동안 도시는 초목으로 뒤덮였다. 식물은 이미 건물을 온통 뒤덮었고, 아스팔트 도로를 갈라지게 했다. 그들은 성장을 멈추지 않는 숲 한복판에서 한 달 만에 500명가량의 어린이를 발견했다. 초목이 오두막을 부수자 그들은 다시 세울 엄두를 내지 못했다. 3개월 후 햇빛은 완전히 사라졌다. 그들은 줄기가 커다란 나무를 기어오르기로 결심했다. 그리고 나무 꼭대기에서 살 수 있다는 사실을 확인하고 공중 생활을 선택했다. 몇 주 동안 필요한 자재를 옮기기 위해 수없이 나무를 오르내렸다. 육식동물들이 무성한 나뭇잎 뒤에 숨어 공격했기 때문에 일부는 목숨을 잃었다.

포르드플랑슈는 땀과 피의 결실이었다.

벡 드 피에르가 말했다.

"이상이 우리의 역사야. 우리는 단 한 번도 죽은 동료들을 땅에 묻을 수 없었어. 우리는 그들을 추념하면서 미래를 준비해. 그래서 모든 소년이 배우자를 찾아야 해. 아이를 낳는 건 부족의 생존을 위한, 희생된 사람들에 대한 우리의 의무야."

"넌 아직 배우자를 못 찾았어?"

벡 드 피에르는 난처한 표정으로 자신의 발을 바라보았다.

"아직. 선택권은 소녀들에게 있어. 소녀들은 까다로워!"

"언젠가는 예쁜 소녀 마음에 들게 될 거야."

앙브르는 피곤하다는 핑계를 내세워 다음 구경을 사양하고 숙소로 돌아가 누웠다. 잠이 쉬이 오지 않았다. 묘책이 떠오르지 않았다. 여기서 한없이 머무를 수는 없었다. 하지만 헤엄쳐서 떠난다면 살아남을 가능성이 전혀 없었다.

삼총사가 클로로팬필의 배를 훔쳐 도망쳤던 것 같은 일을 반복하는 건 생각할 수 없는 일이었다. 토비아스의 도움 없이는 배를 몰 수도 없었다.

앙브르는 이 이상한 바다에 사는 부족들에게 방문객을 부족의 일원으로 만들려는 유감스러운 기벽이 있다는 사실을 깨달았다.

'격리돼 있기 때문일 거야. 다른 부족들과 교류 없이 배에서 살다가 배에서 죽겠지. 새로운 일원은 부족을 지킬 수 있는 희망이야.'

앙브르는 결국 계획을 세우지 못한 채 곧 달콤한 잠에 빠졌다.

☣

다음 날 아침, 앙브르는 너벅선에서 너벅선으로 이동하며 백 부족의 행동, 낚시꾼과 소목장이의 물물교환, 그리고 두 젊은이의 유혹 놀이를 유심히 살핀 끝에 도망칠 수밖에 없다는 결론을 내렸다.

앙브르는 여기 남을 수 없었다. 무슨 말을 한들 그들은 도와주지 않을 것이다. 그들의 생활은 이미 무척 어려웠다. 수많은 위기에서 살아남은 그들이 생면부지의 소녀를 위해 위험을 무릅쓸 이유는 전혀 없었다.

맷과 토비아스가 클로로팬필의 배를 훔치기로 결심했을 때, 앙브르는 협상조차 시도하지 않고 도망칠 궁리만 하는 두 친구를 원망했다. 지금 그녀는 자신이 똑같은 짓을 하리라는 사실을 깨달았다.

한 가지 중대한 문제가 남았다. 작은 배에 올라타 있는 동안 양심을 억누르고 배를 돌릴 수 없을 만큼 멀리 간다 해도, 마른 바다에서 항해하는 법을 알지 못했다. 토비아스가 몇 가지 기본적인 조종법을 가르쳐주긴 했지만 혼자서는 달아날 수 없을 것 같았다.

'다른 방법이 있을까? 내가 원하는 걸 알아내야 해! 도망쳐야 해. 안 그럼 모든 걸 포기하는 거야!'

앙브르는 그날 저녁에 도망치기로 결심했다. 더 기다리는 것은 쓸데없는 일이었다. 그녀는 다른 사람의 도움 없이 부두에서 움직일 수 있는 가장 작은 배를 찾기 시작했다. 이윽고 외딴 부두 끝에서 적당한 크기의 배를 발견했다.

'배가 작을수록 훔치기 쉽겠지!'

앙브르는 부엌으로 가서 식량을 약간 챙겼다. 그리고 미리 알아 둔 빗물 저수통에서 호리병박을 가득 채웠다.

앙브르가 둥지의 위치에 대한 정보를 수집하기 위해 식당에 들어서는데 밖에서 울부짖는 소리가 들렸다.

앙브르가 밖으로 나가자 한 어린 소녀가 달려와 모두에게 알렸다.

"벡 다쥐르가 위험해! 트리당호를 수리하던 중에 버팀목이 미끄러졌어! 배에 깔려 있어! 서둘러! 모두 가야 해! 빨리!"

300명이 넘는 어린이와 청소년이 황급히 달려가 작은 낚싯배를 에워쌌다. 배의 공은 전부 공기가 빠져 있었다. 나무 버팀목은 굵은 나무뿌리 위쪽으로 1미터 높은 곳에서 배를 받들고 있었다. 그런데 뱃머리를 받치던 두 개의 버팀목이 쓰러지면서 무거운 선체가 열네 살의 적갈색 머리 소년을 짓누른 것이다.

한 어린 소녀가 몹시 당황하며 제안했다.

"트리당호에 실린 물건을 모두 치우고 배를 들어야 해!"

한 청년이 반대했다.

"안 돼! 우리가 배에 오르면 그가 더 눌릴 거야."

다른 청년이 외쳤다.

"하지만 선체가 너무 무거워서 들어 올릴 수 없어!"

앙브르는 사고 소식을 알려주었던 소녀에게 돌아섰다.

"내 선실이 어딨는지 알지?"

"응."

"잘됐어. 거기로 달려가서 대형 배낭을 가지고 돌아와!"

소녀는 3분 이내에 자신만큼이나 큰 배낭을 메고 땀을 뻘뻘 흘리며 돌아왔다.

앙브르는 배낭에서 풍뎅이 표본병을 꺼내 뚜껑을 열고 앞에 놓았다. 주위에 있던 여러 사람들이 반짝이는 곤충을 보고 경악의 함성을 질렀고, 다른 사람들은 급히 뒷걸음질 쳤다.

앙브르는 선체를 향해 두 손을 뻗고 눈을 감으며 말했다.

"오래 버티지 못할 테니 빨리 구출해야 해!"

손가락 끝에서 열기가 퍼지자 앙브르는 팔이 저려오는 것을 느꼈다. 순간 그녀는 물보다 더 유연하고 빠르게 움직이는 공기의 구조를 파악했다. 아주 미세한 저항. 그녀는 이 물질을 통해 배 전체를 느낄 때까지 지각을 연장했다. 선체의 목재는 미미한 열기, 공기와의 미소한 마찰을 발산하고 있었다. 그녀는 이 마찰력과 에너지의 미립자에 의식을 펼쳐 정신력으로 밀기 시작했다.

표본병에서 올라온 풍뎅이 에너지가 그녀의 혈관을 타고 흐르다가 신경을 통해 뇌까지 도달했다. 이 과잉 에너지가 충격파를 발사하자 트리당호는 삐걱거리며 흔들렸다.

벡 다쥐르가 비명을 질렀다. 선체의 움직임이 그를 더욱 고통스럽게 했던 것이다.

누군가가 물었다.

"대체 무슨 짓을 하는 거지?"

"저러다 죽이겠어! 멈추게 해야 해!"

"아니야. 잘 봐!"

앙브르는 자신의 느낌, 물체들의 윤곽, 역학, 그리고 자신을 에워싸고 있는 각 물체 사이에서 감지되는 에너지 전달에 집중했다. 배를 움직이는 것은 엄청난 에너지를 요구했다. 하지만 풍뎅이 에너지는 무한한 에너지를 제공했다.

팔 끝에서 선체를 잡았다는 느낌이 들자 앙브르는 축적된 에너지를 방출했다.

트리당호는 단번에 들렸다. 구경꾼들의 눈이 휘둥그레졌다. 몇 초 동안 얼어 있던 벡들이 움직이기 시작했다. 세 명의 소년이 선체 밑으로 달려가 벡 다쥐르를 붙잡고 안전한 곳으로 끌어냈다. 갑자기 섬광이 앙브르의 몸을 관통하면서 마비시켰다. 방전이 그녀를 감전사시키는 것 같았다.

배는 먼지구름을 일으키며 나무뿌리 위에 주저앉았다.

앙브르는 쓰러지면서 의식을 잃었다.

48
사라진 둥지

벡 드 피에르는 무척 걱정스러운 표정이었다.

앙브르가 눈을 뜨자 곧 그의 얼굴이 밝아졌다.

"깨어났어! 정신이 드나 봐!"

앙브르는 목이 말랐고 머리가 몹시 아팠다.

그녀는 끙끙거렸다.

"아…… 둔기로 머리를 맞은 느낌이야. 물 좀 줘……."

벡 드 피에르는 바로 컵을 내밀었다.

"네가 그 소년을 구했어! 너 혼자서! 네가 벡 다쥐르를 구했어!"

"그는 어때?"

"다리가 부러졌고, 온몸이 쑤신대. 하지만 괜찮을 거야!"

한 소녀가 앙브르가 누워 있는 해먹 위로 머리를 숙였다.

"기적을 행했어."

"기적이 아니라 내 초능력이야."

벡 드 피에르는 자신들의 용어로 해석했다.

"그게 네 능력이란 말이지? 우리가 가진 능력처럼?"

"그래."

"네 능력은 우리보다 천배 정도 더 강해!"

앙브르는 힘겹게 몸을 일으켜 컵을 비우고는 소년에게 돌려주며 소곤소곤 말했다.

"풍뎅이 덕분이야. 표본병에 있는 풍뎅이."

"파란 불빛과 빨간 불빛이 나는 이 작은 곤충 말이야? 믿기지가 않아! 활용법을 알려줘."

"벡 드 피에르, 지금은 휴식이 좀 필요해."

"물론이지! 알았어! 근처에 있을 테니까 뭐든 필요하면 불러! 앙브르 칼데로, 너는 아주 놀라워! 정말로 아주 멋져!"

하지만 앙브르는 이미 곯아떨어졌다.

☣

앙브르는 식당에 갔다. 벡 드 피에르는 앙브르가 아주 큰 사과를 닮은 과일을 집는 것을 보고 재빨리 달려갔다.

"깨어났네! 한번 잠들면 누가 업어 가도 모를 것 같아! 거의 24시간 동안 잤어!"

앙브르가 걱정스레 물었다.

"그렇게 오래? 왜 모두 저런 눈길로 보는 거지?"

"영웅이니까!"

"그보단 장터 원숭이가 된 느낌인데! 벡 드 피에르, 할 말이 있어."

앙브르는 그를 따로 데려갔다. 그리고 누구도 듣지 못한다는 것을 확인한 후 말했다.

"나는 떠나야 해. 더는 머무를 수 없고, 머물고 싶지도 않아."

소년의 얼굴이 일그러졌다.

"대체 어디로 가려는 건데?"

"잘 알잖아. 클로로팬필의 둥지."

"그건 불가능해! 아무도……."

"풍뎅이를 주고 사용법을 알려줄게. 대신 나를 데려다 줘."

벡 드 피에르는 움직이지 않았다.

앙브르가 덧붙였다.

"이건 큰 성과를 보장해줄 거야. 네가 풍뎅이 에너지 사용법을 완전히 숙달하면 부족 소녀들이 너를 달리 볼걸."

"그건……."

"지금 결정해. 아니면 당장 가방을 챙겨서 뛰어내릴 거야."

벡 드 피에르는 한숨을 내쉬었다.

"다른 사람들과 의논해볼게. 혼자선 결정할 수 없어."

앙브르는 그의 어깨에 손을 얹었다.

"너를 믿을게."

☣

오후가 시작되기 전, 잘 무장한 빠른 배 한 척이 출항 준비를 끝냈다.

벡 드 피에르는 이 배의 선장이었다. 그는 앙브르를 도와주는 것이 도리에 맞는다고 동료들을 설득했다.

앙브르가 벡 다쥐르의 생명을 구한 것이 그들의 판단에 결정적인 영향을 미쳤다. 또한 그녀가 발휘한 초능력보다 훨씬 더 큰 힘을 발휘할 수 있다는 약속은 그들의 귀를 솔깃하게 했다.

배는 앙브르를 둥지까지 데려다 주기 위해 열두 명의 전사와 함께 출항했다.

포르드플랑슈가 지평선에서 어두운 점으로 변했을 때, 앙브르는 벡 드 피에르에게 물었다.

"둥지는 여기서 멀어?"

"아니야. 그래서 자주 충돌하지. 바로 옆에 둥지를 틀었어! 오늘 저녁이면 도착할 거야."

앙브르는 기뻐했다.

"그렇게 빨리? 사흘은 항해하는 줄 알고 걱정했는데!"

"그들이 더 멀리 있으면 좋겠어!"

"그들이 먼저 신성한 나무에 정착한 게 아니야?"

"절대로! 우리는 그전에 왔어!"

"어떻게 그걸 알지?"

"우리가 그렇다면 그런 줄 알아!"

앙브르는 더 이상 따져보았자 아무 소용 없다는 사실을 깨달았다. 두 부족 사이에는 모든 대화에 귀를 막을 만큼 깊은 원한이 있었다. 실제로 누가 먼저 이곳에 정착했는지는 아무도 몰랐다. 사실 그들은 이 문제에 개의치 않았다. 그들은 외모와 생각이 다르기 때문에 서로 싫어할 뿐이었다.

앙브르는 풍뎅이 표본병을 찾은 후 벡 드 피에르 앞의 밧줄 감개에 앉았다. 그리고 소년의 허리띠에 보란 듯이 내걸린 하얀 두개골을 가리키며 물었다.

"그 가면은 뭐지?"

"적을 두렵게 하기 위한 철모야. 바다에서 잡은 일종의 대형 해마지."

"불쌍한 물고기."

"해마는 무지 많아! 그리고 우리는 잘 먹어야 해! 이게 주식이야."

앙브르는 포르드플랑슈에서 먹었던 것을 떠올리다가 하마터면 토할 뻔했다.

"네 초능력은 뭐야?"

"내 특기? 잘 봐. 아니지, 잘 들어!"

벡 드 피에르는 일어나더니 난간 위로 상체를 숙이고 엄청난 고함을 질러댔다. 목소리는 단번에 귀를 멍하게 할 정도로 증폭되었고, 메아리처럼 몇 초 동안 울렸다.

그는 환히 웃으며 돌아왔다.

"놀랐지? 사냥할 때 내가 해마 떼 앞에서 고함을 지르면 녀석들은 몹시 놀라 갈팡질팡하지. 그러면 친구들이 그물로 한두 마리를 잡을 수 있어!"

"혹시 세상이 바뀌기 전에 노래를 불렀어?"

"맞아. 어떻게 알았어?"

"초능력은 폭풍설 이전에 활용하던 능력의 연장이야. 혹은 폭풍설 이후 반복한 일의 결과이거나."

"초능력에 대해 많은 걸 아는구나."

"그냥 관심이 있을 뿐이야. 이 용기에 풍뎅이들이 있어. 풍뎅이들은 대부분의 에너지를 모아두고 있지. 이 에너지는 우주의 각 사물과 연결돼."

"원자 말이야?"

앙브르는 닐이 풍뎅이에 관해 했던 말을 떠올렸다.

"더 작은 거야. '검은 물질'이라고 불러. 말하자면 각 요소 사이의 공간이야. 그 공간이 에너지인 거지."

앙브르는 닐이 떠올라 마음이 아팠다. 그녀는 여전히 그의 죽음을 받아들이지 못했다.

"풍뎅이의 검은 물질을 활용하는 법을 배우면 내 목소리가 더 세진단 말이지?"

앙브르는 고개를 끄덕였다.

"응. 하지만 신중해야 해. 풍뎅이 덕분에 상상을 초월하는 엄청난 잠재력을 발견하게 될 거야. 이 에너지를 사용하기 전에 초능력을 완전히 익혀야 해. 정신 집중으로 다양한 대기층을 감지할 수 있니?"

"뭐라고? 너는 할 수 있어?"

"내 능력은 풍뎅이 에너지와 접촉하면서 많이 향상됐어. 하지만 그전에도 이미 혼자 할 수 있었어."

"대단해! 가르쳐줘!"

앙브르는 표본병을 멀리 떼어놓고 정신을 집중하는 법과 자신의 초능력을 완전히 파악하고 숙달하는 법을 가르치기 시작했다.

이 몇 시간의 수업은 그녀에게 카마이클 섬을 떠올리게 했다. 멀리서 해가 지자 조금씩 향수가 몰려왔다.

앙브르는 초능력에 완전히 익숙해지기 전에는 풍뎅이 에너지를 쓰지 말라고 신신당부했다. 마침내 소년은 용감하게 표본병을 집어 조심스럽게 상자에 넣었다.

그들은 갑판에서 저녁 식사를 했다. 망보는 사람은 둥지에 가까워질수록 경계를 강화했다.

앙브르가 말했다.

"조금 전부터 무척 긴장한 것 같아."

"환대를 기대할 수 없기 때문이지! 기껏해야 범선 한 척을 보내서 돌아가라고 명령할 거야. 최악의 경우엔 우리를 보자마자 정밀한 무기를 발포할걸!"

"대화를 시도한 적은 없어?"

"있지, 초반에! 하지만 그들의 태도는 오만불손했어. 늘 우리를 깔봤지. 그들과 같지 않다는 이유로 말이야. 그들은 한 나무의 선택을 받았다고 생각해!"

"나도 알아."

"터무니없는 생각이지! 툭하면 우리를 하인 취급해. 이젠 지긋지긋해. 우리가 그들의 신앙을 믿지 않으니 그들은 우리를 싫어하고, 그래서 관계가 악화된 거야."

앙브르가 속삭였다.

"일종의 종교전쟁이네."

"뭐라고?"

"아무것도 아니야. 그럼 둥지에는 어떻게 접근할 거야? 싸우러 온

게 아니란 걸 알릴 수 있을까?"

벡 드 피에르는 인상을 찌푸렸다.

"바로 그게 문제야. 마주칠 때마다 맞서 싸웠거든."

앙브르는 고개를 들고 한숨을 내쉬었다.

"그럼 최악에 대비해야 한다는 말이야?"

벡 드 피에르는 고개를 끄덕였다.

"나도 매우 두려워. 싸움을 원치 않는다고 외칠 수 있도록 화살을 피하면서 최대한 가까이 접근해야 해."

"네 목소리가 있잖아. 아주 멀리에서는 외칠 수 없니?"

"사용하지 않는 편이 나아. 가끔 고막에 손상을 주거든. 그들이 공격으로 오인할지 몰라."

"그럼 백기를 올리자! 백기의 뜻을 모르는 사람은 없어!"

벡 드 피에르는 난처한 기색을 보였다.

"이미 그들의 배를 훔치기 위해 접근했을 때 백기를 사용했어! 두 번 다시 속지 않을 거야."

앙브르는 두 손을 들며 몹시 화를 냈다.

"교활하고 야만적이구나!"

"그들이 우릴 공격할 때 사용하는 무기를 보면 그런 말은 못할걸! 아주 치밀한 무기야! 우리는 상황에 적응할 수밖에 없었어!"

앙브르는 그런 얘기라면 지긋지긋하게 들었다.

그녀는 일어나면서 말했다.

"나는 망루로 갈게. 전쟁 얘기는 실망스럽다."

☣

클로로팬필의 둥지는 자정 직전에 나타났다.

높은 나무에 매달린 은빛 도시.

357

앙브르는 불안했다. 둥지의 보초들에게 발각되기 전까지 시간이 얼마나 있을까? 클로로팬필은 대화를 시도하지 않고 공격할까?

그럴 가능성이 매우 컸다.

벡 부족이 교활하고 호전적인 태도를 보였으니, 적이 접근하도록 내버려둘 리 없었다.

벡 드 피에르는 초롱을 끄라고 명령했지만 앙브르가 반대했다.

"안 돼! 반대야! 불을 끄지 마!"

"멀리서도 우리가 보일 텐데!"

"바로 그거야. 그들은 우리가 왜 이렇게 불을 켜고 다가오는지 궁금할 거야. 그리고 공격 전에 망설이겠지. 영리한 부족이잖아."

벡 드 피에르는 낄낄거렸다.

"그들이 공격하면 배를 돌릴 거야! 친구들의 목숨을 위태롭게 하고 싶진 않아!"

"알아. 하지만 우선 내 말대로 해. 불은 끄지 마."

벡 드 피에르는 한숨을 내쉬었지만 앙브르의 뜻에 따랐다.

둥지에서 1킬로쯤 떨어진 곳에 도착했을 때, 그들은 뭔가 잘못되었다는 사실을 깨달았다.

먼저 클로로팬필 함대를 지휘하는 베소마트리스호가 보이지 않았다. 잠시 후 불이 붙은 무기들이 보였고, 비명 소리가 들렸다.

앙브르는 마른 바다의 수면을 환히 비추는 빨간 점멸등의 특이한 불빛을 알아보았다.

초대형 문어 레퀴엠루주.

금단의 숲에 사는 최악의 괴물.

클로로팬필의 둥지는 이 무시무시한 괴물의 공격을 받고 있었다.

49
레퀴엠루주

위험을 감지한 벡 부족 전사들은 당황했다.

벡 드 피에르가 외쳤다.

"뱃머리를 돌려! 전속력으로 도망쳐!"

앙브르는 키 손잡이로 달려가면서 외쳤다.

"안 돼, 도와줘야 해!"

"너는 저놈의 정체를 몰라! 아주 잔혹한 괴물이라고!"

"놈은 레퀴엠루주야. 이미 마주친 적 있어! 우리는 무장했잖아. 우리가 뒤에서 나타날 거란 예상은 못할 거야!"

"클로로팬필을 위해 내 부하들을 희생시킬 순 없어!"

"그들은 죽어가고 있어!"

"우리에겐 잘된 일이지!"

앙브르는 그의 손목을 잡았다. 그녀의 초록빛 홍채가 분노로 붉게 물들었다.

그녀는 서로의 코가 맞닿을 정도로 얼굴을 가까이 대고 말했다.

"클로로팬필은 우리와 똑같은 사람이야. 네가 정말 사람이라면 이 상황에서 어떻게 할지 생각해봐!"

벡 드 피에르는 입을 다문 채 단호하게 자신을 노려보는 앙브르의 눈동자를 관찰했다.

앙브르는 덧붙였다.

"우리에겐 풍뎅이가 있어. 나는 풍뎅이 에너지를 사용할 줄 알아. 우리 모두가 힘을 합하면 놈을 혼내주고 물리칠 수 있어."

앙브르는 벡 드 피에르가 자신의 제안을 받아들일 준비가 되었다고 느꼈다. 하지만 그는 고개를 저었다. 그녀는 최후의 카드를 꺼냈다.

"너는 클로로팬필들이 너무 건방지다고 생각하잖아? 그럼 너희가 아주 작은 이 배로 그들의 소중한 둥지를 구했다고 생각해봐! 그게 어떤 효과를 낳을지 생각해보라고!"

이번엔 벡 드 피에르가 흔들렸다. 그는 설욕을 다짐하고, 미리 승리를 음미하며 물었다.

"정말 초능력으로 해낼 수 있겠어?"

"가까이 접근하면 시도할 수 있어."

벡 드 피에르는 입술을 깨물었다.

"후회하지 않길 바랄 뿐이야. (그는 돌아서서 부하들에게 외쳤다.) 전투 위치로! 오늘 밤 적들에게 우리가 얼마나 용감한지 보여주자!"

☣

뜨거운 공기로 부푼 여러 개의 공이 매달린 작은 배는 레퀴엠루주바로 옆을 지나갔다. 궁수들은 일제히 화살을 날렸다. 앙브르는 풍뎅이 표본병을 옆에 놓고 손을 뻗어 화살들을 한 지점, 즉 나뭇잎이 요동치는 곳으로 유도했다. 10여 개의 화살이 무성한 나뭇잎을 뚫고 들어가 괴물의 살에 깊숙이 박혔다.

괴물은 꿈쩍도 하지 않았다.

커다란 촉수들이 초록 바다에서 불쑥 솟구치더니 둥지의 부두를 공격했다. 놈은 판자와 건물을 부수고, 불화살로 대적하는 클로로팬필 전사들을 박살 냈다.

클로로팬필들은 창고에서 바퀴 달린 대형 강철 활을 굴리고 있었다. 치명적인 독을 잔뜩 묻힌 움푹 파인 길쭉한 화살을 알아볼 수 있었다. 클로로팬필들이 겨우 두 대의 화살을 쏘았을 때, 촉수 하나가 강철 활을 공격해 파편만을 남겼다.

레퀴엠루주는 부상을 입고서도 조금도 당황하지 않은 것 같았다. 놈은 나무줄기 사이에 설치된 인도교, 테라스, 집을 차례대로 부수었다. 괴물이 공격할 때마다 클로로팬필들이 굴러떨어졌다. 놈을 저지할 수 있는 방법은 전혀 없어 보였다.

앙브르는 다음 화살들을 유도하면서 괴물의 급소에 박히기를 기도했다. 하지만 화살은 어떤 반응도 일으키지 못했다.

벡 드 피에르가 외쳤다.

"소용없어! 꿈쩍도 안 해!"

앙브르는 괴물의 어마어마한 몸집에 정신을 집중했다. 그리고 기관들의 진동과 심장박동을 감지하려고 애썼다. 심장의 위치를 파악한 그녀는 풍뎅이 에너지와 결합된 모든 정신력을 분출했다.

나뭇잎이 부서지면서 둔탁한 충돌 소리가 들렸다.

갑자기 붉은 점멸들이 꺼지더니 촉수가 수면 아래로 사라졌다.

잠시 후, 석양 같은 진홍색 불빛이 다시 나타났다. 레퀴엠루주는 작은 배를 공격하기 시작했다. 격분한 놈은 촉수로 나뭇가지들을 휘어 감고 뽑으면서 항해를 지연시켰다.

레퀴엠루주의 공격을 받은 배가 심하게 흔들렸다. 혼비백산한 벡 드 피에르 일행은 죽음이 임박했다고 생각했다.

앙브르는 최후의 공격을 위해 두 손을 들었지만 공포 때문에 제대로 집중할 수 없었다.

레퀴엠루주가 배를 삼키기 위해 몸을 일으켰을 때, 벡 드 피에르가 난간에 달라붙어 전력을 다해 울부짖었다.

"안 돼!"

목소리가 바로 변했다.

목소리는 모든 사람이 두 귀를 막고 뒤로 벌렁 나자빠질 정도로 엄청나게 증폭되었다.

목소리는 괴물 쪽으로 날아갔다. 몇몇 촉수는 보이지 않는 벽에 부딪쳐 부러졌다. 이윽고 음파가 거대한 몸집에 부딪치자 괴물은 온몸을 떨었다. 충격파는 괴물의 내장에서 퍼졌고, 곧 여러 기관이 폭발했다.

초대형 낙지를 닮은 레퀴엠루주는 마른 바다에 주저앉았다. 엄청난 몸집이 쓰러지면서 주위의 나무들을 쓰러뜨렸다.

풍뎅이 에너지는 벡 드 피에르의 발을 타고 전신을 지나갔다. 그는 엄청난 풍뎅이 에너지의 증폭기 역할을 했다. 하지만 아직 단련되지 못한 그는 충격을 받았다. 무릎을 꿇은 그의 코와 귀에서 피가 흘러나왔다.

앙브르는 벡 드 피에르가 의식을 잃기 전에 붙잡아 판자 위에 눕혔다. 그녀는 자신의 고막의 고통에는 신경 쓰지 않고 그의 맥박을 확인했다.

맥박은 빠르고 불규칙했다.

소년은 얼굴을 찡그렸다. 관자놀이와 이마의 혈관이 붉어졌다.

앙브르는 소년의 손을 붙잡았다. 그녀는 소년이 회복되지 못할 수도 있다는 사실을 알았다.

☣

작은 배는 클로로팬필들이 어리둥절한 시선으로 바라보는 가운데 둥지에 정박했다.

부선장 벡 드 당은 평화의 신호로 한 손을 들고 제일 먼저 내렸다.

개미 외피로 만든 하얀 갑옷을 입은 한 클로로팬필이 검을 쥐고 다가왔다. 하지만 다른 소년이 그를 정지시키고 벡 드 당에게 다가 갔다.

"왜 우리를 구하러 왔지? 왜 우리를 위해 목숨을 걸었어?"

"우리의 재능을 보여주려고."

클로로팬필들은 경악과 의심의 눈길로 서로를 바라보았다.

앙브르가 배에서 내리며 외쳤다.

"더 이상 적이 아니기 때문이지! 자연은 끊임없이 발전하고 있어. 더는 싸우지 않아도 돼. 이제는 협력할 때야!"

클로로팬필 소년은 반짝이는 눈으로 앙브르를 응시했다. 그의 머리털은 다른 동료들처럼 나뭇잎 색깔이었고, 홍채는 에메랄드빛 같았다. 입술과 손톱은 카키색이었다.

클로로팬필 소년이 말했다.

"너! 너는 우리 배를 훔쳤어! 우리의 신뢰를 저버렸지!"

"너희가 떠나지 못하게 했기 때문에 도망칠 수밖에 없었어. 그래서 사과 편지를 남겼어. 그런 식으로 도망치고 싶지 않았지만 우리에게 선택의 여지를 주지 않았잖아. 여성 지도자들에게 요청한 면담도 거절당했어."

한 클로로팬필 소녀가 앞으로 나왔다.

"사실이야! 그녀가 남긴 편지를 봤어. 그들은 뭔가를 찾으러 떠났어!"

무리 속에서 누군가가 외쳤다.

"그건 중요하지 않아! 그들은 우리에게 거짓말을 했어! 우리 배를 훔쳤다고!"

다른 소년이 맞장구쳤다.

"맞아! 그녀는 벌을 받아야 해!"

클로로팬필 소녀는 두 손을 흔들며 정숙을 요구했다.

"돌아왔잖아! 오늘 저녁 우리를 구하기 위해! 그녀의 말을 경청해야 해! 우리와 생명나무는 그녀와 벡 부족 소년들에게 신세를 졌어!"

벡 드 당은 고개를 끄덕이고 해골 가면을 들어 올렸다.

클로로팬필 소녀가 말을 이었다.

"베소마트리스호는 내일 돌아올 거야. 회의를 소집할게. 지금부터 너희는 우리 손님이야."

앙브르가 말했다.

"우리 배에 다친 사람이 있어. 그를 옮겨야 해."

미모의 얼굴에 근육이 발달한 클로로팬필이 다가왔다. 앙브르는 그를 바로 알아보았다.

토르샨이 말했다.

"내가 맡을게."

이 마법 같은 둥지로 돌아오는 내내 걱정이 이만저만이 아니었는데, 생각보다 일이 쉽게 풀렸다. 그녀는 인도교, 계단, 건물이 뒤얽힌 다섯 그루의 대형 떡갈나무를 바라보았다. 은빛을 발산하는 수십 개의 물렁물렁한 물질 초롱이 밤의 산들바람에 부드럽게 춤을 추고 있었다.

앙브르는 둥지 너머의 대나무 숲을 바라보았다.

출입이 금지된 성소.

성소 중앙에서 기이한 둥근 불빛이 돌고 있었다. 행성처럼 풍요롭고 매혹적인 구체.

앙브르는 말롱스 여왕의 성을 떠난 후 이곳을 자주 떠올렸다. 그녀의 피부와 바위 탁자에 새겨진 지도는 자연의 표시에 지나지 않았다. 자연 전체는 그녀를 이 둥근 불빛으로 안내했다. 에덴이나 다른 곳으로 이 발광체를 옮겨야 하는지는 알 수 없었다. 그녀에게 중요한 것은 우선 둥근 불빛과 접촉하는 것이었다. 뭔가를 느끼고 교감할 수 있을까?

앙브르는 목적지에 거의 도달했다.

클로로팬필이 접근을 허락한다면.

앙브르는 그것이 쉽지 않다는 사실을 알고 있었다.

50
지구의 심장

벡 드 피에르는 한밤중에 의식을 회복했다.

간호하기 위해 같은 방에서 자던 앙브르는 소년의 말을 듣고 깜짝 놀랐다.

"내가…… 놈을…… 이겼니?"

앙브르는 눈을 깜박거리며 대답했다.

"그래. 네가 우리를 구했어."

"머리가…… 아파……, 너무."

"알아. 며칠 그럴 거야. 너는 죽을 수도 있었어! 풍뎅이 에너지를 갑자기 이용하면 안 돼. 아직 네 초능력을 충분히 익히지 못했잖아."

"일부러…… 한 게…… 아니야. 단지…… 뭔가를…… 하고 싶었어. 그래서 소리를…… 질렀을 뿐이야."

앙브르가 컵을 내밀자 소년은 천천히 물을 마셨다.

"이제 푹 쉬어. 충분히 자야 해."

앙브르는 소년이 규칙적으로 숨을 쉴 때까지 기다렸다가 다시 누웠다.

그녀가 나뭇가지에 매달린 방에서 나왔을 때는 이미 해가 떠 있었다. 부두는 몹시 붐볐다. 클로로팬필들은 부서진 곳을 수리하고 있었고, 베소마트리스호는 부두에 정박 중이었다.

베소마트리스호는 걸작이었다. 앙브르는 배를 바라보며 감탄사를 연발했다. 장엄하고 위풍당당하며 수려한 배!

30여 개의 가죽 공이 고도를 유지하고, 뱃머리 앞쪽에서 나부끼는 긴 돛이 견인을 하는 돛대 네 개의 범선, 에덴의 민병대보다 많고 잘 무장된 선원들!

앙브르는 서둘러 부두로 달려갔다. 그녀는 도중에 머리카락이 반짝거리는 두 소년이 미행하는 것을 눈치챘다.

'백 부족과 내가 했던 짓을 생각하면 우리를 감시한다 해도 원망할 수 없지!'

세 명의 선장이 마지막으로 내렸다. 현명한 맏언니 올랜디아, 경계심이 많은 팰리스 그리고 가장 친절한 막내 클레맨티스.

선장들이 둥지에서 일어난 사건을 보고받는 동안 앙브르는 그녀들에게 말을 걸 수 없었다. 사상자가 많았고, 물질적 피해도 막대했다. 둥지는 비상사태였다. 대부분의 방어 시설이 파괴되어 이제 의지할 곳이라고는 기함밖에 없었다. 기함이 복귀하자 클로로팬필들은 안도의 한숨을 내쉬었다.

앙브르는 오후가 시작될 무렵에야 클로로팬필을 통치하는 여성 지도자들에게 안내되었다. 회의는 예외적으로 낮에 열렸다. 앙브르는 회의실로 들어갔다. 10여 명의 실루엣이 그늘에 잠겨 있었다. 위원들은 베일로 얼굴을 가리고 있었다.

익숙한 목소리가 들려왔다.

"앙브르, 우리가 이곳에서 너를 맞이한 건 처음이 아니야."

'이 목소리의 주인은 올랜디아야!'

다른 목소리가 덧붙였다.

"지난번엔 배를 훔쳐 도망쳐서 무척 화가 났어!"

앙브르가 말했다.

"나는 상황을 설명하기 위해 편지를 남겼어……."

한 소녀가 앙브르의 말을 끊었다.

"네 자신을 정당화하기 위한 변명일 뿐이야! 아무튼 너희의 소행은 아주 가증스러워!"

앙브르가 반박했다.

"우리 부족은 고통을 당하고 있어! 위기에 처해 있다고! 너희는 세상과 단절된 채 살고 있어. 오직 너희 부족과 생명나무만을 중요시하지! 우리는 여행을 계속해야만 했어!"

"하지만 우리의 비밀을 폭로할 권리는 누구에게도 없어! 게다가 너희는 금지된 도서관 아래로 내려갔어!"

앙브르는 고개를 숙였다.

"그건 사실이야. 다시 사과할게. 나와 내 친구들은 무례하고 난폭했어. 우리는 너희가 두려웠어. 하지만 이후에 우리는 너희를 이해하려고 노력했어."

올랜디아가 물었다.

"왜 다시 왔지?"

"지상에서 어른과 팬 사이에 전쟁이 터졌어. 도움이 필요해."

"우리와 상관없는 전쟁을 도와달란 부탁을 하려고 여기까지 온 거야?"

"맞아. 또 여기에 지식과 특별한 에너지 샘이 있기 때문이야."

"생명나무의 영혼을 말하는 거야?"

"그래. 어른들, 즉 시니크들이 그걸 찾고 있어. 이유는 몰라. 하지만 시니크들이 거기에 손을 대면 안 된단 것쯤은 알아."

"우리는 보호할 수 있을 거야."

"글쎄. 시니크들은 너희가 생각하는 것보다 훨씬 많아."

"여기가 어딘지 잊었나 보군! 여긴 누구도 올라올 수 없는 숲 꼭대기야!"

"그럼 나는? 내가 이렇게 올라왔잖아! 시니크들이 길들인 나비를 타고!"

위원들이 웅성거렸다. 올랜디아가 입을 열었다.

"생명나무의 영혼을 보호하는 건 우리 관할이야. 네가 이 신성한 보물을 갖고 떠나는 건 생각조차 할 수 없어. 그 생각은 지금 당장 버려!"

"내 부탁은 만지게 해달라는 것뿐이야. 너희가 의식 때마다 하는 것처럼 말이야. 생명나무의 영혼과 나 사이에 어떤 관계가 있어. 확실해. 그래서 여기 온 거야."

위원들은 머리를 숙이고 속삭였다. 한 소녀가 고개를 들고 말했다.

"생명나무의 영혼은 신성한 거야! 네게 접근을 허락할 거라고 생각해?"

"어제저녁, 나는 너희를 돕기 위해 목숨을 걸었어. 레퀴엠루주가 둥지를 파괴하고 파헤쳐 생명나무의 영혼을 훔치게 내버려둘 수도 있었어. 하지만 벡 부족과 나는 너희와 함께 싸웠어! 우리는 적이 아니야! 우리의 차이는 두려움을 불러일으키는 대신 협력과 친목을 도모하는 사이가 되게 할 거야!"

올랜디아가 손을 들었다.

"네 생각은 잘 들었어. 이제 너와 네 친구들을 어떻게 할지 의논할게."

앙브르는 창문 없는 작은 방에서 한 시간 이상 기다린 후에야 다시 회의실로 소환되었다.

올랜디아는 다른 위원들 앞에 서 있었다. 그녀는 거만한 목소리로 말했다.

"앙브르, 여성 지도자들은 네 제안을 심의했어. 우리는 너희의 전쟁을 도와주지 않기로 결정했어. 전쟁은 네 부족의 문제야. 우리는 개입하고 싶지 않아. 하지만 네가 어제저녁 생명나무를 구했으니, 생명나무의 영혼과 접촉하는 건 허락하기로 했어. 그 후에 너와 백 부족은 부두로 가서 이 둥지를 떠나야 해. 네가 네 부족에게 돌아가고 싶다면 마른 바다 끝으로 너를 데려다 주는 건 백 부족의 임무야. 우리의 관용과 신뢰는 이것으로 끝이야. 더는 네게 빚이 없어."

황혼 무렵, 앙브르는 숲 속에 움푹 파인 원형경기장 한복판에 서 있었다.

물렁물렁한 물질이 가득 담긴 작은 잔들이 황량한 좌석에 은빛을 비추고 있었다. 대나무는 산들바람에 일렁이며 스치는 소리를 냈다.

올랜디아, 팰리스 그리고 클레맨티스가 앙브르를 지켜보았다.

앙브르는 원형경기장 중앙에서 천천히 회전하는 지름 3미터의 구체를 응시했다. 구체는 발광 증기로 이루어져 있었다. 압축된 공기는 엄청난 전기를 내포하고 있는 듯했다. 전기는 앙브르 팔뚝의 미세한 솜털을 꼿꼿이 세웠다.

앙브르는 손을 뻗으며 천천히 구체에 다가갔다.

구체가 움직이더니 날카로운 휘파람 소리를 내며 점점 더 세게 돌았다. 구체 중심의 소용돌이가 더욱 빨라졌다.

집게손가락이 처음으로 연기 소용돌이를 스쳤다.

감미로운 전율이 팔을 타고 올라와 머리까지 닿았다. 행복감. 즐거움.

원형경기장 위쪽에 있는 대나무밭에서 바람이 더 세차게 불었다. 이윽고 세 개의 섬광이 으르렁거리며 하늘에 줄무늬를 넣었다.

갑자기 구체가 멈췄다. 회전 고리에서 벗어난 증기가 앙브르를 감싸더니 옷 밑으로 들어가 피부에 달라붙었다. 앙브르는 콕콕 찌르는 듯한 느낌을 받았다. 아프지는 않았고, 몸을 긁고 싶은 정도였다. 이 현상은 아주 은밀한 부분에만 국한되었다.

'증기가 나를 만지고 있어! 모반을 찾아내기 위해 피부를 더듬는 거야. 내 몸에서 글을 읽고 있어!'

증기가 많아졌다. 따뜻한 우유 욕탕에 몸을 담근 기분이었다. 몸이 지면에서 떨어져 있는 것 같았다. 행복의 전율이 몸에 스며들었다. 순간 뇌가 행복감을 주는 열기로 감싸였다. 그녀는 행복한 미소를 지었다.

앙브르는 뺨에서는 무성한 풀의 애무와 오랜만에 비가 내린 후 나는 촉촉한 흙냄새를, 피부에서는 폭풍우의 기압을, 그리고 혀에서는 바닷물의 짭짤한 향기를 느꼈다.

앙브르의 육체는 증기에 녹아 사라졌다. 앙브르는 자신이 구체 내부에 있다는 사실을 깨달았다. 그녀는 지질학상의 시대를 넘나들며 여행하고 있었고, 그녀의 DNA는 강렬한 빛 속에서 해체되었다 재결합되고 있었다.

앙브르는 이 구체에 에너지 외에는 어떤 의식도 없다는 사실을 알고 있었다. 이 에너지는 유일한 본질적인 원칙―생명을 번식시키고 퍼뜨리는 것―에 따라 움직였다.

무한한 궤도.

앙브르는 지구의 심장에 흡수되었다.

제3부. 지상 지옥

51
승부욕

전쟁이 시작되었다.

은밀하게. 작은 숲 사이의 가파른 언덕 뒤에 숨어서. 자연은 빠르게 시체를 덮을 것이고, 송악은 찢어진 갑옷을 감출 것이다.

시니크 제1여단은 눈에 띄지 않도록 50명 단위로 팬들의 땅에 잠입해 동쪽으로 에덴을 우회한 다음, 다시 집결해 북쪽에서 에덴을 공격하기로 했다.

시니크들은 500명의 팬 병사들이 길목에 숨어 있으리라고는 상상하지 못했다.

팬 병사들은 덤불숲, 도랑, 고사리밭 혹은 가시덤불 뒤에서 불쑥 튀어나와 혼비백산한 어른들을 소탕했다. 습격은 짧고 맹렬했다. 시니크들은 소규모였기 때문에 제대로 저항할 수 없었다. 대부분의 시니크 병사들은 측면 경계보다는 식량을 실은 수레의 바퀴가 진창에 빠지지 않게 하는 데 더 신경 쓰느라 갑옷을 입지 않았다. 그들은 그 대가를 톡톡히 치렀다.

팬들은 백병전을 피하기 위해 가능하면 궁수들을 활용했다.

제1여단은 단 사흘 만에 와해되었다. 팬들은 시니크들을 전멸시키기 위해 늑대의 협로 동쪽 지역에 병력을 고루 배치했다.

전령 플로이드가 공격을 지휘했다.

그는 이 전격전에서 150명 이상의 팬들이 쓰러지는 것을 보았다. 소년, 소녀 들의 생명이 철퇴, 검 또는 화살의 공격을 받고 스러졌다. 시니크들은 팬들을 무자비하게 공격했다.

플로이드는 모든 팬의 시신을 매장하라고 지시하고, 주력부대가 초조하게 기다리는 에덴으로 돌아갔다.

8천 명의 병사들 중 대부분은 전투 경험이 전무했고, 훈련 기간은 1개월에 불과했다. 에덴 주민들은 모두 피신했고, 무기를 들 수 없는 가장 어린 팬들을 돌보는 부상자들만이 남아 있었다.

부상자들은 플로이드 부대의 승전보를 듣고 환호했다. 하지만 점호 시간, 몇몇 친구들의 대답이 들리지 않자 미소는 사라졌다. 전사자들을 통해 전쟁이 점점 구체화되고 있었다.

사방에 흩어져 살던 팬들은 에덴과 전령의 호소를 듣고 달려왔다. 더그는 동생 레지와 50여 명의 카마이클 팬을 데리고 돌아왔다. 그런 식으로 곳곳에서 10명 혹은 100명 단위로 팬들이 몰려왔다. 2주 내내 팬들은 시니크들과 싸우기 위해 운집했다.

에덴 군대는 날마다 증강되었다.

병력이 두 배로 늘어날 때까지.

다행히 말롱스 여왕은 바빌론 항구에서의 방해 공작으로 공격을 열흘 연기했다. 무기와 갑옷 일부가 앙브르 일행이 지나간 후 침몰했다. 에덴은 공격이 지연된 틈을 타 전쟁 준비를 끝냈다.

해는 아직 떠오르지 않았다. 들판은 여전히 어두웠다.

젤리와 마일리스는 막사에서 나와 에덴 군대를 바라보았다. 말뚝에 걸린 초롱들이 야영지를 비추었다.

군대는 결전의 날을 위해 조금씩 깨어나고 있었다.

젤리는 팔짱을 끼고 천천히 말했다.

"인상적이야."

마일리스도 천천히 대답했다.

"멋지지. 6천 명이 한 깃발 아래 단결했어."

이 주력부대에서 '새로운 길' 작전을 위해 선택된 2천 명이 빠져나갔다. 젤리와 마일리스는 오랫동안 망설이다가 성공 가능성이 희박한 임무를 맡은 이 부대와 헤어졌다. 에덴 평의회를 설득하는 것은 쉽지 않았다.

젤리가 말했다.

"언젠가는 에덴으로 돌아갈 거야."

마일리스는 언니의 손을 잡았다.

"자, 들어가자. 제복을 입어야 해. 우리는 오늘 자유를 지키기 위해 출전하는 거야."

젤리가 덧붙였다.

"전쟁터로 가는 거야."

☣

행군 셋째 날 저녁, 그들이 금단의 숲 지맥에 이르렀을 때, 긴 행렬 위로 비가 한없이 떨어지기 시작했다. 기동성이 제일 뛰어난 개 기병대는 전속력으로 명령을 전달하거나, 적과 마주칠 경우 적의 배후를 공격할 준비가 되어 있었다. 기병대는 사령부이자 정예부대였다. 젤리와 마일리스는 털이 긴 밀드레드와 랜슬롯의 등에 타고 타냐, 플로이드와 동행 중이었다. 그녀들은 야영을 설치하는 것이 바람직하다고 판단했다.

플로이드가 걱정스레 물었다.

"오늘 밤 행군을 멈추자고? 아직 정찰병들이 돌아오지 않았어. 제 3여단이 근처에 있을지 몰라!"

젤리가 설명했다.

"비를 피하고 휴식을 취하는 편이 나아. 아픈 병사들을 전투에 내보내고 싶진 않아! 그 정도 위험은 감수하겠어."

6천 명의 팬은 군사훈련을 할 수 없는 부상자들이 제작한 대형 막사를 설치했다. 수많은 초롱이 처마 아래에서 반짝였다.

한밤중에 돌아온 정찰병들이 젤리와 마일리스를 깨웠다. 머리가 흠뻑 젖은 소년이 보고했다.

"제3여단이 걸어서 하루 걸리는 곳에 있어!"

마일리스는 졸음을 내쫓기 위해 눈을 비볐다.

"야영 중이야?"

"그래. 약 1천5백 명이 요새화된 여관에서 야영하고 있어."

"그럼 제2여단은? 제3여단 뒤에 있니?"

"제2여단은 보지 못했어."

마일리스는 안도의 한숨을 내쉬었다. 동시에 2개 여단과 대적하는 것은 대비하지 못했다. 2개 여단은 반드시 떨어져 있어야 했다.

젤리가 장담했다.

"그렇다면 제3여단을 무찌를 수 있을 거야. 내일 주력부대는 여기 남아 금단의 숲 지맥에 숨을 거고. 개 기병대는 남쪽으로 달려가 제3여단을 돌아서 협공을 준비할 거야. 플로이드가 알려준 것처럼 요새화된 여관 지붕에 불을 질러 놈들을 쫓아내자."

소년이 인사를 하자 옷에서 빗물이 흘러내렸다.

"나는 늑대의 협로로 돌아갈게."

마일리스 말했다.

"안 돼. 너는 흠뻑 젖었어! 우선 옷을 말리고 오늘 밤엔 따뜻하게 취침해. 다른 병사가 네 임무를 대신할 거야. 네가 병에 걸리는 건 원치 않아. 모두 건강해야 해, 중대한 순간이 다가오고 있으니."

☣

새벽 직전, 주인을 등에 태우고 출발한 600마리의 개들은 길을 내며 숲을 달렸다.

정오, 기병대는 아래쪽 계곡에서 세차게 내리는 비를 맞으며 행진하는 제3여단을 발견했다.

기병대는 제3여단이 말롱스 군대에서 규모는 제일 작지만 기동성은 가장 뛰어난 부대라는 사실을 알고 있었다.

젤리와 마일리스는 적이 말을 타고 있는 것을 보고 기습 성공 여부를 걱정했다. 보병대를 무찌르는 것과 기병대와 맞서 싸우는 것은 차원이 다른 문제였다.

하지만 물러서기에는 너무 늦었다.

그들은 소리를 내지 않고 나뭇가지 사이에 웅크리고 앉아 제3여단이 지나가게 내버려두었다. 그리고 후미 부대가 없는지 확인하기 위해 한 시간을 기다렸다. 젤리와 마일리스는 로스에게서 많은 전술을 배웠다. 로스는 예전에 체스 챔피언이자 전략 게임광이었다.

이윽고 개 기병대는 은신처에서 나와 적을 미행하기 시작했다. 험준한 산과 언덕의 기복이 지평선을 가리고 있었기 때문에 가시거리는 1~2킬로에 지나지 않았다.

두 자매는 전투의 순간이 다가오고 있음을 느꼈다. 손에서 땀이 나고 심장이 두근거렸다. 그녀들은 전투 장면을 본 적이 없었다. 구체화되고 있는 전쟁은 기분을 언짢게 했다.

갑자기 제3여단이 언덕 비탈에서 모습을 드러냈다.

적은 계곡을 완전히 차단하고 있는 1천 명이 넘는 팬들과 대치하고 있었다. 시니크 기병대는 이 뜻밖의 저항에 몹시 당황해 둥글게 원을 그리며 맴돌았다.

하지만 아군이 우세하다는 것을 파악한 기병대는 이내 공격대형을 갖추었다. 갑옷을 입고 말을 탄 1천5백 명의 어른에게 맞선 1천 명의 팬 보병이 무엇을 할 수 있을까?

이 검은 무리가 친구들에게 돌격하는 것을 보며 젤리와 마일리스는 소름이 돋았다. 군화 발소리가 어찌나 세게 땅을 울리는지 개들의 몸이 떨렸다.

적의 기병대는 300미터 전방까지 다가왔다.

비는 땅을 진흙탕으로 만들었다. 제3여단은 어두운 구름을 일으키며 돌진했다.

시니크들은 최대한 많은 팬을 찌르기 위해 창을 수평으로 쥐었다.

200미터.

갑자기 풀들이 쓰러졌다.

풀은 팬 부대를 가리고 있던, 진짜처럼 그린 매우 긴 방수포였다. 시니크 기병대는 눈 깜짝할 사이에 시위를 당기고 있는 2천 명 이상의 적과 마주쳤다.

다른 2천 명이 넘는 팬들이 함성을 지르며 숲에서 달려 나왔다.

젤리와 마일리스는 손을 들어 개들에게 진격하라는 명령을 내렸다.

팬들이 화살을 날리고 창과 목창을 던지자 제3여단은 뿔뿔이 흩어져 다시 모이지 못했다. 적이 후퇴를 시도하는 순간, 일제히 섬광이 발사되었다. 20여 명의 어른이 낙마했고, 말들은 혼비백산했다.

에덴은 섬광이나 위험한 전기를 발생시킬 수 있는 팬들을 소집해 개 기병대에 편입시켰다. 그들은 풍뎅이 에너지 사용법과 초능력을 숙달하기 위해 앙브르의 수제자인 멜키오트에게 훈련을 받았다.

풍뎅이를 넣은 플라스틱 튜브를 가슴에 묶은 팬 50명이 돌격했다.

손가락 끝에서 눈부신 섬광이 발사되었다. 파랑, 빨강, 혹은 초록 섬광은 다섯이나 열 명 단위로 시니크들을 쓰러뜨렸다.

풍뎅이는 각 섬광을 더 강렬하고 선명하게 만들었다. 팬들은 보통 두세 차례 섬광을 발산하면 녹초가 되었지만, 작은 발광 곤충 덕에 연달아 공격할 수 있었다.

그럼에도 불구하고 몇몇 시니크 기병이 팬 진영에 도착해 공격해 왔다. 피해는 엄청났다. 말이 팬들을 짓밟았고, 시니크들은 창으로 소년들을 찌르거나 소녀들의 등에 검을 꽂았다. 말들은 울고, 부상 자들은 울부짖었으며, 검은 갑옷을 입은 어른들은 격분과 두려움으로 고함을 질렀다.

전투는 10분도 지속되지 않았다.

시니크는 한 명도 항복하지 않았다. 모든 일이 너무 순식간에 벌어져 그럴 틈도 없었다. 도망칠 수 없고 이길 가능성도 없다는 사실을 깨달은 시니크들은 최대한 많은 피해를 주기 위해 궁리했다. 화살과 섬광이 가장 잔인한 적을 이긴 것이다.

이제 시니크들은 열두어 명밖에 남아 있지 않았다. 그들은 길을 트고 최대한 많은 팬을 짓밟기 위해 한 방향으로 질주하다가 진로를 바꾸었다.

젤리와 마일리스가 적을 생포할 수 있겠다고 생각하는 동안, 멜키 오트가 검은 점이 있는 하얀 개 젤리그의 등에 타고 진격했다. 그는 부상자들의 비명을 듣고 격분했다. 시니크들이 돌아서서 공격하자 그는 두 손을 들었다.

분출된 화염이 회색 계곡을 환히 비추었다. 화염은 비를 뚫고 시니크와 말 들을 태워버렸다.

젤리와 마일리스는 이 끔찍한 광경을 보지 않기 위해 눈을 돌렸다.

왜 그들은 산 채로 사람을 태우는 지경에 이르렀을까?

비명은 견딜 수 없을 만큼 끔찍했다.

젤리는 생각했다.

'전쟁이야. 전쟁이 우리를 미치게 만든 거야!'

증오를 부르는 증오. 승리의 이름으로 점점 더 잔인해지는 끔찍한 악순환.

젤리는 혼란스러웠다. 하지만 다른 방법이 있을까? 시니크들은 전쟁을 멈추지 않을 것이다. 두 진영 중 한쪽이 이겨야 평온을 되찾을 수 있을 것이다. 전쟁은 이미 시작되었고, 승자와 패자 없이는 휴식을 얻지 못할 터였다.

젤리는 고개를 저었다. 그녀는 이 고통의 현장에서 멀리 떨어진 에덴에 있고 싶었다.

400명가량의 소년과 소녀 들이 진흙탕에서 신음하고 있었고, 그들의 피가 검은 물과 뒤섞였다. 다른 100여 명은 진흙에 얼굴을 처박고 있었다.

더 이상 성장할 수 없는 팬들. 머지않아 이름과 결부된 추억밖에 남지 않을 팬들.

말과 시니크는 단말마를 멈췄다. 그들은 김을 내뿜는 덩어리에 지나지 않았다.

마일리스가 명령했다.

"부상자들을 돌봐야 해! 필, 존, 누르니아, 너희는 의무대를 조직해! 하워드, 너는 기병 1개 분대를 데리고 요새화된 여관을 맡아. 플로이드와 타냐는 나와 함께 남쪽으로 가서 적이 접근하지 않는지 확인하자!"

세 마리의 개는 우아하게 달려 비의 장막 뒤로 사라졌다.

팬들은 2차 전투에서 승리했다.

기쁨 없는 씁쓸한 승리.

52
요새 점령

멜키오트는 젤리에게 다가갔다.

"제1여단은 와해됐어. 쉽게 무찔렀지. 제3여단은 규모가 작았어. 그렇지만 매번 심각한 손실을 입었어. 사실 우리가 이렇게 오래 버틸 줄은 상상도 못했어. 시니크들은 강해. 우리보다 잘 싸우지. 최후까지. 제2여단과 싸우면 오래 막아내지 못할 거야."

"나도 알아. 그래서 풀을 그린 방수포를 제작한 거야. 시니크 군대를 둘로 나누고 활과 초능력으로 무찌르는 동안, 놈들의 주력부대를 멀리 떨어진 곳에 붙잡아둘 수 있다면 승산이 있어."

"방수포 작전은 위험해. 만일 기병대가 방수포로 질주했다면 반격하기 전에 짓밟혀 무너졌을 거야."

"하지만 다른 방법이 없는걸."

마일리스는 해가 질 무렵 나쁜 소식을 갖고 돌아왔다. 그녀는 막사 안으로 들어오며 알렸다.

"플로이드가 말한 글루통 군대가 늑대의 협로 요새에 있어!"

"글루통들이 요새를 지키고 있어?"

"아니, 잠시 주둔 중인 것 같아. 또 요새 남쪽에서 수천 명의 시니크를 발견했어. 제2여단인 듯해. 글루통들이 북쪽으로 이동하면 요새를 차지할 거야."

"예상대로 늑대의 협로를 통해 에덴에 침입할 거야. 바뀐 건 병력의 수밖에 없어."

마일리스가 반박했다.

"글루통 부대와 제2여단을 동시에 공격할 순 없어! 처참히 깨질 거야!"

"적의 부대는 모두 요새에 들러. 요새가 비었을 때 점령해야 해!"

"글루통 부대가 빠져나가고 제2여단이 도착하기 전에 요새로 들어가잔 말이야? 그건 제 발로 함정에 빠지는 거야! 에덴 평의회는 절대로 포위당하지 말라고 신신당부했어!"

"상황에 따라 유연하게 대처해야지. 시니크 부대가 지원하는 상황에서 글루통들을 공격하는 건 자살행위야. 이 요새는 우리를 구할 수 있는 전략적 요충지야. 우리가 무장한 채 여기 있단 사실을 말롱스 여왕이 알게 되면, 작전을 포기하고 모든 부대를 집결시켜 이곳을 총공격할 거야."

마일리스는 이해했다.

"요새는 난공불락이 되겠네."

"바로 그거야. 초능력이 있는 한, 우리는 계략을 써서 요새에 침입할 수 있어."

아침부터 아무것도 먹지 않았던 마일리스는 사과를 집어 게걸스럽게 먹었다.

"글루통들이 요새에서 빠져나가게 내버려두고, 우리는 숲에 숨어 방수포로 가리는 거야. 그리고 특공대를 보내 성문을 열자."

젤리가 덧붙였다.

"시간을 낭비하면 안 돼. 그사이에 제2여단이 요새에 들어오면 끝장이야!"

"성공할 거야."

"반드시 성공해야 해!"

마일리스는 사과 한 조각을 먹고 언니를 바라보았다.

"우리 판단이 옳기를 바랄 뿐이야. 일단 요새에 들어가면 나올 수
없어."

☣

비는 더욱 세차게 내렸다.

가시거리는 50미터를 넘지 못했다.

그럼에도 팬들은 계곡 한가운데서 흔들거리는 불빛을 분간했다.
수백 개의 작은 불빛이 글루통들의 걸음에 따라 흔들리고 있었다.
그들이 요새에서 완전히 빠져나오는 데는 두 시간이 걸렸다. 말을
탄 어두운 형체들이 글루통들을 에워싸고 있었다.

신중한 플로이드와 프랭클린이 가까이 다가가 글루통 부대를 자
세히 살피고, 젤리와 마일리스가 후속 작전을 준비 중인 사령부로
돌아왔다.

프랭클린이 말했다.

"시니크는 글루통을 검, 철퇴 그리고 전투용 망치로 무장시켰어!"

플로이드가 보충했다.

"그들을 호위하는 말롱스 여왕의 기병도 50명가량 있어."

젤리가 물었다.

"모두 요새에서 빠져나갔니?"

"방금 성문이 닫혔어."

"그럼 잠입하자."

플로이드는 두 자매가 갈색 외투를 입는 것을 보고 불러 세웠다.

"특공대에 참여하려고? 그건 좀……. 너희들 자리는 여기야. 우

리 군대를 지휘해야지!"

"우리가 안전한 곳에만 있을 이유는 없어. 이제 우리 차례야. 로스와 니키가 사령부를 지킬 거야."

젤리, 마일리스, 타냐 그리고 멜키오트는 나무 사이로 살며시 들어가 외투의 낙낙한 두건으로 얼굴을 가렸다.

세차게 내리는 비 덕분에 특공대는 쉽게 성벽에 다가갈 수 있었다. 특히 마일리스에게는 식은 죽 먹기였다. 그녀는 아주 오래전부터 장난치기 위해, 조용히 있기 위해, 숙제를 하지 않기 위해, 혹은 동생을 피하기 위해 숨는 버릇이 있었다. 그녀의 초능력은 이 방면으로 발전되었다. 몸을 피할 수 있는 작은 그늘만 있으면 충분했다. 그녀는 그늘로 어둠의 물결을 만들고 그 안에 몸을 숨겼다. 마일리스는 튜브 속에 풍뎅이 한 줌을 넣어 가져왔다. 풍뎅이는 그늘 방패를 넓혀 친구들을 가려주었다. 그들은 육중한 철문에 도달할 때까지 눈에 띄지 않았다.

젤리는 항상 주의가 산만했다. 늘 생각에 잠겨 있었고, 탐독하는 책 내용대로 몽상하기를 좋아했다. 하지만 그 산만함 탓에 짧은 생애가 고통스러웠다. 툭하면 뭔가에 부딪쳤기 때문이다. 잘못 닫힌 문에, 벽에, 식탁 모서리에, 혹은 거리의 행인들과 부딪쳤다. 멍투성이가 될 정도로.

초능력이 발휘되었을 때, 그녀는 더 이상 부딪치지 않는다는 사실을 깨달았다.

무릎, 머리, 팔꿈치, 또 어깨가 물체를 피했다. 몇 달 후, 그녀의 손은 얇은 판자를 통과하기에 이르렀다.

마일리스가 물었다.

"언니, 정말 할 수 있겠어?"

"풍뎅이가 있으면 성공할 거야."

마일리스는 불안했다. 언니는 훈련이 부족한 상태로 목숨을 걸 준비가 되어 있었다. 그녀의 팔은 겨우 판자벽을 통과했을 뿐이었다.

그런데 이번에는 철문을 통과하려 하지 않는가.

젤리는 풍뎅이가 든 유리 캡슐을 가슴에 묶고 심호흡을 했다. 그리고 속삭였다.

"할 수 있어……. 분명 할 수 있어……."

젤리는 한참 동안 정신을 집중한 후 눈을 감았다.

타냐는 성벽 꼭대기의 초병에게 발각될까 두려워 수시로 주위를 살폈다. 그녀는 시위에 화살을 메긴 채 활을 들고 있었다. 멜키오트는 소리를 감지하기 위해 정문 앞에 무릎을 꿇고 귀를 대었다.

마일리스가 물었다.

"무슨 소리 들려?"

"아무것도. 빗소리가 너무 커!"

"만일 언니가 벽을 통과하자마자 병사와 맞닥뜨린다면……."

멜키오트는 달리 방도가 없다는 뜻으로 두 어깨를 으쓱했다.

갑자기 젤리가 철문을 향해 뛰어들었다.

코가 철문에 흡수되더니, 어깨, 골반, 다리가 차례대로 빨려들었다. 이내 그녀는 완전히 사라졌다.

☣

젤리는 먼저 얼굴에서 얼음물에 머리를 담그는 듯한 강한 한기를 느꼈다. 몸의 윤곽에서는 압력이 느껴졌다. 마치 1톤의 모래에 짓눌리는 것 같았다. 이어 한 걸음밖에 떼지 않았는데, 그녀는 이미 성벽 아래 통로에 있었다.

'성공했어! 성공했어! 해낼 줄 알았어!'

여러 개의 횃불이 침수된 안뜰과 연결된 대형 터널 속에서 타고 있었다. 젤리는 내벽에서 두 개의 문을 발견했다. 3미터 떨어진 의자에서 한 시니크 초병이 졸고 있었다.

초병은 방금 배 위로 두 손을 교차시켰다.

창은 벽에 세워져 있었고, 검은 허리띠에 달려 있었다.

젤리는 육중한 빗장의 구조를 살핀 후 혼자서는 움직일 수 없다고 판단했다. 그때, 쇠사슬과 금빛 자물쇠로 잠긴 비밀 문이 보였다.

젤리는 움직이려 했지만 외투가 붙잡았다.

외투 하단이 문의 철판에 단단히 끼어 있었다.

'제길!'

젤리는 한쪽 무릎을 꿇고 힘껏 잡아당겼다. 옷은 요란한 소리를 내며 찢어졌다.

젤리는 벌떡 일어나 초병의 목으로 뛰어들 준비를 했다. 그녀는 전투 기술에 대해 무지하고 초병보다 훨씬 힘이 약했지만, 필요하다면 주먹질로 맞서야 했다.

초병은 움직이지 않았다.

젤리는 횃불용 작은 기름통을 찾아 머리 위로 올리고는 인상을 찌푸리며 초병을 내리쳤다. 초병은 신음도 내지 못하고 의자에서 고꾸라졌다.

머리의 끔찍한 상처에서 피가 흐르는 것을 본 젤리는 이런 짓을 강요하는 시니크들을 원망하고 저주했다.

작은 열쇠는 초병의 허리띠에 매달려 있었다.

잠시 후 마일리스, 멜키오트 그리고 타냐가 열린 비밀 문으로 들어왔다.

젤리가 속삭였다.

"마일리스, 최대한 많은 초병을 제압할 수 있도록 소리 내지 않고 민첩하게 이동할 수 있는 부대를 데려와. 그동안 우리는 남문으로 가서 제2여단이 들어오는 걸 막을 거야. 남문을 장악하면 신호를 보낼게. 그러면 모든 병사에게 요새 안으로 들어오라고 알려.

"신호는 뭐지?"

젤리는 망설이다가 말했다.

"보면 알 수 있는 신호야."

타냐는 두 초병이 경보를 울리기 전에 목에 화살을 날려 쓰러뜨렸다.

세 사람은 발각되지 않도록 천천히 전진했다. 젤리는 여러 시니크들이 남쪽 탑으로 가는 것을 보고 발길을 재촉했다.

젤리는 당황한 목소리로 외쳤다.

"놈들이 성문을 열 거야!"

타냐는 마구간 처마에서 나와 넉 대의 화살로 네 명을 무찔렀다. 다섯 명의 시니크가 주루 발치에서 불쑥 나타났다. 그들은 동료의 시체를 보느라 그녀를 바로 발견하지 못했다.

한 시니크가 외쳤다.

"침입자가 있다!"

다른 시니크가 짜증을 냈다.

"또 망할 놈의 조무래기야?"

"저기야! 활을 든 계집애!"

젤리와 타냐는 남쪽 성문을 폐쇄하기 위해 달려갔고, 멜키오트는 두 손을 들었다.

젤리가 말했다.

"신호를 보낼 때야."

멜키오트는 손가락 끝에서 화염을 내뿜기 시작했다. 하늘이 환하게 밝아졌다.

수백 명의 팬이 곧장 안뜰을 점령했고, 완전히 얼이 빠진 채 나오는 시니크들을 어렵지 않게 제압했다. 침입을 파악한 한 무리의 병사가 외곽에 주둔한 부대에게 도움을 요청하기 위해 남문으로 달려 가다가 타냐의 화살과 멜키오트의 분노에 찬 화염을 맞고 쓰러졌다.

팬들은 출입구를 부수고 각 층을 점거한 후 성벽 위로 올라갔다. 시니크들은 어린이들과의 대결을 포기하고 허공에 몸을 던졌다.

마일리스는 시니크 깃발을 쥐고 있는 젤리를 발견했다.

젤리는 시니크 깃발을 발치에 던지며 외쳤다.

"우리가 요새를 정복했어. 정말 기뻐!"

"병사들을 모두 집결시키고 성문을 닫아. 이제 어떤 시니크도 침 입하지 못하게 해야 해. 이제부터 우리의 생존은 이 성을 지키는 능 력에 달려 있어. 시니크들이 들어온다면 우리 모두가 죽게 될 거야."

☣

그날 밤, 제2여단은 움직이지 않았다.

시니크들은 어떤 공격도 시도하지 않았다. 하지만 그들이 요새에 서 어떤 일이 일어났다는 사실을 모를 리 없었다. 그들은 1킬로 떨 어진 곳에 규모가 큰 야영을 설치했다. 그런데도 밤사이 진격하지 도, 후퇴하지도 않았다. 팬 감시병들은 대형 막사 사이에서 끊임없 이 흔들리는 초롱을 보았지만, 어떤 공격 조짐도 발견하지 못했다.

글루통 군대의 후미 부대에서 돌아온 기병 두 명이 북쪽에서 나타 났다.

첫 번째 기병이 성벽에 다가와 외쳤다.

"이봐! 무슨 일이야? 하늘에서 화염을 봤어!"

탑 위에서 성문을 감시하던 존은 상체를 숙이고 쉰 목소리로 대답 했다.

"아무 일도 아니야. 화재를 진압했어."

기병은 가만히 있다가 머리를 숙이고 동료에게 속삭였다.

존이 덧붙였다.

"어서 떠나! 북쪽으로 가서 고약한 팬들을 짓밟아!"

두 번째 기사가 외쳤다.

"속죄는 우리의 구원이야!"

존은 어떻게 대답해야 좋을지 몰랐다. 옆에 있던 누르니아는 두 손으로 머리를 잡고 투덜댔다.

"암구호야! 놈은 정확한 응답을 기다리고 있어!"

"뭐라고 대답하지?"

"몰라! 하지만 분명 통행할 때 사용하는 암구호야!"

존은 어깨를 으쓱하고 외쳤다.

"말롱스 여왕님께 영광을!"

두 명의 기병은 서로 바라보더니 즉시 말고삐를 당겨 전속력으로 떠났다.

존이 말했다.

"암구호의 응답어가 정확했나 본데."

"잠시 후면 손님들을 맞이하게 될지도 몰라. 글루통이 발길을 돌릴 거야!"

☣

새벽은 끊임없이 내리는 비에 짓눌려 어렵사리 일어나고 있었다.

전령 하워드는 잠시 휴식을 취하던 젤리와 마일리스를 깨웠다.

"제2여단 쪽에서 뭔가가 일어났어! 빨리 와서 살펴봐!"

외투로 몸을 감싼 두 소녀는 분주히 움직이는 제2여단의 동쪽 측면을 관찰했다. 병사들은 서둘러 말을 탔고, 궁수들은 화살집을 들고 달렸다.

시니크들은 요새로 다가오지 않고 금단의 숲 발치에서 흐르는 강과 천막 사이의 작은 숲을 경계하고 있었다.

갑자기 다섯 명의 웅크린 실루엣을 태운 채 비를 뚫고 질주하는, 말보다 더 빠른 일곱 마리의 커다란 개가 나타났다.

하워드가 내민 망원경을 들고 관찰하던 젤리가 외쳤다.

"맷이야! 위드론데이스로 떠났던 특공대의 일부야!"

20여 명의 기병이 특공대 뒤에 나타났고, 다른 20여 명의 병사들이 길을 차단하려 했다.

만일 기병들이 특공대의 발을 묶고 길을 막는다면 궁수들은 훈련 때처럼 손쉽게 작전을 마무리할 것이다.

젤리가 명령했다.

"섬광을 발사하는 팬들을 불러와! 빨리!"

53
특공대의 귀환

멜키오트는 풍뎅이 튜브를 몸에 묶은 팬 20여 명을 데리고 왔다.

젤리가 명령했다.

"저 개들이 도주할 수 있도록 엄호할 준비를 해!"

멜키오트가 반대했다.

"지금 초능력을 사용하면 대대적인 공격 때 기습 효과가 반감될 거야. 초능력이 들통 날 테니까!"

"우리가 개입하지 않으면 저 아래 보이는 다섯 명은 화살 세례를 받게 될 거야!"

멜키오트는 턱을 문지르며, 어떻게 하면 괴물 취급을 받지 않고 자신의 뜻을 관철시킬 수 있을지 고심했다.

"저 다섯 명의 목숨을 구하려다 훨씬 많은 목숨을 위태롭게 할 수 있어."

젤리는 그의 말에 몹시 실망했다.

마일리스가 말했다.

"우리 모두를 위해 목숨을 건 사람들이야! 말롱스 여왕의 비밀 무기를 가지고 돌아왔을 거야."

하지만 멜키오트는 수긍하지 않았다. 그는 젤리를 주시하며 그녀의 결정을 기다렸다. 그녀는 잠깐 망설이다가 명령했다.

"공격을 준비해."

시니크 기병들은 전투대형을 갖춘 채 개들이 달려와 자신들의 창에 찔리기만을 기다렸다. 그들은 성벽에서 800미터쯤 떨어져 있었다. 마일리스가 경고했다.

"이 거리에서는 섬광이 표적에서 벗어나 개들을 맞힐 수도 있어!"

젤리가 단호하게 말했다.

"위험을 감수하겠어."

팬들은 정신을 집중했다. 풍뎅이의 파란 불빛과 빨간 불빛이 꿈틀거렸다. 이윽고 열두 개의 다채로운 섬광이 기병들 쪽 하늘에 줄무늬를 그었다. 섬광 다발은 새벽빛 속에서 따닥따닥 소리를 냈다. 연막은 잠시 질주와 추격을 가렸다.

개들은 껑충 뛰어 연기를 뚫었고, 젊은 주인들은 털을 움켜쥐었다. 개들을 추격하는 기병들은 점점 더 뒤처졌다. 성벽에 접근한 그들은 조금 전 동료들을 덮친 엄청난 마법이 두려워 추격을 포기했다.

팬들은 요새의 남문을 열고, 일곱 마리의 개가 안뜰로 들어오자 다시 문을 닫았다. 그리고 침입을 막기 위해 무거운 드럼통을 쌓아 올렸다.

맷, 토비아스, 첸 그리고 벤은 고개를 들었다. 그들은 지쳐 있었지만, 아직 살아 있다는 사실에 기뻐했다.

호러스는 빌리의 등에서 의식을 잃었다. 두 대의 화살이 등에 박혀 있었다.

☣

팬들은 호러스를 주루의 한 거실로 옮기고 응급처치를 했다. 60

여 명의 팬이 의학 지식을 교환하며 부상자들을 돌보았다. 때로는 초능력으로 가벼운 상처를 치료했다. 대체로 약초와 탕약을 썼지만 수술이 필요한 상처에는 당황했다.

한편, 맷 일행은 요새의 한 홀에서 젤리와 마일리스를 만났다.

젤리가 초조하게 물었다.

"뭘 가져왔어?"

맷이 대답했다.

"아쉽게도 비밀 무기는 없었어."

"그럼 말롱스 여왕의 비밀은 뭐였어? 앙브르의 모반 지도는 뭘 나타냈지?"

"어떤 장소야. 앙브르가 그곳으로 떠났어. 하지만 특별한 걸 기대해선 안 돼. 무기가 아닌 지식이거든."

젤리는 요란하게 침을 삼켰다.

"그럼 이제 우리 자신만을 믿어야 한단 거야?"

"나도 걱정이야. 여기 상황은 어때?"

"너희가 오면서 본 대로야. 제2여단은 남쪽에 주둔하고 있고, 글루통 군대는 북쪽에서 늑대의 협로를 차지하고 있어. 놈들이 양쪽에서 우리를 협공하는 것도 예상해야 해."

토비아스가 놀라며 물었다.

"그들이 아직 공격하지 않았다고?"

마일리스가 대답했다.

"응. 놈들이 뭘 기다리는지 모르겠어."

벤이 말했다.

"좋은 징조가 아닌데. 그들이 흉계 없이 망설일 리 없어."

젤리가 말했다.

"우리 지원병은 거의 6천 명에 달해."

첸이 탄복했다.

"6천 명이라고? 우와! 멋지다!"

마일리스가 덧붙였다.

"대부분은 싸울 줄 몰라."

젤리가 덧붙였다.

"게다가 2천 명의 원군이 있어."

"원군은 어딨지?"

"지금은 에덴과 이 요새 사이에. 정확한 위치는 몰라. 그들은 조금 특수한 임무를 맡았어."

"어떤 임무인데?"

젤리와 마일리스는 공모의 눈빛을 교환했다.

"너희에게 헛된 희망을 주고 싶진 않아. 그들이 성공할 가능성은 매우 낮거든."

마일리스가 말을 이었다.

"좋은 소식도 있어. 풍뎅이 에너지와 결합된 초능력에 제법 익숙해졌어. 멜키오트는 섬광을 발산하는 50명가량의 부대를 지휘해!"

토비아스가 외쳤다.

"우리도 봤어! 믿기지가 않았어! 우리 앞에 있던 모든 병사가 단숨에 감전사했어!"

맷은 친구의 기쁨을 진정시켰다.

"제일 먼저 몰려드는 적을 물리치는 데 아주 유용할 거야. 하지만 5천 명에 이르는 제2여단과 맞서기엔 충분치 않아. 또 뭐가 있어?"

"궁수 1천 명과 백병전을 위한 보병들이 있어."

"힘센 어른과 맞서려면 무척 힘들 거야. 궁수들이 있어 다행이야."

젤리가 솔직히 털어놓았다.

"승리하기 전에 화살이 바닥날까 봐 걱정이야."

첸이 덧붙였다.

"게다가 비는 도움이 안 돼. 비가 억수같이 쏟아지면 정확히 조준하기가 힘들어!"

젤리가 정정했다.

"정반대야. 비는 우리 편이야! 시니크들이 우리를 태우기 위해 발사하는 불덩어리를 꺼버릴 테니까!"

토비아스가 끼어들었다.

"시니크들은 공격하지 않고 우리가 굶주릴 때까지 기다리려는 거야."

맷이 반박했다.

"말롱스는 인내심이 없어. 시니크들은 과거의 죄를 대속하기 위해 신에게 목숨을 바칠 준비가 돼 있단 사실을 보여주고 싶어 해. 그들이 기다리는 게 뭘까."

창문으로 다가간 토비아스는 멀리 있는 적의 막사를 살피며 말했다.

"조만간 알게 되겠지."

☣

글루통 군대는 해가 질 무렵에 도착했다. 그들은 성벽에서 1킬로 떨어진 곳에 집결해, 시니크 기병들의 지시 하에 야영을 설치했다.

제2여단은 요새 반대편에서 여전히 초조하게 대기 중이었다.

글루통 군대 쪽에서 기병들이 다가와 성벽 위로 화살을 날리자 전략가 로스가 외쳤다.

"활을 쏘지 못하게 해!"

한 소년이 웃음을 터뜨렸다.

"하지만 우리 위로 화살을 쏘고 있는데! 놈들이 화살을 낭비하게 내버려둬!"

"반대편 부대에 전갈을 보내는 거야! 작전을 짜기 위해 연락하고 있다고!"

멜키오트는 곧장 화염을 뿜어 하늘을 환히 비추었다. 두루마리가 말린 화살은 모두 재로 변했다.

세 개의 섬광이 가장 가까운 기병들을 즉사시키자 다른 기병들은 발길을 돌려 부리나케 도망쳤다.

로스가 경고했다.

"경계를 강화해야 해. 특히 밤에. 놈들은 남쪽 동맹군과 연락하기 위해 모든 방법을 동원할 거야."

벤이 제안했다.

"나는 하늘을 감시할 수 있어. 어둠을 훤히 볼 수 있거든."

로스는 찬성했지만 완전히 안심한 것 같지는 않았다.

"놈들은 분명 다른 방법을 시도할 거야……."

멜키오트가 말했다.

"성벽의 두께를 생각하면 어떤 시도도 할 수 없어! 요새의 양쪽 절벽은 뛰어넘지 못해. 금단의 숲으로 들어가 절벽을 우회한다면 몰라도. 그랬다간 이틀도 못 버틸걸!"

로스는 불현듯 자신이 찾던 것을 발견했다.

"강이야! 내가 그들 입장이라면 강을 이용할 거야!"

"불가능해. 아주 견고한 내리닫이 살문이 있어!"

"잔가지로 만든 작은 뗏목에 전갈을 놓으면 물살이 알아서 해줄 거야! 뗏목이 아주 작으면 강철 망 사이를 통과할 수 있어!"

"그럼 몇 사람을 배치해 강을 감시할까?"

"강이 너무 넓어서 눈에 띄지 않을 수도 있어. 더 철저한 대책이 필요해!"

멜키오트가 뛰어가면서 외쳤다.

"내게 생각이 있어!"

한 시간 후, 탑에서는 두 명의 소녀가 정신을 집중하고 있었다. 발치에는 풍뎅이 표본병 여러 개가 놓여 있었다.

두 소녀는 초능력으로 강물을 얼리고 있었다. 100여 미터의 수면

이 바위처럼 단단해질 때까지 계속 얼리던 두 소녀는 동시에 탈진해 쓰러졌다.

로스가 말했다.

"이제 양쪽 부대는 격리됐어. 놈들이 전갈을 교환하지 못하면 우리가 유리해."

이른 새벽, 맷과 토비아스는 남쪽 성벽 가장 높은 탑에서 젤리와 마일리스를 발견했다.

맷이 물었다.

"왜 우릴 불렀지?"

젤리는 지평선을 가리켰다.

벌판이 사라지고 없었다.

지평선까지 펼쳐져 있는 것은 온통 언덕뿐이었다.

수천 명의 시니크 병사가 들판을 뒤덮은 것이다. 병사들이 어찌나 많은지 풀조차 보이지 않았다.

수백 대의 수레, 말, 곰, 커다란 새장. 그리고 밤 동안 검은 갈대들이 자란 것처럼 보이는, 구름을 향해 세워진 무수한 창들.

맷은 힘없이 중얼거렸다.

"제4여단과 5여단이야."

젤리가 덧붙였다.

"놈들이 전부 모인 거야."

"놈들이 기다리던 게 저거야. 우리를 쉽게 무찌르기 위해 총동원됐어."

마일리스는 망원경을 내밀며 말했다.

"그뿐만이 아니야."

마일리스가 가리킨 방향을 탐색하던 맷은 대형 수레를 발견했다. 수레는 작은 언덕 꼭대기로 올라가고 있었다. 맷이 뉴욕 거리에서 군대 퍼레이드 날 본 전차와 비슷했다. 하지만 수레는 전차보다 훨씬 컸다. 집채만 한 수레는 대나무로 만들어졌고, 지붕에는 테라스가 있었다. 갑옷을 입은 10여 명의 병사가 발코니에서 망을 보고 있었다.

중앙에 은빛 사과가 그려진 일곱 개의 붉은색과 검은색 깃발이 수레 주위에서 펄럭였다.

두 마리의 커다란 지네가 트럭처럼 길쭉하고 높은 이 괴상한 수레를 옮기고 있었다. 다리는 무한궤도처럼 땅을 낚아채며 일렁였다.

맷은 말롱스의 오른팔인 총사령관이 발코니로 나오는 것을 보고는 자신의 어머니가 수레에 있다는 사실을 깨달았다.

여왕이 전쟁을 감독하러 왔다.

맷은 망원경을 놓고 달려 나갔다.

☣

토비아스는 무기고에서 맷을 다시 만났다.

맷은 검을 갈고 있었다.

그에게 수없이 요긴했고, 그를 보호했으며, 이미 많은 생명을 빼앗은 소중한 검.

맷은 턱이 일그러질 정도로 세게 날을 갈았다.

토비아스가 말했다.

"그러다 부러지겠어."

"토비, 엄마를 봤어. 엄마가 수레에 있어."

토비아스는 고개를 끄덕였다.

"나도 알아."

"이 모든 걸 멈춰야 해. 엄마는 이 미친 짓을 그만둬야 해."

맷은 검을 들고 엄지손가락으로 날을 만져 날카롭게 세워졌는지 확인했다. 그의 손가락은 잘 익은 과일처럼 쉽게 베였다.

"로페로덴이 아버지로 밝혀진 것도 모자라 이번엔 말롱스 여왕이 어머니라니! 이제 도망치는 것도, 두려워하는 것도 지긋지긋해. 이번엔 최후의 시니크를 쓰러뜨릴 때까지 똑바로 서 있을 거야."

맷은 피를 멎게 하기 위해 엄지손가락을 입에 넣었다.

"그런 기적이 일어난다 해도 그다음엔 어떡할 건데? 너는…… 너는 어머니와 맞서 싸울 수 없어! 부모님과는 싸우면 안 돼. 그건 불가능해!"

맷은 축축한 엄지손가락을 바라보았다. 피는 바로 다시 솟구쳤다.

"가장 고통스러운 건 자신의 살을 베는 거야."

토비아스는 보고 싶지 않아 고개를 숙였다.

맷이 덧붙였다.

"말롱스 여왕의 문제를 해결할 수 있는 건 오직 나뿐이야. 아직 어떻게 해야 할진 모르겠어. 아무튼 내가 해결해야 해."

"시니크 왕국에는 뭔가 타락한 게 있어. 그건 쉽게 사라지지 않을 거야. 시니크들은 증오심으로 판단력을 잃었어."

"무지 탓이지!"

"결과는 마찬가지야. 시니크들은 달변가에게 복종해. 발타자가 옳았어. 그들에겐 더 이상 기억이 없어. 빈 조가비에 지나지 않지! 그들을 그렇게 나쁘게 만든 건 바로 그거야."

"나는 어른이 된 사람이 싫어!"

"모두가 그렇진 않아. 카마이클 삼촌은 상냥했어. 발타자 영감도 그렇고. 친절한 어른이 또 있지 않을까?"

"과연 그럴까?"

맷은 케블라 조끼를 입다가 굳어졌다.

"잠깐 기다려……. 그래, 네 말이 맞아!"

"뭐가 말이야?"

맷은 조끼를 잡았지만 입지는 않았다.

"뭘 해야 할지 알겠어."

"정상적인 어른을 찾는 것?"
"아니야. 취침!"

☣

오전이 끝날 무렵, 비가 잠시 그쳤다.

한 시니크 전령이 이 틈을 타 말을 타고 성벽에 다가왔다. 그는 한 손에 여왕의 깃발이 달린 창을 들고 있었다.

멜키오트는 활을 쏘지 말라고 명령했다. 전령은 분명 메시지를 전달하기 위해 혼자 왔다.

젤리와 마일리스는 탑으로 올라가 전령이 다가오는 것을 보았다.

전령이 외쳤다.

"얘들아! 여왕님의 말씀을 전하러 왔다!"

그의 목소리는 멀리 계곡으로 퍼지며 요새 위쪽 급경사면에 부딪쳐 울렸다.

젤리가 대답했다.

"말해봐!"

"무기를 버리고 성문을 열어! 여왕 폐하께서 관용을 베푸실 거야! 포위 공격을 시작하면 결과는 죽음뿐이야!"

어떤 팬도 입을 열지 않은 채, 키가 아주 작은 사내가 석벽 아래에서 전하는 말을 듣고 있었다.

마일리스가 외쳤다.

"너희 여왕은 거짓말쟁이라 믿을 수가 없어! 여왕이 협상 중인 건 너희들 목숨이야! 여왕은 이미 오래전에 우리의 운명을 결정했거든! 여왕이 원하는 건 우리를 몰살시키는 거야!"

전령이 입을 열고 대꾸하려 했지만 젤리는 여유를 주지 않았다.

"여왕에게 돌아가 우리가 떨고 있지 않다고 전해!"

실망한 전령은 고개를 흔들었다.

"하느님은 우리의 믿음을 시험하기 위해 이런 시련을 주신 거야! 너희는 절대 여왕님의 뜻에서 벗어날 수 없어!"

"어떤 신도 아비에게 자식을 희생시키라고 요구하지 않아! 숭배 받을 자격이 있는 신이라면 말이야!"

전령은 물러서서 깃발을 더욱 높이 들었다. 그리고 떠나면서 외쳤다.

"그럼 마지막 심판의 분노를 맞을 준비를 해!"

최후의 결전이 결정되었다.

두 개의 전선

성벽이 흔들렸다.

땅이 쿵쿵 울릴 때마다 석벽 사이의 흙이 떨어졌다.

복도에는 산소가 부족한 듯했다. 팬들은 불안으로 위축되어 힘겹게 숨을 쉬었다.

횃불조차 다르게 보였다. 불길은 덜 맑았고, 더 약해졌다.

어린 병사들은 성벽을 분주히 뛰어다니며 화살집을 채우고, 창을 준비하고, 풍뎅이 튜브를 배분했다.

손은 축축하고 차가웠다. 누구도 섣불리 입을 열지 않았다.

시니크 병사들의 발걸음 소리는 요새 밖에서 더욱 귀를 울리며 바위와 계곡에 부딪쳤다.

남쪽 들판이 이동하고 있었다.

규칙적인 파도와 정신을 빼앗는 파랑을 일으키는 검은 바다. 수천 명의 병사가 보조를 맞춰 무거운 군화로 북을 치듯 땅을 때리며 다가오고 있었다.

빗속에서 반짝이는 철모는 리듬에 맞춰 일렁였다. 시니크들은 전투를 위해 프로그램화된 기계처럼 완벽하게 동작을 맞춰 전진하고 있었다.

시니크들은 들판을 완전히 휩쓸었다.

첫 번째 대열이 화살의 사정거리에서 멈추더니 대형 방패를 세우고 몸을 가렸다. 궁수들은 이 강철 벽 틈새로 들어가 시위을 당기고 화살을 퍼부었다.

팬들은 총안으로 피신해 반격에 나섰다.

탑에서 발사된 섬광들이 방패에 구멍을 뚫었다. 눈부신 불꽃이 갑옷을 태우자 시니크들은 울부짖었다. 병사 수백 명이 살짝 탄 풀밭에서 숯이 되어 쓰러졌다. 시니크들은 다시 화살을 날렸다.

인간의 물결은 사상자들을 짓밟으며 집요하게 몰려왔다.

빨강, 파랑, 초록 섬광이 말롱스 여왕의 군대를 환히 비추며 시니크들을 들어 올렸다. 멜키오트가 지휘하는 부대는 화염을 뿜었다.

섬광을 발사하는 팬들에게 약간의 휴식을 주기 위해 타냐가 지휘하는 궁수들이 나섰다. 무수한 화살이 발사되는 동안 시니크들 상공에는 비가 멎는 듯했다.

약 1천 대의 화살이 방패에 떨어졌고, 수백 대의 화살이 갑옷의 연결 부위를 뚫고 살에 박혔다.

시니크들이 맞대응했지만 대부분의 화살이 요새 성벽에 맞아 떨어졌다.

팬이 한 명 쓰러지면 시니크는 열 명이 고꾸라졌다.

들판의 소란은 눈에 띄지 않을 수 없었다. 요새 건너편의 글루통들은 부대의 이동 소리, 비명 소리 그리고 초능력의 불빛을 보고 전투를 준비했다.

전략은 단순했다. 성벽 밑까지 돌격하는 것.

거칠고 서툴며 작달막한 글루통들은 시니크 기병대의 명령에 따라 돌진했다.

로스가 외쳤다.

"타냐! 네 궁수들을 북쪽 성벽으로 보내! 글루퉁들이 성문에 도착하면 안 돼!"

타냐는 성벽에 있던 팬들의 4분의 3을 데리고 안뜰로 내려갔다. 요새에 팬 병사들이 많아 부대 이동이 쉽지 않았다. 마침내 타냐의 부대가 자리를 잡았을 때는 이미 성 밑에 이른 글루퉁들이 막 자른 통나무로 만든 충차로 성문을 부술 준비를 끝냈다.

타냐는 상체를 앞으로 숙이고 가장 앞에 보이는 글루퉁에게 활을 겨누었다.

글루퉁은 목덜미에 화살을 맞고 즉사했다.

수백 명의 팬이 화살을 날렸다. 글루퉁들은 동료들의 시체에 막혀 전진할 수도, 물러설 수도 없었다.

그럼에도 불구하고 한 무리의 글루퉁이 달려왔다. 눈을 든 타냐는 계곡에서 수없는 글루퉁을 보았다. 적을 다 쓰러뜨리기 전에 자신이 탈진해 죽을 것 같았다.

☣

토비아스는 남쪽 성벽에 남은 200명의 궁수에게 합류해 상상을 초월하는 속도로 연달아 화살을 날렸다. 그는 조준도 하지 않고 그저 날리기만 했다. 첫 번째 대열에 구멍이 생기기 시작했다.

시니크 병사들은 토비아스가 집중적으로 화살을 날리는 지역을 피하고 다시 접근하려 하지 않았다.

탑 꼭대기에서 팬 몇몇이 조금 특별한 공격을 준비 중이었다. 바람을 일으키는 두 소녀는 추위에 강한 팬들과 함께 정신을 집중했다. 갑자기 서리를 동반한 돌풍이 1개 대대를 덮쳤다. 시니크들이 오한을 느끼는 순간 결빙이 무기와 갑옷을 뒤덮고 살을 에는 듯한 한기를 발산했다.

대혼란이 일어났다. 시니크 병사들은 창, 방패 그리고 검을 버리고 동료들을 떼밀며 도망쳤다.

한편 섬광과 화염은 끊임없이 쇄도하는 적의 대열에 구멍을 냈고, 말롱스의 병사들은 시체를 밟고 걸어야 했다.

토비아스는 공포심이 더 빨리 전파되도록 화살집을 비울 때마다 위치를 바꾸었다. 사각형 탑 꼭대기로 올라간 그는 자신만큼 피부가 검고 키가 큰 소년과 맞닥뜨렸다. 소년은 초록색 무명 스카프로 머리를 묶고 있었다.

"테렐?"

"토비아스?"

토비아스는 하키 헬멧과 미식축구의 어깨 덮개로 무장한 열다섯 명가량의 소년을 확인하고 외쳤다.

"모두 여기 있는 거야?"

테렐이 대답했다.

"전령 한 명이 찾아와서 전쟁을 알려줬어. 가만히 있을 수 없었지! 맷도 여기 있니?"

"그래. 그는 지금 바빠."

토비아스는 무기고에서 대화를 나눈 이후 맷을 보지 못했다. 그는 잠을 자야겠다며 떠났다. 이상한 태도였다. 맷은 시니크들과 맞서 싸울 때마다 참가하지 않았는가. 하지만 토비아스는 그를 믿었다.

테렐은 탄소강으로 만든 강철 활을 들었다.

"이미 피해를 꽤 입혔는데도 화살이 사방에서 날아와!"

토비아스는 목소리를 높여 말했다.

"전의를 상실하면 안 돼! 놈들이 성문에 접근하지 못하는 한 두려워할 것 없어!"

섬광의 소음 탓에 소년들은 소리를 질러 대화해야 했다.

아래쪽 요새 안뜰에서 공포에 사로잡힌 팬들이 웅성대고 있었다. 벽을 뒤흔드는 둔탁한 충돌 소리가 들렸다.

토비아스는 당황했다.

"글루퉁들이야! 놈들이 들어올 거야!"

테렐과 그의 부하들은 토비아스의 뒤를 바짝 따라가 북문과 연결된 터널로 달려갔다.

거대한 철퇴가 강철 문짝을 치고 있었다. 문짝이 부서지기 시작했다.

토비아스는 팬 병사들을 헤치고 나아가 선두에서 싸울 준비를 했다.

테렐과 그의 부하들은 한쪽 무릎을 꿇고 강철 활을 발사할 채비를 했다.

테렐이 토비아스에게 말했다.

"우리가 너와 함께 있어. 누구도 들어오지 못할 거야!"

성문이 무너지자 글루퉁 무리가 몽둥이, 철퇴, 긴 칼을 쥐고 몰려들었다. 놈들의 피부는 쭈글쭈글했고, 농포로 뒤덮여 있었다.

강철 활은 탁 소리를 내며 화살을 날렸다. 화살은 공격적인 글루퉁들을 관통했다. 토비아스는 '잔인한 무리'에게 화살을 장전할 여유를 주기 위해 쉬지 않고 화살을 날렸다.

다행히 통로가 너무 좁아 여섯이나 일곱 명 이상은 나란히 들어올 수 없었다. 글루퉁들은 서투르게 서로 떼밀었다. 다섯 명 이상이 함께 들어오는 경우는 아주 드물었다. 그 덕분에 토비아스는 몇 초 만에 모두를 쓰러뜨릴 수 있었다. 시니크들은 20미터 거리에 있었다.

이내 15미터.

글루퉁들은 시체 더미를 밟으며 비틀거렸다.

하지만 놈들은 집요하게 몰려왔다.

토비아스는 가장 가까이에 있는 팬을 붙잡고 외쳤다.

"타냐에게 가서 성문 앞에 집중적으로 화살을 날리라고 전해. 글루퉁 군대의 유입을 차단해야 해!"

첸은 글루통들의 위쪽 천장으로 기어올랐다. 그는 놈들에게 대형 호리병박의 기름을 쏟고 놈들이 던지는 몽둥이들을 피해 도망쳤다.

첸이 외쳤다.

"불을 붙여!"

토비아스는 복도의 횃불에 화살을 쑤셔 넣어 기름이 스며든 헝겊 조각을 빼낸 다음, 기름에 젖은 글루통들에게 쏘았다.

글루통들은 단숨에 타오르면서 통제할 수 없는 꼭두각시처럼 움직였다.

그들이 쓰러지자마자 다른 글루통들이 달려와 발로 불을 껐다. 놈들은 이제 10미터 앞까지 몰려왔다.

토비아스는 잔인한 무리와 함께 잇따라 화살을 날렸다. 이제 화살은 열 대밖에 남아 있지 않았다.

화살이 여섯 대밖에 남지 않은 것을 확인한 토비아스는 글루통들에게 통로를 넘겨주고 후퇴할 준비를 했다. 수많은 화살이 성문 앞을 막고 있었다.

토비아스는 마지막 여섯 대의 화살을 가장 가까운 네 명의 적에게 쏜 다음 단도를 꺼내 공격했다.

잔인한 무리도 똑같이 했다. 작살, 등산용 피켈, 사냥용 칼이 그들의 무기였다.

글루통들이 하키 헬멧을 후려치자, 잔인한 무리는 한꺼번에 몰려가 인정사정없이 놈들을 찔렀다.

토비아스는 못이 박힌 철퇴의 공격을 교묘하게 피했다. 그리고 두 번째 공격 역시 피하면서 틈을 발견하고, 글루통의 넓적다리를 찔렀다. 몇 개의 철퇴가 동시에 그의 얼굴을 향해 떨어졌다. 그는 재빨리 괴물의 다리 사이를 지나 뒤에서 놈의 척추를 갈겼다.

토비아스는 맷처럼 체력이 강하지도 않았고, 백병전을 할 줄도 몰랐지만 한 번 더 자신의 목숨을 구해준 초인적인 몸놀림에 기뻐했다.

죽거나 신음하는 글투통들의 시체가 성문 통로를 막았다.

토비아스가 외쳤다.

"성문을 보강해야 해! 놈들이 다시 부술지 몰라!"

20명의 팬이 대형 목재 들보를 들고 왔다. 성벽 아래에 시체가 산처럼 쌓여 있었다. 타냐와 궁수들은 접근하려는 글루통들을 화살로 위협해 꼼짝 못하게 했다. 토비아스는 서둘러 문을 닫았다. 팬들은 들보로 성문을 보강한 후 출입을 막기 위해 무거운 통을 굴려 쌓았다.

한 팬이 땀을 흘리며 말했다.

"이제 남쪽 문처럼 누구도 들어올 수 없어. 나갈 수도 없고."

☣

다섯 시간 동안 적들은 섬광, 화염, 화살, 차가운 돌풍이 쏟아지는 성문 입구로 줄기차게 인파를 내보내며 전선을 유지했다. 이제 계곡에는 악취를 풍기는 해초 더미같이 수없이 많은 시체뿐이었다. 시체들이 계곡을 더럽히고 있었다.

황혼 무렵, 뿔피리가 울리자 적은 마치 오래전부터 이 순간을 기다렸다는 듯 단번에 물러갔다.

멀리 시니크들의 커다란 막사에서 초롱에 불이 켜지고, 늑대의 협로에 고요가 찾아왔다.

누르니아가 흥분하며 말했다.

"놈들이 항복한 거야?"

젤리가 고개를 저었다.

"일단 전투를 중지한 거야."

로스가 보충했다.

"전략을 다시 짜기 위해서야. 놈들은 우리의 저항을 예상하지 못했을 거야."

마일리스가 말했다.

"섬광을 발산한 팬들은 기절하기 일보 직전이야. 전투가 계속됐다면 한 시간도 못 버텼을걸."

"시니크들은 이 사실을 몰라. 속으면 안 돼. 오늘 밤은 경계를 강화해야 할 거야. 놈들이 다른 방법을 시도할 수도 있어. 내가 그들이라면 그렇게 하고도 남아. 우리의 경계를 시험하기 위해."

젤리는 턱으로 전쟁터를 가리켰다.

"요새가 있으니 버틸 수 있어!"

로스가 고개를 저었다.

"오래 버틸 순 없을 거야. 여긴 철옹성이 아니야. 우리 군대의 대부분은 지금은 아무 도움이 안 돼. 그저 홀과 안뜰에 대기하고 있을 뿐이지. 궁수들과 섬광을 발사하는 팬들만이 전투에 참가 중이야. 그들은 지쳤고, 화살은 바닥났어. 궁지에 몰리는 순간이 올 거야."

"그럼 어떻게 하지?"

"선수를 치고 전쟁터를 장악하는 거야. 성 밖으로 나가야 해. 개기병대의 장점을 활용하면 빠르게 공격할 수 있어. 성벽 방어는 보병에게 맡기자."

"그건 근접전이잖아. 시니크들은 백병전에서 우리보다 강해."

"백병전이 불가피하다는 건 처음부터 알고 있었잖아."

젤리는 고개를 흔들었다.

"아직까진 우리 쪽 사상자가 매우 적어. 하지만 성 밖에서 싸운다면 수백 명씩 쓰러질 거야."

"이제 겨우 시니크 전위부대에 흠집을 냈을 뿐이야! 놈들은 우리를 지치게 하고 있어. 놈들이 다시 공격할 때 보병을 출전시키면 이미 늦은 거야! 에덴 평의회는 너와 네 언니를 이 부대의 사령관으로 임명했어. 그건 너희의 결정이 중대하다는 걸 뜻해. 젤리, 이건 전쟁이야. 네 의지와 상관없이 전사자들이 생기기 마련이야."

젤리는 침통한 표정으로 고개를 끄덕이고 중얼거렸다.

"나도 알아⋯⋯."

"오늘 오후, 우리는 놈들의 사기를 꺾었어. 하지만 착각해서는 안 돼. 놈들이 오늘 입은 병력 손실은 빙산의 일각에 지나지 않아!"

젤리가 말했다.

"그럼 기습으로 놈들을 집요하게 공격하자. 우리가 물리적으로 승리할 수 없다면 사기를 꺾어놓자!"

마일리스가 제안했다.

"섬광을 발사하는 팬들이 휴식을 취할 수 있도록 개들과 함께 공격해!"

타냐가 헐떡거리며 달려왔다.

"글루통들은 약해지지 않았어."

젤리가 한숨을 내쉬었다.

"타냐, 궁수들의 3분의 1로 글루통들을 물리치고 나머지는 쉬게 해. 놈들이 공격하면 다시 교대시켜."

"이런 속도로는 내일 낮이면 화살이 바닥날 거야."

젤리는 로스와 시선을 교환한 후 투덜거렸다.

"동시에 두 개의 전선을 이끌 순 없어. 궁수들은 글루통을 맡고, 나머지는 남쪽 시니크와 싸울 수밖에."

플로이드가 나섰다.

"내가 개들을 데리고 성 밖으로 나갈게. 놈들이 예상할 수 없을 만큼 빠르고 과감하게 공격할 거야."

젤리가 말했다.

"그동안 우리는 병력을 배치할게. 기습 효과를 얻기 위해 새벽 직전에 공격할 거야."

로스는 젤리가 혼자 남을 때까지 기다렸다가 그녀의 손목을 잡았다.

"어려운 결정이란 거 알아."

"내일 나는 친구들을 죽음의 전장으로 보내야 해."

젤리의 눈에 눈물이 고였다.

"다른 친구들의 목숨을 구하기 위한 일이야."

☣

플로이드가 이끄는 개 기병대는 소리 없이 성문을 빠져나갔다.

시니크 야영지에 접근한 기병대는 전속력으로 잠든 병사들을 기습해 목창으로 보초들을 죽이고, 유지 초롱을 던져 막사에 불을 질렀다. 600마리의 개들과 팬들은 10분 만에 공포의 씨앗을 뿌리고 요새로 도망쳤다.

시니크들은 팬들이 야간에 기습하리라고는 추호도 상상하지 못했다. 초병의 수는 너무 적었고, 방어 수단도 전혀 없었다. 손실은 막대했다.

시니크들은 단 한 시간의 화재로 반나절의 전투에서보다 두 배 많은 병력과 장비를 잃었다.

팬들의 기습 작전은 대성공이었다.

말롱스 여왕은 격노했다.

밤에 시니크 궁수들은 보호 장비를 착용한 곰들에게 둘러싸인 보병 대열 뒤로 이동했다.

새벽이면 잔인한 공격을 목격하게 될 것이다. 말롱스 여왕은 더이상 당하지 않을 것이다.

하지만 그날 밤 팬들은 반대편 요새의 병력을 강화했다.

글루통 병사들은 집요하게 성벽으로 몰려왔다. 이번에는 엄폐물 없이는 다가오지 않았다. 그들은 열다섯 혹은 스무 명씩 무리를 지어 뗏목으로 만든 방패로 몸을 가리며 다가왔다.

그것은 분명 시니크 기병대의 생각이었다. 글루통들은 너무 아둔

해 그런 묘안을 짜낼 수 없었다.

화살을 막을 수 있게 된 글루통들은 빗속에서 거의 보이지 않게 이동했다.

타냐는 몹시 지쳤지만 계속 방어를 감독했다.

그녀는 성문 바로 앞에서 50여 명의 글루통을 발견했다. 그녀는 부관 중 한 명에게 지시했다.

"횃불 기름을 찾아와! 놈들에게 다가올 수 없다는 걸 보여줘야 해!"

타냐는 글루통들이 성문까지 접근하게 내버려둔 다음 기름을 쏟으라고 명령했다. 그리고 불화살을 날렸다. 불이 붙은 놈들은 울부짖으며 흩어졌다.

하지만 팬들은 곧바로 두 배의 글루통들이 몰려오는 것을 미처 보지 못했다.

타냐가 말했다.

"놈들을 모두 물리칠 순 없어. 성문 앞을 밝히려면 섬광을 발사하는 팬들이 필요해!"

부관이 대답했다.

"그들은 휴식 중이야."

"더 기다리다간 2천 명의 글루통이 동이 트기 전에 성안으로 몰려들 거야!"

섬광을 발사하는 팬들은 졸린 눈을 비비며 북쪽 성벽으로 왔다. 그들은 비틀거렸고, 넘어지지 않기 위해 총안을 붙잡아야 했다. 낮에 고갈된 에너지가 비축되기도 전에 다시 전투가 시작되었다.

타냐는 그들이 섬광을 발사하다가 쓰러지고 말 거라고 판단했다. 하지만 어쩔 도리가 없다. 그녀는 궁수들을 준비시켰다.

섬광이 발사되었다.

성 앞이 환해지자 궁수들은 글루통들에게 화살을 날렸다.

상황은 타냐가 예상했던 것보다 심각했다.

모든 글루통들이 요새 앞에 있었다. 그들은 조용히, 천천히 다가오고 있었다.

타냐가 외쳤다.

"젤리와 마일리스에게 놈들이 다가왔다고 전해!"

화살이 발사되고, 섬광이 수십 명의 글루통을 쓰러뜨렸다. 하지만 섬광을 발사하는 팬들이 차례대로 의식을 잃어 타냐는 공격을 중지하라고 명령해야 했다.

풍뎅이들은 더 이상 활발하게 움직이지 않았고, 평소보다 약한 불빛을 발산했다.

타냐가 말했다.

"다른 수를 찾아야 해."

부관이 말했다.

"비가 내려서 계곡에 불을 붙일 수가 없어!"

타냐는 계속 활을 쏘라고 명령했다. 시니크들이 어찌나 많은지 대충 겨누고 쏘아도 두 발 중 한 발은 명중했다.

타냐가 말했다.

"보병을 준비해. 오늘 밤 글루통들이 성안으로 들어올 거야! 다른 방법이 없어……."

그녀는 멀리 늑대의 협로에서 이상한 광채를 발견하고 입을 다물었다.

글루통 군대 뒤에서 엄청난 규모의 파란 불빛과 붉은 불빛이 요새로 달려오고 있지 않은가.

10분 후, 타냐는 난생처음 풍뎅이들의 대이동을 보았다.

수백만 마리의 풍뎅이들이 두 개의 흐름으로 나뉜 채 땅바닥에서 우글거렸다. 한쪽은 붉은 불빛을, 다른 쪽은 파란 불빛을 발산하고 있었다.

젤리가 중얼거렸다.

"'새로운 길' 작전이야. 작전이 시작된 거야!"
풍뎅이 물결이 늑대의 협로를 뒤덮고 있었다.

55
승리와 패배

성벽으로 가기 위해 주루에서 나온 맷은 이제껏 한 번도 보지 못한 야경을 보게 되었다. 비가 보이지 않을 만큼 무수한 불빛이 반짝였고, 섬광이 레이저광선처럼 밤하늘에 줄무늬를 수놓았다.

맷은 진짜 수면을 취했다기보다는 깊은 명상 상태로 12시간 이상을 잤다.

분명한 목적을 위해. 그는 이제 목적이 달성됐다고 생각했다.

맷은 계곡에서 요새까지 땅을 뒤덮은 두 가지 빛깔의 풍뎅이를 보고 놀라움을 금치 못했다. 풍뎅이들은 요새를 우회하기 위해 가파른 바위를 기어오르고 있었다.

수많은 풍뎅이들이 막강한 에너지를 발산했다.

모든 팬들은 손가락 끝, 목덜미 그리고 살에서 짜릿짜릿한 전기를 느꼈다.

하늘은 15분 전까지만 해도 빈사 상태에 빠졌던 팬들이 발사하는 강력한 섬광으로 가득했다.

튜브에 몇 마리의 풍뎅이만 있어도 초능력을 열 배로 증가시킬 수 있었다. 팬들은 이 헤아릴 수 없는 곤충의 물결 덕분에 경이로운 힘을 갖게 되었다.

글루통들은 폭발하면서 피를 분출했다. 대부분은 섬광에 의해 즉사했고, 살아남은 자들은 궁수들의 화살을 맞고 쓰러졌다.

대학살.

풍뎅이 물결에 대한 소문은 곧바로 요새에 퍼졌고, 팬들은 이 장관을 보기 위해 달려왔다. 모두 이 마법적인 물결의 에너지를 느끼며 전투에 기여하고 싶었다.

불, 얼음, 바람 그리고 물이 절망과 공포에 빠진 글루통들에게 쏟아졌다.

갑자기 말들이 뒷발로 일어서면서 어른들이 떨어졌다. 곡괭이, 삽, 창으로 무장한 2천 명의 팬이 어른들의 배후를 공격하고 있었다.

시니크 기병들은 수적 열세에도 불구하고 어린이와 청년에게 막대한 손실을 입혔다. '새로운 길' 작전은 에덴 북쪽에 있는 풍뎅이 물결을 이곳으로 돌리는 것이었다. 이 작전에 참가했던 팬들의 일부는 열두 살이 채 되지 않았다. 연장자들의 보호를 받던 가장 어린 팬들이 에덴에서 막연히 기다리는 것을 거부하고 새로운 부대를 조직했던 것이다.

어린 팬들이 건장한 데다 말까지 탄 어른들과 맞서 싸우기란 역부족이었다. 그들은 수적 우세와 동료들의 섬광 덕분에 대학살을 모면했다. 그래도 그들 가운데 200명은 다시 일어나지 못했고, 또 200명은 중상으로 신음했다.

요새는 어린 팬들을 영웅으로 맞이했다. 요새 북쪽의 적은 흩어졌지만 말롱스 여왕의 주력부대는 남쪽에 집결해 있었다.

팬들의 참모부가 계획한 대로 4천 명의 전사가 기습적으로 시니크 전선을 돌파하기 위해 새벽 직전 들판으로 돌진했다.

가장 앞에 있는 몇몇 대열은 이 뜻밖의 쇄도에 저항하지 못하고 금세 무너졌다. 이윽고 보호 장비를 착용한 곰들이 끄는 수레가 불

418

쑥 나타났다.

곰들은 축 늘어진 입술에서 침을 흘리며 공격했다. 놈들은 쉽게 팬들의 중심으로 침투했다. 수레의 문이 열리자 팬들은 공포에 질렸다. 광분한 로되르녹튀른들이 수레에서 나오더니, 닥치는 대로 공격하기 시작했다. 스무 마리의 괴물이 흩어져 공격하자 팬 부대는 와해되었다.

팬들은 황급히 대열을 재조직하고 괴물들과 맞서야 했다. 말롱스 여왕은 이 순간을 이용해 제2여단의 남은 병력을 출전시켰다.

섬광을 발사하는 팬들은 글루통들을 몰살시킨 후 달려왔다. 그들은 사정거리에 있는 어른들을 공격하기 시작했다.

하지만 시니크들이 너무 많아 역부족이었다. 젤리와 마일리스는 팬들이 적군에게 포위되고 차례대로 쓰러지는 것을 보았다.

젤리가 명령했다.

"퇴각 뿔피리를 불어!"

마일리스가 덧붙였다.

"교란작전을 위해 개 기병대를 보내!"

600마리의 개들이 들판으로 돌진해 시니크들의 측면을 공격했다. 토비아스가 이끄는 부대는 부상당한 팬들을 죽이고 있는 시니크 중대에 화살을 퍼부었다.

맷은 빗속에서 검을 휘둘렀다.

머리와 팔이 굴러떨어졌다.

맷은 뾰족한 창과 날카로운 검을 막은 케블라 조끼 덕분에 여러 차례 목숨을 구했다.

불현듯 한 팬이 개를 타고 달려왔다. 그는 부상으로 거동이 매우 불편했지만, 전투에 참가해 시니크들에게 복수하고 분노를 발산하고자 의무대에서 도망쳤다.

호러스였다.

그는 두 손으로 검을 쥐고 돌격하더니 단호하게 싸워 1개 분대 보병을 격퇴했다. 그의 개 빌리 역시 똑같은 분노를 발산하는 것 같았다. 녀석은 입으로 적을 물어뜯으며 다리로 무섭게 걷어찼다.

맷은 호러스의 측면을 보호하기 위해 다가가 외쳤다.

"미쳤어? 너는 싸울 수 있는 상태가 아니야!"

"너희가 쓰러지는 꼴을 보고만 있을 순 없어!"

"호러스, 너는 부상을 당했어!"

"너는 언젠가 내 시선에 시니크들에 대한 분노가 서려 있다고 말했지! 분노는 전투에 도움이 될 거야! 맷 카터, 네가 옳았어! 안전한 곳에서 마냥 너희를 기다리고 있을 순 없어! 나는 이 순간을 기다렸어! 놈들이 친구들을 학살하는 걸 봤다고! 더는 못해! 놈들은 톡톡히 대가를 치르게 될 거야."

맷은 그를 설득할 수 없었다. 두 사람을 검을 부딪쳐 서로 격려했다. 그들은 분노와 힘을 합해 팬들이 재빨리 후퇴하는 동안 많은 적들을 쓰러뜨렸다.

하지만 성문이 너무 작아 수천 명이 곧장 들어갈 수 없었다. 팬들과 개들이 시시각각 쓰러졌다. 시니크 군대는 점점 더 모여들었다.

팬들의 방어선은 곧 무너질 테고, 시니크들은 순식간에 돌파 작전을 펼칠 것이며, 팬들은 완전히 포위될 것이다. 맷은 피로와 수적 열세에도 불구하고 동료들에게 굳건히 버티라고 명령했다. 그들은 개의 기동성을 이용해 공격을 교묘히 피하며 전속력으로 덤볐다.

마침내 팬 부대는 요새 안으로 들어갔다. 맷 주위의 벌판은 팬과 개의 시체로 뒤덮여 있었다. 맷은 개 기병대에게 후퇴하라고 외쳤다. 맷과 몇몇 동료가 엄호하는 동안 개 기병대는 성문으로 달려갔다.

시니크들은 개 기병대가 비운 공간 쪽으로 몰려갔다. 마지막까지 남은 맷과 토비아스는 금방이라도 쓰러질 듯했다. 두 친구는 싸움을 멈췄지만 열다섯 명가량의 시니크들이 바로 길을 차단했다.

빌리의 등에 탄 호러스가 불쑥 나타나 적의 대열을 무너뜨렸다. 그는 쉬지 않고 검을 휘둘러 적의 어깨, 머리, 팔다리를 베고 부러뜨렸다.

호러스가 혼자서 1개 분대를 격퇴하는 동안 마지막 팬들이 도망쳤다. 맷은 잠시 제자리에 남아 적진으로 뛰어드는 호러스를 바라보았다. 그는 호러스에게 달려가고 싶었다.

호러스는 죽음도 개의치 않았다. 이 희생에 영웅심은 전혀 없었다. 그는 피를 통해 광분을 해소하고 싶을 뿐이었다.

그것은 호러스의 선택이었다.

호러스는 혼자 힘으로 팬들의 목숨을 구했다. 그는 요새로 돌아갈 생각이 없었다.

맷은 강철이 부딪치는 소음 속에서 친구에게 작별 인사를 한 다음 플립을 몰고 요새로 달렸다.

맷과 토비아스는 성문이 닫히기 직전 마지막 팬들과 함께 입성했다. 그들은 피투성이였다.

맷은 성벽 꼭대기로 올라가 호러스가 적을 무찌르는 것을 보았다. 호러스와 빌리는 한 몸처럼 움직였다.

팬들과 싸우던 시니크 중대가 갑자기 후퇴했다. 울퉁불퉁한 모래를 휩쓸기 위해 해변에서 물러갔다가 더욱 맹렬한 파도를 몰아치려는 바다처럼. 호러스와 빌리는 이 고함 소리와 강철의 물결 속으로 사라졌다.

맷은 방금 사라진 친구를 위해 가슴에 손을 얹었다. 목이 메었다.

팬의 3분의 1이 전사했다.

그리고 말롱스 여왕의 군대는 성문 앞까지 몰려왔다.

섬광을 발사하는 팬들은 날이 밝을 때까지 적의 일부를 물리쳤다. 전쟁터에는 너무 많은 시체들이 쓰러져 있었다.

비열한 술책이 시작되었다.

시니크들은 들판에 쓰러진 어린이들에게 달려가 멀리 끌고 가서,

옷을 벗기고 피부를 살폈다.

한창 전쟁 중임에도 피부 수색 작전은 계속되고 있었다.

☣

비는 더욱 거세게 쏟아졌다. 북쪽에서 다가오는 폭풍우의 천둥이
계곡 위에서 울렸다.

풍뎅이들은 탑과 경계를 이루는 돌출된 바위를 넘었다. 빨간색과
파란색 물결은 이제 벌판을 향해 흘러가고 있었다.

섬광을 발사하는 팬들은 전기를 품은 대기 덕분에 더욱 강력한 섬
광을 발산할 수 있었다. 머리카락이 물속에서처럼 나부꼈다.

이윽고 섬광을 분출하던 팬들이 차례대로 비틀거렸다.

카마이클 섬을 대표하는 두 형제 레지와 더그는 의식을 잃은 팬들
에게 달려왔다.

레지가 걱정스레 물었다.

"어떻게 된 거야?"

더그는 첫 번째 팬의 목을 만져보고 가슴에 귀를 댔다. 그리고 똑
같은 방법으로 두 번째 팬과 세 번째 팬을 진찰했다.

그는 창백한 낯빛으로 말했다.

"이들은…… 죽었어!"

풍뎅이들의 엄청난 에너지에 흥분되고 도취된 팬들은 자신들의
생명이 조금씩 사라지는 것을 느끼지 못한 채 모든 에너지를 소모
했다. 그들은 에너지를 방출할 때마다 풍뎅이들의 생명력뿐 아니라
자신들의 생명도 소진된다는 사실을 몰랐던 것이다.

섬광의 위험에서 벗어난 시니크 제4여단과 제5여단이 포위 공략
에 합류했다. 충차가 성문을 공격하는 소리가 요새 전체에 울렸다.

팬들은 우선 많은 부상자들을 모아 안전한 대형 홀로 옮겼다.

맷은 얼굴에 묻은 피를 닦아낸 후 젤리와 마일리스를 만나러 탑 꼭대기로 올라갔다.

맷이 물었다.

"성문이 얼마나 버틸 수 있지?"

마일리스가 대답했다.

"한 시간 이상은 버티지 못할 거야."

"그다음엔?"

"모든 병력을 안뜰에 집결시켜 성문 통로에서 시니크들을 제지할 거야. 하지만 놈들은 우리보다 열 배가 많아. 조만간 놈들이 밀고 들어오겠지. 그러면……."

젤리가 동생의 말을 끊었다.

"그럼 끝장나는 거야. 우리는 최선을 다해 버텼어."

맷이 말했다.

"나는 성 밖으로 나가야 해. 강 쪽 비밀 문으로 나갈 거야. 강이 아직 얼어 있다면 쉽게 제방으로 갈 수 있어."

토비아스는 소스라치게 놀랐다.

"어디로 갈 건데?"

"말롱스 여왕을 만나러."

"말롱스 여왕을? 미쳤어? 너는 절대……."

"시니크들은 배후를 방어하지 않아. 여왕이 전투를 감독하는 수레까지 쉽게 잠입할 수 있어."

"그다음엔? 경호원들을 무찌르고 여왕을 죽이면 시니크들이 네게 복종할 거라고 생각해?"

맷은 고개를 흔들었다.

"그게 아니야. 내게 말롱스 여왕과 싸울 수 있는 중요한 협력자가 있어."

"그게 누구지?"

천둥은 더욱 크게 으르렁거렸다.

맷은 다가오는 폭풍우를 가리켰다.

"저기에 있어. 그가 도착하기 전에 여기서 벗어나야 해."

56
친구들

맷이 케블라 조끼와 검 멜빵의 착용을 마쳤을 때 토비아스가 다가와 말했다.

"나도 함께 갈게. 벤도 동행하겠다고 했어. 개를 준비 중이야."

"그건……."

"우리를 설득하는 건 시간 낭비야. 우리는 너와 함께 갈 거야. 일이 잘못됐을 때 널 데려올 사람이 필요해."

맷은 가죽 장갑을 챙기며 말했다.

"토비, 나는 돌아올 생각이 없어."

"뭐라고? 어째서?"

맷은 입술을 깨물었다.

"궁지에서 빠져나올 수 있다고 생각하지 않아."

"이 폭풍우는 로페로덴이지?"

맷은 고개를 끄덕였다.

토비아스는 격분했다.

"네가 저 괴물을 불렀어?"

"응. 그가 먹이를 찾기 위해 탐색하는 무의식을 통해서. 내 말을 들을 때까지 몇 시간이고 불렀지. 나는 항복하겠다고 약속했어. 우리가 협력해야 한다는 사실을 깨달았다고도 말했지. 로페로덴이 오고 있어."

토비아스는 맷의 의도를 파악했다.

"그를 말롱스 여왕에게로 유인하는 거야?"

"맞아. 네가 말했잖아, 시니크들은 정신이 비어 있기 때문에 악인이라고! 그리고 공포는 쉽게 공백을 채울 수 있다고. 말롱스 여왕도 똑같다고 생각해."

"하지만 여왕은 기억해! 기억력을 완전히 잃지 않았다고!"

"토비, 여왕에게는 사랑이 비어 있어. 그녀는 폭풍설 이전에 가장 소중하게 여겼던 나와 아빠를 잃었어."

"엄마와 아빠를 결합시킬 생각이구나."

"두 사람을 진정시키기 위해. 이 전쟁을 끝내기 위해. 만일 내가 로페로덴과 말롱스 여왕을 결합시킨다면 뭔가 좋은 일이 생길 거라고 확신해. 그들이 악인이 된 건 내면의 균형이 깨지고 정신이 비었기 때문이야! 이 결합으로 그들은 바뀌게 될 거야! 시니크들은 맹목적으로 여왕에게 복종하고 있어! 토비, 이 일은 잘될 거야!"

토비아스는 그것이 무엇을 의미하는지 깨닫고는, 눈물을 참기 위해 이를 악물었다.

"네가 뭘 하든 너와 함께 갈 거야. 너와 헤어지지 않아."

맷은 그에게 손을 내밀었다.

"역할 게임의 주인공들처럼."

"그래서가 아니야. 우리는 친구잖아."

☣

맷과 토비아스는 마침 테이커, 레이디 그리고 플룁의 솔질을 끝낸 벤에게 갔다. 그는 자신의 허스키를 쓰다듬으며 말했다.

"이 녀석들은 최소한 이런 대우를 받을 자격이 있어."

안뜰은 팬들로 가득했다. 그들은 충차 공격이 멈추고 시니크들이 몰려오기만을 기다리고 있었다. 아무도 입을 열지 않았다. 팬들은 무기를 꼭 쥐고 공격에 대비했다.

궁수 부대가 성벽에서 집요하게 적들을 괴롭히는 팬들과 교대하기 위해 주루에서 나와 성벽 꼭대기로 가고 있을 때, 궁수들 중 한 소녀가 맷 앞에서 멈췄다.

금발 소녀가 말했다.

"널 다시 만날 수 있으리라고는 전혀 생각 못했어."

"미아! 여기 있었구나!"

"보다시피 원거리 전투를 위해서야. 아직도 다리를 많이 절어. 어깨가 불편해서 활 이외에 다른 무기는 잡을 수 없어. 그래도 조준은 정확히 해."

"조심해. 시니크들도 숨어서 활을 쏘고 있어."

"너희는 여길 떠나는 거야?"

맷은 두 동료를 바라보았다.

"그래, 우리는……."

미아는 손가락을 입술에 댔다.

"말하지 마. 시니크들이 이곳에 들어와 모든 일이 끝났을 때, 멀리 떨어진 곳에서 살아 있을 너를 상상하고 싶어."

"그렇게 말하지 마. 우리는 놈들을 물리칠 수 있어."

미아는 상냥한 시선으로 맷을 바라보며 슬픈 미소를 지었다.

"누구도 환상을 품지 않아. 우리는 적어도 우리의 이상, 우리의 자유를 위해 싸웠어. 우리는 이 빌어먹을 전쟁에서 이길 수 있다고 생각했어. 유감이야. 다른 세상에서 너와 함께 살고 싶었는데."

미아의 다른 동료들은 이미 모두 성벽 꼭대기에 있었다. 미아는 화살집을 꼭 껴안고 토비아스와 맷에게 작별 인사를 했다.

"나는 가야 해. 노예 신분과 배꼽 고리에서 구해줘서 고마워. 내가 죽더라도 품위를 지킬 수 있는 건 너희 덕분이야. 안녕."

미아는 둘의 볼에 뽀뽀를 남기고 절뚝거리며 떠났다.

벤은 가장 가까운 총안으로 고개를 내밀어 아무도 없다는 것을 확인하고 비밀 문을 열었다. 문은 얼어붙은 강의 작은 부교 쪽으로 나 있었다.

토비아스가 먼저 문을 지나 얼음에 한 발을 얹어 견고한 정도를 보았다.

"좋아. 얼음은 우리를 지탱할 수 있을 만큼 충분히 두꺼워."

세 마리의 개가 문을 통과했고, 두 소년이 마지막으로 나왔다.

맷이 제안했다.

"강을 건너자. 건너편에 도착하면 어떤 시니크도 우리를 볼 수 없을 거야."

그들은 전쟁터에서 아주 가까운 곳에 있었기 때문에 충차가 성문을 치는 쾅음과 화살이 쏟아질 때마다 부상자들이 내지르는 비명을 들을 수 있었다.

맷은 플룸과 나란히 얼음판을 걷기 시작했다.

갑자기 뭔가가 휙휙 소리를 내며 지나갔다. 맷이 상황을 파악한 순간 화살 한 대가 개의 허리에 꽂혔다.

"플룸! 안 돼!"

다섯 명의 시니크가 부대에서 벗어나 성벽을 조사하며 잠입할 수 있는 구멍을 찾고 있었다. 놈들은 뜻밖의 먹이를 향해 화살을 퍼부었다.

세 명의 소년은 얼음판에서 몸을 굴렸다. 하지만 엄폐물이 없어 오래 버티지 못할 것 같았다.

시니크 중 한 명은 머리에 화살이 관통되어 즉사했다. 두 번째 화살이 날아왔다.

한 시니크가 탑 꼭대기를 가리키며 외쳤다.

"저 위쪽이야! 계집애야!"

미아는 허공으로 상체를 숙인 채 화살을 날리고 있었다. 그녀의 긴 금발이 바람에 나부꼈다. 그녀는 세 번째 병사를 쓰러뜨렸다. 하지만 시니크들이 쏜 두 번째 화살이 소녀의 가슴에 박혔다.

맷이 외쳤다.

"미아!"

활을 어깨에 비스듬히 메고 있던 토비아스는 이 혼란을 틈타 활을 꺼내고 겨누었다. 화살은 마지막 남은 시니크 두 명을 쓰러뜨렸다.

미아는 총안을 움켜쥐고 있었다.

그녀는 맷과 토비아스에게 미소를 보내고 추락했다.

그녀의 몸은 끔찍한 소리를 내며 얼음과 부딪쳤다. 하얀 얼음판이 흔들리더니 여러 개의 균열이 나타났다. 미아는 단번에 균열 속으로 미끄러지며 검은 물속으로 사라졌다.

미아 쪽으로 한 걸음 내딛던 맷은 더 이상 아무것도 할 수 없다는 사실을 깨달았다. 그는 송곳니로 화살을 뽑고 있는 플룸에게 다가갔다.

"그러지 마. 상처가 악화될지 몰라. 내게 맡겨."

사방에서 넓은 얼음판이 갈라졌고, 비밀 문 아래의 얼음판은 작은 조각으로 쪼개졌다.

벤이 외쳤다.

"서둘러야 해!"

맷은 개의 부상을 확인했다. 지금 개를 요새로 돌려보낼 수는 없었다. 개는 걱정될 만큼 많은 피를 흘리고 있었다. 그는 화살 밑동을 꺾었다.

플륍은 간신히 일어나더니 건너편 제방까지 비틀비틀 걸었다. 주위의 얼음이 깨지고 있었다.

맷이 갈대 사이로 기어오르는 순간 그가 밟고 있던 얼음판이 깨졌다. 그는 숲의 주변부로 들어가 요새를 바라보았다.

맷은 슬픔으로 눈물을 글썽거렸다.

미아는 그들을 위해 목숨을 희생했다.

수천 명의 팬들도 시니크들의 입성을 막기 위해 죽을 각오가 되어 있었다.

하지만 적은 너무 많았다.

바로 그때, 하늘에서 느닷없이 용들이 나타났다.

57
용

용은 하늘에서 뚝 떨어졌다.

낮은 구름과 비를 뚫고.

열다섯 개의 위풍당당한 형체.

맷은 그들 중 가장 큰 형체를 알아보기 전까지 잠시 그것이 용이라고 생각했다.

베소마트리스호.

뜨거운 공기를 내포한 공들이 몸통을 공중에 띄우고, 수많은 연이 강한 돌풍을 이용해 전속력으로 선체를 견인하는 열다섯 척의 배.

공중에서 무수한 화살이 시니크들에게 쏟아지면서 하얀 섬광이 발사되었다.

클로로팬필이 지상의 팬을 도우러 온 것이다.

그들뿐만이 아니었다. 해골 가면을 쓴 젊은이들이 소형 배를 잔뜩 몰고 왔다.

맷은 그들의 도움이 전세를 뒤집는 데 충분할지 아닐지 알 수 없었다. 하지만 한 가지는 확신할 수 있었다. 즉, 이 기회를 이용해 말롱스 여왕에게 달려가야 했다.

로페로덴의 폭풍우는 그다지 멀리 있지 않았다.

그때 플림이 그에게 주둥이를 내밀었다

플림은 상처를 입었음에도 그를 안내할 준비가 되어 있었다.

맷은 개의 등을 타고 달렸다.

☣

앙브르는 베소마트리스호 뱃머리에 서 있었다.

그녀는 아래쪽에서 우글거리는 병사들을 살폈다.

올랜디아와 팰리스 그리고 클레맨티스는 갑판에서 부하들에게 임무를 분배하고 있었다.

입에 작은 호루라기를 문 팰리스는 지렛대를 잡은 두 명의 클로로팬필 소년에게 신호를 보냈다.

선체 밑의 길쭉한 뚜껑문이 열리자 10미터 길이의 녹옥색 문어 한 마리가 시니크 군대 한복판으로 떨어졌다.

팰리스가 호루라기를 불자 문어가 움직이더니, 사방으로 촉수를 내뻗고 병사들을 움켜쥐었다.

팰리스는 의기양양하게 외쳤다.

"우리의 레퀴엠베르가 잠시 놈들을 혼내줄 거야!"

앙브르는 내부에서 생명력이 순환하는 것을 느꼈다. 지구의 심장과 융합한 효과는 거의 사라졌고, 피부 아래의 기운만이 느껴졌다. 클로로팬필들이 '생명나무의 영혼'이라고 부르는 둥근 불빛은 이제 그녀의 내부에 있었다. 불빛 덩어리가 그녀와 합체된 것이다.

그것은 모든 것을 바꾸었다.

클로로팬필들은 앙브르를 생명나무에게 선택된 사람으로 간주했다.

그리고 이 전쟁은 그들의 전쟁이 되었다.

백 부족은 앙브르가 성취한 일에 매혹되었을 뿐 아니라 자존심을 지키기 위해 클로로팬필에게 능력을 입증하고 싶어 했다.

앙브르는 이 연합군을 늑대의 협로로 안내했다.

그녀는 들판까지 흐르고 있는 풍뎅이 물결을 느끼고 전율했다. 자신이 풍뎅이 에너지에게 끌림을 느꼈다.

앙브르는 자신이 이전과 다르다고 느끼진 않았다. 전기에 더욱 예민해진 것 말고는. 그녀는 풍뎅이 물결에서 추가적인 힘을 얻을 수 있을 만큼 가까이 다가갔다고 판단하고 정신을 집중하기 시작했다.

앙브르가 두 손을 펴자 시니크들 한복판에서 땅이 솟구쳤다.

마치 거인이 입김을 내뿜은 것처럼 바람이 일더니, 시니크 병사들을 한꺼번에 허공으로 날려버렸다.

앙브르는 우현으로 돌면서 엄청난 충격파를 발산했다. 보이지 않는 비행접시가 내려앉은 것처럼 반경 20미터 안에 있던 병사들이 짓눌렸다.

앙브르가 정신을 집중하고 팔을 뻗는 곳마다 시니크들은 묵사발이 되거나 공중으로 날아가 공백 상태가 되었다.

베소마트리스호 주위의 배들은 지상에 있는 병사들에게 화살을 퍼부었고, 반격을 받기 전에 바람처럼 도망쳤다.

벡 드 피에르가 지휘하는 배는 수시로 초저공비행을 감행했다. 배는 지면을 스칠 듯 지나면서 화살을 퍼부어 수십 명의 시니크를 쓰러뜨렸다. 하지만 지나치게 저공비행한 탓에 결국 여러 개의 공이 적의 화살에 뚫리고 말았다. 배는 금세 고도를 잃고 곰들 위로 추락해 무시무시한 굉음을 내며 박살났다.

벡 드 피에르는 먼지구름에 휩싸인 난파선에서 빠져나오는 데 성공했다. 그는 한 장교와 부하들을 쓰러뜨린 후 시니크들의 창을 맞고 비틀거리다가 승리의 미소를 머금고 활을 쥔 채 죽었다.

잠시 후 벡 부족의 두 번째 배, 이어 세 번째 배가 레퀴엠베르의 시체 위로 추락했다.

난파선들이 일으킨 피해는 시니크 병사들의 대열에 폭넓은 흔적을 남겼다.

말롱스의 보병이 요새 성문을 부수고 성안으로 몰려가고 있었다.

앙브르는 손등으로 10여 명의 병사를 쓰러뜨렸다.

같은 수의 병사가 빠르게 그 자리를 채웠다.

앙브르는 땅을 솟아오르게 하고 소수의 시니크들을 해치운 다음, 달려오는 원군 앞에서 공기를 폭발시켰다.

앙브르는 공격을 되풀이했고, 이윽고 제4여단이 완전히 흩어졌다. 사망한 병사들의 무기력한 시체와 비틀거리고 질겁한 병사들이 널려 있었다.

앙브르는 성과에 개의치 않고 공격을 멈추지 않았다. 그녀의 유일한 관심은 요새의 팬들을 보호하는 것이었다.

그녀는 팬들의 생명을 보호하기 위해 시니크들의 목숨을 거두고 있었다.

역효과는 충격적이었다.

먼저 손목이 끔찍하게 아팠다.

그리고 머리가 점점 더 세게 지끈거렸다.

비명을 지르게 할 만큼.

앙브르는 지구 에너지를 사용해 지나치게 분노를 발산했고, 지나치게 죽음을 흩뿌렸다. 지구 에너지는 그녀의 혈관과 정신에서 타오르고 있었다.

앙브르는 자신의 피가 부글부글 끓고 있다고 느꼈다.

견딜 수 없는 고통이었다.

베소마트리스호는 시니크 궁수들에게 너무 가까이 접근하는 바람에 공들이 무수한 화살에 맞아 터지고 말았다.

클로로팬필들의 기함이 앞으로 기울어졌다. 세 선장이 필사적으로 조종했음에도 기함은 말롱스 군대 한복판에서 좌초되고 말았다.

다른 네 척의 배들은 조금 먼 곳에서 망가졌다.

시니크들은 잠시 경계의 시선으로 추락한 커다란 배를 관찰하다가 달려들었다.

세상을 정복하기 위해 쓰러뜨려야 할 병사가 아직 많이 남아 있었다.

58
융합

맷은 말롱스 여왕의 수레가 있는 언덕에 도착했다.

그는 베소마트리스호가 박살나는 것과 시니크 군대가 요새를 포위하는 것을 보았다.

플륌은 혀를 늘어뜨린 채 힘겹게 나아가고 있었다. 맷은 땅으로 뛰어내려 개를 덤불숲 쪽으로 밀었다.

"여기서 기다려. 만일 내가 내일 저녁까지 돌아오지 않으면 여길 떠나. 그리고 사람들로부터 멀리 떨어져서 살아."

플륌은 주인에게 키스 공세를 퍼부었다. 그는 개가 따라오지 못하도록 밀어내야 했다. 테이커와 레이디도 플륌과 함께 남았다.

커다란 지네들은 움직이지 않았지만 냄새는 역겨웠다.

맷은 수레 옆에서 보초를 서고 있는 한 시니크를 발견했다. 가장 낮은 발코니는 지면에서 3미터쯤 떨어져 있었다.

토비아스는 멀리에서 초병을 쓰러뜨렸다. 세 소년은 지네의 등으로 뛰어내려 대나무 인도교를 기어올랐다.

수레는 하키 경기장만큼 넓었고, 3층 건물만큼 높았다.

하지만 오래 수색할 필요는 없었다.

말롱스 여왕은 앞쪽 테라스에 서서 승전을 즐기고 있었다.

맷은 여왕을 발견하자마자 두 친구를 그늘진 곳으로 잡아당겼다.

"더 기다려야 해! 로페로덴이 올 때까지."

폭풍우는 그들 뒤에 바싹 붙어 따라왔다. 지금은 강을 따라 올라오고 있었다. 로페로덴은 맷의 흔적을 쫓아오는 중이었다. 맷은 아빠를 초대했다. 아빠가 접촉을 유지할 수 있도록 정신도 열어놓았다.

벤이 말했다.

"대체 무슨 소리야?"

"나를 믿어."

벤은 희미한 어둠 속에서 맷의 얼굴을 탐색했다.

"맷, 우리는 전쟁에 지고 있어. 말롱스 여왕이 우릴 짓밟고 있다고!"

"기다려야 해! 조금만 더!"

벤은 일어났다.

"아무것도 하지 않은 채 여기 있을 순 없어. 너희는 움직이지 마. 여왕의 오른팔이 이 근처에 있는지 확인해볼게."

좋은 생각이 아니었다. 맷은 그를 붙잡고 싶었다. 하지만 벤은 곧바로 대나무 복도로 들어갔다.

토비아스가 말했다.

"내버려둬. 그는 잘 처신할 거야."

두 소년은 초조하게 기다렸다. 천둥이 치고, 번개가 공상적인 섬광으로 수레를 뒤덮었다.

번개가 다시 쳤을 때, 열 명의 시니크가 불쑥 나타나 맷과 토비아스의 목에 창을 겨누었다.

병사들을 헤치고 나온 트웨인 장군이 잔인한 냉소를 머금고 맷을 노려보았다. 그는 1천 개의 조각으로 만든 움직이는 갑옷을 보란 듯이 과시했다.

"이렇게 다시 만나다니!"

벤은 두 손을 허리에 얹고 트웨인 옆에 있었다.

맷은 믿고 싶지 않다는 듯 눈을 깜박거렸다.

"벤? 어떻게······."

"맷, 유감이야. 어쩔 수 없었어."

토비아스가 격분했다.

"무슨 짓을 한 거야?"

벤은 고개를 저었다.

"선택의 여지가 없었어. 팬의 안전을 위해서야. 우리는 이 전쟁에서 이길 수 없어. 친구들은 이 순간에도 죽고 있어. 뭔가를 해야 해."

"네가 우릴 배신했다고?"

맷은 정신이 아찔해졌다. 벤이 배신을 하다니! 벤은 언제나 팬들을 위해 모든 일을 했다. 그리고 에덴을 위해 날마다 위험을 감수했다. 그가 친구들을 팔아넘기고 적과 타협한 이유는 한 가지밖에 없었다. 나이가 듦에 따라 꾸준히 시니크들을 닮아간 것. 가장 나이가 많은 팬들은 점차 우정으로 판단하지 않는, 계산적이고 타협적이며 변덕스러운 사람이 되었고, 언젠가는 어른들 쪽으로 넘어갈 것이었다. 이미 그런 팬을 보지 않았는가.

그것은 불치병 같았다.

벤이 산증인 아닌가. 맷은 이 명백한 사실에 낙담했다. 그는 이제 저항할 힘조차 없었다. 저항하고 싶지도 않았다.

"말롱스 여왕과 협정을 맺었어. 맷, 너와 평화를 맞바꿨어."

"여왕이 그 제안을 받아들일 거라고 생각해?"

바로 그때 오만한 목소리로 들렸다.

"이미 그렇게 했어!"

말롱스 여왕이 검은색과 하얀색의 낙낙한 옷을 입고 나타났다. 아들을 노려보는 백옥 같은 얼굴에는 사랑도, 연민도 없었다.

여왕이 덧붙였다.

"오랫동안 이 순간을 기다렸어."

맷은 무의식적으로 불렀다.

"엄마……."

"너는 내가 기억한 대로야."

"그럼 엄마는 날 기억하는 거야?"

말롱스 여왕은 어떤 애정도, 향수도 나타내지 않았다. 그녀의 얼굴에는 소름이 돋을 만큼 냉기가 감돌았다.

여왕이 말했다.

"네 얼굴이 언제나 떠올랐어! 네 꿈을 자주 꿨지! 너는 내가 예전에 저지른 악덕의 화신이야. 마침내 나는 하느님께 완전한 헌신을 보여줄 수 있게 됐어!"

맷은 엄마였지만 애정을 완전히 잃은 여인 앞에서 더듬거렸다.

"무슨 말이야? 엄마는…… 더 이상…… 나를 사랑하지 않아?"

여왕이 냉소를 짓자 맷의 슬픔은 분노로 변했다.

"얘야, 나는 널 사랑해. 덕분에 임무를 완성할 수 있게 됐거든!"

맷이 거칠게 대꾸했다.

"그런 식으로 부르지 마. 당신은 더 이상 내 엄마가 아니야! 날 낳아준 엄마라면 결코 어린이들에게 전쟁을 선포하지 않았을 거야!"

"신앙이 내 눈을 뜨이게 해줬지. 나는 모두에게 내 신앙을 입증할 거야. 내가 어떻게 하느냐에 따라 내 부하들이 세상 끝까지 날 따라올 거야. 구원을 향해, 하느님을 향해!"

토비아스는 뒤로 물러나면서 외쳤다.

"아들을 죽이겠다고? 병사들 앞에서 아들을 희생시키겠다고?"

말롱스 여왕은 광기 어린 시선으로 또박또박 말했다.

"나는 이 방황하는 영혼들의 인도자야! 모범을 보여야 해!"

트웨인 장군이 덧붙였다.

"우리 여왕 폐하께서는 회의적인 사람들을 설득하기 위해, 병사들을 규합시키기 위해 아들을 하느님께 바치실 거야!"

말롱스 여왕이 외쳤다.

"뿔피리를 불어! 병사들이 볼 수 있게 해!"

벤이 물었다.

"그럼 전쟁은요? 약속했잖아요!"

말롱스 여왕은 길바닥의 곤충을 바라보듯 그를 살폈다.

"이제 전쟁은 끝이야."

벤은 안도의 한숨을 내쉬었다. 그는 슬픈 눈길로 맷을 바라보며 시무룩하게 말했다.

"어쩔 수 없었어."

말롱스 여왕은 낄낄거리며 웃기 시작했다.

"우리는 너희에게 화해의 손길을 내밀고 너희가 우리에게 중대한 손실을 입혔다는 사실을 전할 거야. 너희가 성문을 열어주면 우리는 너희의 목을 잘라 죽일 거야. 하느님은 우리의 관대함을 용서하지 않으실 테니까. 하느님께 바치는 선물은 완전해야 해!"

☣

뿔피리가 울리자 말롱스의 군대는 전부 벌판으로 후퇴했다.

시니크 병사들은 요새 공격과 베소마트리스호의 약탈을 멈추고 언덕 아래로 집결했다.

폭풍우가 몰아치고 있었다.

말롱스는 두 손으로 단도를 쥐고 수레의 테라스에 서 있었다.

트웨인 장군은 맷의 등에서 그의 두 손을 붙잡고 있었다.

토비아스와 벤은 10여 명의 경비병에게 둘러싸여 있었다.

트웨인은 맷을 여왕 쪽으로 밀었다.

말롱스 여왕은 폭풍우 속에서 외쳤다.

"내 신도들아!"

여왕의 목소리는 벌판으로 날아갔다. 광신이 목소리를 열 배쯤 증대시키는 것 같았다.

"우리의 아주 먼 조상인 최초의 남자와 최초의 여자는 죄를 지었다. 그들은 하느님께 순종하지 않아 낙원에서 쫓겨났다. 그 후 후손들은 이 원죄의 무게를 짊어져 왔다. 추방되고 불완전한 인류는 너무 오랫동안 고통을 겪었고, 하느님의 용서를 갈망했다. 이제 더 기다리지 않고 용서를 구할 때가 왔다! 내 신도들아, 나는 너희에게 구원을 약속했다. 원죄를 갚을 수 있는 방법을 찾아내겠다고 약속했다! 이제 우리가 충직한 신자임을 하느님께 보일 시간이다! 하느님께서 우리를 다시 품에 안아주시도록! 지상낙원의 문이 다시 열리도록! 나는 너희에게 우리 자만심의 최후 열매인 자식들을 희생시키라고 요구했다! 우리가 오직 하느님만을 사랑한다는 결의를 보여주기 위해! 나는 이제 하느님께 내 아들의 생명을 바치겠다! 우리 자식들이 모두 죽으면 몸에 지도를 지닌 어린이를 발견할 것이다. 이 지도는 전능하신 하느님께 가는 길을 보여줄 것이다!"

트웨인이 맷을 군중 앞에 세우자 환호성이 터졌다. 함성은 성벽까지 울렸다.

"주님! 저의 한결같은 충성을 보소서! 주님에 대한 사랑을 제외한 모든 사랑을 포기합니다! 주님에 대한 믿음을 보소서! 저는 아들을 포기하겠습니다!"

말롱스는 맷의 머리를 붙잡아 목을 겨누고 단도를 휘둘렀다.

바로 그때, 수레에 벼락이 떨어졌다. 뽑힌 깃발들이 요란한 소리를 내며 날아갔다.

트웨인은 소스라치게 놀라 맷을 놓았다.

맷은 그의 머리를 강하게 들이받고, 말롱스에게 달려들어 손목을 후려쳤다. 여왕의 손목은 단번에 부러졌다.

여왕은 비명을 질렀고, 단도는 대나무 사이로 사라졌다.

여왕이 일어나는 순간 망토가 펄럭였다.

로페로덴이 맷 앞에 떠 있지 않은가.

그는 주위의 돌풍에도 끄떡없이 자신이 일으키는 바람에 따라 일렁이고 있었다. 검은색의 대형 실루엣.

해골 얼굴이 시트에서 나타났다.

"맷! 아가! 내 안으로 들어와!"

맷은 로페로덴에게 몸을 내맡기기 위해 두 팔을 벌리고 폭풍우 속에서 외쳤다.

"아빠가 이리 와!"

☣

로페로덴은 감동으로 몸을 부르르 떨더니 망토를 펄럭이며 테라스를 가로질러 날아왔다. 맷은 옆으로 한 걸음을 옮겨 엄마 앞에 섰다.

로페로덴은 두 사람을 삼키기 위해 대형 시트를 펼쳤다.

토비아스는 민첩성을 이용해 경비병들 사이를 지나 로페로덴보다 먼저 맷에게 다가갔다.

토비아스가 친구를 잡아당겨 함께 바닥을 구르는 사이, 로페로덴은 커다란 입으로 말롱스를 삼켰다.

로페로덴은 움직이지 않았다.

병사들은 악마가 여왕을 삼키자 경악에 찬 비명을 내질렀다.

트웨인은 검을 꺼내며 울부짖었다.

"안 돼!"

트웨인은 검으로 비를 후려치고 토비아스의 얼굴을 이마에서 뺨까지 벴다. 그가 가엾은 소년의 목을 자르기 위해 팔을 올렸을 때 벤이 경비병들을 헤치고 달려와 토비아스를 감쌌다.

검은 벤의 머리를 벴다. 피가 얼굴을 뒤덮었다.

벤은 토비아스의 눈동자를 응시했다. 두 사람의 피가 뒤섞였다.

벤은 쓰러지면서 토비아스를 짓눌렀다.

트웨인은 발로 벤의 몸을 밀어냈다.

맷은 몸을 굴려 한 병사에게서 검을 빼앗은 후 공격을 피했다.

트웨인이 왼쪽 주먹을 날려 맷의 입술을 깨뜨렸다. 그가 맷에게 검을 꽂으려는 순간 뭔가가 흉골에 박혔다.

트웨인은 고개를 숙이고 자신의 가슴을 바라보았다.

맷의 검이 갑옷을 뚫고 두 허파 사이에 깊숙이 박혀 있었다.

심장에.

맷은 이를 악물고 증오의 시선으로 트웨인을 노려보았다.

"이건 토비아스의 복수야."

트웨인은 무릎을 꿇었다. 그의 얼굴에서 비가 흘러내렸다.

그는 마지막으로 여왕과 그들의 이상을 생각했고, 마침내 천국을 알게 될 것인지 궁금해했다.

잠시 후, 그는 숨을 거두었다.

☣

로페로덴이 수축되었다.

내부에서 뭔가가 밀렸다.

망토의 주름에서 뭔가가 움직이고 있었다.

천둥이 그치고, 비가 약해졌다.

망토가 바닥에 떨어졌다. 로페로덴은 더 이상 존재하지 않는 것 같았고, 한쪽 무릎을 꿇은 한 실루엣이 보였다.

머리카락 한 올 없는 온화한 얼굴이었다. 남녀가 혼합된 상냥한 얼굴.

남자인지 여자인지 단언할 수 없었다.

맷은 일어나 예전에 익숙했던 얼굴을 바라보았다.

그것은 아빠도 엄마도 아니었고, 두 사람과 조금 비슷했다.

그 존재는 맷을 보고 머리를 숙이며 말했다.

"맷, 우리를 용서해줘."

그리고 쓰러졌다.

한 몸에 두 영혼이 융합된 것이다.

하지만 연약한 인간은 그런 충격을 견딜 수 없었다.

로페로덴과 말롱스였던 존재는 천천히 웅크리더니 죽었다.

병사들은 흥분하기 시작했다. 그들은 복수를 위해 무기를 들었다.

59
한쪽 무릎을 꿇다

모든 병사들이 맷을 죽이기 위해 언덕을 오르기 시작했다.

올랜디아와 클레맨티스는 뒤에서 앙브르를 끌어 올렸다. 팰리스는 선체 추락에서 살아남지 못했다.

두 소녀는 앙브르를 테라스까지 옮겼다. 앙브르는 힘을 모아 혼자 일어났다.

앙브르는 다가오는 수천 명의 시니크를 바라보았다.

맷은 앙브르를 부축해주고 싶었지만 올랜디아가 제지했다.

"앙브르는 연설을 할 거야."

앙브르가 우렁찬 목소리로 말을 시작하자 신비한 힘이 그녀의 목소리를 널리 전달했다.

"여러분은 우리의 아버지이고, 형제입니다. 무기를 내려놓으세요. 우리는 여러분의 적이 아닙니다."

시니크들은 소녀의 큰 목소리에 놀라 걸음을 멈췄다.

앙브르가 말을 이었다.

"여러분은 지식과 추억을 잊어버렸습니다. 여러분은 두려움을 피하기 위해 종교에 의지했습니다. 하지만 신이 어딘가에 존재한다면 분명 자비로울 것입니다. 신은 여러분이 자식들의 피를 흘리게 하길 원치 않습니다. 여러분을 맹목적으로 만든 것은 공허에 대한 공포입니다. 저는 이 공허를 채워줄 수 있습니다."

앙브르가 두 손을 들어 올리자 이내 비가 그치고 바람이 멎었다. 빛의 구체가 불쑥 나타나더니 앙브르의 머리 수 미터 위에서 커지며 천천히 돌기 시작했다.

"이것은 지구의 심장입니다. 이 심장은 제 안에 있습니다. 이것은 생명, 기억, 과거 그리고 미래입니다. 아홉 달 전 세상을 바꾼 폭풍설은 지구의 심장을 지표면으로 밀어 올렸습니다. 우리는 이 지구의 심장을 보호해야 합니다. 이것이 우리의 안내자가 될 수 있습니다."

부식토, 활짝 핀 꽃, 수액 그리고 요오드 향기가 벌판에 쏟아졌다.

멀리서 풍뎅이들이 행진을 멈추고 앙브르를 바라보았다.

빛의 구체는 맑고 깨끗한 휘파람 소리를 내며 심장처럼 꿈틀댔다.

모든 시니크가 눈도 깜박이지 않고 입을 벌린 채 지구의 심장을 경탄하며 바라보았다. 팬들도 요새에서 나와 도취적인 불빛을 지켜보았다. 불빛에는 냄새와 소리 외에도 매혹적인 뭔가가 있었다. 전기에너지가 사람들의 몸에 스며들었다.

빛의 에너지는 사람들의 정신을 사로잡았다. 이 에너지는 세포에 침투했다. DNA에까지. 각 생물의 모든 비밀을 간직한 이 경이로운 생명의 코드.

순간 구경꾼들은 이 생생한 빛이 왜 익숙한지 알게 되었다.

빛의 열기는 어머니 배 속에서 태아를 감쌌던 것이었다.

그것은 탄생의 빛이었다.

또한 죽음의 빛이었다.

존재의 본질 그 자체였다.

작은 행성을 닮은 이 빛의 구체는 생명의 정수였다.

앙브르의 경이로운 목소리가 이어졌다.

"여러분이 무기를 버린다면, 우리가 동맹을 맺는다면, 우리는 태초부터 시작된 인류의 사명을 계속할 수 있습니다. 그것은 생명을 퍼뜨리는 것입니다. 우리는 계속 진화해야 합니다."

팬들과 시니크들은 서로 뒤섞인 채 폭력을 이겨내는 이 연설에 매료되었다. 클로로팬필들도 듣고 있었다.

회전을 멈춘 빛의 구체가 하얀 수증기 띠로 분해되었다. 하얀 수증기가 내려와 앙브르를 휘어 감더니 소녀의 내부로 완전히 사라졌다.

지친 앙브르는 긴 한숨을 내쉬었다.

그녀는 발치에 있는 병사들을 보며 덧붙였다.

"이제 여러분은 더 이상 혼자가 아니라는 사실을 알고 있습니다. 여러분의 삶은 헛되지 않습니다. 자연은 태초부터 우리에게 생명을 퍼뜨리라는 사명을 주었습니다. 모든 동물 중 인류가 가장 탁월한 능력을 보여주었습니다. 하지만 인류는 길을 잃고 가장 파괴적인 존재가 되었습니다. 우리는 환경을 오염시키고 지구의 균형을 위협했습니다. 오늘 우리는 두 번째 기회를 얻었습니다. 여러분은 이 기회를 붙잡겠습니까?"

앙브르는 반응을 살폈다. 그녀는 진화를 포기하고 부인하기 위해 지구의 심장을 분쇄하고 공중에 날릴 준비가 되어 있는 무기들을 바라보았다.

이윽고 병사들이 조용히 흐느끼기 시작하더니 한쪽 무릎을 꿇고 고개를 숙였다.

수천 명의 시니크가 마치 한 사람처럼 일제히 진흙에 한쪽 무릎을 꿇고 창, 검, 도끼, 방패를 내려놓았다.

앙브르가 연설을 마쳤다.

"모두 함께합시다."

60
바빌론의 왕

그날 저녁, 시니크 병사들은 벌판에 무수히 널려 있는 시체들을 태우기 위해 장작더미를 높이 쌓고 불을 피웠다.

고약한 냄새가 수 시간 동안 진동했지만 누구도 얼굴을 가리지 않았다. 희생된 사람들을 잊지 않기 위해.

팬과 어른은 여전히 서로 경계했지만 협력해 시체를 운반했다.

모두 당황하고 있었다.

그들은 자신이 누구인지, 왜 그렇게 서로를 죽였는지 알지 못했다.

앙브르는 모든 대화와 시선의 중심에 있었다.

그녀는 요새로 안내되어 휴식을 취했다. 그녀는 마지막 몇 시간 동안 에너지를 방출해 극도로 쇠약해져 있었다.

그녀는 이틀 내내 잠들어 있었다.

그녀가 깨어났을 때, 토비아스가 머리맡에 있었다. 이마에서 뺨까지 긴 흉터가 나 있었다.

침대에 앉아 있던 맷이 손을 내밀며 부드럽게 말했다.

"굉장한 모험이었어."

앙브르가 맞장구쳤다.

"맞아, 굉장했어."

"시니크들은 우리와 대화를 시작하기 위해 고위급 대표를 선출할 거야. 토비아스는 발타자를 추천했어. 그가 여기로 오고 있어."

앙브르가 말했다.

"서로 이해하고 신뢰하기까지는 시간이 필요할 거야."

맷은 잠시 그녀를 바라보고 나서 물었다.

"느낌이 어때? 네 몸속 에너지 말이야."

"책임감이 너무 커. 신체적으로는 어떤 차이도 느껴지지 않아. 충격은 약해졌어. 지구의 심장이 내 몸에 흡수된 거야."

토비아스가 물었다.

"이젠 어떻게 하지? 준수해야 할 원칙이 있어? 너는 뭘 해야 해?"

"없어. 나도 몰라. 나는 많은 걸 느껴. 지구가 우리를 뒤흔들기 위해, 우리를 위협하기 위해, 우리의 기원과 진정한 본성을 떠올리게 하기 위해 폭풍설을 일으켰을 때, 심장이 튀어나올 정도로 엄청난 에너지를 방출한 것 같아. 지구는 더 이상 심장을 보호할 수 없었어. 지구의 심장을 보호하고 증식시키기 위해서는 덮개가 필요했고, 그게 바로 나였던 거야."

맷이 지적했다.

"지구의 심장을 증식시킨다고?"

앙브르는 고개를 숙였다.

"그래, 언젠가는."

토비아스는 이해하지 못하고 물었다.

"어떻게?"

"아이를 낳아서."

"아."

앙브르는 눈을 깜박거렸다. 그녀는 소년들 틈에서 거북함을 느끼고 주제를 바꿨다.

"팬들은 어때?"

맷과 토비아스는 동시에 괴로운 표정을 지으며 어깨를 으쓱했다.

맷이 설명했다.

"전사자와 부상자가 많아. 정신적 충격을 받은 팬들도 있어. 그리고 어찌해야 할지 모르는 팬들, 나이가 들면서 방황하는 팬들도 있고. 콜린처럼 우리와 함께 있으면 불편하지만 아직 어른들과는 어울릴 수 없는 팬들."

"그럼 벤은?"

맷은 침울하게 고개를 저었다.

토비아스는 마치 자신에게 책임이 있는 것처럼 얼굴을 붉히며 털어놓았다.

"벤은 우리를 배신했어. 그것이 팬들의 생명을 구하는 방법이라고 생각해서."

맷이 말을 이었다.

"시니크들에게 들은 바로는 바빌론에서 배신했던 사람도 닐이 아닌 벤이었어. 그는 나이가 들면서 조금씩 어른이 되었고, 점점 '합리적'인 방법을 선택하게 된 거야. 그는 전쟁을 종식하기 위해 너와 날 시니크들에게 넘겨줄 방법을 찾았어. 바빌론에서 배신을 시도했지만 실패했고, 위드론데이스에서는 모든 대원의 목숨을 위태롭게 할 수 없어 시도조차 할 수 없었지. 그래서 여기서 호기를 노렸어."

토비아스가 덧붙였다.

"어른이 된다는 사실이 점점 두려워져."

앙브르가 안심시켰다.

"이제 상황이 바뀔 거야."

실제로 그렇게 되었다.

며칠 후, 발타자가 도착했다.

그는 팬의 도주를 도와준 죄목으로 오랫동안 감옥에 갇혀 있었다.

그는 하루아침에 축축한 짚 의자를 떠나 옥좌에 앉게 되었다.

시니크들이 그를 바빌론의 왕으로 임명한 것이다. 시니크들은 아직 은 최고 권력자 없이 살 준비가 되어 있지 않았다. 시간이 필요했다.

발타자는 요새 성벽에서 긴 연설을 했다. 그는 즉각 배꼽 고리를 금지시켰다. 그리고 어른들과 팬들에게 새로운 시대가 시작되었음을 선포하고 안심하라고 말했다.

발타자는 인성의 중요성, 경청의 자세, 그리고 사랑이 죄가 아니라는 점을 강조했다. 그는 신의 존재를 부인하진 않았지만, 신앙을 개인의 문제로 넘겼다. 그는 신앙이 대인관계를 이끌거나 구속해서는 안 된다고 거듭 당부했다.

발타자는 여성들이 겪고 있는 사회적 불평등과 자유의 부재를 비난했다. 그리고 마지막으로 남자와 여자는 인류의 미래를 위해 서로 사랑해야 한다고 주장했다.

발타자는 몇 주 동안 시니크들과 팬들이 여전히 두려움 때문에 함께 살 수 없다는 사실을 확인하고, 조금 더 각자의 영역에서 생활하는 한편 요새를 대화의 장소로 활용할 것을 공언했다.

여전히 말롱스의 교리에서 벗어나지 못한 시니크들은 어린이들을 두려워하며 함께 살려고 하지 않았다. 팬들은 시니크들이 아이를 낳으면 맡아 기르겠다고 제안했다.

어린이, 청소년과 함께 지내고 싶지 않은 나이 많은 팬들은 시니크 진영에 합류할 것이다.

그리하여 많은 규범이 정해졌다. 모두 서로 존중하며, 언젠가는 어른과 어린이가 바빌론이나 에덴의 한지붕 아래에서 함께 살 수 있기를 간절히 기원했다.

세상은 노력과 희생 덕분에 변할 것이다.

행복한 세상.

그것은 모두가 바라는 것이었다.

✴

에필로그

팬들과 시니크들이 동맹을 맺은 지 3주가 지났다.

화창한 초가을, 맷은 에덴 거리를 걷고 있었다. 그는 에덴 중심의 커다란 사과나무 아래에 앉아 있는 앙브르를 발견했다. 플림은 옆에서 자고 있었다. 개의 상처는 거의 아물었다.

앙브르는 방금 딴 사과를 손에 쥐고 있었다.

맷이 소식을 전해주었다.

"에덴 평의회는 조금 전 젤리와 마일리스를 대사로 임명했어. 두 사람이 오늘 저녁 요새로 떠날 거야."

"잘됐네. 두 소녀는 우리의 관계가 호전될 수 있도록 재치와 지성을 발휘할 거야."

"아쉽게도 좋은 소식만 있는 건 아니야. 시니크들은 뷔뵈르를 대사로 임명했어! 발타자는 반대했지만 이 비열한 놈은 아직도 바빌론에 정치적 후원자들이 많아. 그래서 왕의 의견에 상관없이 대사로 임명됐지."

"기적을 기대하진 말아야 해. 모든 게 완벽하게 이뤄질 순 없어……."

"젤리와 마일리스에게 이 사실을 알렸어. 놈을 엄중히 감시할 거야!"

"해야 할 일 천지야. 각자 자신의 일자리를 찾아야 해."

"콜린도 요새로 떠나. 어른과 팬의 사자가 되겠다고 자청했어."

"콜린은 잘해낼 거야. 두 진영 사이에서 안정을 되찾겠지. 토비아스는 어때?"

"상처는 아물었어. 하지만 큰 흉터가 남을 거야. 흉터를 자랑스럽게 생각해. 저녁마다 추억의 살롱에 죽치고서 모두에게 모험 얘기를 해주고 있어. 흉터가 그에게 존경심을 부여하던데."

앙브르와 맷은 호탕하게 웃었다.

앙브르는 친구의 시선에서 약간의 우수를 감지하고 물었다.

"너는 어때?"

맷은 고민 중이라는 듯 몸을 좌우로 흔들었다.

"부모님을 생각해. 왜 그들이었을까? 왜 나였을까?"

"한 사람이 필요했을 뿐이야. 네가 선택된 건 우연이야. 토비아스나 나, 혹은 다른 누군가였을 수도 있었어. 폭풍설 때 지구는 우리 세상을 뒤집었어. 그건 엄청난 일이었지. 지구가 일으킨 변혁은 완벽하게 성공하지 못한 것 같아. 르니플뢰르 같은 좀비들이 있었잖아. 일부 어른들은 증발됐고, 다른 어른들은 목숨은 구했지만 자식들과 멀어졌어. 우리에게 교훈을 주려는 것 같아. 자연은 사물을 몰라. 자연은 사물을 느끼고 짐작할 뿐이지. 이혼하려던 네 부모님은 자연이 인류 차원에서 느꼈던 부조화의 전형이었을 거야. 우리로 하여금 적대적인 팬들과 화해하게 하고 적들과의 통합을 이끈 건 우리가 여전히 지구를 대표할 만하고 생명을 퍼뜨릴 자격이 있는지 확인하기 위한 일종의 시험이야."

맷은 어깨를 으쓱했다.

"틀림없어. 세상 어딘가에 헤어진 부모님들, 학대받은 아이들이 있을 거야."

"그래. 바위 성경을 떠올려봐. 다른 중대한 표시와 모반이 있었어. 우리는 클로로팬필에게 안내된 표시만을 따라갔을 뿐이야. 이미 그들을 알고 있었기 때문에. 분명 다른 표시들도 있어."

"우리와 같은 다른 팬들이 지구의 다른 심장들을 발견했다고 생각하니?"

"어쩌면. 나도 몰라. 그렇길 바라야지. 자연은 지도들을 숨겨놓기 위해, 서로 대립하는 부모들을 화해시키기 위해 다른 소녀와 소년을 선택했을 수도 있어. 나는 우리의 모험처럼 그들의 얘기도 아름답길 바라."

맷은 미소를 지었다.

"말롱스 여왕의 성에서 보낸 그날 밤은 특별한 시간이었어. 결코 잊지 못할 거야."

앙브르도 방긋 웃었다. 그녀는 맷에게 손을 내밀어 잡아당기더니 입술에 뽀뽀를 해주었다. 그리고 방금 베어 먹은 사과를 내밀었다.

"자, 받아. 아주 달콤해."

☣

맷은 훨씬 가벼워진 마음으로 자리에 누웠다.

앙브르는 회의와 슬픔에 휩싸인 맷에게 위안이 되는 열기를 불어넣었다. 그녀의 뽀뽀는 그의 마음을 달래주었다.

앙브르는 전령이 되겠다는 꿈을 미루었다. 팬들과 시니크들의 교류가 시작됨에 따라 전령은 점점 더 많이 필요할 것이다. 하지만 그녀는 결정하기 전에 시간을 두고 고민하고 싶었다.

앙브르는 자신의 초능력이 너무 강해 두려웠다.

또한 몸에 있는 지구의 심장 탓에 불안했다. 그녀는 자신에게 임신한 여인만큼이나 위험한 일을 무릅쓰려는 성향이 없다고 느꼈다.

새로운 처지, 거리에서의 호기심과 경탄 어린 시선을 받아들이려면 시간이 필요할 것이다.

맷은 앙브르를 도와주고 후원할 준비가 되어 있었다.

두 사람이 협력하면 훌륭한 일들을 성취할 수 있을 것이다. 그는 그렇게 확신했다.

그들의 미래는 결합되어 있었다.

그는 그 점을 끊임없이 되뇌었다.

그날 저녁, 맷은 더는 혼자가 아니라는 느낌으로 자리에 누웠다.

그는 약간 슬픈 마음으로 부모님을 떠올렸다.

이 모든 것이 꿈 같았다. 그의 주위를 맴도는 꿈.

만약 정말 꿈이라면? 그는 그 점을 인식했다. 그는 잠에서 깨어날 것인가?

맷은 다른 젊은이들이 다른 곳에서 똑같은 일을 체험할 수도 있다는 앙브르의 가정을 떠올렸다.

그렇지 않다면 이것은 분명 꿈이었다.

그의 꿈.

그는 잠들자마자 뉴욕에 있는 아파트에서 다시 눈을 뜰 것이다.

앙브르는 더 이상 존재하지 않을 것이다.

에덴도.

팬들도.

맷은 눈을 감고 베개 귀퉁이를 꼭 쥐었다.

그는 처음으로, 다시 깨어났을 때도 이 새로운 세상에 있기를 바랐다.

이것은 그의 새로운 인생이었다.

그는 이 새로운 인생을 사랑했다.

끝